D1986993

REPRINTED
BY
HUBER

NR. 16

Kurt Guggenheim
«Minute des Lebens»
«Der heilige Komödiant»

Kurt Guggenheim, Werke IV

«Minute des Lebens»
«Der heilige Komödiant»

Mit einem biographischen Nachwort
neu herausgegeben von Charles Linsmayer

Verlag Huber Frauenfeld/Stuttgart/Wien

Kurt Guggenheims Roman «Minute des Lebens» erschien erstmals 1969 im Artemis-Verlag, Zürich. Die Erzählung «Der heilige Komödiant» kam zuerst 1972 im Benziger-Verlag, Zürich, heraus. Die hier vorgelegte, sorgfältig revidierte Neuausgabe der beiden Werke basiert nach Konsultation der in der Zentralbibliothek Zürich archivierten Typoskripte bzw. Manuskripte auf dem jeweiligen Erstdruck und erscheint als vierter Band einer Kurt Guggenheim-Werkausgabe innerhalb von «Reprinted by Huber», einer offenen Folge bemerkenswerter Texte aus der mehrsprachigen Schweiz, ausgewählt und herausgegeben von Charles Linsmayer

Die Deutsche Bibliothek – CIP-Einheitsaufnahme
Guggenheim, Kurt:
Minute des Lebens. Der heilige Komödiant. / Kurt Guggenheim. Mit einem biogr. Nachw. neu hrsg. von Charles Linsmayer. – Sorgfältig revid. Neuausg. – Frauenfeld ; Stuttgart ; Wien : Huber, 1999
(Reprinted by Huber ; Nr. 16)
ISBN 3-7193-1196-1

© 1999 Huber Frauenfeld
Schutzumschlag: Ruedi Becker unter Verwendung von Cézannes «Selbstbildnis vor türkis-grünem Hintergrund» von 1885 (Carnegie Museum of Art, Pittsburgh) und «Blick auf L'Estaque und das Château d'If» von 1883–1885 (Fitzwilliam Museum, Cambridge).

Minute des Lebens

Roman um die Freundschaft
zwischen Zola und Cézanne

I

Mich irgendwo hinzusetzen, die Augen zu schließen und aus den Geräuschen, die zu mir dringen, das Bild meiner Umgebung aufzubauen, ist mir zu einer Gewohnheit geworden. Hier, auf einer der öffentlichen Bänke, die den großen Platz säumen, fällt mir dies nicht schwer. Hinter mir geht die Straße vorüber, dann kommen die niedern, aneinander gebauten Häuser, und dies wiederholt sich auf allen Seiten des Rechtecks. Die Platanen, zwischen denen die Bänke stehen, ragen mit keulenähnlichen Ästen über die Dächer hinaus. Auf der Sonnenseite, jenseits der Place de la République, führt eine breite Treppe zum Eingang der Kirche empor; die dorischen Säulen, die das Vordach tragen, sind so dick wie die Stämme der Platanen. Die Kuppel und der spitze Turm daneben, die beide die gleiche Höhe erreichen, unterscheiden die Kirche wenig von den anderen Gotteshäusern des Landes.

Würde man mich fragen, wie weit eigentlich die Provence rhoneaufwärts reiche, könnte ich selbst als Blinder Auskunft geben. Bis dorthin nämlich, wo man an einem Sommerabend diese beiden Töne vernimmt: den dumpfen, wenn die Metallkugel auf den Boden aufschlägt, und den hellen, wenn der Boulespieler mit seiner Kugel eine andere getroffen hat. Dort, wo man diese zwei Klänge nicht mehr vernimmt, hört auch die Provence auf.

Was bei uns die Schilderung des Lebens so einfach macht, beruht auf der Einfachheit der sozialen Typen und der abgegrenzten Milieus in diesem konservativen Lande. Emile sprach und schrieb immer von Bürgern, Arbeitern, Bauern, Adligen, Magistraten, Künstlern, ähnlich wie Balzac und Flaubert. Bei uns in der Provinz findet man zwischen den blauen und roten Pokalen noch wie vor fünfzig Jahren die Apotheker mit dem schwarzen Seidenkäppchen auf dem Kopf, dem schwarzen Arbeitsmantel, dem Kneifer an der Schnur, und sie tauchen wie feste Rollenträger bei jedem Rattengiftprozeß als Zeugen vor den Schranken unserer Gerichte auf. In den Cafés der hintersten Ortschaften sitzen noch heute die schnauzbärtigen Landwirte bei der Belote, ihre breitrandigen Hüte aus der Stirn geschoben, so wie sie Paul gemalt hat.

Mich würde man unter die Ärzte einreihen, die zurückgezogen von ihren Renten leben. Gewöhnlich pflegt bei uns der

«Docteur», welcher seine Praxis einem jüngeren Kollegen übergeben hat, zum Stammgast des tonangebenden Cafés zu werden, ein hagerer Herr etwa wie ich, mit einem Spitzbärtchen, den faltigen Hals von einem gestärkten Kragen, diesen von einer schwarzen Krawatte, Form Papillon, umschlossen, der Docteur Montgéroult, der sich am Nachmittag im «Mistral» an der Place Carnot einfindet, wo der Konservator der Bibliothèque Municipale, der Veterinär und Monsieur Olive, der Inhaber des Etablissements, ihn jovial und schmeichelhaft begrüßen. «Dieser Tisch ist reserviert, Monsieur», unterrichtet auch zu jeder anderen Tageszeit Gustave, der Kellner, ahnungslose Besucher.

Von einem tatenlosen Rentnerdasein ist noch keine Rede. Zwar besuche ich die beiden Cafés, das «Mistral» und das «Café de France», von Zeit zu Zeit und verbringe täglich eine Stunde auf einer öffentlichen Bank der Place de la République; ich gebe mich dem erwähnten Spiel mit geschlossenen Augen hin und lausche den Diskussionen, die dem dumpfen oder metallischen Ton der Boulekugeln folgen – doch weiß ich, daß ich meine Zeit nicht vertrödeln darf, weil noch allerlei zu erledigen ist, bevor die Nacht heraufkommt. Eines vor allem, doch davon später.

Daß ich von Aix nach St-Rémy übersiedelte, ergab sich von selbst. Florence, meine älteste Tochter, lebt dort, als Frau von Jacques Farouche, dem Inhaber des Eisenwarengeschäftes Girodoux und Vertreter amerikanischer Fabriken landwirtschaftlicher Geräte. Sie haben zwei Kinder. Über dem großen Laden am Boulevard Victor Hugo liegt ihre geräumige Wohnung, und darüber nochmals eine, von der ich zwei Zimmer innehabe, eine Art Arbeitsraum mit den Büchergestellen und das Schlafzimmer. Im Arbeitszimmer empfange ich die paar Patienten, die ich gefälligkeitshalber noch betreue und nicht gut abweisen kann, weil sie Kunden oder Freunde von Jacques sind. Dann gibt es auch immer noch Leute, welche die kurze Bahnfahrt von Aix herauf nicht scheuen, um ihren ehemaligen Hausarzt zu konsultieren. Sie bringen mir dabei stets noch ein paar Neuigkeiten aus der Vaterstadt mit, als Honorar gleichsam.

Vor wenigen Tagen konnte ich im «Mémorial d'Aix», auf welche Lokalzeitung ich noch immer abonniert bin, den Nachruf lesen, der mich an den Schreibtisch gebracht hat.

Natürlich war ich bei der Beerdigung von Isidore Baille zugegen; er war nur um weniges älter als ich. Die nekrologische Notiz habe ich ausgeschnitten und trage sie in der Brieftasche immer mit mir herum.

«Aix-en-Provence, 5. Oktober 1924. Isidore Baille. Letzten Montag fand die Beisetzung unseres Mitbürgers Monsieur Isidore Baille statt, der nach kurzer Krankheit in seinem 78. Altersjahr verschieden ist, nachdem er sein ganzes Wirken der Arbeit, der Stadt, deren Gemeinderat er angehörte, seiner Familie, die er zu Ansehen brachte, und seinen Freunden gewidmet hatte.

Mit Isidore Baille verschwindet wieder etwas mehr von der Atmosphäre des vergangenen Jahrhunderts. Isidore Baille, um einige Jahre jünger als sein Bruder Baptistin, war Schüler am Collège Bourbon, Jugendkamerad Emile Zolas, Paul Cézannes und des Geologen Marion. Wenn auch der jüngste unter ihnen, begleitete er sie oft auf ihren Ausflügen. Wie schön war es, diesen würdigen Greis, der über ein bewundernswert zuverlässiges Gedächtnis verfügte, aus der mit seinen Kameraden verbrachten Jugendzeit erzählen zu hören, von denen ein jeder in der Literatur, der Kunst, der Wissenschaft und in der Industrie einen bedeutenden Platz erringen sollte. Er war es, der den Proviantsack tragen durfte, wenn sie zum Staudamm emporstiegen, den Zolas Vater erbaut hatte, auf den Berg Sainte-Victoire, zum Pilon du Roi, in die Schluchten von Infernet hinab. Damals wurde Zola zum Dichter, Cézanne trug Verse von Musset vor, und der Geologe Marion erklärte ihnen die Struktur des Geländes. Mit Hüten und Pelzwerk bekleidet, standen sie Modell für Cézannes Gemälde ‹Die Räuber›, das er über zwanzig Mal in den Schluchten gemalt hat. Wenn sie jagten, trug Isidore die Beutetasche; Baptistin und Zola besaßen alte Flinten. Von seinem Vater, dem Bankier, hatte Cézanne ein Schrotgewehr erhalten, aber es auf die kleinen Vögel zu richten, brachte er nie über sich. Immer wieder erzählte der so tief betrauerte Hingeschiedene von Paul Cézannes überbordender Fröhlichkeit, die alle mitriß.

Dann kam die Trennung. Emile Zola war aufgebrochen, Paris zu erobern. Sein damaliger Briefwechsel mit Baptistin Baille ist veröffentlicht worden. Baille zog später ebenfalls nach Paris, wo er, nach wissenschaftlichen und optischen Studien, ein sehr erfolgreiches industrielles Unternehmen aufbaute. Als Letzter folgte Cézanne.

Isidore Baille allein blieb Aix treu, wo er in beharrlicher Arbeit eine ehrenwerte Familie großzog. Drei Söhne wurden ihm geschenkt, von denen zwei ausgezeichnete Ingenieure wurden, der dritte Künstler, der bekannte Bildhauer Maurice Baille.

Als Cézanne nach Aix zurückkehrte, fand er die unveränderte Freundschaft seines alten Kameraden wieder, der sich jedoch einem traurigen, früh gealterten Cézanne gegenübersah.

Die Zeit verging. Zola starb, dann Baptistin Baille, dann Cézanne. Herr Isidore Baille verblieb als einziger der glänzenden Rotte, dem Andenken seiner alten Kameraden treu verbunden. Als Monsieur Marcel Provence und seine Freunde die ‹Gesellschaft Paul Cézanne› gründeten, um in Aix den Maler der Sainte-Victoire zu ehren, trat er ihr sogleich bei. Man sah, wie er im kleinen Hause auf der Anhöhe von Lauves tief bewegt den Erinnerungen an seinen berühmt gewordenen Schulkameraden nachhing. Am 22. Oktober jeden Jahres gehörte er zu der kleinen Gruppe von Menschen, die zum Grab des Malers pilgerten. Als Monsieur Berger, der Rektor des Lyceums, Zolas und Cézannes Bildnisse im Sprechraum des Collège Bourbon anbringen ließ, erfreute und ergriff dieser Akt den ehemaligen Schüler. Im Juli des vergangenen Jahres fand die festliche Soirée der ‹Gesellschaft Paul Cézanne› unter der Präsidentschaft von Monsieur Aude im Staatssaal statt. Unser Kollege Provence sagte in seiner Ansprache: ‹Ich bin überzeugt, in Ihrer aller Namen zu sprechen, meine Damen und Herren, liebe Mitbürger, wenn ich den begrüße, welcher als einziger Zeuge der Kindheit, der Jugend und des Lebens von Paul Cézanne unter uns weilt. Seine Anwesenheit, die Sympathie, welche er gleich bei der Gründung unserem Unternehmen entgegenbrachte, sind eine Bestätigung dafür, daß wir uns auf dem richtigen Weg befinden. Eine solche Unterstützung ermutigt zur Tat.›

Mit tiefstem Bedauern vernimmt man den Tod eines so würdigen Bürgers und Bewohners von Aix. Nie mehr wird man seiner patriarchalischen und liebenswürdigen Gestalt, diesem Greise von vollendeter Höflichkeit, begegnen, nie mehr seinen kostbaren Erinnerungen lauschen können. Unvergänglich jedoch wird sein Andenken in Aix mit jenem an Emile Zola und Paul Cézanne verbunden bleiben.

Seiner hochgeachteten, verehrten Witwe, seinen Söhnen, der ganzen Familie Baille in Aix und Paris drücken wir unser aufrichtiges Beileid aus.»

Wer diesen Nachruf geschrieben hat, weiß ich nicht; ich vermute, es war Marcel Provence selbst, da er den Text seiner Ansprache wörtlich zitieren konnte. Es ist auch nicht wichtig; nur eine Ungenauigkeit ist ihm unterlaufen: dort nämlich, wo er Isidore Baille als den einzigen Überlebenden bezeichnet, der die drei «Unzertrennlichen», wie man sie bei uns im Collège Bourbon nannte, in ihrer Jugend persönlich gekannt habe. Diesem Club gehörte Isidore Baille nicht an, so wenig wie ich, wenn wir beide auch als Knirpse und Proviantträger an einigen seiner bukolischen Unternehmungen, mehr geduldet als erwünscht, teilnehmen durften. In Aix selbst leben auch jetzt noch Leute, die Cézanne kannten, belächelten, wenn nicht gar verspotteten, als er in seinem Atelier in Lauves hauste.

Was mich anbelangt, so verfüge ich über einen bescheidenen Erinnerungsschatz aus meinen Jugendjahren. Die drei «Unzertrennlichen» umwehte eine Gloriole, wir Jüngeren bewunderten sie und ahmten sie nach. Meiner Freundschaft mit Isidore verdanke ich es, daß ich manchmal an ihren sagenhaften Ausflügen in die Täler der Arc teilnehmen durfte.

Heute will es mir scheinen, daß man die beiden Kleinen, Isidore und mich, nicht nur als Träger mitnahm, sondern auch um den Rhetoren ein größeres und bewunderndes Auditorium zu sichern. Emile hat immer etwas Lehrhaftes an sich gehabt; ihm waren die offenen Münder und leuchtenden Augen einer unwissenden Zuhörerschaft Ansporn zu kühnsten Inspirationen. Paul Cézanne machte mit, lärmend und übermütig, doch hatte er zwischenhinein Anfälle jener Spottlust provenzalischer Art, die dem Schwärmer Zola abging. Emile lag eher das visionäre Pathos, wenigstens in der Zeit, bevor er Aix verließ.

In den vierzig Jahren meiner Tätigkeit als praktizierender Arzt in Aix-en-Provence habe ich außer Rezepten und was sonst noch mein Beruf mit sich bringt wenig geschrieben. Meine Dissertation über einige Formen des Gallenleidens (Paris 1873) bleibt die einzige gedruckte Arbeit aus meiner Feder. Allenfalls könnte ich noch einen Nekrolog auf meinen Studienkameraden Charles Pélerin anfügen, erschienen im «Moniteur de Montpellier» 1880. Sonst habe ich auf literarischem Gebiet nichts vorzuweisen. Vom Gymnasium und vom Studium her ist mir die Überzeugung geblieben, daß es in den schriftlichen Dokumenten mehr auf Klarheit und Übersicht ankommt als auf die Girlanden der Sätze.

Im Jahre 1858 stand ich vor meinem zehnten Lebensjahre und verfügte über die normalen durchschnittlichen Fähigkeiten eines Knaben dieses Alters.

Es war im Monat Februar, der schulfreie Donnerstagnachmittag. Isidore holte mich ab, wie verabredet, und dann begaben wir uns in die Rue Mathéron, wo, ein paar Schritte vom Bankhaus Cézanne et Cabassol entfernt, dessen einer Teilhaber, Louis-Auguste Cézanne, mit seiner Familie hauste. Madame Honorine öffnete uns selbst die Türe. «Sie ist die Tochter eines Schreiners, und er war ein Mützenmacher», pflegten die besseren Leute von Aix zu sagen, wenn von den reichen Cézannes die Rede war.

Die drei Unzertrennlichen seien schon früh am Morgen abgewandert, Richtung Le Tholonet, unterrichtete uns Madame Cézanne. Wir setzten unsere Mützen wieder auf und zogen sie über die Ohren herab. Irgendwo an den gewohnten Stätten auf den Hügeln würden wir sie finden, vermutete Isidore. Auf den ersten Blick glaubt man an den Hängen der Gebirgszüge in der Provence eine reiche Vegetation vorzufinden, aber nur die schüttere Schicht einer zähen Strauchheide von Thymian und Zwergeichen, die *garrigue*, bedeckt die glatten Felsbuckel. Wir fanden die drei Burschen im Windschatten eines Silexsteinbruches, Paul erschien uns riesenhaft, wie er herumlief und in einem fort redete und gestikulierte. Isidores Bruder lehnte sitzend an der Steinmauer, und Emile lag ausgestreckt auf dem warmen bloßen Boden. Natürlich mußten wir uns von Cézanne ein paar derbe Späße gefallen lassen, Krabben und Läuse, die wir seien. Wir setzten uns still zur Seite. Baptistin schob seinem Bruder ein Felleisen zu, und wir fanden darin noch ein bißchen Brot, Käse und Knoblauch, aber die Weinflasche war bereits ausgetrocknet. Weder Zola noch Cézanne waren damals die schnauz- und kinnbärtigen Männer, wie sie sich im Gedächtnis der Welt erhielten. Der große Paul hatte wohl einen dunklen Anflug über den Lippen und um des zarteren Zola Wangen und Kinn kräuselte sich etwas, das ein Bart zu werden versprach – doch im ganzen gesehen zeigten sie noch offene Jünglingsgesichter. Cézannes Haut war von sehr dunklem Pigment, während jene Zolas mehr dem Rosigen zuneigte.

Ich sitze im kühlen Schatten meines Arbeitszimmers; schräg gegenüber auf der anderen Seite der Straße arbeitet der Schmied Pirot am Amboß, und ich vernehme den rhythmischen Klang seiner Hammerschläge. Sie stören mich nicht. Etwas anderes hindert mich an der Arbeit. Jedesmal wenn ich denke: hier ist der Punkt, wo du beginnen mußt, halte ich inne. Das ist nicht der Anfang – das ist nicht der Anfang meiner Geschichte.

Das hängt mit meinem Beruf zusammen, stammt aus der Zeit meiner Klinikerjahre an der Faculté de Paris unter Lucien Wolf. «Bevor Sie einen Finger rühren, bevor Sie ein Instrument zur Hand nehmen, bevor Sie den Patienten ersuchen, er möge sich entkleiden, müssen Sie schon mit ihm vertraut sein. Sie schauen ihn an, und Sie hören ihm zu. Sie studieren das Terrain, bevor Sie es betreten.»

Der kleine rundliche Mann mit seinem Bürstenschnäuzchen hatte uns diesen Satz so eingebleut, daß wir anfingen, untereinander diese goldenen Regeln anzuwenden, aus Jux, im täglichen Verkehr. «Woran ist deine Großmutter gestorben?» – «Hast du nicht einen Onkel mit sechs Fingern?» Dann folgten meistens noch die makabren Klinikerwitze, mit denen sich die werdenden Mediziner gegen die Miseren des menschlichen Körpers abzuhärten versuchen. Dieses «Anamnese-Denken» ist mir geblieben. Die Vorgeschichte! Die Krankengeschichte! Worte übrigens, die gerade Emile ständig gebrauchte. Viel später, wie ich als bescheidener Assistenzarzt Gast der Zolas in Médan sein durfte, kam ich mit dem Meister selbst darüber ins Reden. Er hat bekanntlich das Sittengemälde seiner Roman-Serie «Rougon-Macquart» auf der ein bißchen laienhaft und voreilig angewendeten Vererbungstheorie aufbauen wollen. Stets suchte er den Gedankenaustausch mit Physiologen, Psychologen; er fraß alles erreichbare medizinische Wissen in sich hinein, mochte sein Magen sehen, wie er es verdaute. Er zog mich vom umlagerten Kamin weg: «Kleiner, Anamnese, das heißt doch für euch Mediziner Vorgeschichte der Krankheit?» Darüber konnte ich ihm Bescheid geben. Anamnesis hätten die Griechen als eine Erinnerung von Ideen aus einem früheren Leben verstanden, sozusagen als eine Wiedererinnerung, eine Schau. Wir Mediziner begriffen die Anamnese einfach als die Aufzählung aller erreichbaren pathologischen Tatsachen, bei Vorfahren und lebenden Verwandten.

Es ist eigenartig, daß ich mich gerade dieser paar Worte erinnere, denn das, was ich schreibe, kommt mir in meinem Alter tatsächlich wie eine Wiedererinnerung vor an Dinge, die in einem anderen, früheren Leben geschehen sind.

Ich habe Emile Zolas Vater nie gesehen. Ein paar Jahre vor meiner Geburt ist er gestorben. Louis-Auguste Cézanne hingegen, Pauls Vater, gehört für mich zu Aix wie die Fontaine de la Rotonde. Ich begegnete ihm täglich, und als er starb, war ich es, der ihn betreute, als junger, noch nicht lange etablierter Arzt.

Ein besonders originelles Verhältnis zu den bildenden Künsten hatte ich nie, auch nicht zur Literatur. Von Emiles Werken habe ich alle gelesen, ungezählte Bilder und Zeichnungen von Paul gesehen. Ich besitze selbst einige davon. Über ihre Werke zu schreiben, gibt es Berufene genug. Aber ich habe beide Menschen durch ihr Leben hindurch begleitet, wenn auch immer ein paar Schritte hinter ihnen. Ich durfte mich auf diesem Wege nicht zu ihren Freunden, aber doch zu den von ihnen wohlwollend Geduldeten zählen, nach der Art etwa, wie sie Isidore und mich an ihren Ausflügen zum Mont Sainte-Victoire teilnehmen ließen.

Aus dem naiven Bewunderer der Demiurgen seiner Jugendzeit ist im Laufe der Jahre ein Berufsmann geworden, der es mit den Organen des Leibes zu tun hat, und manchmal mit dem, was die Leute Seele nennen.

Vor mir liegt noch immer der Zeitungsausschnitt aus dem «Mémorial d'Aix» vom 5. Oktober 1924. Ich habe ihn gelesen und wieder gelesen, und dann kaufte ich in der Papeterie der Madame Cerisier, schräg gegenüber der Kirche, dieses Schülerheft.

«Am letzten Montag fand die Beisetzung unseres Mitbürgers Isidore Baille statt...»

Die rhythmischen Schläge von Pirots Hammer klingen auf dem Amboß. Endlich ist es ihm gelungen, es mir einzuhämmern! Du bist Arzt. Bleibe bei deinem Leisten. Was anders denn vermagst du zu schreiben als eine nüchterne Anamnese, die schlichte Geschichte einer Freundschaft?

II

Emile litt an einem Sigmatismus. Das ist ein Sprachfehler, der Patient kann das «S» nicht aussprechen. Emile sagte «entuite» statt «ensuite». Das allein hätte den Mitschülern im Collège Bourbon genügt, ihn zu hänseln. Es war schon früh eine Eigenheit Zolas, Aufsehen zu erregen und Feindschaften zu erwekken. Für die Buben aus Aix blieb er viele Jahre ein Fremdling, das Kind armseliger Zugelaufener. Noch zur Zeit, da ich an die Schule kam, nannten sie ihn Gorgonzola, und es fiel den provenzalischen Schlingeln nicht schwer, den Namen so richtig italienisch auszusprechen, man roch den Käse geradezu.

Wie oft bei solchen Spitznamen traf auch dieser nicht so sehr daneben. Tatsächlich stammte François Zola, Emiles Vater, aus Venedig.

In Aix wußten wir Knaben damals nur, daß der ältere Kamerad mit seiner Mutter und seinen Großeltern irgendwo weit draußen in einer Vorstadt hauste, in der Nachbarschaft von Zigeunern und Pfannenflickern, daß sie kostspielige Prozesse um einen Kanal führten, den Nachlaß des vor wenigen Jahren gestorbenen François Zola. Bedenkenlos und grausam machten wir die Verhöhnung mit. Er war das schwarze Schaf, der kurzsichtige Sündenbock, an dem der Schwächste unter uns noch ungestraft sein Mütchen kühlen durfte. Der Schriftsteller Zola hat solch kollektiven Haß sein Leben hindurch zu spüren bekommen, aber später dann auch Paul Cézanne, sein Beschützer im Collège Bourbon. Meine Erfahrung bestätigt mir leider, daß es, wie in einer Herde, einer Meute auch, in der menschlichen Gruppe genügt, daß einer schwach, krank oder fremd sei, wehrlos vor allem, und schon stürzt sich alles auf ihn, ihn auszuschließen aus dem Kreis, ihm den Garaus zu machen.

Einmal während meiner Pariser Zeit hatte ich mich am Nachmittag bei den Zolas in Médan eingefunden. Der Besitzer der Domäne führte mich, den um zehn Jahre Jüngeren, vor einen schmalen verglasten Bücherschrank. Emile war damals bereits berühmt, der Dichter des «Assommoir», und mir fiel es ein wenig schwer, ihn mit dem «Du» unserer Jugendausflüge anzusprechen. Aber für ihn gab es da keine Zweifel. «Komm, Eugène, ich will dir etwas zeigen.» Der Schrank war aus rotem Mahagoniholz gefertigt, verziert im Stile des vor wenig Jahren zerfallenen Kaiserreiches des dritten Napoleon. Die kleine Bibliothek enthielt keine Bände in Maroquin, sondern nur zerschlissene Broschüren ohne Schmuck. Zola zog einen Band aus der Reihe, mit sachtem Griff; es war eine Reliquie, erriet ich. Er sah mir zu, wie ich den Titel las, ein bärtiger Mann, der mit seinem baumelnden Zwicker über dem Bäuchlein spielte. Ich las: «Trattato di Livellazione topografica del Dott. in Matematica Francesco Zola. Padova 1818.»

Ich sprach nicht Italienisch, aber ich verstand, worum es sich handelte. Ein Lehrbuch der Feldvermessung oder etwas dergleichen.

«Mein Vater!» erläuterte Emile feierlich. Dann kramte er am Boden des Schränkleins, brachte nicht ohne Mühe eine Mappe zu Tage, etikettiert, beide Deckel mit marmoriertem Glanzpapier schwarz und grün überzogen.

Er legte sie auf die von einem Tierfell bedeckte Ottomane, zog an einer Kordel, so daß die breiten Vorhänge zurückwichen und der Blick auf den Seinefluß frei wurde, der wie ein See bewegungslos zwischen Wiesen und Baumgruppen schimmerte.

Der Meister hatte die Mappe aufgeklappt und entfaltete ein Kartenblatt: Aix-en-Provence.

«Natürlich kennst du diesen Kanal.» Seine weiße, gepolsterte Hand fuhr einer mit roter Tusche eingezeichneten Linie nach, die von Le Tholonet nach Aix-en-Provence hinabführte, zehn Kilometer etwa.

«Das war das Projekt des Ingenieurs François Zola. Seit 1854 trinken sie in der Stadt das Wasser, das ihnen dieser Kanal zuleitet, besprengen sie damit ihre Kulturen, treiben sie ihre Fabriken...»

«Die Talsperre», nickte ich, «wir waren ja zusammen oben, mit Paul, mit Baptistin...»

Er hielt ein Bündel Papiere in der Hand, entfaltete einen Bogen. «Projekt Zola», las ich. Das Unternehmen für die Kanalisierung der Wasser des Tholonet wurde darin angepriesen, datiert 28. September 1838.

«Die Idee, die Pläne, der Vertrag mit der Stadt Aix – all das: mein Vater!»

Dann brachte er ein zerschlissenes Lederportefeuille zum Vorschein, prall voller Werttitel.

«Lies den Text, Eugène, es lohnt sich.»

Schon bei der Erbteilung nach dem Tode meines Vaters Jean Montgéroult waren solche Anteilscheine zum Nennwert von dreihundert Franken, mit einem Anrecht auf zwölf Hundertstel am Gewinn der Aktiengesellschaft mit dem Kapital von sechshunderttausend Franken, zum Vorschein gekommen, absolute Nonvaleurs, wie Maître Bédarride den Erben erläuterte.

«Du hast uns nur noch als Bettler gekannt, die Mutter, den Großvater und mich...»

Ich wollte etwas einwenden.

«Laß. Das waren wir ja auch. Ruinierte. Du kennst meine Mutter. Du hast sie ja vorhin gesehen. In Aix selten...»

«Ich war noch zu jung.»

«Sie verkroch sich, sie schämte sich, sie wurde verspottet, sie war die Gattin des Phantasten, des Hochstaplers, des venezianischen Schwindlers. Als Witwe verbrachte sie ihre Zeit, ihre Kraft bei den Anwälten, im Gerichtsgebäude... Da, schau...»

Er zeigte mir ein Exemplar des «Mémorial d'Aix», derselben Zeitung, aus der ich den Nachruf von Isidore Baille herausgeschnitten hatte.

Das Blatt war vergilbt. Es stammte aus dem Jahre 1853 und enthielt eine Mitteilung, eben aus der Kanzlei von Maître Bédarride, avoué à Aix, 9, rue Beauvezet:

«Zu verkaufen in öffentlicher Versteigerung, ‹par suite de folle enchère›, im Verkaufssaal des Zivilgerichts von Aix, 1. September 1853, Donnerstag, 1 Uhr mittags: Der Kanal Zola. Ausrufpreis 50000 Franken...»

«Weißt du, was das heißt: ‹par suite de folle enchère›...?»

«Nein.»

Er faßte meinen Arm, zog mich nieder, neben sich auf das Fell, das über das Ruhebett gebreitet war, und es kam mir vor, als wären die Gläser seines Kneifers beschlagen.

«Ich habe es auch nicht gewußt.»

An das Zeitungsblatt, neben die Ausschreibung des «Canal Zola», war mit einer Stecknadel ein Blättchen geheftet, eine Notiz von Emiles Hand, ein Auszug offenbar aus einem juristischen Werk.

«Folle enchère nennt man die unbedachte Tat einer Person, welche bei einer Grundstücksversteigerung, bei einer Zwangsvollstreckung, Verpflichtungen eingegangen ist, die sie nicht halten kann. In diesem Falle wird das Grundstück, das gepfändete Objekt, von neuem zum Verkauf ausgerufen, und falls der

Preis unter dem liegt, welcher der unbedachte Ersteigerer geboten hat, ist dieser verpflichtet, die Differenz zwischen dem erreichten Preis und dem, welchen der Unbedachte geboten hat, zu entrichten...»

Ich überlas das juristische Kauderwelsch, verstand halbwegs, was damit gemeint war.

«Was dahinter steckt, kannst du nicht wissen. Vater starb 1847, und was er hinterließ, bestand aus seinem Anteil an dem geplanten Werk, seiner Idee, seinen Plänen. Ein gewisser Jules Migeon, einer der Geldgeber, ließ die Gesellschaft in Konkurs gehen, erwarb bei der Verwertung der Aktiven den Kontrakt mit der Stadt, das Projekt, die Pläne um einen Pappenstiel, gründete eine neue Gesellschaft, und 1854, im September, versorgte das Lebenswerk meines Vaters Aix mit dem köstlichen Wasser der Provence.»

Zola schnaufte, seine Wangen zeigten rote Flecken. Mit der Hand machte er eine Bewegung gegen die Türe.

«Sie, die Mutter und der Großvater, kämpften, stellten Bittgesuche beim Gemeinderat von Aix, bei der neuen Gesellschaft, prozessierten vor den Gerichten, in der Provence, in Paris, um die Rechte und Anrechte, die sie von meinem Vater am Kanal geerbt hatten.»

Er blätterte in den Papieren der Mappe.

«Wir können nicht mehr in Aix unser Leben fristen. Verkaufe die paar Möbel, die wir noch besitzen. Mit dem, was Du dafür lösest, wirst Du wenigstens die Fahrkarte dritter Klasse nach Paris bezahlen können, für Dich und Deinen Großvater. Mach rasch! Ich erwarte Dich.»

Mit leiser Stimme hatte er mir das vergilbte Briefchen vorgelesen. Ich erriet, daß es von der alten Frau François Zola geschrieben worden war, der Mutter.

«Erlauben Sie mir, Meister, daß ich Sie etwas frage?»

Er nickte.

«Das Datum?»

Er schaute nach: «Februar 1858.»

«Ich erinnere mich des Tages», sagte ich. Ein eisblauer Himmel spannte sich über der Stadt, kahl standen die Platanen am Cours, der Mistral brauste das Rhonetal herab.

Zola nickte. «Auch ich. Ihr zwei Krabben und Läuse kamt uns nachgelaufen, ungerufen, mitten in unsere bukolische Abschiedselegie hinein.»

«Für mich, für mein Leben war dieser Tag so etwas wie eine Ouverture.»

«Und für uns, mein lieber Eugène», antwortete der Meister, «war die Szene, der du beigewohnt hast, das Finale einer Jugend. Am anderen Tage bestieg ich mit dem Großvater den Zug nach Paris...»

Für uns, die zwei kleinen Geduldeten, Isidore und mich, war dieser Abschiedsausflug in den Steinbruch an der Flanke der Sainte-Victoire ein Ereignis gewesen, dem wir beigewohnt hatten, ohne seine Bedeutung zu verstehen. Die drei Großen, die wir da, in malerischer Stellung, liegend, sitzend, stehend fanden, Zola zum Himmel blickend, Cézanne zur Erde, als suche er etwas, und Baille, der Nüchterne und Phlegmatische, den Kopf von einem zum anderen hinwendend, schienen uns in eines der unbegreiflichen Probleme der Erwachsenen verwikkelt. Es war von baldigem Wiedersehen die Rede; auf eine unausgesprochene Art wurde der Abreisende beneidet. Daß die anderen nachfolgen würden, nach Paris, in die Hauptstadt, das Zentrum des Landes, wo allein echter Erfolg winkt, war ausgemacht. Die Eroberung von Paris, la conquête, galt nicht nur für Könige und Kaiser, sie galt auch für den Wissenschafter, den Finanzmann, den Künstler, für diesen vor allem. Paris war das Podium des Ruhms, das erstürmt werden mußte, die Plattform des Erfolges, der Startplatz der Montgolfière und der Weltbeherrschung. Und dieses Glückskind Zola, ein zweiter Rastillac, durfte nun ausziehen, den Marschallstab im Tornister. Baptistin hatte bereits die Bakkalaureate der Literatur und der Wissenschaft in der Tasche, und bald würde er in der Hauptstadt das Polytechnikum besuchen. Nach zwei Jahren sollten wir in Aix die Photographie bewundern können, die ihn zeigte in der schmucken Uniform des Offiziersschülers, Schnurrbart und Kinnbärtchen nach der Art unseres neuen Herrschers, Napoleons III., dressiert.

Für den Knaben an der Schwelle des Jünglingsalters, der ich damals war, stellten die drei Unzertrennlichen einen Olymp dar, voller pathetischer Vorgänge, die ich wohl wahrnehmen, aber nicht erklären konnte. Von den dreien war Cézanne der Geheimnisvollste. Rundköpfig, schwarzhaarig, mit niederer Stirne, weit auseinanderliegenden Augen und hoch geschwungenen Brauen, einer Iris, die zu einem Drittel unter dem oberen Lid versank, aber viel Weiß über dem unteren frei ließ, einen gallischen Schnauzbart über den vollen Lippen, liebte er es, einen gewürzten Sarkasmus, sogar Brutalität zu mimen.

Sein Vater, der Bankier Louis-Auguste Cézanne, war eine zwielichtige Gestalt. Im Gefühl des Sohnes mengte sich der Respekt, wie er damals Eltern gegenüber noch üblich war, mit Furcht, Angst, uneingestandenem Haß. Pauls Vater war ein Despot, ohne laute Worte, aber auch seinem Sohn gegenüber hart wie gegen einen säumigen Schuldner. Louis-Auguste konnte in den Augen seines Sohnes nie zu göttlicher Gestalt und mythischer Ausstrahlung emporwachsen wie Emiles Vater. Er lebte. Er ging unter uns einher. Alles war bekannt von ihm, außer seinen Geschäftsbüchern. Jeder in Aix konnte ihn täglich sehen, sprechen, über ihn sprechen, spotten gar, zu ihm hinschleichen auch und ein Darlehen aufnehmen gegen gestempeltes Papier und Zins und ihn verlassen mit einem unsichtbaren Krawättchen um den Hals.

Für mich gehört Louis-Auguste Cézanne zu den Bildern meiner Jugend, wie die Stadt Aix-en-Provence, wie ihre berühmten Brunnen, wie das Denkmal des Königs René, wie die riesigen Platanen am Rande unserer Hauptstraße, wie das Gymnasium Bourbon, wie der Durchzug der kaiserlichen Dragonerregimenter durch den Cours, Marseille zu, um nach der Krim verladen zu werden.

In seiner Jugend hatte Louis-Auguste gelernt, aus Kaninchenfellen Filz und Filzhüte, Filzmützen herzustellen. Als er später die Mützenfabrikation aufgab, das Lager liquidierte, die Hutfabrik Martin, Coupin et Cézanne auflöste, legte er für sich privat einen Mützen- und Filzhutvorrat an, der für sein ganzes Leben ausreichen sollte. Louis-Auguste mit seiner Hasenfilzmütze wurde dadurch zu einem wandelnden Monument, das Jahrzehnte überdauerte. Hinzu kam noch eine Besonderheit. Wir Jünglinge konnten es kaum erwarten, bis uns Schnurrbärte und Kinnbärte sprossen. Der Bart war der Ausweis, der Schmuck des Mannes. Louis-Augustes Wangen blieben glatt geschabt. Er gleiche einem Komödianten, sagten die Leute; wie er lebte und wirkte, hätte er gleicherweise einer Molièreschen Komödie wie einem Roman Balzacs angestanden. Hager, unberührt vom Urteil der Leute, mit seinem keine Gemütsbewegung verratenden Gesicht, eine leicht spöttische Verkniffenheit wie absichtlich zur Schau tragend, umwehte diesen Bankier eine Legende. Man wurde nicht so recht klug aus ihm. Seine Tätigkeit spielte sich im stillen, unter vier Augen mit seinen Klienten ab. Im Lauf der Jahre gab es keinen Mann in Aix, der so gut über die Vermögensverhältnisse der Leute Bescheid wußte wie er. Mit seinen Darlehen, den Hypotheken und Schuldverschreibungen im Kassenschrank der Firma an der Rue Boulégon Nr. 13 war er zum größten Gläubiger der Einwohnerschaft, der Gläubiger schlechthin geworden. Die Zeitläufte begünstigten ihn, er hatte sie zu nutzen gewußt. Die Revolution von 1848 fegte Louis-Philippe hinweg. Um jene Zeit eröffnete Cézanne sein Bankgeschäft. Schon als Hutmacher hatte er bedrängten Kaninchenzüchtern Geld gegen Zinsen ausgeliehen. Der bewegte Anfang der zweiten Republik fiel in eine Krise. Louis-Auguste Cézanne, der, wie man im Amtsblatt lesen konnte, sein Unternehmen mit hunderttausend Franken begann, begriff, was die Stunde bot. Er behielt einen kühlen Kopf. Mochten sie auf den Straßen brüllen, in den Cafés bei den Versammlungen schöne Reden halten – über kurz oder lang kamen sie zu dem ehemaligen Hutmacher und nahmen Geld auf gegen Pfänder und Zins.

Er verachtete den Luxus und war von einer aufreizenden Sparsamkeit. Die großen Auftritte seines Lebens zeigen alle denselben Hintergrund: Geld. In Aix erzählt man sich immer noch das Husarenstück, wie Louis-Auguste, im Begriffe sein Geld zu verlieren, das er einem Kaufmann in Marseille geliehen hatte, beim ersten Anzeichen in die Hafenstadt hinunterreiste, sich noch am Tage der Ankunft im Kontor seines Schuldners festsetzte, die Bücher, die Leitung des Geschäfts an sich riß und erst nach Aix zurückkehrte, als er seine Einlage samt Zins und Zinseszinsen gerettet und zugleich das Unternehmen des Kaufmanns vor dem Bankrott bewahrt hatte.

Als er Anna-Elisabeth-Honorine Aubert, die Tochter eines Schreiners, die Schwester eines seiner Angestellten, im Jahre 1844 heiratete, hatte diese schon zwei Kinder von ihm: Paul und die um zwei Jahre jüngere Marie. Die legale Ehe vollzog er, als er sein eigenes Geschäft eröffnete; ungeregelte Familienverhältnisse mochten seinem geschäftlichen Ruf abträglich sein. Im übrigen ist bei uns diese nachträgliche Ordnung eines Konkubinats etwas Alltägliches.

Ungefähr zwei Kilometer südlich von Aix zweigt von der Straße nach Roquefavour eine breite Allee alter Kastanien zu einem Gebäude aus dem 18. Jahrhundert ab. Die Fassade ist sehr breit, die Fenster hoch, das Dach besteht aus roten Ziegeln. Man nennt solche Landhäuser bei uns gemeinhin Châteaux, Schlösser. Dieses Gebäude, «Le Jas de Bouffan», die Wohnung der Winde, lag inmitten eines großen Parks; steinerne Delphine und Löwen spiegelten sich im Wasser eines Bassins. Etwas abseits unter Platanen und Maulbeerbäumen standen die Nebengebäude, die Wohnungen der Pächter und die Scheunen, die zu der von einer hohen Mauer umschlossenen Domäne gehörten, fünfzehn Hektar Wies- und Rebland. Dies war das ehemalige Landhaus des Gouverneurs der Provence, des Herrn de Villard. Während der Geschäfte, die Louis-Auguste Cézanne zur Zeit der Märkte mit den Pferdehändlern aus der Camargue pflog, mangelte es den großen Herden, die sich in Aix einfanden, an Weideland. Weitblickend, wie er war, pachtete der Bankier kurzerhand die vernachlässigte Liegenschaft, um sie seinerseits wieder an die Roßhändler zu vermieten.

Eines Tages, gegen Ende des Jahres 1859, vernahm man in Aix nicht ohne Verblüffung, Louis-Auguste habe die Domäne käuflich erworben, und er besitze nun, wie die adeligen Geschlechter, ein Landhaus, wo er mit seiner Familie die heißen Sommermonate verbringen könne.

Großmacherei paßte gar nicht zum Bild von Louis-Auguste. Ein Fuchs paradiert nicht mit der geraubten Beute. Reineke macht sich klein, bescheiden vor den Großen. Er will nicht imponieren. Ihm liegt nicht daran, als großer Herr zu erscheinen. In aller Stille die eiteln Großhansen und Dummköpfe über den Löffel zu balbieren, das, ja das ist des großen Spieles Sinn.

Man hörte dann von dem geringen Preis, den Louis-Auguste für das Besitztum bezahlt hatte: achtzigtausend Franken. «Sacré brigand!» Das erklärte alles.

Das erklärte nicht alles. Dieser Abkömmling eines Bauerngeschlechts hatte das eingewurzelte Erbteil des Mißtrauens gegen das bare Geld und den Mythos der Erde, des Bodens, des Landbesitzes im Blute.

1798, am 10. Messidor des Jahres IV, unter dem Direktorium geboren, hatte Louis-Auguste Cézanne des Napoleonischen Kaiserreichs Aufstieg und Untergang erlebt, die Ära Louis XVIII, Charles IV, die Revolution 1848, die zweite Republik, den Staatsstreich 1851, den dritten Napoleon, den Krimkrieg. Unterschriften sind nichts, Banknoten mit den Assignaten verwandt; das Geld ändert den Namen und verliert den Wert, man muß es deshalb rasch umtauschen gegen bleibende Werte. Die kleinsten Bauern vergraben einen Strumpf mit Goldstückchen in ihr Land. So konnten sie geruhsam an ihren Tischen beim Licht der Funzeln sitzen, ihr Brot kauen und ihren Wein trinken. Gold und Land, das behält seinen Wert, überlebt Kaiser, Könige und Revolutionen.

III

Zehn Jahre alt war ich. Zola hungerte in Paris. Baptistin Baille studierte in Marseille. Sein Bruder Isidore schlug mir eines Tages im Schulhof des Collège Bourbon vor, wir könnten am Nachmittag Paul besuchen in diesem sagenumwobenen Besitztum, dem «Jas de Bouffan», draußen, den Louis-Auguste vor kurzem erworben hatte.

Wir machten uns auf den Weg. Wie jeder Bewohner von Aix waren wir viele Male den Mauern der Domäne entlang gelaufen, hatten auch zwischen den beiden Torpfeilern gestanden und die breite Kastanienallee hinabgespäht, welche die Fassade des ockerbraunen Gebäudes im grünlichen Dämmer des Parks abschloß.

Es herrschte tiefe Stille. Die hohen Holzladen waren geschlossen, geschlossen auch die dunkle Türe, zu der drei Stufen emporführten. Das Bassin, in dem sich die Kronen der alten Platanen spiegelten, war von einem niederen Mäuerchen und Skulpturen eingefaßt; außer Delphinen und Löwen konnte man auch Putten erkennen, Girlanden und schneckenartige Verzierungen. Einem Wehrturm ähnlich, erhob sich bei den Wirtschaftsgebäuden ein hoher Taubenschlag.

Unschlüssig standen wir herum, bereit, wieder abzuziehen, als, eine Mütze mit Augenschirm auf dem Kopf, der Besitzer dieses Märchenschlosses verkniffen blinzelnd auf uns zukam, weiß Gott aus welchem Winkel.

Er kannte uns natürlich.

«Paul ist nicht hier», unterrichtete er uns, die wir entblößten Hauptes vor ihm standen. «Vorlesung an der Rechtsfakultät. Er hat sein Bakkalaureat bestanden.»

«Und du, was willst du werden?» wandte er sich an Isidore.

«Noch unentschlossen, Monsieur.»

«Arzt», sagte ich sogleich, als sich seine Augen mir zuwandten.

Der Doktor, der mit seinem Wägelchen bei jedem Wetter, zu jeder Tageszeit, bei Nacht auch, durch das Land kutschiert, seine Kranken besucht, die Frauen entbindet, den Sterbenden das Sterben leicht macht – das war mein Vorbild.

«Nicht schlecht», murmelte Louis-Auguste, «ein kluger Arzt bringt es zu etwas. Die Heilmittel besonders tragen ein, die der Doktor verordnet, selbst herstellt und verkauft!» Er kicherte.

«Wasser in Fläschchen abgezogen, Zuckerpillen rosarot und gelb und schwarz gefärbt, ein Pflästerchen, sibyllinische Worte...»

Er mußte es mir angesehen haben, daß ich etwas einwenden wollte.

«Mein kleiner Eugène Montgéroult, ein Mann ist haargenau so viel wert, als er Geld besitzt!»

Auf dem Weg zurück nach Aix sagte ich Isidore, was ich dem alten Cézanne hatte erwidern wollen, eine Art Erklärung des hippokratischen Eides. Aber mein Kamerad konnte nur immer murmeln: «Wie schlau er ist!»

Kurz vor den ersten Häusern begegneten wir Paul, groß, dunkelhäutig, düster, unter einem wahren Brigantenhut. Aber er trug keine Bücher; eine Zeichenmappe war unter seinen Arm geklemmt.

«Habt ihr mich gesucht, ihr Läuse und Krabben?» Er hatte sich verändert seit Emiles Abreise. Der Übermut war dahin. Ein Schleier von Kummer lag über seinem Gesicht.

In der ehemaligen Priorei des Klosters der Malteserritter hatte die Stadt Aix ein Museum eingerichtet. Der Gemäldegalerie war eine Zeichenschule angegliedert, an der Herr Joseph Gibert, der Konservator dieses Musée des Beaux-Arts, unterrichtete. Er selbst war Porträtmaler, der sich vieler Aufträge erfreute. Viele junge Leute aus Aix besuchten die unentgeltlichen Kurse. Auch Paul gehörte zu ihnen.

Es erstaunte uns zwei Buben nicht sehr, als wir Cézanne mit seiner großen Zeichenmappe daherkommen sahen. Als einziger Sohn von seinem Vater dazu auserkoren, später einmal die Bank zu übernehmen, studierte er die Rechte an der Fakultät von Aix und pflegte nebenbei sein Zeichentalent, so etwa wie die jungen Damen besserer Kreise sich im Klavierspiel ausbilden. Das Bild fügte sich gefällig in das Panorama der geläufigen Vorstellungen ein, aber es trog.

Ich denke, der unterirdische Krieg zwischen Paul und seinem Vater ist zu jener Zeit ausgebrochen.

Ich möchte des alten Bankiers Gesicht gesehen haben, als unser Paul, der geduckte, respektvolle Sohn, der er seinem Vater gegenüber immer blieb, zum erstenmal ein Wort davon verlauten ließ, er wolle Maler werden. Maler! Ein Vagabund, ein Bohémien, er, der Stammhalter des Bankhauses Cézanne! Und was muß Paul dieses Geständnis gekostet haben!

Isidore und ich wanderten von Zeit zu Zeit auf der Straße von Roquefavour zum «Jas de Bouffan» hinaus. Madame Honorine war eine großgewachsene, schlanke Frau, dunkelhaarig. Sie lachte immer, hatte lustige Einfälle, und keineswegs waren wir ihr zu unbedeutend für ein Gespräch über ihr Lieblingskind Paul. Ich mochte sie gerne. Wenn ihr Sohn so schöne Talente zeigte, Verse nur so aus dem Handgelenk hinzuwerfen vermochte, Vergils Eklogen übersetzte, zeichnete, malte, so mußte das von ihr her stammen. Ihr schlug Paul nach. Die Tischlertochter hatte manches einstecken müssen, ehe sie, fünf Jahre nach der Geburt der beiden Kinder Paul und Marie, auf der Mairie von Aix-en-Provence Louis-Auguste angetraut wurde. Paul blieb ihr Lieblingskind. Wahrscheinlich hat damals den jungen Menschen, der aus dem sicheren Gehege bürgerlichen Wohlstandes auszubrechen im Begriffe war, niemand besser verstanden als Madame Honorine. Sie war den Annehmlichkeiten des Wohlstandes keineswegs abhold. Mochte der «Jas de Bouffan» für ihren Gatten nicht mehr als eine wertbeständige Kapitalanlage darstellen, für sie war er eine Sommerresidenz, ebenbürtig jenen, welche die verarmten Nobeln und die höhere Bourgeoisie von Aix bewohnten. Welch eine Genugtuung für die Verachtung, die diese «Frau aus dem Volke» mit ihren zwei unehelichen Kindern hatte erdulden müssen!

Ich fühlte mich wichtig und geehrt, als Paul mich fragte, ob Emile Zola meine Adresse benützen dürfe, als Briefkasten gewissermaßen, für seine Epistel an den Freund. Kraft patriarchalischer Autorität öffnete Louis-Auguste nämlich jeden Brief, der im Jas eintraf. Auf die Botschaften Zolas war er besonders erpicht, schrieb er doch die Flausen seines Sohnes, den Wunsch, Maler zu werden und sich in Paris auszubilden, diesem Freunde zu.

Eine Eigenschaft hatte Paul offenbar von seinem Vater geerbt: die Hartnäckigkeit, die Beharrlichkeit. Der nahezu Zwanzigjährige war ein seltsamer Bursche geworden. Launisch, unberechenbar, grillenhaft, abenteuerlich wie er war, mußte man sich im Umgang mit ihm ständig in acht nehmen. Den Grund seines Charakters bildete die Angst, die Angst vor den Menschen. Die harmloseste körperliche Berührung, das Fassen seiner Hand beim Grüßen, ein leichtes Klopfen auf den Arm, die Schultern konnten ihn in rote Wut versetzen. Er wich zurück, floh.

«Der Himmel sieht schwarz aus, Kleiner», flüsterte er mir einmal zu. «Das Leben ist furchtbar! Drei Jahre Pandekten, das ist die Hölle!»

In diesen Worten steckte, wie es sich später herausstellte, eine Art stummer Abmachung zwischen Vater und Sohn. Etwa so: «Malen willst du? Zeichnen? Bitte, du magst Meister Giberts Kurse besuchen, so viel du willst. Aber aus der Pflicht, das Rechtsstudium zu beenden, hier, an der Fakultät von Aix, aus der kann ich dich nicht entlassen.»

Ein oder zwei Jahre später hat Pauls Beharrlichkeit diese Vereinbarung zu erweitern vermocht: «Wenn du dein Studium beendet hast, kannst du in Paris dein Glück als Maler versuchen.»

Doch es herrschte in der Familie eine dumpfe, verbissene Atmosphäre. Paul blieb oft dem Familientisch fern, kam nur zum Schlafen nach Hause, wurde wortkarg, verstummte allmählich ganz. Es konnte den Eltern nicht verborgen bleiben, daß er sein Studium vernachlässigte und seine Zeit mit Malen und Zeichnen verbrachte. Bald begann Paul auch Meister Giberts Akademie zu schwänzen. Der «Jas de Bouffan» forderte dazu heraus, im Freien zu arbeiten. Damals, wenn ich ihm mit seinem Malgerät auf dem Buckel, unter dem breitrandigen Hut, den Stock in der Faust, begegnete, ihn am Werk hinter irgendeiner Hecke beobachtete, dachte ich, in dieser Haltung findet er den Ausdruck seiner selbst: draußen in der Natur zu sehen, zu zeichnen, zu malen und allein zu sein. Ich traf ihn selbst im Winter, im bissigsten Mistral, bei hartgefrorenem Boden, im Gestrüpp, unter entlaubten Bäumen, Tag um Tag, Woche um Woche. Er sah gesund, herausfordernd gesund aus. Er schien noch gewachsen, nun war er ein braungebrannter, schlanker Provenzale – vielleicht hat dieser virile Anblick mehr auf den Alten gewirkt als alle Worte.

Madame Cézanne begann sich mit dem Gedanken zu befreunden, sie habe einem Maler das Leben gegeben, einem künftigen Veronese oder Rubens – auch diese Künstler hatten Paul geheißen!

Louis-Auguste witterte hinter all dem Zola, diesen Schwärmer und Hungerleider. Trotz allen Vorsichtsmaßnahmen Pauls fielen ihm Briefe in die Hände.

«Als wir uns am Anfang unseres Lebens begegneten», schrieb Zola, «von einer unbegreiflichen Macht vereinigt, reichten wir uns die Hand und schworen, uns nie mehr zu verlassen. Keiner von uns fragte weder nach dem Reichtum noch nach dem Wohnort seiner neuen Freunde. Was wir suchten, das war der Reichtum des Herzens und des Geistes, diese ließen uns die Zukunft so verlockend und leuchtend erscheinen. Mit einem Wort: wir kannten uns gegenseitig, und das genügte uns. Dann wurden wir älter und noch immer nicht behelligt von materiellen Bedürfnissen; wir lebten unserem Seelenaustausch, ohne nur daran zu denken, daß wir auch einen Leib zu betreuen haben würden. Endlich, heute, werden wir gewahr, daß es in uns zwei Wesen gibt: eines von ihnen ist ganz Gefühl, das andere im Gegenteil nichts als Stoff. Das erste, unser Freund, den wir seit langem kennen, das zweite, das uns erst mit gestern zum Bewußtsein gekommen ist, schreit, es habe Hunger, und treibt uns zur Arbeit um des Brotes willen. Diesen Teil von mir, von dem meine Freunde nichts wußten, habe ich Euch verschwiegen... Damit Du aber weißt, zwei Worte genügen: ich bin zwanzig Jahre alt und falle noch meiner Mutter zur Last, die kaum mit dem auskommt, was sie besitzt. Ich muß Arbeit suchen, um essen zu können, und diese Arbeit habe ich noch nicht gefunden..»

«Du scheinst mir sehr mutlos in Deinem letzten Brief. Du sprichst von nichts wenigerem, als Deine Pinsel fortzuwerfen. Du stöhnst ob der Einsamkeit, die Dich umgibt, Du langweilst Dich. Ist das nicht unser aller Krankheit, diese furchtbare Leere, ist das nicht die Wunde unseres Jahrhunderts? Und diese Mutlosigkeit, ist das nicht die Konsequenz dieses Spleens, der uns alle würgt...?»

«Ist denn das Malen für Dich nichts anderes als ein Zeitvertreib, der Dir einfiel, als Du Dich eines Tages langweiltest? Ist es einfach ein Gesprächsstoff, ein Vorwand, Dein Rechtsstudium im Stich zu lassen? Wenn dem so ist, dann allerdings verstehe ich Deine Verhaltensweise, dann tust Du recht, die Sache nicht auf die Spitze zu treiben, um nicht noch neue Schwierigkeiten mit Deiner Familie zu bekommen. Wenn aber die Malerei Deine wahre Berufung ist – und als das habe ich sie immer begriffen – und wenn Du spürst, daß Du zu etwas fähig bist, wenn Du arbeitest, dann wirst Du mir rätselhaft, zu einer Sphinx, ein ich weiß nicht was für ein unmögliches, nebelhaftes Wesen. Es gibt nur eines von beiden: entweder Du willst nicht und erreichst auf bewundernswerte Weise Dein Ziel, oder Du willst, und dann verstehe ich überhaupt nichts mehr. Manchmal geben Deine Briefe Hoffnung, manchmal zerstören sie alles... Was also ist Deine Haltung? Die eines Faulenzers wahrscheinlich! Aber ist das erstaunlich? Man zwingt Dich zu einer Arbeit, die Dich anwidert, und Du willst Deinen Vater fragen, daß er Dich nach Paris gehen läßt, ein Künstler zu werden. Ich sehe keinen Widerspruch in dieser Haltung. Du vernachlässigst das Rechtsstudium, Du gehst ins Museum; die Malerei ist das einzige, was Dir zusagt... Soll ich Dir sagen, was ich denke – sei nicht beleidigt –, Du hast keine Charakterstärke, Du fürchtest Dich vor der Anstrengung, von welcher Art immer sie auch sein mag, geistiger oder tätiger. Dein Leitsatz scheint, das Wasser fließen und alles weitere der Zeit und dem Zufall zu überlassen...»

Zola verfügte über psychologisches Geschick. Er muß den Vater erreichen, wenn er dem Sohn helfen will. Dem Alten vermag er nur mit Zahlen beizukommen, einem Budget. Damit vielleicht kann er den Antagonisten Gibert besiegen, dem Bankier den Wind aus den Segeln nehmen.

«125 Franken im Monat würden ausreichen, als striktes Minimum», schreibt er. «Das Zimmer kostet zwanzig Franken, mit zwei Franken im Tag kannst Du essen, sind sechzig Franken im Monat; die Gebühr, im Atelier Suisse zu arbeiten, beträgt zehn Franken, auf zehn Franken etwa würden Leinwand, Pinsel und Farben zu stehen kommen, das macht hundert Franken, bleiben fünfundzwanzig für Wäsche, Licht, Tabak. Du siehst also, es würde knapp ausreichen», und dann fügte er noch hinzu – und das war dem alten Fuchs geschmeichelt: «Das wird übrigens eine sehr gute Schule für Dich sein; Du wirst lernen, was das Geld wert ist und wie ein intelligenter Mensch mit den Sachen fertig zu werden versteht...

Im übrigen kannst Du hier selbst noch etwas Geld verdienen, die Atelierstudien und die Kopien von Bildern, die im Louvre hangen, sind gut verkäuflich...»

Es muß gegen Ende des Monats April 1861 gewesen sein, als man in Aix sich erzählte, Louis-Auguste Cézanne sei mit dem Sohn und der Tochter Marie nach Paris verreist, ganz plötzlich, von einem Tag auf den anderen. Niemand vermochte sich die Sinnesänderung des Alten zu erklären. Es schien, als sei sein Widerstand einfach zusammengebrochen, als habe der Bankier um des Hausfriedens willen nachgegeben. Aber es gab

Leute, die schüttelten schlau den Kopf, besonders als man erfuhr, der alte Fuchs habe tatsächlich, auf Zolas Rechnung sich berufend, eine monatliche Rente von hundertundfünfzig Franken für Paul ausgesetzt, doch keinen Centime mehr.

Jedenfalls muß es eine überbordende Begrüßung zwischen den zwei Freunden gegeben haben; auch der alte Cézanne zeigte sich Emile gegenüber von großer Freundlichkeit, nichts von einem geheimen Gegner. Zusammen suchten sie ein Zimmer für Paul, einige Tage später kehrten Vater und Tochter wieder nach Aix zurück. Die Freunde hatten sich wieder, und in Paris, man denke!

In Aix versorgte Louis-Auguste seinen Zylinderhut, die guten Ausgehschuhe, lief wieder in seiner Kaninchenfilzmütze herum und wartete den weiteren Verlauf der Dinge ab.

Wir, die Jüngeren, die folgende Generation, lebten unseren Schülerfreuden, unseren Examenssorgen; mit der Distanz, die uns von den beiden «Großen» trennte, verringerte sich die Teilnahme an ihrem Geschick. Aus den Augen, aus dem Sinn. Wir verdrängten sie, wie man das später bezeichnete, denn wir beneideten sie. Paris war kein geographischer Ort. Paris war ein Mythos. Paris war der Nabel der Welt. Es war mehr als eine Messe wert. Es gab keinen unter uns, der nicht so dachte.

Dann trafen Briefe von Paul ein, die die Runde machten. Sie waren an Klassengenossen in der Akademie von Monsieur Gibert gerichtet; aber auch Madame Honorine ließ mich welche lesen, die sie erhalten hatte.

«Mir ist nicht froh zumute. Ich friste so mein kleines Dasein, einmal nach dieser, dann wieder nach der anderen Seite. Suisse» – damit ist die Akademie von Monsieur Suisse gemeint, einem ehemaligen Modell, der im zweiten Stock auf der Ile de la Cité, am Quai des Orfèvres, ein öffentliches Atelier betrieb; es wurde kein Unterricht erteilt, nichts wurde korrigiert, ein Modell, ein Arbeitsplatz war alles, was den Malern zur Verfügung stand – «nimmt mich in Anspruch von sechs Uhr morgens bis um elf Uhr. Ich verköstige mich recht und schlecht mit fünfundsiebzig Centimes die Mahlzeit, nicht gerade bemerkenswert, aber was willst Du, ich sterbe wenigstens nicht Hungers. Ich glaubte, als ich Aix verließ, die Langeweile und Trostlosigkeit, die mich ständig verfolgten, weit hinter mir zu lassen. Ich habe nur den Aufenthaltsort gewechselt, aber der Lebensüberdruß kam mit. Ich habe meine Eltern verlassen, meine Freunde, einige meiner Gewohnheiten, das ist alles. Und dabei streife ich den ganzen Tag herum. Ich habe – blöd zu sagen – den Louvre gesehen und das Luxembourg und Versailles … Du kennst ja die alten Schinken, welche diese ‹bewundernswerten Gebäude› beherbergen.»

«Ich habe auch den Salon besucht. Ein junges Herz, ein Kind, das für Kunst geboren wurde und das sagt, was es denkt, glaube ich, findet hier noch das Beste, denn hier begegnen und reiben sich die Geschmäcker aller Art aneinander. Ich könnte Dir mit so schönen Beschreibungen aufwarten, bis Du einschläfst. Sei mir dankbar, daß ich sie Dir schenke.»

Isidore brachte mir einen Brief, den Baptistin in Marseille von Zola erhalten hatte.

«Paul ist noch immer der gleiche wunderliche Bursche, wie ich ihn in der Schule kannte. Als Beweis, daß er nichts von seiner Sonderlichkeit verloren hat, muß ich Dir nur sagen: kaum hier angekommen, sprach er schon wieder davon, er wolle nach Aix zurückkehren. Drei Jahre um diese Reise gekämpft zu haben, und nun alles Stroh! Bei einem solchen Charakter, vor solch plötzlichen Sinnesänderungen, völlig unvorhersehbar und unvernünftig, verschlägt es mir die Sprache, und ich stecke meine Logik in die Scheide zurück. Cézanne etwas beweisen zu wollen, hat genausoviel Erfolg, wie wenn man die Türme von Notre-Dame überzeugen wollte, sie sollten eine Quadrille tanzen. Vielleicht würde er ja sagen, aber um keines Haares Breite rührte er sich. Und beachte: die Jahre haben seine Starrköpfigkeit noch entwickelt, ohne ihm irgendeinen vernünftigen Grund gegeben zu haben, sich so zu versteifen. Er ist wie aus einem Stück gemacht, steif und hart fühlt er sich an, nichts beugt ihn, nichts kann ihn zum kleinsten Entgegenkommen veranlassen. Er will nicht einmal erörtern, was er denkt; er hat ein Grauen vor jeder Diskussion, einmal, weil reden ihm zuwider ist, aber vor allem deshalb, weil er seine Meinung ändern müßte, hätte sein Gegner recht. So steht er nun da im Leben, hineingeworfen, mit ein paar eigenen Ideen, die er nur auf Grund seines eigenen Urteils ändern will. Im übrigen bleibt er der beste Bursche der Welt; immer stimmt er dir zu, eben weil ihm jede Diskussion zuwider ist; aber denken tut er trotzdem, was seinem Köpfchen beliebt. Sagen seine Lippen ja, so lautet sein Urteil meistens nein …»

Paul Cézanne befand sich in einer Krise. Die Loslösung vom Vater und von seiner Heimat war ihm nicht gelungen. Das merkte er, sobald er auf dem Pflaster der großen Stadt stand. Aber da war noch eine andere Aufgabe. Er mußte sich von seinem Mentor lösen, von Emile Zola. Dieser kluge, superkluge Alleswisser, den er liebte, ging ihm auf die Nerven. Dieser Zola mit seinem «Alles oder Nichts», dieser überlegene Hungerleider, dieser Freund, mit dem wollte er nicht in Wettstreit treten. Cézanne bewunderte Zola. Er war ihm ein Vorbild. Er stand ihm am nächsten unter allen Menschen. Aber er, Cézanne, mußte sich aufschwingen, mit ihm auf dieselbe Ebene kommen, als Mann zu Mann. Keiner durfte den anderen bemitleiden, und keiner durfte vom anderen bemitleidet werden. Das gefährdete die Achtung. Das gefährdete das größte Erlebnis in Cézannes Leben: die Freundschaft zu Zola.

«Cézanne hat viele Anfälle von Entmutigung; trotz seiner allzu laut betonten Verachtung des Ruhms, sehe ich nur zu gut, wie er ihn ersehnt. Wenn ihm etwas mißlingt, so spricht er sogleich davon, er werde nach Aix zurückkehren und eine Anstellung als Commis in einer Handelsfirma annehmen...»

Das Porträt Zolas, an dem Cézanne arbeitete, verdankt seine Entstehung einer List des Freundes; es war ein Vorwand, Paul an Paris zu fesseln. Zwei-, dreimal wurde das Gemälde begonnen und dann vom Maler wieder verworfen, zerstört. Eines Tages, als Zola wieder zu seiner Sitzung auf Cézannes Bude kommt, findet er alles drunter und drüber, den Deckel des Koffers geöffnet, die Schubladen der Kommode aufgerissen, Paul finstern und verbissenen Gesichtes damit beschäftigt, seine Habseligkeiten in den Schlund der Reisekiste zu werfen. In aller Ruhe erklärt er Zola:

«Ich kehre heim, morgen.»

«Und mein Porträt?»

«Dein Porträt? Soeben habe ich es mit dem Messer durchstoßen. Ich wollte es noch ein wenig bearbeiten diesen Morgen, und da es dabei immer schlechter wurde, habe ich es zerstört. Ich reise ab.»

Zola gelang es schließlich nochmals, den Freund zu halten; aber er spürte, es war nurmehr ein Aufschub.

Jetzt folgen die Worte in seinem Brief, die mir zu denken geben:

«Ich fange an zu glauben, das sei wirklich das Richtige. In Paul mag der Genius zu einem großen Maler stecken, aber er wird nie das Genie haben, einer zu werden.»

Wenn ich jeweils in meiner Praxis einen Patienten vor meinem Arbeitstisch sitzen hatte, ließ ich ihn erzählen. Ich hörte zu und schaute ihm ins Gesicht. Dann fiel ein Wort, und irgendein ärztlicher Instinkt, oder wie immer man diese Eigenschaft nennen will, ließ mich stutzen. Es deutete sich etwas an, ein Hinweis, die Möglichkeit einer Diagnose. So etwa wirkte auf mich jener Satz Zolas.

Im September des gleichen Jahres war Paul Cézanne wieder in Aix. Die Heimkehr des verlorenen Sohnes! Einmal mehr schien sich die Weitsicht und der spekulierende Scharfblick des alten Fuchses bewährt zu haben. Er zeigte seine Genugtuung nicht. Er schob dem jungen Mann, der aus dem Kampf in der großen Stadt in die friedliche Sonne der Provence zurückgekehrt war, einen Hocker unter das Gesäß. Der Erbe des Bankhauses sollte von der Pike auf dienen, nachdem er endlich auf seine künstlerischen Jugendträume verzichtet hatte.

Paul brachte in seinem Gepäck einige Erzeugnisse seiner Bemühungen mit, rahmenlose und lässig zusammengerollte Leinwandstücke. So bekamen wir wenigstens eine Ölskizze von jenem Porträt Zolas zu sehen, das der Maler mit dem Spachtel zerfetzt hatte. Baille besaß eine Photographie von Emile Zola. Ein Atelierbild im Stile Nadars. Die rechte Hand ruht auf einem Podest, der junge Mann mit dem Rundbart, ohne Schnauzhaare, steht vor einem Plüschsessel, die Stirne ist hoch, die Augen blicken wachsam, entschlossen, doch nicht ohne einen Schimmer von Traurigkeit. Die helle Redingote reicht bis zu den Knien. Es ist ein offizielles Bild, es hinterläßt einen vorteilhaften Eindruck von dem Zwanzigjährigen.

In der Ölskizze kommt Cézanne zum erstenmal zu Wort. Nun sah ich, wie er den Freund sah. Auf schwarzem Hintergrund taucht das Gesicht auf, im Profil. Der Literat blickt nachdenklich, mit großen Augen, schräg abwärts vor sich hin. Der Grat der Nase ist hell. Die Stirne fast weiß, leuchtend im Licht, Stil Rembrandt. Der Mund scheint anklagend geöffnet. Eines ist sicher: der Malende nahm den Porträtierten ernst, differenziert; er sah ihn als einen bedeutenden Menschen.

Von sich selbst hatte Paul auch ein Porträt mitgebracht, nicht nach dem Spiegel, sondern nach einer Photographie gemalt. Ein gerader Tituskopf-Haarschnitt begrenzt die breite Stirn, die Nase ist lang, das Kinn fast so lang wie diese, der Mund trotzig, mit vorstehender Unterlippe. Die Augenbrauen scheinen über der Nase verbunden, die Iris liegt im oberen Teile des Augapfels, läßt ein drohendes Weiß über dem unteren Lid frei.

Wir haben damals, unter uns Jungen, und später in der ganzen Stadt, einen Vers herumgeboten, den der junge Commis in das Hauptbuch des Bankhauses Cézanne et Cabassol hineingeschrieben hatte:

«Cézanne, le banquier, ne voit pas sans frémir
Derrière son comptoir un peintre à venir.»
«Cézanne, der Bankmann, kann nicht ohne Zittern
hinter seinem Pult einen künftigen Maler wittern.»

Genau dies drückte das Selbstporträt aus.

Louis-Auguste, der Listige, Harte, Umsichtige, hatte nur einen Scheinsieg erfochten.

Etwa zur Zeit, da ich vor meinem Bakkalaureat stand, vernahmen wir in Aix zuerst durch Zola den Jubelruf: «Paul Cézanne kommt wieder zurück nach Paris!»

Später: «Ich habe Paul gesehen. Er kam diesen Sonntagmorgen, rief mit dröhnender Stimme durchs Treppenhaus hinauf meinen Namen. Ich schlief noch. Zitternd vor Freude öffnete ich die Türe und wir fielen einander in die Arme. 22. April 1861.»

Paul saß nicht mehr auf seinem Hocker im Kontor an der Rue Boulégon in Aix, sondern wieder auf seinem Klappstühlchen im Atelier Suisse auf der Ile de la Cité in Paris und malte vor einem weiblichen Aktmodell, «das nicht mit den Händen den Bauch verdeckt und die Beine zu einem X kreuzt, wie es im Zeichnungssaal des ehemaligen Malteserklosters in Aix, in Giberts Schule, die Vorschrift gewesen war», schrieb er.

Die Bedingungen des Vaters waren hart: hundertfünfzig Franken im Monat, keinen Centime mehr. Doch des Sohnes respektvolle Nachgiebigkeit hatte sich als härter erwiesen. Alles in allem genommen, konnte sich der Alte den Luxus eines malenden Sohnes ebensogut leisten wie den «Jas de Bouffan».

IV

Wir, die Jüngeren, die in den Klassen aufrückten, vergaßen zeitweise die Unzertrennlichen, denn unsere Examen tauchten am Horizonte auf und bannten unsere Blicke. Dazu kamen die Gespräche über die himmlische und die irdische Liebe, über Platon, die Vielweiberei und die Treue, über die jungfräulichen Mädchen, die Dirnen und die großen Kokotten. «Es gibt vier Welten», hatte uns Emile Zola erläutert, «das Volk, die Kaufleute, die Bürger und die Große Welt.» Aber er fügte hinzu: «Dann gibt es noch eine besondere Welt, der gehören an: die Huren, die Mörder, die Priester und die Künstler.»

Eindeutig waren Isidore Baille und sein Bruder Baptistin Bewohner der oberen Sphäre. Sie wurden es immer mehr im Heran- und Hineinwachsen in ihren Beruf. Auch unsere Familie, die Montgéroult, gehörten ihr an. Daß die wohlgeordnete Klasse eine unleugbare Neigung hatte, sich der «besonderen» Welt zu nähern, wurde eines der pikanten Themen von Zolas Werk.

Die Militärdienstpflicht der jungen Leute unter dem zweiten Kaiserreich wurde durch das Los ermittelt. Emile Zola, der dem Jahrgang 1840 angehörte, zog eine gute Nummer, eine, deren Inhaber nicht dem «Kontingent» angehörte und damit der Rekrutierung entging. Paul Cézanne hatte, ein Jahr später, eine schlechte Nummer gezogen. Der Bankier Louis-Auguste machte von dem Recht Gebrauch, einen Ersatzmann zu stellen und so den Sohn von der lästigen Fron zu befreien, gegen Entschädigung durch Geld natürlich.

Völlig riß die Verbindung zu unseren drei Großen nicht ab. Paul kam jedes Jahr für einige Monate in die Provence. Im Dachstock des Jas de Bouffan hatte er sich eine Art Atelier eingerichtet, eine Gerümpelkammer wäre die bessere Bezeichnung. Dieser Raum war lediglich ein Abstellort für die Utensilien des Malers. An gewollten und ungewollten Stilleben bestand kein Mangel. Doch immer weniger hielt sich Paul hier auf; täglich verschwand er, und nur zufällig entdeckten wir ihn manchmal irgendwo an einer versteckten Stelle vor seiner Staffelei. Wir vermieden es dann, uns bemerkbar zu machen. Seine Zornausbrüche fingen an legendär zu werden, und es waren dann die Bilder, die dran glauben mußten.

Auch wenn wir Paul einmal unbeschäftigt trafen, kam eine Unterhaltung nur mühsam zustande. Schon seine Abneigung, einem die Hand zu reichen, erschwerte den Kontakt. Wortkarg, ein Ja, ein Nein, mit einem durch nichts zu brechenden Schweigen, mit einem Vor-sich-hin-Sehen, so empfing und entließ er uns. Wir wußten nicht, ob er uns überhaupt bemerkt hatte, wir rätselten daran herum, womit wir ihn erzürnt haben mochten. Beim nächsten Versuch setzte uns Madame Cézanne davon in Kenntnis, Paul sei abgereist nach Paris. Unberechenbar und undurchschaubar. «Eine bärtige Sphinx», meinte der nicht sehr originelle Isidore.

Die folgenden zwei oder drei Jahre sind nicht ergiebig für meinen Bericht.

Emile und Paul hatten sich im Häusergewirr der Weltstadt verloren, dieweil wir, die Schüler des Kollegiums Bourbon, durch Aix schlenderten. Isidore wohnte im Norden, bei den Thermen des Sextius. Manchmal begleitete ich ihn. Selbstverständlich versäumten wir nie den abendlichen Corso über den Cours Mirabeau, dessen Platanen sich oben zu einem Gewölbe verbanden und den ganzen Boulevard in einen Tunnel grünlichen Lichts verwandelten. Hier plätscherten die drei berühmten römischen Brunnen, selbst mitten im heißen Sommer dank den frischen Wassern, die der Canal Zola in unsere dürre Ebene herabführte. Einst Hauptstadt der Provence, hatte Aix seine frühere Bedeutung verloren; der Hafen Marseille ließ die Stadt zu einer idyllischen Unterpräfektur absinken. An Stelle des Parlaments der Provence gewährte man ihr einen Appellationsgerichtshof; die ehrwürdige Universität wurde auf die Fakultäten der Jurisprudenz und der Literatur beschränkt. Die Residenz des Erzbischofs blieb ihr erhalten. In Wahrheit war diese kleine schlafende Stadt für uns junge Menschen das Paradies. Wir bewegten uns in ihr wie in einer Stube, jeder wußte jedes von jedem. Unter glasblauem Himmel tobte gewöhnlich drei Tage und drei Nächte der Mistral. Verließ man durch eines der Tore die Stadt, so stand man am Beginn der Straßen nach Marseille, nach Toulon, nach Manosque, nach Valence. Paris lag weit weg, verblaßte, und mit ihm verblaßten auch jene von uns, die ausgezogen waren, es zu erobern.

Natürlich erfuhr man hie und da auch etwas von Emile Zola, Kleinigkeiten, mit Achselzucken aufgenommen. Er arbeite als Buchhalter in den Kontoren der Docks am Canal Saint-Martin, dann vernahm man, er sei Magaziner im Verlagshaus Hachette, er verdiene hundert Franken im Monat, er schreibe Gedichte; Erzählungen von ihm seien in kleinen Provinzblättern erschienen. Ich erinnere mich, daß ich in der Rue Boulégon einmal Louis-Auguste begegnete, unweit seiner Bank. Noch immer trug er seine Mütze. Entgegen der Gewohnheit, stumm mit verkniffenem Komödiantengesicht an einem vorbeizugehen, erwiderte er meinen Gruß, stehenbleibend. «Eugène?» fragte er. «Groß geworden... immer noch den Quacksalber im Sinn?» Ich gab Auskunft, lachend. Wie es Paul gehe? Der Bankier schnitt eine Grimasse. Und Emile? Er verr... vor Hunger. Noch immer sah der Alte in Zola den Feind, der seinem Paul den Kopf verdreht hatte. Das war aus der grimmigen Antwort herauszuhören. «Und du hast natürlich auch nichts anderes im Kopf, als möglichst bald Paris?» – «Ecole supérieure... Faculté de Médecine...», erklärte ich. «Und Marseille, und Montpellier? Das liegt den jungen Herren wohl zu nah, nicht?» Da die Schwester meines Vaters in Paris wohne, in der Nähe des Odéon, und ich bei ihr logieren könne... Er verzog sein Gesicht zu einer Art von Lächeln. «Das geht mich auch nichts an. Du hast wenigstens ein vernünftiges Ziel vor dir... Während Paul...» Grußlos ging er davon.

Im Herbst vierundsechzig konnte man im Schaufenster der Librairie Bigout ein gelbes broschiertes Buch liegen sehen. Ich habe nichts zu tun, als mich vom Tisch zu erheben und an den Bücherschrank hinüber zu gehen, und das viel gelesene, verschlissene Werklein liegt neben meinem Heft. «Emile Zola. Contes à Ninon.»

Das erste Buch! Er hoffe, die Leute von Aix werden es in Mengen kaufen, rief der Autor aus. «Herr Zola hat eine Vorliebe für das Anmutige, Zarte, für eine gewisse Ziererei manchmal und das Gekünstelte», schrieb ein Kritiker. Der Erstling wurde mit Wohlwollen aufgenommen. Wir alle lasen ihn, begreiflicherweise.

Zola, als das in Frankreich geborene Kind eines Ausländers, war nicht nur rechtlich Franzose geworden. In Aix-en-Provence war man nicht abgeneigt, ihn als Kind der Stadt zu beanspruchen.

Jedesmal wenn ich das Buch eines Anfängers zur Hand nehme, empfinde ich einen Schauer. Ist es ein taubes Korn, ist es der Keim einer Welt? Jahrzehnte, ein ganzes Leben, der Tod erst, geben die Antwort.

Oft blättere ich im ersten literarischen Erzeugnis aus Zolas Feder, lese die Geschichten «Simplice», «Le Sang», «Sœur des pauvres». Was der Kritiker mit Anmut, Zartheit und Ziererei bezeichnet hatte, das waren die letzten Hüllen der Chrysalide Poesie. Zola hatte uns viel Alexandriner, riesige Versepen vorgelesen, unter den Steineichen auf den Hügeln. Beim Lesen der Erzählungen spürt man, der Schriftsteller hat auf die Lyrik verzichtet. Sie war nicht seine Gabe. Das «Gezierte» ist das verklingende Echo. Es geht um anderes. Worum? Darauf gaben erst die großen Romane Antwort. Wir aus Aix konnten in den «Contes à Ninon» unsere Provence erkennen. Hachette, der damalige Brotherr Zolas, gab auch eine Kinderzeitschrift heraus. Was lag näher, als seinen schreibenden Angestellten um einen Beitrag zu ersuchen. Zola legte die «Schwester der Armen» dem Verleger vor. Der ließ ihn kommen. «Unmöglich, Herr Zola.» Dann fügte der Mann mit der hohen Stirne und seiner bis unter das Kinn reichenden Krawatte das eigentümliche Wort hinzu: «Sie sind nämlich ein Aufwiegler!»

Abschied von der Provence, Abschied von der Poesie und das noch kaum wahrnehmbare Murmeln der Quelle, die Werk und Leben Zolas speisen sollte, waren in dem von Publikum und Kritik so wohlwollend aufgenommenen Erstling enthalten.

Heute wissen wir alle: eine Schwelle war überschritten worden; sie führte ins Freie. Das konnte man ahnen. Wohin aber der Weg führen würde, wußte selbst Emile nicht.

Kaum ein Jahr später wurden wir in Aix von einem neuen Werk Zolas überrascht. «La Confession de Claude», «Claudes Bekenntnisse». Es war den Freunden Baptistin Baille und Paul Cézanne gewidmet. Wir verschlangen das Buch. In autobiographischer Form geschrieben, gab es uns Auskunft über den Jammer, in dem Zola die vergangenen Jahre in den Mansarden auf dem linken Ufer der Seine verbracht hatte. Hungernd. Beharrlich und edel, einem Ideal nachstrebend. Er, der nichts besitzt, nimmt ein Straßenmädchen, ein unglückseliges Wesen in sein Dachzimmer auf, aus Mitleid, aus Nächstenliebe zuerst, die sich dann zur Liebe schlechthin wandelt. Er will diese Verlorene aufrichten, zu sich emporziehen. Es ist Zolas erster Roman. Noch hat er die Poesie nicht völlig abgestreift, der Held ist noch kein Mann, sondern ein idealistischer Jüngling, bleichsüchtig, süßlich. Aber die Schilderungen zeigen doch sätze- und seitenweise jene nackte Realität und den Mut, sie in schonungslosen Worten auszusprechen, die später das Merkmal des Naturalismus werden sollten. Die Anklage war nicht zu überhören.

Dem jungen Autor widerfuhr sogar das Glück, daß die Kaiserliche Staatsanwaltschaft auf das Werk aufmerksam gemacht wurde, es sei gefährlich, subversiv. Doch das Urteil lautete: die öffentliche Moral werde durch diesen Roman nicht gefährdet. Der Staatsanwalt schloß seine Untersuchung mit den Worten: «Der Verfasser will in der Jugend Ekel erregen vor den unreinen Verbindungen, zu denen sie sich im Glauben an die Poeten hinreißen läßt, weil diese Dichter die Liebe der Bohème verklären.» Für ihn, Zola, das sah man später, war dieses Werk die erste Sprosse auf seiner Erfolgsleiter. Es machte ihm einen Namen, doch war er noch weit vom Ruhme entfernt. Aber die Weiche blieb gestellt und solid blockiert. Das war seine Lebensstraße – die Literatur. Die Literatur als Beruf. Die Literatur, die ihren Mann ernährt, ohne Verrat an der eigenen Überzeugung, an der Wahrheit – so wollte Emile sie verstanden haben.

Das Fieber hatte mich gepackt. Ich begann zu erkennen, daß unser Leben sich in Schnittstücken abspielt. Ich mußte die blöden Examen hinter mich bringen. Es gab nichts anderes mehr. Die Daumen in die Ohren gedrückt und gebüffelt! Genug gelacht, genug getändelt! Zuerst die Prüfungen, dann Paris. Es ging damals ein Wort um unter einigen von uns: «Wir sind vom Idealismus geheilt.» Wir waren nicht mehr «Säuglinge bei den Illusionen», wie es Cézanne einmal in einem Briefe ausgedrückt hatte. Als Paul in diesem Jahr nach Aix kam, schien er uns verändert. Aus dem schweigsamen, verschlossenen Jüngling war ein entfesselter Mann geworden, der stachelbärtig, in gewollter Vernachlässigung seiner Kleidung, einen verschlissenen Hut auf dem Haarschopf, breitbrüstig und breitspurig über den «Cours» wanderte, redebereit auf den geringsten Anruf hin, eine grobe Sprache führend, eine ausgebrochene Kraftnatur. Auch er hatte die Poesie von sich getan, das Süßliche. Die Literatur ist ein Kampf auf Leben und Tod, ein Gladiatorenkampf, ausgetragen in einem Amphitheater voller Dummköpfe. Die Malerei ist auch ein männlicher Beruf, keine Batist-Tüchlein-Stickerei. Wer es hören wollte, konnte es hören. Selbst vor uns Halbwüchsigen gab er seine Malertheorie zum besten: «Ein Büschel Rüben, genau gesehen, mit unvoreingenommenen Augen betrachtet, in der einfachsten, ehrlichsten Weise gemalt, ist tausendmal mehr wert als die akademischen Schwarten, nach dem ewig gleichen Rezept auf goldgerahmte Leinwand gepinselt.»

Isidore und ich durften einmal im Jas de Bouffan, in jener Gerümpelkammer, die er sein Atelier nannte, ein paar Ballen Leinwandstücke aufrollen, die er von Paris mitgebracht hatte, um weiter daran zu arbeiten oder um sie zu übermalen.

Wir waren ob dieser Bilder nicht weniger überrascht als über seine rote Weste.

Es waren keine im Freien gemalten Landschaften darunter. Cézanne hatte sich selbst als Modell benützt. Auf einem dieser Selbstporträts glich er Michelangelo. Das Gemälde war angelegt wie ein Relief. Schicht auf Schicht wuchs, plastisch, aus tiefdunklem Hintergrund, wie ein von der Vegetation entblößter Gesteinsbuckel die Stirne ins Licht, in ein grelles Licht, mit einem Farbauftrag, der an den Wurf einer Maurerkelle erinnerte. Unter diesem Überhang lagen die dunklen Augenhöhlen, in deren Tiefe, herausfordernd, zornige Pupillen lauerten, während sich die große Nase, noch einmal, hell wie die Stirne, einer drohenden Waffe gleich, gegen den Beschauer vorschob. Darunter begann der üppige Bart, welcher sich mit dem Haupthaar vereinigte, so daß diese Haare einen Rahmen um die helle Insel der oberen Gesichtshälfte bildeten. Die Ähnlichkeit mit dem Original schien nicht groß, aber mir ahnte, Paul habe sich gemalt, wie er wollte, daß man ihn sehe, als Revolutionär, als Titanen, einen Mann, der das ganze Jahrhundert herausforderte.

Neben diesem Selbstporträt, den Ölskizzen und weiter fortgeschrittenen Bildern, die er von Freunden hergestellt hatte, fanden sich Gemälde, die mir wie wilde Visionen, aus freier Phantasie, ohne Modell geschaffen, vorkamen. In mythologisierender Form, in Gestalten von Nereiden und Tritonen, in Szenen von Frauenraub und Vergewaltigungen, zwischen Felsen und Baumlandschaften sich abspielend, schien sich hier des Malers Sinnlichkeit auszuleben. Breit, langgezogen waren die Pinselstriche aufgetragen, dicke Farbschichten wälzend, zerquetschend, vermischend, als keuche hier selbst die Farbe unter der Bedrängnis. Dunkel waren diese Gemälde gehalten, um den weiblichen Figuren das betörende Aufleuchten des nackten Fleisches zu gewährleisten.

Wir rollten die Leinwandstücke wieder zusammen. Paul stand dabei, mit Hemd und Hose bekleidet, die rote Leibbinde um den Bauch geschlungen, lachend.

«Ihr Läuse und Krabben, nun?»

«Formidabel», rief der gute Isidore.

«Diese Bilder erinnern mich an Michelangelo», meinte ich altklug. Gegen meine Erwartung erhielt ich keine Antwort. Zuerst sprach er unser nationales Schimpfwort aus, aber dann fügte er noch etwas Vernünftigeres hinzu: «Solange man von einem Bild sagen kann, es erinnere oder es gleiche einem Gemälde von dem oder jenem, so lange ist es ein purer Mist.» Er stieß mit seinem Fuß in das Gerümpel hinein, das den Boden der Kammer bedeckte, schlug sich mit der Faust auf die Brust. «Uns selbst suchen wir in unseren Gemälden, nicht Michelangelo oder Ingres!» Er faßte mich am Rockkragen und zog mich gegen sich. «Eugène, wir malen nicht, um die Wand über dem Sofa deiner Tante Bertha mit einem reizenden Schmuckstück zu versehen...»

«Warum denn?» fragte ich naseweis zurück.

Er ließ mich los, blickte mir noch eine Sekunde ins Gesicht, wandte sich ab und wiederholte das Wort, das wir auf dem Schlachtfeld von Waterloo für unsere Sprache erbeutet haben. Wir betrachteten es als die Erlaubnis oder die Aufforderung, uns zurückzuziehen. Vielerlei Gefühle begleiteten uns, als wir unter den hohen Ulmen, dem barocken Bassin des Parkes entlang dem Torgitter des Jas de Bouffan zuschritten.

Wir sollten ihn in diesem Jahre, so lange er sich in Aix aufhielt, nicht mehr oft sehen. Es war eine Arbeitswut über ihn gekommen, die sich in der Stille, in Stummheit, in der Einsamkeit austobte. Von der Ecole des Beaux-Arts nicht aufgenommen, vor zwei Jahren von der jährlich stattfindenden offiziellen Kunstausstellung, dem Salon, zurückgewiesen, schien er eine eklatante Vergeltung, eine Rückkehr, wer weiß, eine Medaille gar, zu planen. Außer den wilden figürlichen Kompositionen, von denen wir einen so erschreckenden Eindruck erhalten hatten, malte er auch Karotten, «Rübenbüschel, die eine Revolution bedeuten könnten», wie er sagte. Es waren mit diesen Bodenfrüchten Stilleben gemeint. Eines davon aus jener Zeit ist die «Ecke im Atelier», der kleine Ofen mit dem steilen Rohr, das schwarz über eine an die Wand gelehnte Leinwand emporsteigt. Allerdings sollte Cézanne weder den Ruhm dieses Gemäldes erleben noch die astronomischen Preise, zu denen es den Besitzer wechselte. Das Erstaunliche blieb für uns, als es sich in Aix herumsprach, Paul habe seinen Vater gemalt; der Vater habe eingewilligt, sich von dem mißratenen Sohn porträtieren zu lassen. War der Friede eingekehrt? Hatte Louis-Auguste den Sohn als Künstler angenommen? Wir wußten es nicht. Einige behaupteten, der Alte habe das nur getan, um den Sohn bei der Arbeit zu halten, andere, es habe dem Bankier geschmeichelt, sich abkonterfeien zu lassen, und Spaßvögel meinten, das sei aus Geiz geschehen, um dem Maler teure und verführerische Modelle zu ersparen. Das Porträt des Vaters bleibt ein erstaunliches Bild. Der Alte, die schwarze Mütze auf dem Kopf, sitzt in einem von geblümtem Stoff überzogenen Lehnstuhl und liest die Zeitung «L'événement», das Pariser Blatt, in dem seit Anfang des Jahres Emile Zola die Kunst- und Literatursparte betreute, die Kolonne «Mon Salon». In diesem Gemälde versuchte der Maler die beiden Kräfte, die sein Leben bestimmten, zu vereinigen: den Freund, den geistigen Mentor, und den Vater, dessen Rente ihn vor dem Hunger bewahrte.

Mitten in den Vorbereitungen auf das Examen in der Chemie konnte ich es nicht unterlassen, über Pauls Bilder nachzusinnen. Ein Jüngling, ein Laie, der ich war, ohne jegliche Kunsttheorie, versuchte ich mir einen Begriff davon zu machen, was eigentlich mit der Malerei unternommen werde. Keine Schmuckstücke über dem Sofa, gut, was aber dann? Die Porträts, die Stilleben, die Landschaften Cézannes erschienen mir wie ein Versuch, die Zeit so zu dehnen, bis sie stille stand, sich schließlich in einen ewig dauernden Augenblick verwandelte. In den phantastischen Kompositionen, den Bacchanalen und Entführungen wogte, dampfte alles, die Ruhe gegen die Bewegung, das Licht gegen den Schatten, die Männer gegen die Frauen. Aber die Stilleben standen wirklich still. Bewegungslos verharrten die Modelle der Porträts. Kein Blättchen zitterte in den Landschaften. Kein Rinnsal floß.

Angesichts der Kompositionen hätte ich wissen wollen, was vor der Szene geschehen war, und das, was nachher geschehen würde. Bei den Stilleben, den Konterfeien, den Landschaften empfand ich diese Neugierde nicht. Diese Gesichter und diese Gegenstände hatten keine Vergangenheit, keine Zukunft, nur eine Gegenwart. Sie waren da, nichts sonst, einfach da, immer gleich festgehalten.

Heute versuche ich keine Erklärung mehr mit Worten, mit dem Verstand. Ich begreife und verstehe die Bilder Pauls, wenn ich sie schweigend betrachte. Sobald ich versuche, etwas über sie zu sagen, verblassen sie. Die Malerei ist eine schweigende Kunst.

Paul stammelte, fluchte tatsächlich, wenn er von seinen Leinwandstücken sprechen wollte; er zeigte sich grob, schüchtern, hilflos. Begreiflich. Was er zu sagen hatte, war gesagt. Offenbar verblieb aber immer ein unausgesprochener Rest. Nicht alles war ausgesprochen. Manchmal fügte er noch da, noch dort einen Tupfen Farbe, einen Pinselstrich bei. Diese riefen nach einer Veränderung eines Nachbarfleckens – und plötzlich polterte es, der Spachtel schlitzte die Leinwand auf. Ein Bild mehr war verloren. Nur wenn man dies weiß, kann man die atemlose Behutsamkeit seiner späteren Malweise verstehen. Er setzte seine immer kürzer werdenden Pinselstriche nebeneinander, mit dem Wissen, sie seien unkorrigierbar, unwiederholbar, unwiderruflich, endgültig.

Selbst uns unreifen, von Examensorgen heimgesuchten Jünglingen wurde Cézannes Wandel offenbar. Wir vernahmen stückweise, ungeordnet, in der Form von Gerüchten, daß sich in der Hauptstadt Kämpfe um eine neue Kunst abspielten. Wir erfuhren den Nachhall von Fehden, welche die Kunstkritiker, die Maler, die Jury des Salons, die Zeitungen über die Köpfe eines amüsierten, entrüsteten und verständnislosen Publikums miteinander ausfochten. Paul Cézanne soll an den Intendanten der Kunstschule einen Offenen Brief geschrieben haben, in dem er die Ausstellung der zurückgewiesenen Bilder forderte. Der ehemals Ungelenke und Schüchterne sei zu einem richtigen «braillard», einem Großmaul, einem Schreihals geworden, der sich laut, derb, unflätig gebärde. Er war von einem Klüngel anderer Maler umgeben, die von sich reden machten. Manet beispielsweise, dessen «Olympia» im letztjährigen Salon ausgestellt worden war. Cézanne hatte an Ansehen gewonnen, nicht bei der Kritik, nicht beim Publikum, aber unter den Malern, denen ein solcher Winkelried willkommen war. Die Rückweisung zweier Bilder, die Cézanne dem Salon gesandt hatte, sei von Manet und seinen Genossen als Triumph der neuen Malkunst gefeiert worden, hieß es.

Dieses wilde Treiben Pauls, sein herausforderndes Selbstbewußtsein, die Lust an der Demonstration, die Verächtlichmachung der Ignoranten, Spießer und der akademischen Maler mit ihren staatlichen Auftragspfründen nahmen wir, die wir mit ihm unter den Steineichen, auf den Hügeln gelegen hatten, nicht ernst. Selbst eine äußere Veränderung, die immer mehr sich enthüllende Kuppe des Schädels, der lange Haarkranz, die Adlernase täuschten uns nicht. Er war alles andere als brutal. Er war scheu, zart, weich. Er schämte sich dieser Eigenschaften. Er wollte sie verbergen. So wie er mit seinen Bacchanalen seine Unbeholfenheit und Schüchternheit gegenüber dem weiblichen Geschlecht überpinselte, so versuchte er mit seinem auflüpfischen Auftreten die demütigende Abhängigkeit von der schmalen Rente seines Vaters zu vergessen.

Wir Schüler hinkten hinter den Geschehnissen her. In Aix waren manche Leute stolz darauf, daß Namen von Kindern der Stadt in der Pariser Presse genannt wurden, doch die Offiziellen in Kunstsachen, wie Monsieur Gibert etwa, der Direktor des Museums, die Bewohner der aristokratischen Seite des Cours zuckten die Achseln, wenn sie vom Treiben des entfesselten Klüngels vernahmen. Bohème, das? Eine klägliche Nachahmung der Bohème im besten Falle! Man erzählte sich, der Kaiser habe dem Begehren der Künstler, von der Jury des «Salons» zurückgewiesene Bilder in einem besonderen «Salon des Refusés» auszustellen, entsprochen. Diese Ausstellung sei ein voller Erfolg geworden, aber ein Heiterkeitserfolg. Die Besucher hätten sich die Bäuche gehalten vor Lachen. Der Versuch wurde nicht mehr wiederholt. Zeitungen veröffentlichten Cézannes Protestbrief.

Im gleichen Jahr erschien eine Broschüre von Emile Zola: «Mein Salon».

Zola schrieb über die Jury des Salons. «Da gibt es brave Burschen, die völlig unbeteiligt für oder gegen die Annahme eines Bildes stimmen, da sind Leute, die kampflos angekommen sind, da gibt es die Künstler von gestern, die an ihrem Glauben festhalten und die alle Versuche und Experimente der Gegenwärtigen leugnen und ablehnen, und endlich gibt es da die Künstler von heute, deren Manier einen gewissen Erfolg zu verzeichnen hat und die diesen Erfolg mit gefletschten Zähnen festhalten und jeden anderen Kollegen, der sich nähert, anknurren und bedrohen.» – «Wir stehen in einer Zeit der Kämpfe und Fieberanfälle.» – «Der Salon ist nichts anderes als eine Sammlung von Mittelmäßigkeiten.» – «Zweitausend Gemälde – und nicht zehn Menschen.» – «Was ich vor einem Gemälde suche, ist nicht ein Bildchen, sondern ein Mann.»

Aus jedem dieser Sätze hörte ich Paul heraus.

Dieser Schrift voran ging ein Brief an Paul Cézanne, eine Widmung, ein Dank.

«Welch eine tiefe Freude empfinde ich», schrieb Zola, «daß ich mich ganz allein ungestört mit Dir aussprechen darf. Du kannst Dir nicht vorstellen, was ich durchgemacht habe während der Zeit meines Streites mit dieser Menge von Unbekannten. Ich fühlte mich so wenig verstanden, ich spürte einen solchen Haß um mich herum, daß ich manchmal die Feder entmutigt wegwarf. Heute kann ich mich wieder der stillen Freude an einem der guten Gespräche hingeben, wie wir sie während zehn Jahren miteinander pflogen. Für Dich allein schreibe ich diese Seiten; ich weiß, Du wirst sie mit Deinem Herzen lesen und mir nachher noch mehr zugetan sein.

Zehn Jahre schon sprechen wir von Kunst und Literatur. Wir haben beieinander gewohnt – erinnerst Du Dich? Und wie oft hat uns nicht der Tag bei unseren Gesprächen überrascht, in denen wir die Vergangenheit durchforschten, unsere Fragen an die Gegenwart stellten, um die Wahrheit zu finden, eine unfehlbare und vollkommene Religion aufzurichten suchten. Wir haben einen Haufen erschreckender Gedanken gewälzt, wir haben alle Systeme geprüft und verworfen, und nach dieser schweren Arbeit haben wir uns sagen müssen: außerhalb des machtvollen und persönlichen Lebens gibt es nur Lüge und Torheit.

Wir lebten im Schatten, allein, ohne große Gesellschaft; unsere Gedanken genügten uns. Inmitten eines gefälligen und leichten Geplauders fühlten wir uns verloren. Wir suchten den Menschen in allen Dingen. In jedem Sonnenaufgang, in jedem Bild, in jeder Dichtung wollten wir unseren persönlichen Ausdruck finden. Wir riefen es aus, daß die Meister, die Genies, Schöpfer sind; ein jeder von ihnen hat eine Welt neu erschaffen. Wir lehnten die Jünger ab, die Unfruchtbaren, deren Beruf in nichts anderem besteht, als sich da und dort ein bißchen fremde Ursprünglichkeit zu stehlen.

Weißt Du, daß wir Aufrührer, Revolutionäre gewesen waren, ohne es zu wissen? Jetzt wurde mir Gelegenheit geboten, laut herauszusagen, was wir zehn Jahre lang mit leiser Stimme einander zumurmelten. Das Kampfgeschrei ist auch zu Dir gedrungen, nicht wahr, und Du hast gesehen, welch schönen Empfang sie unseren lieben Ideen bereitet haben. Ach, diese armen Burschen, die gesund in der Provinz aufwuchsen, unter der großen Sonne, und die solche Tollheiten ausbrüteten, die so verlogen waren!

Denn – das wußtest Du wahrscheinlich nicht – ich bin ein unredlicher, gefährlicher Mensch! Einige Dutzend Zwangsjacken hat das Publikum schon bestellt, um mich in die Irrenanstalt Charenton einzuliefern. Nur meine Eltern und meine Freunde lobe ich, ich bin ein Schwachkopf, ein Böswilliger, ich suche den Skandal!

Das flößt Mitleid ein, mein Lieber, und ist sehr traurig. Die Geschichte wird sich also stets gleichbleiben? Man wird also immer so sprechen müssen wie die anderen, oder schweigen? Erinnerst Du Dich unserer langen Gespräche noch? Wir sagten es oft zueinander: nicht die mindeste neue Wahrheit durfte sich zeigen, ohne Zorn und Hohngelächter heraufzubeschwören. Und jetzt werde ich selbst ausgepfiffen und beschimpft!

Die Geschichte ist köstlich, mein Freund. Um keinen Preis der Welt wollte ich diese Blätter vernichten. Für sich selbst genommen, wiegen sie nicht schwer, aber sie waren sozusagen der Stein, mit dem ich die Öffentlichkeit prüfte. Jetzt wissen wir, wie unbeliebt unsere liebsten Gedanken sind.»

Dank, Erinnerungen, Verbindung der beiden Namen öffentlich und auf alle Lebenszeit, ein Treuegelöbnis, ein Bekenntnis zur Persönlichkeit des andern, den bedingungslosen Glauben an den Genius im andern enthielt diese Widmung.

Mußte ein solches Dokument Paul Cézanne nicht mit Stolz und Selbstvertrauen erfüllen? Ein Strom von Kraft und Schöpferlust ging von diesem Offenen Briefe aus. Er war für Paul ein Adelsbrief, eine gemeinsame Kampfansage.

Die Freunde hatten nun das fünfundzwanzigste Altersjahr überschritten. Denke ich an Zola, so sehe ich die Büste vor mir, die Solari von ihm geformt hat, den Mann mit der hohen Stirn und dem zurückgeworfenen Haarschopf, einen Kämpfer mit entblößtem Hals. Ich sehe ihn neben Cézanne, wie dieser sich selbst gemalt hat: den Michelangelo mit dem ernsten Blick aus der Höhle unter der modellierten Stirne. Zwei solche junge Männer in Freundschaft, Treue und Vertrauen miteinander verbunden, welche Kraft!

Wie gut konnte ich nun Pauls Mut, Pauls Übermut, Pauls Arbeitswut verstehen! Diese zwei Männer mußten alles vor sich wegfegen.

Soeben hatten sie, in aller Öffentlichkeit, Abschied von ihrer Jugend genommen.

V

Als wir, Isidore Baille und ich, an einem diesigen Herbstmorgen des Jahres 1868 in der Gare de Lyon, unausgeschlafen, aber hellwach, aus dem Wagen dritter Klasse der P. L. M. kletterten und in der von Rauchwolken erfüllten Bahnhofhalle, deren Glasdach eine Rußschicht bedeckte, dem Bahnsteig entlang dem Kopfende der Geleise zuschritten, wurden wir dort von einer strammen, hochaufgerichteten Gestalt in der Uniform der Schule von Saint-Cyr empfangen. Es war Baptistin, Isidores Bruder. Freundlich, ein wenig gönnerhaft, ein wohldosiertes Lächeln über das rosige Gesicht gebreitet, Schnurrbart und Spitzbärtchen nach der Art des dritten Napoleon geschnitten, geleitete er uns auf den holzgepflasterten und mit einem eisernen Zaun umschlossenen Platz hinaus. Eine lange Reihe von Pferdekutschen und viele Lastwagen säumten den Hof. Vor der Ausfahrt konnte ich die großen, mit zwei Pferden bespannten Omnibusse wahrnehmen, mit langen Sitzbänken auf ihren Dächern, zu denen eine Wendeltreppe emporführte. Die Lehnen der Bänke waren von großen Tafeln bedeckt, auf denen der Kurs dieser öffentlichen Verkehrsmittel zu lesen war.

Baptistin hatte alles wie ein Generalstäbler organisiert. Wir bestiegen trotz den hinderlichen Gepäckstücken die «Impériale» eines dieser Gefährte, und die zwei Zugpferde trabten im Dunst des frühen Morgens über eine Brücke und dann den Ufern der Seine entlang.

Der tüchtige Baille hatte mir im fünften Stockwerk eines Hauses am Quai Voltaire eine Bude gemietet, nicht weit von der Ecole de Médecine entfernt, und dorthin wollten wir uns zuerst begeben, um uns der Bagage zu entledigen. Bei Onkel Octave, einem Bruder seiner Mutter, logierte Isidore. Für ihn war Paris lediglich ein Ferienaufenthalt, dieweil ich von meinem mit sauren Zeiten und schweren Prüfungen erworbenen Recht, das medizinische Studium beginnen zu dürfen, Gebrauch zu machen gedachte.

Meine Vermieterin war eine Madame Durable. Baptistin hatte alles auf das beste geregelt. Wir drei polterten schon nach kurzer Zeit wieder die Treppe hinab. Es folgten einige widerwillig ertragene Tage mit der Familie von Herrn Octave Gastonet, mit dem Besuch von Sehenswürdigkeiten, Theatervorstellungen, dem Gerede von den Wundern der Weltausstellung im vergangenen Jahre, den diskreten Ermahnungen von Mann zu Mann – eben all dem, was ein junger Student aus der Provinz, der zum erstenmal die Kapitale betritt, über sich ergehen lassen muß. So gut ich Isidore leiden mochte, so sehr mich Onkel Octaves Familie umsorgte – ich fühlte mich erst «angekommen», als ich nach zwei Wochen mit allen Gastonets den guten Isidore an die Gare de Lyon begleitet, dem sich weit aus dem Fenster des Abteils Lehnenden, aus der Halle Hinausgleitenden den letzten Taschentuchgruß zugewinkt hatte. Es gelang mir nachher im Getümmel, die Familie zu verlieren. Nur mit unzulänglichen Worten vermag ich auszudrücken, wie mir zumute war, als ich durch einen Seitenausgang den Bahnhof verließ, allein, frei.

Das zweite Kaiserreich, das mit der Schlacht von Sedan endete – nachdem es ihm nicht vergönnt gewesen war, an der Spitze seiner Armee zu sterben, wurde Louis-Napoléon III vom Fürsten Bismarck mit allen militärischen Ehren gefangengenommen –, dieses Second Empire spielt in der Geschichte Frankreichs und in der Weltgeschichte keine heroische Rolle. Die mildeste Form der Verachtung bildet noch ein gerührtes Lächeln. Der Vergleich mit der Operette wird gerne gebraucht. Die Korruption, *la femme*, der Alkoholismus, eine tiefe Kluft zwischen arm und reich – also reihen sich die Stichworte aneinander, um ein leichtfertiges und prahlerisches Volk, das an nichts anderes denkt als an Besitz und Lebensgenuß, zu kennzeichnen. Die Skandale folgten sich wie die Verbrechen. Die zentrale Administration, mit ihren Hunderttausenden von Beamten, die Ewige Rente, die starre, bis zu den äußersten Spitzen hinauf schematisch organisierte Bürokratie erweckten die Vorstellung eines aus zartzähen Gitterstäben gefertigten Käfigs. Er umschließt mit seiner gefälligen Form ein Chaos, eine Gesellschaft von Zynikern und käuflichen Frauen, die menschliche Bestie in Frack und Zylinder, den Frou-frou und den Cancan. Die Protektion, die Zugehörigkeit zu einer Clique allein entscheiden darüber, ob jemand arriviert. Verfilzt miteinander sind die Angehörigen der herrschenden Klassen; die Finanzoperationen, die Spekulationen, die Börse bieten Möglichkeiten, Geld zu erraffen, ohne zu arbeiten, ein Leben in Pracht und Raffinement zu führen. Über Geschäft, Politik, Kultur und Kunst wird in den Salons, in den

Gesellschaften entschieden, ein Sektglas in der Hand, die Havanna im Munde. Aus Silber sind die Beschläge der Kutschen, von rotem Maroquinleder ihre Sitze. Am Corso über die Champs-Elysées und durch den Bois de Boulogne beteiligt sich auch der Hof; der Kaiser begleitet auf seinem Araber die Karosse der Kaiserin Eugénie.

Dies etwa war das Bild, welches den Leuten in der Provinz vom Paris des Second Empire vorschwebte. Ich blickte oft vom Fenster meiner Mansarde über den Fluß hinweg auf diese Stadt, die sich als ein steinerner Hang bis an die Horizonte ausbreitete. Ich hörte ihr Summen, das Geklapper der Pferdehufe unter mir, auf dem Quai – aber von tollem Treiben war nichts zu sehen. In der Ferne irgendwo pfiff eine Lokomotive, die Kamine rauchten, von den Leuten, die unterhalb der steinernen Brüstungen der Seine entlang wanderten, konnte ich einen jeden Einzelnen gut erkennen. Nichts von einer Menge, einer Masse. Manchmal spielte weit weg, irgendwo im bläulichen Dunst, eine Militärmusik, sah ich das Aufblitzen eines Fensters. In meiner Erinnerung ist diese Stadt ein stiller Ort geblieben. Zwei nächtlich heimkehrende Männer unter der Türe eines Cafés machten mehr Lärm als die ganze Weltstadt.

Mochte in diesem riesigen Paris das Laster herrschen, nihilistischer Unglaube, Reichtum, Luxus und Verschwendung, Bestechlichkeit und unstillbare Genußgier – der angehende Medizinstudent, der da über der Dachtraufe im Rahmen seines Kammerfensters saß und seine Pfeife rauchte, wußte bereits, so gering sein Wissen auch sein mochte, um andere Kräfte, die in dieser selben verruchten und verschwenderischen Zeit wirkten. Das mondäne Getue spielte sich in zwei, drei Quartieren ab; um sie herum lagerten sich die anderen zwanzig Quartiere wie stille Provinzstädte. Ihre Bewohner überschritten selten die Grenzen des Arrondissements. Das Handwerk stand in Ehren. In nichts unterschieden sich die bürgerlichen Haushaltungen von jenen in den Provinzen. Bescheiden, sparsam, anständig gekleidet, höflich und dienstfertig gingen die Leute ihren Geschäften nach. Sie waren zufrieden, überschätzten und unterschätzten sich nicht. Handel und der gesellige Verkehr beschränkten sich auf die Nachbarschaft und den Stand, dem man angehörte. Ehrbar sein Geld verdienen, bis es zu einer Rente reichte, wenig Kinder haben, damit das Erbe nicht zersplittert würde – so richteten sich diese Leute ein. Daumier hat sie gezeichnet und Flaubert sie beschrieben.

Doch gab es in diesem belächelten Second Empire noch die Forscher und die Wissenschafter. Ich muß ihre Namen nur nennen, und plötzlich enthüllt sich das große Frankreich, die wahre Weltstadt, der Weltort, an dem sich die Überlieferung Cartesianischen Denkens, der Bonsens eines Montaigne und die Genialität eines Blaise Pascal in anderer Form, unter anderem Namen erhielten und fortsetzten. Mir liegt naturgemäß die Biologie am nächsten, die Naturwissenschaft, die Medizin. Man brauchte nur die Namen eines Pasteur, eines Berthelot, eines Claude Bernard, eines Ribot, eines de Fleury auszusprechen! Selbst ein korruptes und zum Untergang reifes Imperium kann die um Erkenntnis ringenden, schöpferischen Kräfte nicht in Fesseln legen. In pathetischen Bahnen liefen die Gedanken des Medizinstudenten Montgéroult, wenn er vom Fenster seiner Bude über die Seine, die Dächer und Zinnen hinweg zur Butte-Montmartre hinüber blickte. Auch in ihm rumorte ein Balzacscher Rastignac. Doch mein Ehrgeiz beschränkte sich auf den Beruf, den ich gewählt hatte. Nicht Paris wollte ich erobern, nicht um Ruhm war es mir zu tun, nicht um Geld. Ich wäre auch nicht ganz genau, würde ich sagen, der Arztberuf sei mir als eine Art Mission erschienen, eine Verpflichtung, den leidenden Menschen zu helfen. Was mich antrieb, war der Wissensdurst. Der Student hielt damals die Medizin für eine Wissenschaft, den Umgang mit den Kranken für einen Vorwand, in die Geheimnisse von Leben und Tod einzudringen. Lernen, erfahren, das Wissen vermehren, den Schatz der Erkenntnisse wie ein Geizhals äufnen – von solcher Art war meine Leidenschaft. Nicht um die Eroberung dieses lächerlichen Ameisenhaufens Paris ging es. Ich wollte ein Verwalter des Gutes werden, das seit Jahrtausenden die Anatomen, die Ärzte und die Biologen, die Chemiker, die Physiker und die Psychologen von des Menschen Körper und Seele erforscht und zusammengetragen hatten. Nicht der Arzt war mein Ziel; geheimgehalten, nie ausgesprochen, erträumte ich den Lehrstuhl des Physiologen.

Ich mußte diese Verfassung meines Geistes niederschreiben, obgleich meine Person keinesfalls den Gegenstand dieses Dokuments bildet. Jetzt fangen die dünnen Schülerhefte der Madame Cerisier an, sich zu einer Beige zu häufen, wie die Kollegienhefte meiner Studienzeit. Träume, Illusionen gehören zum Werden des Menschen wie die körperlichen Organe, das Herz, die Milz. Unter den Steineichen auf den Hügeln erklärte uns Emile einmal, wie die Vorstellung eines Olymps mit seiner Götterwelt, der Mythus allein das Schicksal ganzer Kontinente und Völker, die Geschichte der Menschheit bestimmt habe. «Nichts von all dem war da. Kein Mensch hat je einen dieser Götter gesehen. Aber sie entfesselten Kriege, gebaren Staaten, machten Menschen glücklich oder leiden. Die imaginäre Welt ist stärker als die Wirklichkeit. Sie leitet uns.»

Als ich meine Immatrikulation, alle damit verbundenen Gänge erledigt und mich in den Universitätsbetrieb eingefügt hatte, blieb mir nicht mehr viel eigene Zeit. Vorbereitet, wie ich war, ungeduldig, erfüllt von Neugierde, ein Allesfresser, belegte ich zu viele Kollegien und Kurse. Ich war außer mir, ein Hörer Claude Bernards, man denke! Zu viel schreibe ich von mir. Während dieser Wochen ereignete sich jedoch etwas, das mich zu meinen beiden «Großen» aus dem Collège Bourbon in Aix zurückbrachte.

Als ein reiner Jüngling war ich nach Paris gekommen. Zwei Dinge waren mir unbekannt: noch nie hatte ich einen toten Menschen gesehen, noch nie eine nackte Frau. Natürlich benützten wir Lehrbücher, Atlanten, Modelle, hörten wir in den Lehrsälen und Amphitheatern die Vorlesungen unserer Professoren – aber das war doch alles nur wie die Mythen der Alten, nur Vorstellung, Darstellung, Abbildung, Worte, Sätze, Aufsätze, Vorträge, Abstraktionen, Nachrichten von Wirklichkeiten, Systematik, Beschreibungen. Gewissenhaft schrieben wir nach, was uns von der Knochenlehre, der Nervenlehre, den Herzgefäßen, den Organen, den Geweben vorgetragen wurde. Die Wirklichkeit jedoch, um die es ging, die war noch weit weg von uns. Selbst die Organe, Gehirne, Herzen, Köpfe, die in den Pokalen des Institutes im Spiritus schwammen und von den Laboratoriumsgehilfen bereitgestellt wurden, wenn in den Vorlesungen davon die Rede war, blieben durch dicke Glaswände, durch eine Schicht von Flüssigkeit von uns getrennt. Wir sahen sie wie durch die Scheiben eines Aquariums, so wie man Fische und Quallen betrachtet. Sie hatten nichts mit uns zu tun.

Dann, eines gewöhnlichen Tages, ohne Pauken und Trompeten, auf Grund eines einfachen Anschlags am schwarzen Brett, wurden wir in Gruppen aufgeteilt, und einige von uns, zufällig zusammengewürfelt, fanden sich am Eingang des Anatomiesaales versammelt, versehen mit unseren Bestecken; ein schnauzbärtiger Abwart öffnete die Türe und ging davon.

Einer oder zwei der Gruppe waren schon dagewesen, wir andern, die jüngeren, traten zögernd ein. Die Einteilung in Arbeitsplätze war übersichtlich; kaltes Licht fiel von der Fensterfront auf die Zinktische. Kübel und Kessel standen herum. Es herrschte in dieser länglichen glasbedeckten Halle jener Geruch, den man nicht beschreiben kann, den keiner je mehr vergißt und den ich seit jener Zeit im Untergrund aller menschlichen Ausdünstungen wiederfinde.

Da lagen sie herum, die großen Geheimnisse meiner Jünglingszeit, offenbar: die nackten Frauen, die toten Frauen. Ich war dem Schock nicht gewachsen.

Für einen Schriftsteller, denke ich, wäre das nun der Augenblick, realistisch zu schildern, in Einzelheiten, was der Student Montgéroult sah, welche anatomische Aufgabe ihm überbunden wurde. Das alles lasse ich beiseite.

In meinem Zimmer am Quai Voltaire suchte ich am Abend jenes Tages in meinen Papieren nach der Adresse von Emile Zola. Nicht Baptistin, nicht Cézanne waren die Rechten für meinen Zustand. Mit Zola mußte ich reden. Während langer Jahre hatte er in dem Quartier um das Panthéon herum gewohnt, aber nun mußte er jenseits des Flusses, irgendwo im Quartier von Batignolles seinen Wohnsitz haben, das wußte ich. In meiner Verwirrung brach ich sogleich auf, am selben Abend noch, zu einer Wanderung quer durch die Stadt. Von einem Café Guerbois hatte ich reden gehört, an der Grand-Rue des Batignolles, dem Hauptquartier der «Schule von Batignolles». Anläßlich des Skandals um Manets «Olympia» hatte Zola darüber geschrieben.

Ich fand es bald, ein von Pfeifenqualm und Zigarettenrauch erfülltes Lokal mit weißen Wänden, viel goldener Stukkatur und Spiegeln. Die Gaskugeln schimmerten im Dunst, Knäuel von Männern ballten sich um kleine Tische, die Gäste schwatzten, lachten, stritten, eine Frau saß an der Kasse. Ein Kellner in weißer Schürze, die bis zu seinen Schuhen reichte, konnte mir Emiles Adresse geben. Es war nicht weit bis zur Rue Truffaut, aber der Zeitpunkt für einen Besuch doch sehr ungeeignet. In meinem Zustand fragte ich nicht darnach.

Hinter der Mairie von Clichy stand das Mietshaus. Die Hauswartleute zeigten kein Erstaunen über den späten Besucher, solche Visiten schienen hier Sitte. Des Dichters Mutter, Madame François Zola, öffnete die Wohnungstüre. Ich erkannte sie sogleich wieder. Glatt, bäuerlich, in der Mitte gescheitelt, lag ihr ungebleichtes Haar über dem guten Gesicht – Paris hatte sie nicht verändert. «Einer aus Aix», rief sie, als ich ihr meinen Namen nannte. «Aber wie sehen Sie aus? Ist Ihnen etwas zugestoßen? Sind Sie soeben angekommen?»

Zola trug damals noch eine Mähne, einen Helm aus Haaren, die ihm über den Nacken fielen, den dunklen Backenbart, den Schnurrbart, die Lavallière. Glatt, weiß, hoch leuchtete die Stirne. Er hatte an Haltung gewonnen. Sogleich erriet ich: er war jemand, und er wußte es.

Er erkannte mich nicht sogleich, schaute mir kurzsichtig ins Gesicht, blickte an mir herab. Ich war gewachsen seit der Zeit, da er mich zuletzt gesehen hatte, ich war mager; aber es muß mein Gesicht gewesen sein, das mich unkenntlich machte.

«Eugène Montgéroult, Isidore Bailles Freund...»

Er schlug sich an die Stirne, ließ den Kneifer pendeln, faßte nach meiner Hand:

«Eugène...»

«Meister...»

«Du wirst gefälligst fortfahren, mich zu duzen wie zu den Zeiten im Steinbruch Bibémus...»

«Der Freund von Baptistins Bruder, Medizinstudent», stellte er mich einer stattlichen Dame mit gekräuselten Stirnlocken vor, die ihm gefolgt war. «Meine Frau.» Ich hatte von einer Ehe Zolas nichts gewußt.

Dann nahm die Begegnung die Form einer Konsultation an. Ich saß auf dem Besucherstuhl vor dem Pult, hinter dem Zola thronte. Die alte Frau Zola brachte zwei Tassen mit Tee, verschwand.

Er machte Anstalten, mich auszufragen über Aix, ich merkte es ihm an. Aber dann schwieg er. Es mußte ihm etwas aufgefallen sein. Ich versuchte einen Anfang zu finden, die Worte kamen nicht, dafür eine Art Zittern und vielleicht so etwas wie Augenwasser.

Gehorsam trank ich meine Tasse leer. Dann blickte ich zu Boden. Ein Tierfell lag unter dem Pult.

«Entschuldigen Sie, entschuldige – es ist eine Krise...»

Er nickte kaum merklich. Ich wurde den Verdacht nicht los, der wißbegierige Schriftsteller sei in ihm erwacht. Sein teilnehmender Blick verscheuchte ihn wieder.

Als es vorüber war, als ich ihm alles erzählt hatte, lagen rote Flecken auf seinen Wangen, unter den Augen. Hatte er etwas auf das vor ihm liegende Blatt gekritzelt? Er erhob sich, lief hin und her, lehnte sich an den Kaminsims, setzte den Kneifer auf, ließ ihn wieder fallen.

«Als hätte ich das selbst erlebt, so verstehe ich dich, Eugène. Du erinnerst dich an ‹Claudes Bekenntnis›? Unsere Romantik, unsere Ideale und – die Wirklichkeit! Dann der Befehl: Wähle! Du weißt, daß ich gewählt habe, lange schon.»

Ich nickte. «Auch ich glaubte es – aber das!»

Unser Gespräch dauerte bis zum Morgengrauen. Von der Straße herauf hörten wir das Klappern der Pferdehufe, das Ächzen der Gemüsekarren auf dem Wege zu den Markthallen. Emile Zola war unersättlich. Jedes Detail wollte er wissen. Fast sah es aus, als wäre ich zu ihm gekommen, um ihm Material zu liefern. Dabei ging es um nichts weniger als um meinen Studienweg, um meinen Beruf, um meine Zukunft. War ich an die falsche Adresse geraten? Den Jahren nach war Zola noch ein jüngerer Mann, noch nicht dreißig Jahre alt, doch er hatte bereits etwas Prominentes an sich. Hilfsbereit war er immer gewesen, Lehren lag ihm.

«Ein Modellfall», rief er aus, «das Problem unseres Jahrhunderts: Romantik und Realität.»

Er hatte sich erhoben, war der Wand seines Büchergestells entlang gegangen, zog eine Broschüre aus der Reihe, legte sie vor mich hin. «Das kennst du doch?» Es war Claude Bernards «Einführung in das Studium der experimentellen Wissenschaft».

«Eine Art Bibel für mich.»

Zola blätterte in dem Buch, dann las er mit lauter Stimme: «Der Physiologe ist kein Weltmann, er ist ein Wissenschafter, ein Mann, der ganz von der Idee besessen ist, die er verfolgt. Weder hört er das Wehklagen der Versuchstiere, noch sieht er das Blut, das fließt; nichts sieht er als die Idee und die Organismen, welche sie in sich bergen und in denen er sie entdecken will. Auch der Chirurg darf sich durch das Stöhnen seines Patienten nicht Einhalt gebieten lassen, weil er nur den Sinn und das Ziel seiner Operation vor sich sieht.»

Er hielt inne, schaute mich durch die Gläser seines Kneifers hindurch an. «Dies ist wie für dich geschrieben. Höre: gleich wie der Anatom kein Gefühl dafür hat, daß er sich in einem grauenhaften Schlachthaus aufhält, verfolgt er unter dem Banne seiner wissenschaftlichen Idee, seines Wissensdurstes mit Bewunderung den Verlauf eines Nervenstranges in dem stinkenden, entbluteten Fleisch, das für jeden anderen Menschen ein Gegenstand des Ekels und des Abscheus bildet!»

Zola hatte jegliche Pose verloren, heftig atmete er, seine Stimme zitterte. Ich spürte: das ging ihn selbst an.

«Da läuft die Grenze durch, bei deinen Kadavern, deinen nackten Frauen. Auf vorderstem Posten stehst du. Vorbei Musset, vorbei das lyrische Pathos Victor Hugos. Die neue Zeit hat begonnen, die moderne Zeit, der Naturalismus, die Aufklärung, Diderot, Rousseau, Balzac, Stendhal, der Suezkanal, die Wasserturbine, die Photographie, der Petrolmotor...»

Er riß das Fenster auf.

«Noch vor zwanzig Jahren wußte man nicht, wozu die Leber gut ist. Heute weiß man es, Claude Bernard hat es bewiesen.»

«Und Darwin und Pasteur», flüsterte ich wider Willen.

Wovon sprachen wir eigentlich? Worum ging es? Daß es einem Neuling schlecht geworden war beim Anblick von Leichen?

Dieser Emile hatte nichts mehr mit dem Schulkameraden von Aix zu tun. Ein vom Denken gezeichneter Mann wanderte im Zimmer herum.

«Ich will dir etwas sagen, Eugène. Es wird dich erstaunen. Ich möchte an deiner Stelle sein, ein Student der Naturwissenschaften, ein Physiologe, ein Forscher. An der Front des Fortschritts und der Erkenntnis! Verstehst du denn nicht?» Er breitete die Arme aus. «Wir Skribenten! Was ist das? Verlegenheit, Worte, Ideen, Schein! Aber ihr, in eurem Labor, im Gestank, die Hände voll Blut, ihr steht knöcheltief in Eiter und Verwesung am Boden des Brunnenschachts. Verstehst du denn nicht? Im Schacht, aus dem die Wahrheit emporsteigt! Die Wahrheit! Durch euren Mund! Keine Poesie! Keine Schönheit! Kein Schein! Das Sein! Die Wahrheit!»

Er setzte sich an den Tisch, schrieb mit zitternder Hand Worte auf sein Blatt.

«Vorbei die Kunst als Illusion! Vorbei die Kunst der Ästheten! Vorbei l'art pour l'art. Vorbei die Träumerei. Wirklichkeit!

Harte Wirklichkeit! Häßliche Wirklichkeit vielleicht. Aber wahre Wirklichkeit, vorbei Ruy Blas! Vorbei die romantische Vergangenheit. Gegenwart! Häßliche, aber kontrollierbare Gegenwart! Wir brauchen keine erhabenen Ideen. Wir brauchen die Wahrheit, die nackte Wahrheit. Was macht dir das aus, ob du in den Kot trittst, ob du eines toten Mannes Kopf öffnest, ob du ein Auge herausoperierst, wenn du deinen Wissensdurst löschen kannst.»

Wieder erhob er sich, lief herum.

«Ihr habt es einfacher als wir in der Literatur. Die Zeiten sind vorüber, da die Ärzte Leichen kaufen mußten um ihrer Forschung willen. Jeder findet selbstverständlich, was ihr tut. Aber wir, die Romanciers? Schmutzkerle seien wir, Schweine, Unzüchtler rufen sie, wenn wir in unserem Werke die Methode der Wissenschaft, die Methode eines Claude Bernard anwenden wollen.»

Ich war müde. Ich hatte Sehnsucht nach Einsamkeit, nach Schlaf. Es ging mir längst nicht mehr um das, wovon er sprach. Ich verstand auch nicht mehr die Sätze. Dennoch: der nächtliche Besuch war nicht vergebens gewesen. An irgendeiner Stelle seiner Rede war etwas Wankendes bei mir wieder ins Lot geraten und stand nun fest. Ich hätte damals nicht sagen können, was es war.

Durch die leeren Straßen wanderte ich dem Fluß zu. Ruhe war in mir eingekehrt. Mochte geschehen, was wollte, dies würde ich Emile Zola nie vergessen. Damals kannte ich die Formel noch nicht. Ich erlebte nur ihren Trost: Wahrheit befreit von Angst und Schuld.

Als ich wenige Tage später den Anatomiesaal betrat und Monsieur Guillaume, der Laboratoriumsgehilfe, nicht anders als ein Fleischer, mir den Unterarm eines Mannes auf das Zink der Tafel legte, hatte ich jene Grenze überschritten, die alle meine Berufskollegen kennen. Ich beugte mich über das Objekt meiner Untersuchung, ich wollte wissen, wie diese Sache unter ihrer Oberfläche beschaffen war, ich wollte, wie es mir aufgetragen worden war, die Sehne des Fingerbeugers unversehrt in ihrer ganzen Länge bis in die Kuppe hinauf bloßlegen und dann meinen Befund niederschreiben. Sachlich, wahr, und dazu gehörte, daß ich nicht daran dachte, wonach diese Hand gegriffen, was sie gefaßt und was alles sie hatte entgleiten lassen.

Emile Zola hatte mir, als ich mich von ihm verabschiedete, die Namen seiner Freunde aus dem Midi, von Aix aufgezählt, die sich jeweils am Donnerstag bei ihm einstellten: Cézanne, Baille, der Poet Valabrègue, Solari, Pissarro, der Maler, andere, die ich vergessen habe. Auch mich erwarte er nun.

Doch für mich war die Zeit des Flanierens vorbei. Die Lust am Reden war mir vergangen. Diese Schriftsteller und Journalisten, diese Maler gehörten einer anderen Welt an. Sie waren alle nach außen gewendet, sie diskutierten, sie stellten dar, es spielten sich Kämpfe ab im Reiche der Kunst, erbitterte Fehden, Duelle gar. Lärm herrschte, Qualm, kaum war ein Wort gefallen, setzte Kritik und Gegenrede ein. Zwei- oder dreimal war ich hingegangen, hatte mich in eine Ecke gesetzt, zugehört. Aber ich verstand nicht, wovon die Rede war. Ich las keine Gazetten. Ich verstand auch die Leidenschaft nicht, die Gemälde, Ausstellungen, Kunstkritiken, Zeitungsartikel, Romane entfesseln konnten. Jeder schien außer seiner Tabakpfeife noch eine eigene These zu besitzen oder eine Hypothese. Diese Leute redeten von der Entstehung der Rassen, von den Gesetzen der Vererbung, vom Einfluß des Milieus, von medizinischen Fragen, als wären sie längst Besitzer jenes Hauses, in dem ein bescheidenes Zimmerchen zu mieten ich mich anschickte: des Hauses der Wissenschaft. Alles kam mir dilettantisch vor. Sie gebrauchten leichthin Worte aus unserem Fach, um deren Sinn wir noch rangen. Emile Zola darf ich nicht ausnehmen. Er malte richtige Fresken von Familienschicksalen in den Tabakrauch hinein, sprach von Stammbäumen, Erbanlagen, pathologischen Zuständen soziologischer, ethnischer Art.

Paul Cézanne machte nicht mit. Manchmal zeichnete er, Köpfe, Szenen. Kaum aber fielen Worte wie «Salon» oder «Manet», die Namen von Kunstkritikern, war er dabei. Er pflegte aufzuschießen, die Hosen emporzuziehen, die ziegelrote Leibbinde enger zu spannen, und dann donnerte er los, in einem Gemisch von Argot und Provenzalisch. Die Lautstärke war es, welche die anderen zum Schweigen brachte, nicht seine Argumente. Wohl mühte er sich, seine Ansichten über die Malkunst zum Ausdruck zu bringen. Es war viel von «temperramente» die Rede, aber dann verhedderte er sich meistens hoffnungslos und endete die Tirade mit dem Worte des Generals Cambronne oder dem ihm bereits sprichwörtlich anhängenden «je me laisse pas mettre le grappin dessus», was so viel hieß wie, er lasse sich nicht von einem Schläuling mit dem Enterhaken kapern und ins Schlepptau nehmen. Grobheit und Mißtrauen trug er zur Schau, imponierend war seine Gestalt – aber das alles war nur eine Maskerade, das wußte ich wohl.

Fremd geworden erschienen mir meine Landsleute, traurig wanderte ich nach den wenigen Besuchen an den Quai Voltaire zurück. Festen Boden unter den Füßen zu haben, darnach ging mein Verlangen. Selbst Emile Zola mit seinem «roman expérimental» kam mir damals wie ein hurtiger, Aufsehen erregen wollender Aufschnapper von Dingen vor, die er kaum verstand. Der typische Beste, der Primus einer Gymnasialklasse! Die schonungslose Wahrheit, die er damals als die Grundlage seiner kommenden Werke bezeichnete, besaß er nicht. Viel später begriff ich, daß dieses Spiel mit der Wissenschaft, das Jonglieren mit naturwissenschaftlichen Erkenntnissen, die spektakulären Dokumentationen an Ort und Stelle, dem Künstler nichts anderes als ein Anreiz für seine Inspirationen waren. Trotzdem hatte mir Zola in jener Nacht den Weg weisen können, um meine Krise zu bewältigen, was vermuten läßt, es komme bei den Dichtern nicht auf ihr Wissen, sondern auf die Intuition, das Ahnen, Erraten an.

Mein Studium, das doch den Menschen zum Gegenstand hat, führte mich immer mehr von den Menschen weg. Es kam geradezu etwas Unmenschliches hinein. Die Lehrbücher waren ohne Seele. Sie beschrieben die Organe unseres Körpers, im gesunden und kranken Zustande, sie erklärten uns die Funktionen. Wir lernten. Die Leichen verloren alles von ihrem Schauer. Namenlos, ohne Schicksal, wie Fleischstücke beim Metzger lagen sie da, vor uns, schlaff. Meine passionierte Wissbegierde hatte jede Hektik verloren. Mit Bedacht, Vorsicht, nach langem Studium im anatomischen Atlas, führte ich das Skalpell, ohne Phantasie. Feststellen, feststellen, das wurde zu einem Kult bei den Medizinstudenten jener Jahrgänge. Was die Schriftsteller, die Maler, die Bildhauer, die Musiker schufen, worüber sie untereinander und miteinander wider ihre Kritiker, wider die öffentliche Meinung stritten, dünkte mich lächerliches Zeug, Zeitvertreib, Parasitentum, keine ernsthafte Beschäftigung. Eindeutig und endgültig hatte ich mich für die Physiologie entschieden. Keine Psychologie! Seele konnte man nicht beweisen, nicht messen. Ein toter Fisch wog genausoviel wie ein lebender. Vererbte Instinkte, vererbte Erfahrungen leiteten den Menschen. Natürlich: wer nicht mehr die Seele anerkennt, glaubt auch nicht an Gott. Ich frage mich, ob dies überhaupt hierher gehört. Es gehört hierher. Ich machte aus diesem Zustand ein Geheimnis. Mit keinem Menschen sprach ich davon. Ich hätte ihnen als ein Monstrum vorkommen müssen. Aber mir blieb keine Wahl. Die Statistik der Hybridation eines Mendel, die Fixierung der Sprechfähigkeit im Gehirn durch de Fleury – das waren nachkontrollierbare Wahrheiten. Dies war Forschung, dies war der Grund, auf dem wir fortschreiten konnten: beweisbare Tatsachen, immer wiederholbar.

Von meiner Mutter empfing ich regelmäßig Briefe, von unserem Vermögensverwalter, Me Bédarride fils, die monatlichen Geldanweisungen. Ich war immer ein wortkarger Briefschreiber gewesen; während jener Zeit muß ich meine Lakonik wohl übertrieben haben. Die mütterlichen Briefe warteten auf Antwort. Hatte sie einen Späher ausgesandt? Jedenfalls ereignete sich folgendes. Spät in einer Mainacht im Jahre 68, während ich im Licht der Petrollampe an meinem Tische saß, lesend, Auszüge herstellend, vernahm ich mitten im konzentrierten Büffeln aus der Tiefe des längst still gewordenen Quais herauf eine Stimme, eine Männerstimme, einen Ruf. Das war nichts Außergewöhnliches, es gab mehrere Pinten in der Nachbarschaft, und die langwierigen Abschiedsrituale alkoholisierter Gäste sind bekannt. Dann jedoch sagte mir irgendeine Ideenverbindung, der Ruf gelte mir. Das war ein Mann aus dem Midi, der rief. Ich trat an die Brüstung des Fensters: unten im Dunkel, auf dem gegenüberliegenden Trottoir, standen zwei winzige Gestalten, ein Mann, eine Frau. Der Mann rief – er hatte mich anscheinend erblickt –, winkte. «Üschäne», klang es, mein Name. Mit solch einer gewaltigen Stimme konnte mich nur ein Provenzale in Paris aufschrecken. «Je vieng», rief ich hinunter.

Paul wartete vor der Haustüre. «Das ist Hortense.» Eine große, schöngeformte Frau, barhäuptig, stand neben ihm; das Licht der Straßenlampe streifte ein längliches Gesicht, die Haut war matt; der große Mund lächelte.

«Was wird aus dir? Man hört nichts. Sie machen sich Gedanken zu Hause...»

«Kommt doch herauf!»

«Danke für die Einladung, Eugène. Aber wenn wir das Treppensteigen nicht gescheut hätten, säßen wir schon lange an deinem Tisch. Im Gegenteil. Du kommst jetzt zu uns und erzählst. Auftrag von deiner respektablen Mutter!»

Jener Abend, an dem ich in Begleitung Paul Cézannes und des jungen Mädchens Hortense Fiquet zu des Malers Atelier, Wohnung, oder wie immer man die Räumlichkeit an der Rue Notre-Dame-des-Champs nennen wollte, hinaufstieg, bezeichnet den Anfang meiner neuen Art, Paul zu betrachten. Deutlich erinnere ich mich des Augenblicks. Es herrschte in dem dunklen Raum eine große Unordnung. Zuerst glaubte ich, das alles, der Ofen, das Cheminée, die Matratze auf dem Boden, die Staffelei, die Bilderrahmen, der Spirituskocher auf dem Tisch in der Ecke und die Wände, an denen von rostigen Nägeln Männer- und Frauenkleider herabhingen, seien zurechtgestellte Stilleben. Das junge Mädchen begann ohne Hast, das Ruhebett freizulegen, und bot es mir zum Sitzen an. Auf dem Tisch stand eine Petroleumlampe, Cézanne kramte Gläser und eine Weinflasche aus dem Grund seines wackligen Schrankes hervor, setzte sich rittlings auf einen Stuhl, hob das Glas, und ich tat ihm Bescheid.

«Nun?»

Zum erstenmal schenkte er mir Beachtung. Bis zur Mitte der Schädelkuppe war nun der Kopf kahl, aber dicht, in hakenförmigen Gebilden, wie die Bürzelfedern der Enten, standen ihm die schwarzen Haare über den Ohren und im Nacken ab. Es kam mir sogar vor, Paul schiele leicht. Bart und Schnauz bedeckten, verbargen die untere Hälfte des Gesichtes, den Mund und das Kinn.

Von mir sei wirklich nicht viel zu berichten, sagte ich. Arbeit, Arbeit, Arbeit!

Bewegungslos hörte er mir zu. Ist dies sein Malerblick, dachte ich, dieses kalte Herblicken? Tastet er meinen Umriß ab?

«Hast du dich jetzt an die Leichen gewöhnt?»

Zola hatte geplaudert. Wie hätte es anders sein können! «Notgedrungen», antwortete ich.

«C'est effrayant la vie», «das Leben ist schrecklich!» Paul murmelte diesen seinen Lieblingsspruch in die chaotische Atelierkammer hinein, dem Zylinderofen zu, den er selbst schon gemalt hatte, ein bei den Malern jener Zeit immer wiederkehrendes Motiv, seit Delacroix und Courbet.

«Kannst du uns noch anders denn als künftige Leichen sehen?» fragte er.

Ich versuchte ihm zu erklären, wie sich unser Umgang mit den Toten in das Studium einfügte, wie ein lebloser Körper mit Blitzesschnelle alles Menschliche verliert bis auf den Namen. Sobald das Herz nicht mehr schlägt, ist der Körper eine Sache. Ohne Widerstand, ohne Schmerz, ohne Erinnerung. Ein Klumpen organische Materie, die bald die ehemalige Form, die Form eines lebenden Menschen verliert. Da könne es doch für uns keinen Abscheu, keinen Ekel, keine sentimentalen Hemmungen mehr geben. Wissen, wie es da drunten, da innen aussehe, das sei alles.

Er saß auf einem Hocker, mit rundem Rücken, die Schenkel gespreizt: ich sah sein Gesicht nur in der Verkürzung. Ich hörte das Mädchen Hortense irgendwo in einem Nebenzimmer hantieren.

Cézanne erhob sich, aus einem dunklen Winkel des Ateliers brachte er eine Staffelei in den Lichtkreis der Lampe, kehrte nochmals in das Dunkel zurück, stellte eine Leinwand auf die Leiste, ein großes Bild, ohne Rahmen, einen Meter breit etwa.

Natürlich gab es zu jener Zeit in ganz Frankreich unter den sogenannten Gebildeten wenige, die sich nicht des «Salons der Refüsierten» erinnerten, der Gegenausstellung, die Napoleon III. im zwölften Jahre seiner Regierung für jene Maler eingerichtet hatte, die von der Jury des akademischen Salons zurückgewiesen worden waren. Auch Cézanne befand sich unter ihnen. Die Sensation der Veranstaltung, den Skandal, hatte das Gemälde von Edouard Manet hervorgerufen, jenes «Déjeuner sur l'herbe», das Picknick im Freien. Neben zwei modisch gekleideten Herren, die lässig auf dem Boden unter den Bäumen sitzen und miteinander reden, kauert eine vollkommen nackte Frau, den Blick dem Beschauer zugewendet; ein wenig in den Hintergrund gerückt, kniet eine weitere weibliche Person in einem weißen Hemde. Das Aufreizende an diesem Bilde ist der Ausdruck der darauf abgebildeten Menschen, die sich ihrer ungewöhnlichen Situation – als etwas ihnen Vertrautes und Selbstverständliches – nicht bewußt zu sein scheinen. Wie die Morde, die Vergewaltigungen, die Atelieröfen, die Kartenspieler sind auch «die Frühstücke im Freien» immer wieder zu magischen Motiven der Maler jener Epoche geworden.

Daß das Bild, welches Cézanne in jener Nacht vor mich hinrückte, ebenfalls ein «Déjeuner sur l'herbe» darstellte, verwunderte mich deshalb nicht besonders. Dies stellte seine Gegenleistung dar für das, was ich ihm erzählt hatte von meinem Umgang mit den Toten. Dieses war sein Bekenntnis, das Bild hinter dem weggerissenen Vorhang. Hatte Edouard Manet seine Figuren, von den Uhrenketten der Herren bis zur Wäsche der Frauen, bis zum Inhalt der Körbe mit dem Frühstücksproviant in äußerster Realität dargestellt, plastisch und exakt, so herrschte in dem Bild, welches ich vor mir hatte, eine bizarrunheimliche Stimmung. Das war ein Traum, dessen Vorgänge ich wohl sah, aber nicht verstand und – dies war das Atembeklemmende – den ich nie verstehen würde, in aller Ewigkeit nicht. Daß die Szene etwas anderes bedeutete als das, was sie darstellte, darüber konnte selbst bei mir kein Zweifel bestehen. Würde ich zur Übertreibung neigen, so müßte ich sagen, es sei mir dieses Picknick wie die Erzählung, die Aussage, die Notklage eines Patienten vorgekommen. Damals begann ich zu fühlen, daß im künstlerischen Werk mich vor allem der Mensch anging, der es geschaffen hatte. Meine berufliche Verbildung flüsterte mir ein, diese kuriosen Äußerungen, deren Fremdheit und Schönheit uns erschauern ließen, seien Gebärden und Gestammel von Patienten, aus denen die Diagnose ihres Leidens und ihres Leides abzuleiten uns aufgetragen war: Bekenntnisse, Notschreie, geduldig verhaltenes Darlegen der Verzweiflung, in der sie sich befanden, am Rande des Unbegreiflichen. Pauls Bild war auf eine wilde Weise gemalt. Die Landschaft erinnerte an eine Theaterbühne, auf der es, ihrer Schmalheit halber, keine Tiefe und keine Ferne gibt, nur einen leis wabernden Vorhang von blauer Farbe, der den Himmel vorstellt. Er nimmt auf dem Gemälde ein Sechstel der Fläche ein. Dunkel, olivgrün zieht sich in gewellten Pinselstrichen vom waldähnlichen Hintergrund der Schauplatz bis an den unteren Bildrand herab. In seiner Mitte ist ein weißes Tuch ausgebreitet, darauf liegen zwei Orangen, und darum gruppieren sich vier Personen, zwei sitzende Männer, eine kauernde Frau; eine aufrecht stehende, blondlockige, im blauen Kleid, bietet leicht vorgebeugt die dritte Orange in ihrer Hand jemandem an. Ein rauchender Mann weiter hinten beobachtet die Szene. Unbeteiligt wandern linkerhand ein Herr und eine Dame, in ein Gespräch versunken, ins Dunkel hinein.

Ich kann mir die maßlose, nicht zu begründende Wut des Volkes vor einem solchen Bilde vorstellen. Was soll das alles? Worum geht es? Sind wir in eine andere Welt hineingefallen, mitten in eine banale Szene, die aussieht, als verhülle sie eine atemberaubende Katastrophe? Alle Augen dieser Personen sind schwarz, drücken Frage und Nachdenklichkeit aus, doch nirgends ist Leidenschaft, überall nur Konversation. War das Paul, der Mann rechts vorn, der uns den Rücken zudreht, die Globuskugel der Glatze über der Redingote?

Heute natürlich kann der ehemalige Arzt auf diesem Bilde manches als Symbol begreifen und vielleicht diagnostizieren. Das Irritierende an dem Begebnis besteht darin, daß der junge Mensch, der ich war, dieses bekenntnishafte Bild ohne Worte, ohne Erklärung, widerwillig und zornig in seiner ganzen Schwere erfaßte. Die Formen und die Farben wandten sich gar nicht an die Intelligenz, sondern direkt an den Instinkt. Der unverstandene, zurückgewiesene, zerlumpte Malschüler Paul Cézanne stellte sein Inneres aus.

Der Maler studierte mein Gesicht. Hinten, jenseits des Lichtscheins, ahnte ich den Schatten des Mädchens Hortense. Das Ganze hätte wieder ein Bild gegeben nach der Art dessen, das vor uns stand. Über Kunst zu reden liegt außerhalb meiner Fähigkeit, ich kann nur ausdrücken, ob mich ein Kunstwerk etwas angeht. Dieses Bild bewegte mich. Es war voller Geheimnisse. Heute weiß ich, woher dieser Eindruck rührte. Dieses «Déjeuner sur l'herbe» war ungeschickt gemalt, nicht von einem Könner. Was mich ergriff und mich bis heute nicht verlassen hat, beruht auf der Kindlichkeit, der entwaffnenden Naivität dieser Malerei. Da war nichts ausgedacht. Die Figuren und die Landschaft hatten keine Perspektive. Ein senkrechter Schnitt durch die Zeit, eine Sekunde, genau die Dicke der Farbenschicht. Keine Sorgfalt, nichts Geblecktes. Die kalten blauen Farben wurden durch die drei winzigen Orangen in Schach gehalten. Läse ich diese Sätze in der Würdigung eines Kunstkritikers, so würde ich zweifellos vor mich hinmurmeln: purer Unsinn.

Ich wandte mich Paul Cézanne zu. «Dein Bild gefällt mir nicht», sagte ich, «es erschüttert mich. Nicht du hast es gemalt, sondern dein Dämon...»

Er schnaufte, dann lachte er und hieb mir auf die Schulter. «Seht ihr das!» rief er, «diese Krabben und Läuse! Wem sprichst du das nach, du Kleiner...»

Ich blickte nach dem Mädchen hinüber. Wir waren allein. «Dir», antwortete ich. «Du hast es mir gestanden.»

«Ich?»

«Dein Bild. Ist das nicht dasselbe?»

Er schüttelte in einem fort den Kopf. Dann ließ er sich nicht mehr halten. «Hortense», rief er in die Küche, «ich begleite den Kleinen ein Stück...»

«Du verstehst, ich lebe mit hundertfünfzig Franken im Monat, die mir der Alte regelmäßig überweisen läßt.» Wir saßen einander gegenüber, an einem Tischchen, in einem kleinen Raum, in einer Wirtschaft. «Mit Hortense. Ich habe noch nie ein Bild verkauft. Der Salon, du weißt ja, der weist mir alles zurück. Im ‹Salon des refusés› haben sich die Dummköpfe Zwerchfellverletzungen zugezogen vor Lachen. Vor einem Gemälde von Manet! Und was ist dieser Manet? Ein Monsieur. Einer, der Geschlecktes malt, Geschicktes. Wäre nicht Emile gewesen: eine Null. Zola hat ein Buch über ihn geschrieben. Du weißt, wie er ist, Emile! Für die Gerechtigkeit! Für die Unterdrückten, die Verkannten! Auf der Seite der Besiegten!»

Fast mochte es scheinen, Cézanne mißgönne dem Maler Manet den Freund, als schwäre Eifersucht unter dem Grollen, eine Wunde. «Was bereiten Sie für den Salon vor, Monsieur Cézanne, hat der Christus von Batignolles mich gefragt. Weißt du, was ich ihm geantwortet habe?»

Ich zuckte die Achseln. Niemand schien sich über die laute Redeweise meines Gefährten zu wundern.

«Einen Topf voll..., Monsieur Manet, das habe ich ihm geantwortet.»

«Aber sein Porträt von Zola...»

«Großartig, großartig», rief Paul, «nicht der Maler, das Modell! Die Stirne, die Augen, die Nase, das Ohr vor allem. Aber der Rest! Spiegelfechterei! Schnickschnack! Um bei den Herren Juroren Liebkind zu werden. Er wird es schaffen, der Bursche! Ein Maler ist er, einverstanden – ein Salonmaler.»

Ich spürte, wir befanden uns am Anfang eines der berüchtigten Künstlergespräche, die bis zum Abend des folgenden Tages dauern, und suchte nach einer schicklichen Form, um mich zu verabschieden. «Wenn du Emile siehst», sagte ich, eine Pause im Redestrom Pauls benützend und aufstehend, «sag ihm, es habe geholfen. Er wird schon verstehen, was ich meine.»

Unter der Türe blickte ich nochmals zurück. Nun glich Cézanne dem Manne auf seinem Bild, jenem Mann, der am Rande des weißen Tischtuches saß. Das werde ich nie in Worte fassen können, was ich empfand. Licht spiegelte sich auf seiner Glatze. Ein immenses Mitleid? War es das, was ich fühlte?

VI

Natürlich war es ein wenig voreilig, mich bereits um das Thema meiner Dissertation zu kümmern. Aber ich denke, es wird vielen Studenten so ergehen: man wildert in Gebieten, die außerhalb des Programms liegen, schnuppert, ist wißbegierig, man möchte mehr und anderes wissen als das, was sie uns vorlesen. Im jungen Studenten spukt noch die Vorstellung der Universalität. Spezialisierung läßt bereits auf das Ende der Jugendzeit schließen. Die Physiologie und die Biologie standen in jenen Jahren im Zeichen des Aufbruchs. Von Lavoisier über Lamarck, Cuvier, St-Hilaire, Réaumur wölbte sich ein Sternweg bis zu Claude Bernard, und man spürte genau, er lief einem Zenit zu, der weit, unendlich weit in der Zukunft liegen mußte. Um es gerade heraus zu sagen: außer der naturwissenschaftlichen Forschung gab es für mich überhaupt keine erstrebenswerte Beschäftigung mehr. Wollten wir das Wunder des Lebens entlarven, gab es keinen anderen Weg als den kalter Besonnenheit. Ich konnte verstehen, daß unsere Revolution, von den Männern der Aufklärung vorbereitet, der Göttin Vernunft Tempel und Altäre errichtete. Ohne es zu wissen, war ich ein Kunstverächter geworden. Meine Ergriffenheit vor Cézannes «Déjeuner» war die Ergriffenheit eines Louis Lartets etwa, der eben in Cro-Magnon den Schädel eines Mannes aus der Steinzeit entdeckt hatte. Nicht als ein ästhetisches Dokument, sondern wie ein Zeugnis aus der menschlichen Seelengrotte hatte ich das Bild betrachtet, als eine Spur unseres unterirdischen Lebens.

Viel Zeit brachte ich in der Bibliothèque Nationale zu. Ich vermochte deutsche Werke einigermaßen zu lesen: Lotzes Medizinische Psychologie, Helmholtz' Arbeiten, jene von Waitz. Studium durfte ich meine Beschäftigung kaum nennen, Stöbern eher.

Eines Tages, als ich im Lesesaal einen vor mir aufgestapelten Bücherturm abtrug und mich anschickte, die geliehenen Werke zurückzutragen, tauchte dahinter ein Rundkopf auf, das bekannte Gesicht mit dem Kneifer auf der kraftvollen Nase: Emile Zola. Er stützte die Backe mit der linken Hand und machte sich Notizen. Ich wollte mich geräuschlos entfernen, aber schon blickte er auf. Seit meinem Besuch in Batignolles hatten wir uns nicht mehr gesehen. Er deutete auf das «Silentium», das über der Büste Condorcets an die Wand gemalt war, und dann auf den Ausgang hin.

Wir trafen uns in der großen Halle.

«Du bist mager geworden, und blaß – aber dein Bärtchen sprießt. Stubenhocker natürlich.»

Lebhaft, energisch, mit kurzsichtigen Augen und einer Nase, die beweglich zu sein schien, immer leicht schnuppernd – so lief er neben mir her.

«Ein schweres Jahr. Viel Arbeit. Geldsorgen. Aber wirklich: nichts stimuliert die Inspiration so wie der Kampf ums Brot. Und du?»

«Ohne Befund – wie unsere Formel lautet.»

«Keine Krisen mehr?»

Ich durfte es ruhig bestätigen. «Man gewöhnt sich daran.» Ich vermied es, ihm Beispiele zu bringen, das Gehirn auf dem Teller, die Därme in der Schüssel, die Niere, die ich einmal, an Madame Durable vorbei, in mein Zimmer am Quai Voltaire hinaufgeschmuggelt hatte. Zola war mir zuviel auf solche Einzelheiten aus, auf das Makabre, die Wissenschaft und das Realistische, wie es die modernen Literaten in ihren Werken zu verwenden begannen. Unter uns Studenten empfanden wir das als Dilettantismus, Sensationshascherei, eine wohlfeile Art, wohldenkende Bürger zu kitzeln. Es kam dem gleichen Bedürfnis entgegen wie die Morgue, die sich seit ein paar Jahren auf der Ile de la Cité befand, wo die gefrorenen Leichen unbekannter Personen hinter großen Glasfenstern ausgestellt wurden, nackt, die Kleider gut sichtbar über ihnen aufgehängt. Seiner Bestimmung gemäß, der Identifikation dieser Toten zu dienen, war dieser Ort jedermann zugänglich. Wir von der Fakultät besuchten dort einen gerichtsmedizinischen Kurs. Für viele Leute war diese Morgue das Ziel eines regelmäßigen Spaziergangs, auf den selbst Kinder mitgenommen wurden, Schoßhündchen gar, und die gepflasterte Schauhalle wurde zu einer Art von Salon, in dem sich Pariser aller Schichten zu einem seltsamen Gedankenaustausch trafen – «ein Schauspiel, allen Geldbörsen zugänglich», wie sich Kollege Moréas zu äußern pflegte.

Emile trug einige Bücher unter dem Arm. «Das wirst du wohl kennen?» Er reichte mir einen zerlesenen und mit Anmerkungen versehenen Band. Es war Dr. Prosper Lucas' «Traité philosophique et physiologique de l'Hérédité naturelle», eine Abhandlung von der Philosophie und Physiologie der natürlichen Erblichkeit. Ich schwieg, nahm auch das andere Buch, das er mir hinstreckte: «Die Physiologie der Leidenschaften» von Letourneau.

«Wissenschaftlich angezweifelt.» Ich konnte die Bemerkung nicht unterdrücken. «Unbeweisbar, ohne eine sichere Grundlage, bestechend – aber wir haben nicht die geringste Möglichkeit eines Beweises, des beliebig oft wiederholbaren Experimentes. Physiologisch ist dieses Prinzip der Vererbung genauso ein Spiel der Phantasie wie Jules Vernes Roman ‹Von der Erde zum Mond›.»

«Spotte nicht über die Utopien der Dichter!» rief er. «Sie sind die Vorahnungen der menschlichen Fähigkeiten!»

«Technik und Dichtung! Reimt sich das?» Ich erregte mich auf eine mir selbst unbegreifliche Weise.

Wir wanderten unter dem Glasdach einer Galerie hin und her, an kleinen Butiken und Cafés vorbei.

«Gerade darum geht es. Hört die Dichtung auf mit der Bohème, mit der schwindsüchtigen Mimi Pinson letztem Seufzer? Vor dem Standesamt! Und der Explosionsmotor, die Turbine, der Dynamo, der Telegraph, die Lichtgeschwindigkeit, die Maxwellsche Wärmetheorie, die Photographie, das Automobil, der Suezkanal, das alles ist nicht der Dichtung würdig! ‹Les fleurs du mal› – oder die Antisepsis, was glaubst du, bringt die Menschheit mehr vorwärts?»

«Wem sagst du das!»

«Aber begreifst du denn nicht, daß das die großen Epen unserer Zukunft sind: die Errungenschaften der Wissenschaft, die soziale Gerechtigkeit, die Überwindung der Natur, der Instinkte, der Sieg der Vernunft, die Tragik der Dummheit...»

Die kreisrunden roten Flecken standen über seinen Backenknochen. Ich erriet, was sich hinter all diesen Ausrufen abzeichnete.

«Große Pläne?» fragte ich.

Er stand still, mitten im Strom der Fußgänger, tat einen heftigen Atemzug, griff nach meinem Revers.

«Balzac, was war das für ein Mann! Ein ganzes Jahrhundert hat er in den Griff bekommen...»

Es durchfuhr mich wie ein Blitz. Emile, unser Emile! Sein Vater war der Ingenieur gewesen, der Mann mit den großen technischen Ideen. Der Mann, der die wilden Wasser in Kanäle leitete.

«Komm!» Er zog mich an das erstbeste Tischchen auf dem Trottoir vor einem Café.

«Fertig mit den Geschichten! Fertig mit dem Niedlichen und Weinerlichen! Fertig mit den schmückenden Beiwörtern! Mit magistraler Breite, heiß, leidenschaftlich, unterbrochen von donnernden Wasserfällen, so muß der Strom der Erzählung fließen, der dem Leben unseres Jahrhunderts gerecht wird!»

«Die menschliche Komödie unserer Zeit!» wagte ich zu murmeln.

«Bravo! Erraten, Eugène! Ich werde die Geschichte einer Familie unseres Jahrhunderts schreiben. Une grande machine! Ein Epos. Schau!» Er entfaltete einen achtmal gefalteten Bogen Papier, über und über beschrieben, bekritzelt, korrigiert, mit Pfeilen, Schlangenlinien, Kurven und Zahlen. Ich konnte ganz oben nur die Worte lesen: «Adelaïde Tonque (Tante Dide)», dann faltete er das Dokument gleich wieder zusammen. «Der Stammbaum.»

«Dein Lebenswerk?»

«Ich denke wohl. Ein Dutzend Romane. Oder mehr. Und es wird so beobachtet, so dokumentiert, so untermauert sein, daß selbst ihr Wissenschafter euch vor der Evidenz beugen müßt, das garantiere ich dir!»

«Du sprichst zu einem kleinen Medizinstudenten, Emile. Du darfst meine frisch erworbenen Weisheiten nicht zu ernst nehmen.»

Er legte seine Hand auf die meine. «Das habe ich doch gerne, wenn du mir widersprichst. Da, sieh! So ungefähr läuft mein Plan.» Es war die zerknitterte Seite eines Heftes, die er vor mich hinlegte. Noch heute empfinde ich einen großen Stolz, wenn ich an jenen Augenblick denke: es war die erste Planskizze zu den «Rougon-Macquart, Histoire naturelle et sociale d'une famille sous le Second Empire», das Samenkorn eines Werkes der Weltliteratur. Ich las:

«Der Roman über die Priester» (Provinz)
«Ein Militärroman» (Italien)
«Ein Roman über die Kunst» (Paris)
«Ein Roman über die großen baulichen Zerstörungen von Paris»
«Ein Roman über die Justiz»
«Ein Arbeiterroman»
«Ein Roman über die große Welt» (Paris)

«Ein Roman über die Intrigen der Frauen im Handel» (Paris)

«Ein Roman über die Familie eines Parvenus. – Wirkung des Einflusses des plötzlichen Besitzes eines Vermögens durch einen Vater auf seine Töchter und Söhne» (Paris)

«Einführungsroman» (Provinz).

Ich vermag mich nicht mehr zu erinnern, wie jene Begegnung – es sind über fünfzig Jahre her – endete. Einmal fand ich eine Notiz, die aus jenen Tagen stammen muß, einen Ausspruch Zolas: «Ich beabsichtige, am Beginn eines Jahrhunderts der Freiheit und der Wahrheit, das Fresko einer Familie zu machen, die hastig nach Besitztümern greift und die, unter der Wucht ihrer Gier, stürzt, auseinanderfällt, von einer neuen Zeit zerstampft wird.»

Das sind prophetische Worte. Wie alle Weissagungen bleiben sie sibyllinisch. Ein Jahrhundert der Freiheit und der Wahrheit, die Geburtswehen einer neuen Zeit? Unter uns, den Studenten jener Promotion, gebrauchten wir während unserer Diskussionen solche Ausdrücke auch. Sie hatten weder mit der Politik noch mit der Kunst zu tun. Es ging um die Wissenschaften, um die Physiologie, um die Medizin. Von Zola, von Cézanne erfuhr ich lange Jahre nachher, welch eine Zeit dies für sie gewesen war, ein Schwelgen im Aufruhr, ein «Vorstoßen in die noch unentdeckten Massen der Gehirnsubstanz», wie es Zola ausdrückte mit seiner Neigung, sich wissenschaftliche Begriffe, halbverstanden und fehl am Platze, anzueignen und anzuwenden.

Im Gegensatz zum rechten Seine-Ufer, mit seinem Louvre, seinen Champs-Elysées, den nächtlich erhellten Boulevards, den Theatern, der Butte-Montmartre, seinen Orten gesellschaftlichen, kommerziellen, künstlerischen Lebens, der Halbwelt, seiner Boulevardzeitungen, seiner Börse, den Warenhäusern, den Fehden der Literaten und der Maler, herrschte auf dem linken Ufer eine andere Atmosphäre. Die Schulen, die Universität, die Spitäler, die Sorbonne, das Panthéon, das Palais der Ehrenlegion, die wissenschaftlichen Institute, das Luxembourg, die Quais machten aus diesem, durch den Bogen der Seine und die Fortifikationen umschlossenen Teil der Stadt, der Rive gauche, eine Art Festung. Hier war jener Teil Frankreichs beheimatet, den wir Studenten mit Überheblichkeit als geistigen Mittelpunkt bezeichneten. Wir waren sicher nicht besser als jene auf der anderen Seite des Flusses. Streber waren wir auch, Emporkömmlinge, hochmütig und herablassend, begierig nach Besitz und Auszeichnung, Auserwählte wähnten wir uns, eine aristokratische Schicht. Allerdings, Besitz von Geld, arm oder reich, galt uns gleich. Es konnten die Söhne wohlhabender Bürger sein, Sprößlinge des Adels aus verschiedenen Dynastien, die über das Land geherrscht hatten, reiche Moskowiter neben ausgewanderten Ostjuden, eingeschüchterte Provinzler, den Worten eines unscheinbaren Männchens in lächerlicher Kleidung auf dem Katheder lauschend – sie genossen das Vorrecht, an der Stelle zu stehen, wo die Menschheit wächst. Das dachten vielleicht jene drüben in ihren Palästen und Boulevardwohnungen, in den Foyers der Theater und in ihren Kutschen auch. «Sie sind genußgierig», pflegte Moréas zu sagen, während er eine schäbige, nie richtig zusammenhaltende Zigarette drehte, «und wir sind neugierig.» Er hätte mein Freund werden können. Nach kaum anderthalb Jahren war er tot, einer der ersten, die in diesem Kriege fielen. Eine bayrische Granate durchschlug das Dach der Ambulanz, während er dabei war, einem Pioupiou das Bein zu amputieren. Der operierte Patient mußte sein Bein hergeben, kam aber mit dem Leben davon.

«Wenn man Geld verdient, ist alles schön.» – «Wer den Kaiser liebt, liebt Frankreich.» – «Die großen Vermögen müssen sich um den Thron scharen.» – «Das Kaiserreich ist ein Ball, an dem die Besucher nur eines denken: sich auf das kalte Buffet zu stürzen.»

Manchmal brachte irgendeiner aus unserer Bande einen solchen Satz, «un mot», wie man sagte, zu uns auf das linke Ufer herüber, in unser mönchisches Quartier, und dann sagten wir im Chor, wie brave Schüler, die Sprichwörter auf, die wir in der Schule gelernt hatten. «Zufriedenheit geht über Reichtum.» – «Sparsamkeit ist ein großer Reichtum.» – «Reichtum macht gleichgültig. Armut bringt Kühnheit.» Es kam auch vor, daß wir an einem Sommerabend auf dem Pont Saint-Michel den Fluß überquerten und bis zu den Boulevards vorstießen, uns für ein paar Stunden an die runden Tischchen setzten vor den offenen Räumen der Cafés, unter die Glaskugeln der Gaslüster. Die meisten von uns waren von bescheidener Herkunft, manche verdankten ihr Studium einem kaiserlichen Stipendium. Als im Juni 1869 die großen Streikbewegungen bei Creusot ausbrachen, die Unruhen in Paris begannen, die Manifestationen gegen das Kaiserreich zunahmen, befanden sich auch Studenten in der Menge. Der Journalist Victor Noir war durch einen Revolverschuß des Prinzen Pierre Bonaparte getötet worden; die Beerdigung fand unter dem Schrei der Menge «Republik!» statt. Eine Razzia der Polizei, eine Verhaftung konnte das Ende der akademischen Laufbahn, den Ausschluß aus der Universität, den Entzug des Stipendiums bedeuten. Es war nicht dieses Risiko, das uns abhielt. Wir lebten außerhalb dieser Welt. Je näher die letzten Examen rückten, um so fremder wurden uns die politischen und sozialen Probleme.

Emile Zola bewohnte jetzt mit seiner Frau und seiner Mutter im Quartier Clichy, am Fuße des Hügels von Montmartre, an der Rue de la Condamine, eine kleine Villa, verborgen hinter einer Mauer, in der Tiefe eines Gartens. Er lebte von seiner Feder, als Publizist, als republikanischer Polemiker sollte ich eigentlich sagen. Die Zeitung «Le Rappel» war das Sprachrohr des in der Verbannung auf der Insel Guernesey lebenden Victor Hugo. Seit unserer Begegnung in der Bibliothèque Nationale hatte ich zweimal eine Einladung absagen müssen. Eines Tages jedoch kletterte ich die enge Wendeltreppe zur Impériale des Omnibusses «Odéon–Batignolles–Clichy» empor. Das Haus befand sich unweit der Haltestelle «La Fourche» an der Avenue de Clichy. Als ich die hintere Plattform verließ, stieß ich auf Cézanne. Auch er war unterwegs zu Emile.

Im Eßzimmer waren Madame François Zola, die Mutter, und Alexandrine gerade dabei, das weiße Tuch vom runden Tisch wegzuziehen, und dann saßen wir zu dritt unter der verzierten Petroleumlampe. Die Frauen brachten Teegeschirr herein. Baille komme nicht, der Polytechniker war bereits beruflich tätig. Ich überlegte mir, wie lange es her war, seit ich mit beiden Freunden zusammen gewesen war. Es mußte im Steinbruch oder während einer Baderei in der Arc gewesen sein. Zehn Jahre! Wenn jemand sagen kann, «vor zehn Jahren», dann ist seine Jugend vorbei.

Wie es bei Zusammenkünften solcher Art zu gehen pflegt, drängten sich die Erinnerungen vor. Wir übertrieben den provenzalischen Dialekt, überboten einander mit Ausdrücken, die wir hier nie anwenden konnten. Das arte zu einer eigentlichen Zelle des «félibrige» aus, einer Orgie der «langue d'oc», meinte Emile. «Beim Tee!» lachte Cézanne auf, dann flüsterte er mit einem Blick auf die Türe, die sich hinter den beiden Frauen geschlossen hatte: «Excuse, Emile.» Sie blickten einander lachend an. Ich beneidete sie um ihres Einverständnisses willen. Nie würde ich daran teilhaben, nie würde ich gleiches erleben, denn die lebenslänglichen Freundschaften werden in früher Jugend, auf der Schulbank geschlossen. Jene, die später dazu kommen, sind von anderer Art. Einen Menschen zu haben, der alles von uns weiß, von dem wir alles wissen, einen Menschen, der uns durch dick und dünn begleitet, nie tadelt, immer achtet – der liebe Gott hat wenig größere Geschenke zu vergeben.

Paul Cézanne führte sich damals als der Naturbursche, die Kraftnatur, das Enfant terrible der Malerei auf. Demonstrativ brachte er Jahr für Jahr auf einem Handkarren, begleitet von Kollegen, einen Tag vor Schluß des Einsendetermins seine wilden Gemälde vor den Prachtsbau des Industriepalastes, lehnte sie an die Mauer des Gebäudes und zeigte sie den sich ansammelnden Gaffern. Man kannte ihn. Das war der Maler, der dem Intendanten der Schönen Künste den berüchtigten Brief geschrieben hatte, in dem die Worte zu lesen waren, er könne das Urteil einer Jury nicht anerkennen, der er nicht selbst den Auftrag erteilt habe, seine Bilder zu beurteilen. Seit Jahren wurden seine Werke zurückgewiesen, er rechnte damit, und die Bilder, die er der Jury einsandte, waren darauf angelegt, sie herauszufordern. Sein Gehaben auf der Straße, im Café Guerbois, bei den Versammlungen der zurückgewiesenen Maler war demonstrativ. Es sollte seine Verachtung der herrschenden Kunstdynastie, der Clique, des Klüngels darstellen. Da er sich unverhohlen als ein Revolutionär der Kunst gebärdete, war es unvermeidlich, daß er auch als ein Feind der politischen Hierarchie galt.

All dies war von ihm abgefallen wie ein Theatermantel, als wir um Zolas Eßzimmertisch saßen. Ich blickte ihm von der Seite her zu, wenn er sprach, wenn er mit einem Bleistiftstummel auf einem Papierstück herumkritzelte. Er hatte den Kopf eines geistlichen Mannes, eines Kirchenheiligen, eines Petrus, so wie sie die Maler des Quattrocento dargestellt haben. Seine Haltung und sein Gesichtsausdruck waren naiv, kindisch fast, etwas Italienisches brach durch; das Licht der über ihm hängenden Petrollampe spiegelte sich auf der schönen Kuppe seines Schädels, ein Heiligenglanz wäre ihm nicht schlecht angestanden. Er stützte das Kinn mit der linken Hand, die Finger bedeckten die Wange, und so blickte er aufmerksam, Zustimmung und Verehrung ausströmend, zu dem mit verhaltener Stimme dozierenden Emile hinüber. Zola hatte etwas von einem Pädagogen, das war nicht zu bestreiten. Als seine große Begabung habe ich immer seine Intelligenz angesehen, seine imponierende Fähigkeit, alles, was er beobachtet hatte, sofort an der richtigen Stelle seines Mosaiks einzufügen. Mir schien der Ausdruck «Denker» weniger angebracht als die Bezeichnung «Versteher», was mit Begreifen, mit Intelligenz zu tun hat, mit Wissen, und das weiter von Kunst entfernt ist als das Staunen vor dem Unbegreiflichen, das mich an Paul Cézanne so ergriff.

Zola hatte sich mit der stoischen Kraft eines Bierwagenpferdes in die Stränge gelegt und am ersten Roman seiner Familie Rougon-Macquart zu schreiben begonnen. An jenem Abend waren Paul und ich die ersten Menschen, welche das erste Kapitel aus «Fortune des Rougon», dem «Aufstieg der Rougon», zu hören bekamen. Der Roman beginnt mit der Schilderung von Plassans, zur Zeit als das Zweite Kaiserreich, nach dem Staatsstreich vom 2. Dezember 1852 durch Louis-Napoléon, die Zweite Republik ablöste. Plassans war Aix, die Stadt unserer Jugend, unserer Knabenzeit. Die Viertel der Nobeln, mit ihren großen Palästen aus der Zeit der Kapuziner und der Jesuiten, den schönen Kirchen, waren durch den «Cours» vom alten Quartier getrennt, wo die Armen vegetierten. Die neuen Stadtteile im Norden beherbergten die Lehranstalten, die Aufklärung, die Intelligenz. In diese Agglomeration, wo die sozialen Grenzen mit Straßenzügen zusammenfielen, die Klassen sich nach Quartieren trennten, bettete Zola die Wiege der Familie Rougon. Mit dem mißlungenen Aufstand der Provence wider den neuen Kaiser beginnt der Aufstieg der Familie. Schlau zuwartend hatte sich Eugène Rougon abseits gehalten, als der Zug der Aufständischen die Stadt durchquerte. Als die Bewegung ins Ausweglose geraten war, stand plötzlich Rougon als Retter des Regimes da. So weit kam der Autor mit seiner Vorlesung. Seine beiden Zuhörer erlebten ihre Heimatstadt tiefer als in den Jahren, da sie noch dem Brausen des Mistrals in den Kronen der Platanen gelauscht hatten. Auch das Gesicht eines Mannes tauchte während Emiles Lektüre auf: Louis-Auguste, Cézannes Vater, der jetzt etwa um die siebzig Jahre alt sein mochte. Hatte er schon seinem Sohn Modell zu einem Porträt gestanden, ahnte er wohl kaum, daß er auch im Werke des Romanciers überleben würde.

Ich denke an jenen Abend in der Rue de la Condamine mit Unbehagen. Noch jetzt habe ich den Tonfall von Emiles Stimme im Ohr, aber ich sehe auch Pauls Antlitz vor mir. Keinen Blick ließ er von des Lesenden Lippen. Manchmal nickte er, schlug sich mit der Faust auf das Knie, die Nüstern bebten. Als wäre Zola sein Bruder oder sein Sohn, so blickte er zu ihm hinüber. Er freute sich. Er bewunderte ihn.

Nichts ließ ahnen, was uns noch bevorstand, als Emile seine Vorlesung beendet und die Papiere wieder in seinem blauen Mäppchen versorgt hatte. Natürlich kargte ich mit meinem Dank für den literarischen Genuß nicht, und Paul ließ sich ein paar Mal mit Ausrufen wie «Teufelskerl» – «die werden sich wundern, wenn sie ihre scheinheiligen Fratzen erkennen» – «diese Bande von Kastraten» – «diese Kröpfe» vernehmen. Sowohl der Autor als auch ich übersetzten sie als Ausdruck des Beifalls.

Wie es zu dem Zusammenprall gekommen ist, daran kann ich mich nicht erinnern. Zola breitete auf dem Tisch den Plan von Plassans aus, den er gezeichnet hatte, dann kam er auf den Stammbaum der Rougon zu sprechen, sein großes Vorhaben. Die Namen Balzac und Victor Hugo fielen. Doch klang es weniger nach literarischer Anerkennung, was Emile damit ausdrückte. Es war seine Bewunderung vor dem geschäftlichen und buchhändlerischen Erfolg der «Comédie humaine» und der «Misérables». Es sprach aus ihm der Chef de publicité des Hauses Hachette, der er gewesen war. Auflage, Absatz, Erfolg, Flair für das, was zieht. Ich glaube mich zu erinnern, daß er verlauten ließ, es komme für den Ruf eines Schriftstellers weniger auf einzelne Meisterwerke als auf eine große Produktion an. In gewisser Weise steht die Quantität über der Qualität. Auf jeden Fall der Inhalt über der Form.

An dieser Stelle, glaube ich, brodelte es zum erstenmal in Cézanne. «Was du sagst, mag für euch gelten. Ich weiß es nicht. Aber nicht für die Malerei. Das weiß ich. Das ‹Wie›! Verstehst du? Darauf kommt es an. Du hast Tage, Stunden, da kommt es, dein Bild, ganz fremd...»

Zola bewegte sich kaum. «Das Talent allein genügt nicht zum Erfolg. Wir müssen die Arbeit organisieren. Wir müssen uns entschlossen auf unsere Karriere einstellen. Die Bohème?

Ein Vorwand zu verludern! Der Künstler braucht Sicherheit, bürgerliches Gleichgewicht…»

Purpurrot sprang Cézanne auf.

«Ist dies dein Ernst, oder willst du mich einfach zum Narren halten? Es gibt also keine Inspiration, kein Ideal, keine Schönheit, nur Beschreibung, kaltblütige Schilderung der Sauerei, in der wir leben. Geld, Liebe, Tod. Das ist die Diagnose, ohne Ausweg…»

Er schäumte. Bläschen sprudelten ihm in den Bart.

«Du vergißt die Wissenschaft, den Fortschritt…»

«Daraus willst du Schönheit herstellen?»

«Nein, Paul, nicht Schönheit – Wahrheit.»

Ich saß da, zwischen ihnen. Ich fürchtete, Paul würde aufspringen und uns grußlos verlassen. Er hatte im Café Guerbois, bei vielen anderen Anlässen, auf diese Weise Diskussionen beendet. Sie war sprichwörtlich geworden.

Zola mit seinen sanften Augen war ein harter Brocken. «Wir ertragen keine Geldsorgen, wir müssen auf Frauengeschichten verzichten, wir brauchen einen regelmäßigen Lebenslauf…»

«Monogamie. Gute Verdauung. Wachsendes Einkommen. Kein Laut. Kein Lüftchen. Ein Stundenplan wie ein Lehrer. Pflege der Beziehungen. Ruhm. Ehre. Gelassenheit. Geduld. Arbeit.»

Paul bellte diese Worte heraus.

«Ganz genau, was du sagst, Paul. Besser könnte ich das nicht ausdrücken. Das sind die Bedingungen für das große Werk. Auf Jahrzehnte hinaus geplant. Eine einfache Idee…»

«Fleiß, Fleiß, Fleiß…»

«Fleiß ist keine Schande.» Zola blickte Paul ins Gesicht. Es ging in dem großen Manne eine Veränderung vor. Er tat mir leid. Ich spürte seine Hilflosigkeit.

«Ich weiß schon, was du denkst, Emile. Mehr als ein Jahrzehnt Paris. Achtmal vom Salon zurückgewiesen. Nicht den kleinsten Erfolg. Und noch immer lebe ich von den hundertfünfzig Franken, die mir mein Herr Bankier Cézanne monatlich bewilligt. Jetzt sogar muß es reichen für zwei, seit Marie-Hortense…»

Zola nickte.

«Und wenn er etwas davon erfährt – überhaupt nichts mehr…»

«Das sage ich ja! Nur selbst verdientes Geld macht frei.»

Cézanne lachte dröhnend. «Kannst du dir nur einen einzigen dieser Spießbürger und Hofschranzen denken, der eines meiner Bilder über dem Sofa aufhängt? Kannst du dir eine Kunstkommission vorstellen, die mir den Auftrag zuhält, eine der häßlichen leeren Häuser- und Kirchenwände mit einem Kolossalgemälde zu erlösen?»

Zola deutete durch seine Kopfbewegung an, er begreife. «Du kannst nicht aus deiner Haut.» Ich vermutete, auch Cézanne höre heraus, was sich dahinter verbarg: ein hoffnungsloser Fall. Das Talent allein, selbst das Genie, genügt nicht. Ich haßte mit einemmal diesen Blick hinter dem Kneifer. Ich begriff plötzlich: Cézanne war für den Schriftsteller, der die zwölf Romane der Rougon-Macquart plante, zu einem Objekt geworden. Cézanne würde seinen Platz im Stammbaum erhalten. Emile studierte ihn. Paul war das Modell zum tragischen Beispiel dafür geworden, wohin die Kunst ohne die Lenkung durch die Vernunft gerät.

«Eruptive Ausbrüche von Trieben», sagte Zola mit leiser Stimme, «das sind Steinbrocken, von denen nur der Kenner errät, was sich unter der Oberfläche versteckt. Erst geschliffen und in Gold gefaßt, bannt der Diamant die Blicke der Menge und löst Rufe der Bewunderung aus...»

«Und bringt seinem Besitzer den großen Gewinn!» rief Cézanne.

«Ja, selbstverständlich», bestätigte Emile ernst, «das ist kein gestohlenes Geld.»

«Der Salon! Das ist der Salon, der spricht», höhnte Paul. «Geschlecktes, Zubereitetes, Gemildertes. Nur nicht die Leute vor den Kopf stoßen! Brav malen! Brav vor allem! Was du von mir denkst, ich weiß das schon, mein lieber Emile: ich schicke meine Bilder ein, um sie zu schockieren. Aber nie werden sie von mir Salonmalerei erhalten! Nie! Ich male, was ich empfinde, und ich habe sehr starke Empfindungen. Der Unterschied: ich wage zu malen, was ich sehe. Ich stehe zu dem, was meine Augen sehen. Mach es nur gleich mit deiner Feder!»

«Auch mir fehlt es nicht an Mut, Paul.»

«Eines Tages erzählst du mir vielleicht auch, was ein wirklicher Maler ist! Sag deinen Damen gute Nacht!»

Einige Wochen nach diesem Abend an der Rue de la Condamine erhielt ich eine gestochene Karte zugesandt.

«Frau Witwe Zola hat die Ehre, Sie von der Verheiratung ihres Sohnes, Herrn Emile Zola, mit Fräulein Alexandrine Meley in Kenntnis zu setzen. Paris, den 31. Mai 1870». Die Trauung fand im Amtsgebäude des XVII. Bezirks statt. Vier Zeugen aus Aix setzten ihre Unterschrift in das Register: Philippe Solari, Marius Roux, Paul Alexis und Paul Cézanne. Der Dichter hatte aus seiner wilden Ehe eine legitime, bürgerliche gemacht.

Am 19. Juli des gleichen Jahres erklärte unsere Kaiserliche Regierung Preußen den Krieg. Die Kameraden meines Jahrgangs wurden mobilisiert. Ich ward als «Interne» dem Lazarett des Spitals Val-de-Grâce zugeteilt. Am 4. September, nach der Katastrophe von Sedan, wurde die Dritte Republik ausgerufen; Ende Januar 1871 war der Krieg zu Ende. Von Mitte März bis Ende Mai beherrschte die Kommune Paris. Sowohl Zola als auch Paul Cézanne hatten die Hauptstadt verlassen; der Dichter in Begleitung seiner Mutter und seiner Frau Richtung Bordeaux. Paul Cézanne und Hortense wohnten in L'Estaque, einem kleinen Dorf am Mittelmeer, nahe bei Marseille.

VII

So fest ich mir vorgenommen habe, in diesen Heften von dem, was mich betrifft, nur das Unumgängliche zu berichten, so kann ich nicht vermeiden, hier und dort Anmerkungen aus meinem persönlichen Bereich anzubringen.

Es dauerte nach jenem 18. Juli einige Zeit, bis ich mich aus dem Netz der allgemeinen Hysterie befreien konnte. Anfänglich, als die Haufen der mobilisierten jungen Männer mit Gesang und Fahnen zwischen den Spalieren händeklatschender Damen in Krinolinen und Herren in seidenglänzenden Zylinderhüten durch die äußeren Boulevards nach ihren Kasernen zogen, hatte ich etwas verspürt wie in meinen Knabenjahren in Aix, als die blitzenden Regimenter unter den Platanen des Cours nach Marseille marschierten. Wir hatten sie in aller Morgenfrühe vor der Stadt erwartet und sie bis weit hinaus nach Süden begleitet.

Diesmal dauerte die Massensuggestion nicht lange. Es mußte im Wesen unseres Berufes liegen. Das erste, was man tut, wenn man uns einen Verletzten bringt, besteht darin, daß man ihn seiner Kleider entledigt. Vor einem nackten, bewußtlosen oder stöhnenden Menschen interessiert seine Wunde, sein Schmerz, nicht seine Nationalität. Dazu kam, daß wir, die jungen Leute aus der Provinz, ohne uns dessen bewußt zu sein, von vorneherein zur Fronde gehörten. Die Wissenschaft und die Ecole de Médecine betrachtete ich als eine Institution jenseits der Politik, außerhalb der Geschichte stehend, die mit Gelassenheit einen Wechsel des Regimes zur Kenntnis nahm. Von Chauvinismus war unter uns keine Rede.

Doch das genügt noch nicht. Wer einen Krieg als Arztgehilfe in einem Lazarett erlebt hat, in dem es zuerst von wichtigtuenden und herumtrippelnden Damen der guten Gesellschaft wimmelt, die durch ihre livrierten Diener Körbe voll gezupfter Scharpie in die Säle tragen lassen, aber dabei die Intrigen um Prestige und Préséance, die sie in ihren Salons unterbrechen mußten, in den strohbelegten Kirchen fortsetzen, der empfängt eine Lektion. Sie beginnt, wenn die ersten Ambulanzwagen in den Hof rollen. Husch, husch, dem gut einstudierten Ballett einer Offenbachschen Operette gleich, verschwinden die Schönen mit ihren rauschenden Volants, und an ihrer Stelle tauchen die weißen Hauben der Schwestern von Val-de-Grâce auf. Sie tragen keine Bibeln in ihren Händen, sondern Nachtschüsseln, bereit zum Menschendienst.

Es waren uns im Spitalgebäude in abgelegenen Winkeln, Remisen, Verschlägen unter Treppen, im Kellergeschoß und im Dachstock Räume zur Verfügung gestellt worden, in denen wir schlafen, bei Kerzenlicht lesen, schreiben, freie Stunden verbringen konnten. Wir benützten sie nicht oft. Es bestand kein Dienstplan. Wir mußten einfach immer da sein. Die Stumpfheit überarbeiteter Ärzte nahm bei vielen von uns überhand. Damals habe ich zum erstenmal erkannt, daß allen Empfindungen des Menschen eine Grenze gesetzt ist. Weder Liebe, Barmherzigkeit, Mitleid noch Haß sind unbegrenzt. Nicht einmal für die Länge eines Menschenlebens halten sie stand. Es gibt so viel Liebenswertes und Bedauernswertes, so viel Tapferkeit und so viel Schmerz auf der Erde, daß ein einzelner Mensch sie gar nicht bewältigen kann. Dann tritt jene Stumpfheit, jene Atonie beim Arzte ein, die aus den Patienten und seinen Organen eine Sache macht. Es gibt eine Richtung in der Medizin, welche diesen seelischen Zustand des Arztes als den erstrebenswerten betrachtet. So wie man den Soldaten lehren will, unter dem Feuer des Feindes, in Angst und Verlassenheit, reflexartig seine Waffen zu handhaben, ohne Besinnung, wie ein Schlafwandler, so soll der rechte Chirurg vor dem zuckenden Fleischstück sich selbst und die Welt vergessen, schneiden und nähen. Das ist der Zustand, in welchem er die beste Hilfe zu leisten fähig ist. Wir haben das gelernt. Keiner von uns verließ diesen Ort, keiner von uns hat diese Zeit durchlaufen, ohne ein anderer geworden zu sein. Man sah es uns an. Jeder Student der Medizin hat im kleinen den Weg Dantes durchschritten. Ein gefährlicher Weg, denn einmal der Stätte des Leidens und Lernens entronnen, muß er wahrnehmen, daß er etwas verloren hat: er kann nichts anderes mehr sein als ein Arzt.

Hier käme nun, ginge es darum, die Geschichte meines Lebens zu schreiben, die tragisch-absurde Erzählung von der Liebe zu einem Mädchen, das ich in der Familie eines Kameraden kennenlernte, und die schauerliche Entdeckung, daß ich damals nicht mehr fähig war, das Gebilde des menschlichen Körpers anders als mit den Blicken des Anatomen zu sehen. Ein Blick, der liebefeindlich und triebfeindlich ist. Ich begriff, warum manche Ärzte Kolleginnen, Krankenschwestern ehelichen. Diese Gefährtinnen waren «dabei». Die menschliche Misere und die Art, ihr mit unpersönlicher Bedächtigkeit zu Leibe zu rücken, wie ein Imker dem Bienenstock, war ihnen nicht fremd. Auch ich habe dann, Jahre nach der mißlungenen Werbung, eine Kollegin geheiratet. Fine, meine Frau, meinte manchmal, auch für sie hätte es keinen anderen Ausweg gegeben. Alle, die es mit der Medizin zu tun haben, sollten unter ihresgleichen bleiben.

Der Verlust an Liebes- und Mitleidsfähigkeit war die Wunde, die ich aus dem Deutsch-Französischen Krieg, ferne den Schlachtfeldern, davongetragen hatte. Hinter der Vision vom alltäglichen Verlöschen menschlichen Lebens unter Stöhnen oder in Stummheit verdämmerten die Freunde aus der Provence. Dichten, Malen? Was sollte dies alles? Dem Altklugen, der ich damals war, konnte es nicht eingehen. Hätten sie dem Lebensunterhalt gedient, einverstanden. Der Verschönerung des Lebens? Allenfalls mochte diese Erklärung noch angehen. Aber sie leugneten beides. Kunst, sagten sie, kein Nutzen sei daraus zu ziehen. Sie sei lebensnotwendig wie der Sauerstoff. Aber sie sei, wie alle großen Dinge unseres Daseins, vorab das Leben selbst, Geschenk, unbezahlbares Geschenk. Manchmal, wenn ich mich unter der Schmetterlingsflamme eines Gaslichts auf eine der Pritschen niederlegte, die eben frei geworden war – weil die Wärter den Toten weggetragen hatten –, übernächtig, müde, aber des Schlafes unfähig, ließ ich mich auf traumhafte Weise mit Zola und Paul Cézanne in imaginäre Diskussionen ein. Wie leicht sie es hatten! Wie leicht sie es sich machten! Ich haderte mit ihnen. Etwas wie Verächtlichkeit wollte sich einschleichen. Zola mit seiner laienhaften Vorstellung von der Wissenschaft, und Cézanne mit seiner zähneknirschenden Naivität! Das alles war doch Spiegelfechterei, Spiel. Kunst ist Spiel, das Spiel Erwachsener, anders ließ sich diese Tätigkeit nicht in mein damaliges Weltbild einbauen. Romane schreiben, Bilder malen, das konnte in der sozialen Ordnung doch nur bestehen, wenn es dazu ein Gegenstück gab: andere Erwachsene, die wie Kinder vor der Bühne des Marionettentheaters saßen, auf dem «Das Glück der Rougon» und «Das Picknick im Freien» gespielt wurden. Es mußte deren sehr viele geben. Anders ließ sich der Jahrmarkt nicht erklären.

Zorn, Trauer, Lernbesessenheit, Flucht, das Verlangen, aus den Gerüchen der Pestilenz und des Karbols herauszukommen, Ratlosigkeit, Vereinsamung, Heimweh nach der Provence, apathisches Dastehen an den Lagern Blessierter – wie nur konnte ich mit diesem Knäuel fertig werden? Als ein Scherbenhaufen lag die Jugend hinter mir. Wenn ich mich einige Stunden freimachen konnte, einmal einen Tag zum Ausschlafen bewilligt erhielt, dann eilte ich an den Quai Voltaire hinunter, meine Mansarde aufzusuchen. Von den geschichtlichen Ereignissen, der Belagerung von Paris durch die Armeen Bismarcks, der Belagerung durch die Truppen Thiers, der Herrschaft der Kommune, blieben für mich, der ich in der Brüstung des Dachfensters lehnte, nichts anderes übrig als Kanonenschüsse aus der Richtung des Mont Valérien und der Butte-Montmartre, Rauchsäulen, Flintengeknatter in Straßen und von Hausdächern herab. Haufen singender Nationalgardisten zogen den Ufern des Flusses entlang, am Eingang der Brücken waren Barrikaden errichtet, dann wieder abgerissen worden, um den von Männern gezogenen Kanonen Durchgang zu gewähren. Man vernahm von Straßenkämpfen, Geiselerschießungen, Priestern, die hingemetzelt worden waren, es fehlte an Nahrungsmitteln, aber Branntwein war genug vorhanden, Ratten wurden in den Metzgereien angeboten, bereits hatte man Absonderungsquartiere eingerichtet, um Choleraverdächtige und Typhuskranke aufzunehmen. Dieser Anschauungsunterricht fand seinen schauerlichen Höhepunkt, als uns ein Fall von Kannibalismus bekannt wurde, eine Frau, die ihren Säugling verzehrt hatte. Käseweiß, mit struppigen Kopf- und Barthaaren, in rostrot befleckten Spitalkitteln lief ich während des Bürgerkrieges herum. Diese Tracht schützte uns wenigstens vor den Verdächtigungen der Aufständischen wie vor denen der Versailler. Im Wirrwarr jener Tage blieb der Arzt eine der wenigen Personen, die außerhalb des Bürgerkrieges standen. Wir richteten nicht einmal gesonderte Säle ein. Als einmal ein Blessierter reklamierte, meinte der Chef: «Mach dir nichts draus! Es stirbt sich gleich leicht, ob du neben einem Kommunarden oder neben dem Neveu von Monsieur Thiers liegst.»

Mitten aus der Visite heraus wurde ich eines Morgens in die Halle hinabgerufen. Ein Herr habe nach mir gefragt. Den Hut in den Händen, in einem hellen Mantel mit schwarzem Samtkragen stand dort, ein wenig abseits anderer Besucher, Zola. War es mein verändertes Aussehen oder seine Kurzsichtigkeit – es dauerte eine Weile, bevor sein Gesicht Zeichen des Erkennens zeigte.

«Madame Durable hat mich auf den rechten Weg gebracht. Alle sind in alle Winde zerstoben. Ich kann dir nicht sagen, wie froh ich bin. Endlich wieder einer von früher. Du hast dich verändert.»

Rosig waren seine Wangen, faltenlos seine Stirne; in voller Turgeszenz, ein scheinbar von den Ereignissen unberührter, gesunder Mann stand er vor mir. «Viel Arbeit», sagte ich und blickte der langen Reihe von Frauen und Männern entlang, die auf den Bänken an der Wand saßen, Körbchen und Pakete auf den Knien, Kinder auch, und auf das Glockenzeichen wartend, das ihnen erlaubte, die Kranken und Verwundeten zu besuchen.

Quicklebendig lief Emile neben mir her, während wir auf und ab schritten. Zola war nun ein Mann geworden, der mit dieser Kleinigkeit, welche sich Leben nennt, fertig wird. Seit Mitte März wohnten die Zolas wieder in Paris, in der Vorstadtvilla an der Rue des Batignolles, die sie unversehrt vorgefunden hatten. Wendig, wie er war, hatte Emile die Rougon-Romane liegen lassen und sich entschlossen dem Journalismus, der großen Reportage zugewandt – mit Leib und Seele, wie es seine Art war. Als Korrespondent der Tageszeitung «La Cloche» nahm er täglich am Bahnhof St-Lazare den sogenannten «parlamentarischen Zug», fuhr nach Versailles, wo die Nationalversammlung tagte, über die er Berichte schrieb. Gleichzeitig bekleidete er den Posten des Pariser Korrespondenten für die Marseiller Zeitung «Le Sémaphore». Seine Chroniken über die Belagerung, die Barrikadenkämpfe und die grausamen Vergeltungsakte der siegreichen Bürger sollen in der Provence großes Aufsehen erregt haben. Einmal geriet er in Gefahr, von den Kommunarden als Geisel gefangengenommen zu werden; später drohte ihm das noch einmal durch die Leute von Versailles.

«Die Kanonenkugeln pfiffen über unsere Köpfe hinweg, wenn wir in unserem Garten in Batignolles saßen. Hätte es nicht diese blutige Woche gegeben, mir kämen diese zwei Monate im belagerten Paris wie ein Kinderschreck vor.»

«Wem erzählst du das?» entfuhr es mir.

Sogleich erwachte sein Schriftstellerinstinkt.

«Hör, Eugène, à propos», er deutete mit einer Kopfbewegung gegen den Korridor, der in die Chirurgische Abteilung führte, «wäre es möglich...»

Ich will es nicht verhehlen, es bereitete mir eine gewisse Genugtuung, als ich ihm antworten konnte: «Es bedarf einer schriftlichen Erlaubnis durch den Chef.»

«Kann ich ihn sehen?»

«Kaum. Wir sind auf der Visite.»

Ich hegte den Verdacht, Zola sei weniger meinetwillen als wegen einer zügigen Reportage aus den Lazaretten des Spitals Val-de-Grâce gekommen. Sogleich erriet er meine Vermutung.

«Natürlich auch deshalb. Aber du stehst an erster Stelle. Was willst du? Ich verdiene. Ich bestreite mein Leben und das von zwei Menschen, die mir anvertraut sind. Da gibt es nichts zu verbergen. Warum sich dessen schämen?»

Im Zoologischen Garten hatten sie aus irgendwelchen Gründen viele alte Bäume gefällt. Trotzdem stand der Park wieder im üppigen Grün. Wir blickten durch das Fenster hinüber.

«Paris ersteht wieder. Unsere Zeit ist angebrochen, Eugène», murmelte Zola. «Komm doch! Die Provenzalen treffen wieder ein, langsam, einer nach dem andern. Solari, Valabrègue, Roux...»

«Und Paul?» fragte ich.

«Rue de Jussieu, gerade gegenüber den Halles aux Vins.»

Jetzt mochten sie, der Chef und meine Kollegen, am Lager des Mannes mit der Kehlkopfkanüle stehen, dachte ich. Vielleicht können sie ihn retten.

Emile Zola legte mir den Arm um die Schulter. «Ich weiß schon, daß du nicht mehr bei der Sache bist. Geh nur! Ich kenne das. Aber komm zu uns, am Donnerstag jeweils!»

Die Dinge zeigten sich an. Jeder machte diese Erfahrung. La Rue de Jussieu? Kaum hatte ich den Straßennamen zur Kenntnis genommen. Ich schaute unserem lieben Zola nach, wie er in seinem hohen Filzhut, selbstgewiß, dem Ausgangstor zusteuerte, und dann eilte ich die Steintreppe empor, um wenigstens noch dem Ende der Chefvisite beizuwohnen.

Es muß, wenn ich mich recht erinnere, in diesem selben Jahre einundsiebzig, zwischen Herbst und Winter, gewesen sein, daß ich diese mir unbekannte, nach einem Botaniker benannte Rue de Jussieu betreten sollte. Ein Brief war bei Madame Durable abgegeben worden.

«Bitte, mein lieber Eugène, komme doch so rasch, als es Dir möglich ist, bei mir vorbei. Wohnung und Atelier Rue de Jussieu Nr. 45, zweiter Stock, vis-à-vis den Weinhallen. Ich bedarf Deines Rates als Arzt, als Freund, ich bin in Besorgnis. Das Leben ist schrecklich. Dein Paul, der jetzt nicht mehr wagt, Dich unter die Krabben und Läuse einzureihen. Komm, ich bin fast stets an der Arbeit, und wenn nicht, so wird Dir jemand die Türe öffnen, der Dir auch Bescheid sagen kann. Bitte kein Wort zu Emile – das vor allem – nichts von allem, wenn Du nach Hause schreibst.»

Eine stattliche Frau, ohne einen Anflug von Freundlichkeit auf dem länglichen, wie verschlafenen Gesicht, öffnete mir.

«Doktor Montgéroult?» fragte sie.

«Einfach Montgéroult», verbesserte ich; jetzt erkannte ich sie, es war Hortense.

«Er arbeitet.» Sie öffnete eine Türe. Vor dem offenen Fenster saß Cézanne an der Staffelei. Er nahm das Bild sogleich herab und lehnte es an die Wand, die Rückseite nach außen.

Die Kopfhaut, das Gesicht waren wettergebräunt. Er schien mir breiter geworden. Wild bauschten sich seine Haare über dem prall durchbluteten Ohr. Die Augenbrauen waren noch buschiger geworden. Alles in allem: eine von Gesundheit zeugende Gestalt. Ich stand eine Weile neben ihm und blickte in die Gegend hinaus. Sie war alles andere als malerisch: haushohe Mauern, an denen Fässer aufgetürmt waren, ein paar Ulmen, Lagerhäuser mit breiten Laderampen und Vordächern, wieder Fässer, der Horizont von Fabrikgebäuden begrenzt, ein grauer Himmel über allem.

Paul hatte sich neben mich gestellt, sogleich wieder mit der Landschaft beschäftigt. «Grau, Bister, dunkles Violett, Grün noch tief unter Olivgrün, schon keine Farbe mehr eigentlich – doch schau einmal die Linien an, schwarz, asphaltschwarz, häßlich, aber trotzdem…»

Der Riese neben mir genierte sich. Er erklärte mir sein Bild, um nicht mit seiner Sache herausrücken zu müssen. Ich half ihm.

«Es ist wegen Hortense?» fragte ich.

«Wieso weißt du das?»

Ich lachte, und endlich lachte er auch.

«Dazu braucht es keinen Zauberer. Auf wann erwartet ihr es denn…?»

«Gerade deshalb bat ich dich her. Wenn du so gut sein willst. Hortense komm!» rief er.

«Alles normal, noch nicht dringend», konnte ich ihm berichten. «Kennst du die Adresse der Hebamme?»

Er nickte. Dann seufzte er. Hortense stellte uns eine Flasche auf den Tisch, dann wurde auch sie gesprächiger. Ich mußte mit ihnen anstoßen. Paul setzte die Pfeife in Brand. Hortense Fiquet hatte ihre Ellbogen auf den Tisch gestützt, der Kiefer und die Wangen ruhten zwischen ihren Händen.

«Wenn mein werter Herr Vater etwas von meiner Familie erfährt, sperrt er mir die fürstliche Rente von hundertfünfzig Franken.» Der Maler schaute auf dieselbe Art ins Leere hinaus, in die Rauchschleier seiner Pfeife hinein wie Hortense. «Deshalb können wir nicht heiraten. Alles wiederholt sich. Auch ich mußte fünf Jahre warten, bevor Louis-Auguste Cézanne seine Honorine Aubert, meine liebe Mutter, zum Zivilstandsamt führte.»

Plötzlich knallte er mit der flachen Hand auf den Tisch. «Welche niedrigen Feigheiten begehen wir nicht um des Geldes willen!»

«Darf ich wirklich keines deiner Bilder sehen?» fragte ich.

«Alles kannst du sehen! Ich dachte, das interessiere dich einen Pfifferling.»

Ich war der Malerei völlig entfremdet. Ich «verstehe» nichts von Malerei. Ich weiß nicht, was die Maler wollen. Ihre Unterfangen scheinen mir eine riesenhafte Spielerei. Immerhin, seit Cézannes «Déjeuner» war irgend etwas, das keinen Namen hatte und auch keinen verdiente, in mein Schauen hineingekommen, etwa von der Art, als sei ich der Maler und müßte mit einem Pinsel und Farbpaste, ohne Worte, auf die Leinwand malen, nicht, was ich sah, aber was ich während des Sehens empfand. Ein Spiel, ich kann es nicht anders ausdrücken.

Paul stellte die Landschaft, an der er beim offenen Fenster gearbeitet hatte, wieder auf die Staffelei. Eine sehr lange Weile standen wir davor. Unwillkürlich schaute ich aus dem Fenster, vergleichend. Unter uns, und gegenüber von uns, vollführten Männer in blauen Blusen und Schildmützen mit vollen und leeren Fässern, die sie von Karren luden, einen höllischen Lärm. Das knallte und kollerte nur so. Die wartenden Pferde wieherten, andere Gefährte kamen knarrend angerollt, jemand brüllte: «Jules!» Der Fensterrahmen war von einem bewegten Bild ausgefüllt; fortwährend veränderten sich die Gruppen, ein richtiger Markthallenbetrieb. Ich schaute auf

Pauls Gemälde zurück. Kein Mensch, kein Pferd, kein Wagen war darauf zu erblicken. In nahezu geometrischer Weise lagen die Reihen der runden Fässer vor den rechteckigen Mauersteinen – ein paar Kurven, eine Straße, ein Geländer, ein schräges Dach. Von der Natur lediglich sieben Bäume mit schwarzen Stämmen, braungrünen Kronen und darüber der graue nüchterne Himmel. Eine Theaterbühne ohne Akteure. Mir schien es kein freudiges Bild zu sein, und wie weit ab lag es von dem seltsamen Picknick. Trotzdem, irgend etwas in dieser banalen Landschaft rührte mich an. Eine Ordnung herrschte, Ruhe – dazu kam noch etwas, das mir allmählich aufging: ein Hauch von Verlassenheit, als wäre diese Marktstätte an einem Sonntag festgehalten worden. Damals war ich noch nicht so weit, Cézannes verschwiegene Vision zu erkennen, die Einsamkeit.

Paul rumorte bereits mit anderen Stücken herum. Es bereitete ihm vielleicht Freude, mich zu überraschen. Ein wildes Gemälde von großem Format lehnte an der Staffelei, so daß ich einen Schritt zurücktreten mußte. Aus dem Dunkel einer Höhle im Mittelgrund löste sich nach einiger Betrachtung aus einem plastisch aufgetragenen Gewirr von hellen Leibern, von starr und stumpf gemalten Gesichtern eine Gruppe von drei Gestalten und formte sich zu einer infernalischen Vision. Zwei alte Weiber beugten sich über eine nackte Frau, deren Haar dem Beschauer entgegenquoll. Mit gereckten Armen und offenem Mund war sie im Begriff, unter dem Würgegriff einer der Frauen ihr Leben auszuhauchen.

«Der Mord» war ein Gegenstand, der in den Werken der Maler jener Zeit immer wiederkehrte. Manets «Erschießung des Kaisers Maximilian von Mexiko» muß aus derselben Epoche stammen. Stilleben, Morde, Vergewaltigungen, Landschaften, ein Ofen im Atelier, alles war ihnen recht. Ich verstand, daß es sich bei dem Bilde vor uns um einen Alptraum handeln mußte, von dem Paul sich konvulsivisch zu befreien gesucht hatte. In diesen zornigen Pinsel- und Spachtelhieben war nicht die leiseste Spur von Natur und Wirklichkeit zu entdecken.

«Nun, was sagst du?»

«Die Weinhalle hat es mir angetan», antwortete ich wahrheitsgemäß.

«Aber du kannst sie haben, nimm sie unter den Arm, wenn du gehst.»

«Zuerst wollen wir nun dein anderes Werk glücklich auf diese Welt bringen», sagte ich und blickte in das Zimmer hinein, wo Hortense mit einer Näharbeit unter der Lampe saß.

Cézanne seufzte, schnaufte vernehmlich.

«Das bindet, weißt du.»

«Du siehst ja, wie wohl es Zola bekommen ist.»

«Ah, der», rief Paul mit funkelnden Augen, «der wird ganz Paris auffressen!»

«Noch ein Besuch!» meldete Hortense.

«Camille! Camille Pissarro.» Den Namen nannte Paul leiser, als er bisher gesprochen hatte.

Unter der Türe stand eine biblische Gestalt, ein hoher Mann, blassen Gesichts, einen flachen Hut auf dem Haupt. Die Nase war stark gebogen, semitisch, alttestamentlich, und mit sanfter Stimme wünschte er uns einen guten Abend.

Paul machte uns miteinander bekannt. Der Maler reichte mir die Hand, wir schauten uns freundlich in die Augen. Es war mir aufgefallen, daß die Männer sich nicht die Hände gedrückt hatten; dann erinnerte ich mich an Pauls Phobie. Er ertrug die Berührung nicht. Keinen Handschlag mit Cézanne, hatte es schon in unserer Jugendzeit geheißen!

Paul lehnte die Mordszene wieder an die Wand. Pissarro blickte auf die Weinhallen, die wieder auf der Staffelei standen, unerträglich lange. Es kam mir vor, er male in Gedanken jeden Pinselstrich nach. Endlich schaute er auf, schwieg aber.

«Du darfst reden – der Kleine – pardon, Eugène versteht.»

Ich verstand nicht. Es war ein Fachgespräch. Aber Pissarro verbarg seine Zustimmung nicht.

«Es kommt, Paul, es kommt; du darfst es mir glauben. Noch ein bißchen viel Grau, viel Zeichnung. Noch zu viel Kopf auf Kosten des Auges. Du hast Sorgen, bist schlechter Laune, das gibt eine trübe Linse, begreifst du, mein Lieber. Aber welch ein Fortschritt...! Wenn es dir gelingt, Paul, ganz ruhig, ohne Nervosität, gelassen dazustehen und zu malen, nichts, als was du siehst, Farben, keine Linien, und vergißt, was sie bedeuten, und dich selbst, dich selbst vor allem, dann läßt du uns alle, aber wirklich alle hinter dir zurück...»

Kurz nach Neujahr wurde ich gerufen, in der Morgenfrühe. Als ich an der Rue de Jussieu anlangte, kam mir die Hebamme schon auf dem Treppenhaus entgegen, ihre Tasche in der Hand.

«Kein Mediziner vonnöten», lachte sie mich an, «eine Geburt so normal wie möglich. Beide schlafen, und der Vater malt schon wieder.»

«Danke, daß du gekommen bist», rief Cézanne vor der Staffelei und setzte noch einige Tupfen in die Landschaft der Weinhalle. «Ein Knabe natürlich. Er wird Paul heißen. Und sein Vater ist Cézanne, der größte Maler der Gegenwart. Wir werden das heute nachmittag auf der Mairie des V. Arrondissements ins reine bringen. Dein Bild ist bereit, Eugène, trotzdem irgend etwas ...»

«Das Bild bleibt bei dir, Paul. Ich nehme es nicht.»

«Warum? Bist du gegen Wein?»

«Es ist ein historisches Bild.»

«Wieso?»

«Nach dem, was Pissarro gesagt hat.»

Cézanne widersprach nicht mehr. Den Pinsel zwischen den nahezu völlig gestreckten Fingern, setzte er bei der Stelle an, wo die Mauer sich gegen hinten wölbt, und zog behutsam noch einen dunklen Strich ins Bild.

«Wenn der Alte wüßte, daß er Großvater geworden ist – säßen wir jetzt auf dem Stroh!»

Ein paar Wochen später bekam ich einen Brief von ihm.

«Wir wohnen in Pontoise. Hortense und dem Kleinen bekommt die Luft wohl. Ich male. Ich tue nichts anderes als das. Im Freien, in blonder Manier, komm doch einmal zu uns heraus!

Paul Cézanne
Schüler von Meister C. Pissarro.»

Im Oktober 1871 erschien Zolas erster Roman «Der Aufstieg der Rougon». Im November bereits kam das zweite Buch der Serie Rougon-Macquart, «La Curée», «Die Beute», heraus. Für ihn war die Zeit wirklich gekommen.

VIII

Im Gegensatz zu den Jahren, die ich bisher an der Universität und in der Klinik verbracht, in denen der Gedanke, das Studium hinter mich zu bringen, mich getrieben hatte, machte sich, je mehr ich mich den Schlußprüfungen näherte, ein Zögern bemerkbar. Ich hatte mich an den Stand des Studenten so gewöhnt, mich medizinisch und in der privaten Lebensweise so eingefügt, daß ich der Veränderung, die mit dem Abschluß eintreten würde, nicht ohne Unbehagen entgegensah. Entscheidungen treffen zu müssen, war mir unangenehm. Einen Stundenplan einzuhalten, mich auf Klausuren vorzubereiten, das entsprach meiner Anlage. Ein guter Mann im zweiten Rang unter leichter, aber beharrlicher Führung, so ungefähr hätte ich mich selbst beurteilt. Am Ende des Studiums war zu wählen zwischen einer Praxis und einer Dozentur, vielleicht zwischen Paris und Aix. Der Lehrstuhl hätte bedeutet, daß es ruhig noch einige Jahre im gleichen Trott weitergegangen wäre, in der Klinik, im Spital.

Diese Unsicherheit hatte noch einen tieferen Grund. Er enthüllte sich von Zeit zu Zeit. Wozu dies alles? Meine zweite Krise kündigte sich an. Offenbar war sie unausweichlich. Die Außenwelt lieferte Stoff. Man konnte sich sagen, aha, deshalb diese Depression. Exogen ist sie. Langsam nur, mit großer Verzögerung, wurde uns bewußt, was eigentlich vorgefallen war. Wir hatten einen Krieg verloren. Wir hatten die Provinzen Elsaß und Lothringen verloren. Wir schuldeten den Preußen einige Milliarden Goldfranken. Wir hatten in dieser Stadt Paris den erbittertsten Bürgerkrieg und die blutige Niederwerfung eines Aufstandes miterlebt. Tausende der sogenannten Föderalisten, die man bewaffnet angetroffen hatte, waren ohne Urteil erschossen worden. Improvisierte Kriegsräte urteilten 15 000 Personen ab, ohne Unterschied, ob es sich um politische oder um strafrechtliche Delikte handelte. Über 8000 Franzosen wurden deportiert, zu Zwangsarbeit verurteilt. Am Sonntag spazierten die Leute auf die Place Clichy, um die Kanonen zu betrachten, die dort ausgestellt waren. Die Barrikade an der Rue de la Paix, mit den beiden Geschützen und der Mitraillette, von der man sich so viel erhofft hatte, habe ich selbst noch gesehen. Die unter des Malers Courbet Leitung umgeworfene Säule auf der Place Vendôme blieb längere Zeit eine viel besuchte Sehenswürdigkeit. Unser Landsmann Adolphe Thiers aus Marseille, ein Historiker, der Verfasser einer «Geschichte der Französischen Revolution» und einer «Geschichte des Konsulats und des Kaiserreichs», war nun der erste Präsident der neuen Republik. Er führte die Steuern auf den Zündhölzchen, dem Papier, den Gesellschaften, den Billards und den Eisenbahntransporten ein. Die noch nie gesehene geschäftliche Hochkonjunktur, die kurz nach dem Friedensschluß eingesetzt hatte, endete mit einem ökonomischen Zusammenbruch – le craque – von historischem Ausmaß.

So wenig wie die meisten Leute, mit denen ich in Berührung kam, hatten mich diese Ereignisse wirklich niederzudrücken vermocht. Die tägliche Beschäftigung, das Klagen und das Schimpfen bilden einen guten Schutz. Wir Franzosen sind ein optimistisches Volk, die Improvisation ist unser Element, und uns darin zu bewähren, hatten wir wahrhaftig Gelegenheit genug. Meine Tätigkeit im Spital trug ihre Rechtfertigung in sich. Als einer der wenigen, die es so weit gebracht hatten, deutsche Schriften zu lesen, lieh ich mir in der Nationalbibliothek Neueingänge aus Deutschland. Sicher war ich einer der ersten französischen Leser von Wundts «Psychologie».

Die Heimsuchung kam aus der Nähe. Viele verkündeten es, auch Zola, unsere Niederlage sei die Niederlage eines korrupten, genußsüchtigen Volkes von Ironikern und Zynikern; wir gingen der Auflösung, dem Untergang entgegen. Das Wissen, die Wissenschaft, die Methode der Deutschen hätten uns besiegt. Ihr Stern steige strahlend am östlichen Horizont empor, sie werden fortfahren, sie würden sich Europa untertan machen. Nicht ein Heer hatte ein anderes, nicht ein Volk ein anderes, sondern eine Kultur hatte eine andere Kultur besiegt. So klang es über den Rhein, der nun nicht mehr unsere Grenze war. Es gab Franzosen, die dies nachsprachen, achselzuckend, ironisch. Andere pflegten grimmig und geheim den Revanchegedanken. Sie konnten vor allem den territorialen Verlust nicht verwinden. Sie sahen Frankreich gespalten. Sie lebten im Geiste ständig in jenem verlorenen Elsaß, in jenem Lothringen. Sie waren in ihrem Wesen gespalten. Dies kam merkwürdigerweise in mancher Krankengeschichte zum Ausdruck. Was ein Mensch noch nie besessen hat, kann er sich wünschen, oder er kann den, der es besitzt, darum beneiden. Was er aber einmal besessen und dann verloren hat, das hinterläßt in ihm die unheilbaren Wunden der Reue und der Rache.

Meine Lebensumstände hatten es mit sich gebracht, daß meine Jugendgefährten Künstler waren. Weder Cézanne noch Zola konnte man einen Patrioten nennen. Paul hatte sich während der paar Monate, die dieser Krieg dauerte, gedrückt; Zola war nach Marseille, dann nach Bordeaux «ausgewichen». Kriegshelden waren sie beide nicht.

Zola schrieb Romane! War das eines Mannes Beschäftigung, Geschichten zu schreiben, erotische sogar?

Cézanne malte Bilder, erotische ebenfalls. «Die Versuchung des Antonius», «Die Entführung», mehrere Visionen eines «Mordes». Ging denn diese Burschen unser Untergang, die Korruption, der Niedergang französischer Kultur gar nichts an? Mit Bitterkeit dachte ich an das Treiben der Literaten, der Maler. Ich hatte nicht die leiseste Ahnung davon, daß diese wirtschaftlichen Nichtsnutze, diese Diskutierer und Schreiber, diese Kaffeehaushocker die Vorhut einer Wiedergeburt sein könnten.

Den Entschluß, eine oder zwei Wochen Urlaub zu nehmen, begründete ich bei meinem Chef, Professor Chaussard, wahrheitsgemäß. Es stünden mir Entscheidungen bevor, ich hätte es nötig, in Ruhe meine Dinge zu überdenken. Obgleich es zwischen ihm und mir nicht zu einem über Freundlichkeit hinausgehenden Verhältnis gekommen war, wurde aus der als formelle Abmeldung gedachten Unterredung in der großen Fensternische, im Korridor vor dem Auditorium, ein Gespräch. Wäre ich nicht selbst gekommen, hätte er mich rufen lassen. «Mit Ihren ständig geröteten Augen erscheinen sie mir schon längere Zeit eher als Patient denn als Arzt.» Ich konnte ihm versichern, daß ich keinerlei Symptome zu beichten hätte. «Wir haben das alles durchgemacht», meinte er abwesenden Blicks, «aber Sie haben Zeit, Montgéroult – es eilt nichts.» – «Ich leide an Misanthropie, ich habe nichts als Vorwürfe gegen die Menschen anzubringen – mich selbst inbegriffen, und das gehört eigentlich in das Gebiet Ribots.» Der Chirurg lachte. «Auch das noch!»

Cézanne und Pissarro erwarteten mich an der kleinen Station, als ich in Pontoise ankam. Während der Reise war ich die ganze Zeit über am Fenster des Abteils gestanden und hatte die Hügelzüge verfolgt, welche die Seine und die Oise begleiteten. Sie zogen sich eintönig hin, unbegreiflich still. Damals begann die bäuerliche Landschaft Frankreichs eine Wegstunde nach der Hauptstadt. Hundert Jahre lagen zwischen beiden Regionen.

Camille Pissarro erinnerte mich, mit dem breitrandigen Schlapphut, den kniehohen Stiefeln und dem patriarchalischen, weiß melierten Bart an einen russischen Bauern, an Tolstoi. Was mir auffiel, war die Veränderung, die Cézanne zeigte. Zwar saß der zerknüllte Filzhut ihm noch immer brigantenhaft auf dem Kopf, doch seine Stimme war leiser geworden. Nie habe ich ihn in jenen Tagen aufbrausen gesehen, und das Herausfordernde, das einen so rühren konnte, weil es seine Schwierigkeiten verriet, war ganz verschwunden. Den Auftritten des Malers war von Jugend an etwas Dramatisches eigen gewesen, ein Wechsel zwischen Schüchternheit und Kraftmeierei, der nicht ohne komische Wirkung sein konnte. Unter den ruhigen Augen Pissarros, dem warmen Ton seiner Stimme enthüllte sich ein Paul, den ich nicht gekannt hatte.

Sie quartierten mich im «Grand-Cerf» ein, wo Cézanne mit Hortense und dem kleinen Paul wohnte. Pissarro kam täglich herüber, und während der Woche, die ich in der Gegend verbrachte, durfte ich die beiden begleiten. Während sie vor ihrer Staffelei standen, lag ich irgendwo im Gras. Manchmal kam Pissarro zu Paul, stellte sich hinter ihm auf, wortlos, dann kehrte er wieder zu seinem Motiv zurück. Cézanne machte ihm dann meistens einen Gegenbesuch, während ich, dieses Treiben beobachtend, mich immer wieder von neuem fragte, was eigentlich die Maler mit dem, was sie taten, bezweckten. An dieser Frage erkenne ich heute noch, daß es mit mir nicht zum besten stand, was die geistige Gesundheit anbelangt, denn der sogenannte Zweck einer Centaurea oder eines Schmetterlings oder eines Corneille oder unseres ganzen Daseins ist ja genauso fragwürdig und ebenso evident wie das, was die Maler treiben.

Eines Abends, als wir in dem Café im Erdgeschoß des «Grand-Cerf» zusammensaßen, rutschte mir die alberne Frage heraus. Pauls Augen begannen sogleich in jener Weise zu glühen, die ich allzugut als das Vorzeichen seiner berüchtigten Ausbrüche erkannte. Pissarro legte ihm leise die Hand auf den Unterarm.

«Vor dem Krieg lebte ich in Louveciennes, ein paar Kilometer von Versailles entfernt. Die Dubarry hatte dort ihr Schlößchen», erzählte er. «Als die Preußen kamen, mußte ich flüchten. Aus London zurückgekehrt, war es natürlich mein erster Gedanke, nach den Bildern zu sehen, die ich in dem Häuschen zurückgelassen hatte...»

Jetzt war Cézanne nicht mehr zu halten. «Weißt du, wie diese Barbaren in seinem Atelier gehaust haben? Ein Schlachthaus machten sie daraus! Und aus den Bildern Metzgerschürzen und Teppiche für den Garten, damit die Herren Offiziere sich nicht ihre Lackstiefel beschmutzten. Vandalen!»

«Einige Bilder haben sogar diese Prozedur überstanden», erläuterte Pissarro lächelnd. «Aber ich erzähle dies aus einem anderen Grund, wegen Ihrer Frage, Monsieur.»

Seine Antwort blieb mir während langer Jahre sibyllinisch. «Die Sinneswahrnehmung. Ein Mensch, so kurze Zeit nur lebend, versucht eine Nachricht, eine Botschaft zu hinterlassen von dem, was er zwischen zwei ewigen Nächten gesehen hat. Nicht mehr, nicht weniger. Keine Lehre. Keine Religion. Nichts als die Wahrheit seines Eindrucks, seiner Empfindung...»

Ich verstand es nicht. Aber es ergriff mich, und es ging unverlierbar in mich ein, weil dieser Mann es gesagt hatte.

«Nicht er hat etwas verloren mit den Bildern», rief Cézanne, «aber wir, die Menschheit... Wenn du wüßtest, mit welcher Geduld er malt! Er malt nicht, er betet, wie die alten Israeliten...»

Sie zeigten mir ihre Bilder. Keiner von ihnen hatte ein Atelier. Plein air, Freiluftmalerei, lautete die Formel. Helligkeit und Behutsamkeit – ich wage das Wort: Poesie, eine Art Flimmern ging von Pissarros Landschaften aus. Es war, als hätte er eine neue Art von Himmel entdeckt, einen Himmel ohne dunkle Wolken, aber auch ohne gleißende Sonne.

Cézanne ahmte den Meister nicht nach. Noch immer stachen und rankten seine Baumstämme eigenwillig in das «schöne» Motiv hinein. Die Geduld jedoch war ihm bereits zu eigen geworden, Ton neben Ton, Pinselzug neben Pinselzug, verhalten, gebändigtes «tempérament»; man konnte es nachprüfen, wie er betete, bis das Bild «kam».

Als ich meinen Dienst bei Chaussard wieder antrat, war der Brief an meine Mutter in Aix bereits unterwegs. «Ich habe mich als Assistenzarzt auf der Allgemeinen Abteilung für drei Jahre verpflichtet», stand darin. Ich will nicht behaupten, dieser Entschluß habe mit meiner Woche Aufenthalt bei den Malern von Pontoise etwas zu tun gehabt. Trotzdem: das gütige Gesicht Camille Pissarros, mit den Lidern, unter denen man die Wölbung des Augapfels wahrnahm, gehört zu meinem Entschluß. Keiner dieser beiden Männer, trotz Weib und Kind, konnte vom Malen lassen. Sie darbten, sie wurden verspottet, sie mußten sich demütigen vor Spezereihändlern und Bäckern. Aber weder sie selbst noch alle ihre Freunde und Feinde konnten sie sich in einer anderen Erscheinungsform denken denn der als Maler.

Das Ende des Zweiten Kaiserreichs bedeutete für Emile Zola einen Glücksfall. Ihm, dem Schriftsteller, der sich vorgenommen hatte, die Geschichte einer Familie und der Gesellschaft zu schreiben, lieferte die Historie selbst eine abgeschlossene Epoche. Die zwanzig Jahre, die das Reich gedauert hatte, lagen gerundet vor ihm. Nicht nur gewann sein großes Unternehmen den Aspekt einer Abrechnung, einer Kritik, und er damit das Odium eines Sehers; mit einem Schlag war er auch des Vorwurfs enthoben, er schreibe Schlüsselromane. Das Jahrhundert schien ihn zum literarischen Darsteller des Glanzes und des Unterganges der Napoleonischen Ära auserkoren zu haben. Mit dem durchdringenden Blick, den er sich als Publizitäts-Chef des Verlagshauses Hachette angeeignet hatte, erkannte Zola die Situation und seine Chance. Ohne es zu wissen, aber ganz bestimmt nicht ohne Intuition, hatte er so viel Vorarbeit geleistet, daß er, bevor sich andere der Zusammenhänge nur bewußt wurden, seine Romane nacheinander wie Raketen eines Feuerwerks in den Himmel zischen lassen konnte.

Im Hintergrund seiner Werke wuchsen der Palast des Trocadéro, die Basilika Sacré-Cœur auf der Butte-Montmartre und Garniers Opernhaus als die Akzente des neuen Zeitalters in die Profillinie von Paris hinein.

Mein kurzer Aufenthalt in Pontoise stellte sich als einer jener Einschnitte im Lebenslauf heraus, die wir meistens erst nach Jahren wahrnehmen. Schulkameraden, Altersgenossen, Jugendfreunde – als eine kompakte Gesellschaft hatte es uns aus Aix in die große Stadt verschlagen.

Wir nannten uns manchmal die Plejaden am nächtlichen Himmel von Paris. Dieses Band überdauerte den Krieg. Die meisten kehrten wieder zurück, alle glaubten wir, die Generation und die Provence habe uns auf Lebenszeit verbunden. Doch auseinanderstrebende Kräfte begannen zu wirken. Im Dahinfallen durch die Räume der Zeit lockerten sich die Bande, mochten wir auch noch nebeneinander dahingleiten.

Zola war verheiratet, führte mit seiner Frau und seiner Mutter einen bürgerlichen Haushalt. Cézanne lebte mit Hortense in wilder Ehe. Ich, ein Junggeselle, wurde zum Fremden in den Familien der Freunde.

Alle hatten wir nun die Lehrjahre hinter uns, und dies gleicht der Entlassung einer Klasse: jenseits des Schultors, jenseits der Jugend zerstreut sich die Bande in alle Himmelsrichtungen.

Unter seinem verwegenen Filzhut kauert Cézanne hinter seiner Staffelei vor Landschaften an der Seine und der Oise. Die karge Rente, die ihm der Vater zubilligt, hängt am Geheimnis seines Konkubinats mit Hortense und der Geburt des kleinen Paul. Wird es gelüftet, wird Paul, dessen Bilder weiterhin von jeder Ausstellung zurückgewiesen werden und dem kein Mensch eine Leinwand abkauft, ärmer sein als alle Maler um ihn. Behutsam, geduldig, in der «blonden» Manier, ohne Schwarz und Okker, wie es Pissarro ihm empfohlen hatte, setzte er in kurzen Pinselstrichen, Tupfen oft, die Farben nebeneinander. Er vergißt dabei sich und Hortense und Paul und alle Welt bis auf den Ausschnitt, den er mit seinen Augen erfaßt.

Im Quartier von Les Batignolles, jetzt an der Rue Saint-Georges Nr. 21, in einer anderen und größeren Villa als jener an der Rue de la Condamine, sitzt Emile Zola in einem Lehnstuhl vor seinem riesigen Schreibtisch, den Zwicker auf der Sattelnase, und schreibt an den Rougon-Macquart. Er ist nun komfortabel eingerichtet. Stille herrscht um ihn. Aus dem Kreise der Maler und Journalisten ist er in die Sphäre der authentischen Schriftsteller hinübergewechselt. Huysmans und Maupassant gehören ihr an, Flaubert, die Brüder Goncourt. Er hat einen Namen.

Sechs Jahre nach dem Krieg lagen sechs Bände der Rougon-Macquart vor. «La Fortune des Rougon», «La Curée», «Le Ventre de Paris», «La Conquête de Plassans», «La Faute de l'Abbé Mouret», «Son Excellence Eugène Rougon». Ich las alle seine Bücher. Es war, als wühle Zola im Stoff, den ihm die abgeschlossene geschichtliche Epoche darbot. Keine Gefahr mehr drohte von einer kaiserlichen Zensur. Ungestraft durfte er Masken von Gesichtern reißen. Der Zusammenbruch bildete einen Schlußpunkt. Unbehelligt durfte er schildern, wie die Napoleoniden sich um die blutigen Innereien des erlegten Frankreichs balgten, einer Jagdmeute gleich. «Er hat aus ihrer curée seine ‹Curée› gemacht», schrieb einer seiner Feinde.

Die Zeit der Sorge um das Brot war für Emile vorbei. Unverkennbar befand sich die Familie im Wohlstand. War das, was man den großen Erfolg nennt, auch noch nicht erfolgt, so gewährten diese Bücher dem Romancier Emile Zola doch schon ein regelmäßiges Einkommen.

Zwei Monate nach dem Erscheinen des Buches «Son Excellence Eugène Rougon», im April des Jahres 1876, begannen im Feuilleton der Zeitung «Le Bien Public» die ersten Kapitel des Romans «L'Assommoir», «Der Totschläger», zu erscheinen. Das war der Durchbruch: der Name Zola wurde zum Begriff, zum Synonym für Erfolg, Ruhm und Reichtum.

Bei meinem ersten Besuch im neuen Logis an der Rue St-Georges sprang mir der soziale Aufstieg des Schriftstellers sogleich in die Augen. Dies war nun eine richtige Villa in einem von einer hohen Mauer umschlossenen Garten. Es gab keinen Hauswart mehr, keine anderen Mieter. Im Parterre befand sich ein Salon, ein Eßzimmer, im ersten Stock lag neben dem Schlafzimmer ein großes Arbeitszimmer mit Blick auf den Garten. Die oberste Etage war der Mutter, Madame François Zola, vorbehalten. Mit sichtlicher Genugtuung, voll eines naiven und rührenden Stolzes machte Zola mit mir einen Rundgang durch das Haus. Selbst die Küche im Sous-sol und das Office mußte ich sehen und begutachten. «La belle Gabrielle», wie wir sie unter uns nannten, Madame Zola, war unmerklich aus der Rolle der Genossin in jene Alexandrinens, ihres zweiten Rufnamens, hineingewachsen. Sie war nun eine Dame in sehr eleganter Kleidung, von zarter Gesichtshaut, lebhaftem Mienenspiel, schlagfertig, geistreich sogar. Das bekannte Pastellbild Manets hat sie gut getroffen. Sie konnte hinter unserem Rücken, aus einem lächelnden Gespräch heraus, dem Diener, der den Service besorgte, einen strengen Blick zuwerfen. Daß sie mit der sechzig Jahre zählenden Mutter des Schriftstellers nicht gerade in vollendeter Harmonie lebte, erriet ich bald. Madame François Zola erinnerte mich immer ein bißchen an Lutetia, Napoleons Mutter, die angesichts des Aufstiegs Bonapartes den klassischen Ausspruch tat: «Pourvu que cela dure»,

«Wenn das nur dauert!» Der geprüften Frau kam Emiles Aufschwung unerwartet, wie ein Märchen vor. Allmählich begann sie unter Alexandrinens Herrschsucht zu leiden und bezog eine eigene kleine Wohnung an der Rue Ballu.

Zola trug jetzt deutlich die Prägung des «Homme de lettre», des Literaten. Das Leitbild trat hervor: Theaterpremieren, japanische Holzschnitte, «Jour fixe» am Donnerstag, Bibelots, Antiquitäten, farbige Wappenscheiben, ein Bett Henri II, holländische und italienische Möbel, Aubusson-Wandteppiche, Zinn, Kupferkannen. Kurz: es wurde offenbar, der wissenschaftliche Realist, der naturalistische Schriftsteller barg in der Tiefe seiner Brust einen Romantiker von mittelmäßigem Geschmack. Über der ganzen Einrichtung schwebte ein Hauch von Euphorie, wie man ihn in der Nähe von Emporkömmlingen wahrnimmt. Jetzt verbrachte das Ehepaar die Sommermonate nicht mehr in Paris. Ferien am Meer, in der Bretagne, am Mittelmeer gehörten mit zum Leitbild.

Die meisten Romane aus der Folge der Rougon-Macquart erschienen als Vorabdruck der Buchausgabe im Feuilleton von Zeitungen. Schon in dieser Phase der Veröffentlichung weckten einige seiner Werke den Protest von Abonnenten und die Aufmerksamkeit der Sittenpolizei. Als der Roman «La Curée» herauskam, wurde der Autor zwar nicht politischer Subversion bezichtigt, aber nun bezeichnete man die Szene, in der Renée Saccard in einem Separatzimmer des Café Riche mit dem Sohn ihres Gatten, ihrem Stiefsohn Maxime, die Ehe bricht, als Pornographie.

Als im Feuilleton der Zeitung «Le Bien Public» der Roman «L'Assommoir» anzulaufen begann, erhielt die Redaktion so zahlreiche Abbestellungen von Abonnenten, daß der Druck eingestellt werden mußte. Catulle Mendès, der Direktor der neuen Zeitung «La République des Lettres», übernahm die Fortsetzung. Diese Vorgänge verursachten eine Polemik in der Presse, die über das Literarische hinausging. Selbst bei uns, unter den Ärzten und den Patienten, in den Hörsälen, Krankenzimmern und Laboratorien diskutierte man mit Leidenschaft über den Roman, in dem, wie der Autor verkündete, «das wirkliche Leben der Arbeiterklasse von Paris, ohne Übertreibung, aber auch ohne Gefühlsduselei», dargestellt worden sei. Ich vermute, daß Emile nichts unterlassen hat, um den Wirbel in Gang zu halten. Bald gab es niemand mehr, der nicht wußte, daß der Verleger Georges Charpentier bereits eine Auflage von fünfzigtausend Exemplaren verkauft hatte und mit dem Druck fortfuhr, daß das Ministerium des Innern den Verkauf des Werkes an den Bahnhofkiosken verboten, daß zwei besoldete Schriftsteller den Roman bereits in ein fünfaktiges Drama umgearbeitet hatten, das auf den Boulevard-Theatern über dreihundert Aufführungen erleben sollte.

Das sicherste Zeichen jedoch, daß Emile Zola «es geschafft hatte», waren die Karikaturen. Zwei sind mir im Gedächtnis geblieben. Auf der einen erweist die Büste Balzacs Zola den militärischen Gruß, und Zola salutiert zurück. Die andere: Auf einem steinernen Sockel mit der Aufschrift «V. Hugo» sieht man die Füße des Dichters der «Misérables». Um den linken ist ein Seil geschlungen, an dem Emile Zola aus Leibeskräften zieht. Text: «Naturalistische Freizeitbeschäftigung. Womit Herr Zola seine Zeit verliert.»

Die Figuren des Romans wurden legendär: Gervaise, die Wäscherin, Lantier, Coupeau, «Mes bottes», Poisson, Goujat, «Gueule d'or». In illustrierten Zeitungen, auf Reklametafeln, Porzellantassen, Musikheften, auf Postkarten, in Ölgemälden, Zeichnungen, Stichen und als Pfeifenköpfe fand man sie dargestellt. Bald erschien eine bebilderte Ausgabe des Romans. Zum erstenmal hatte ein Schriftsteller es gewagt, die Volkssprache, das Argot von Paris, in einem Werke nicht nur durch seine Personen sprechen zu lassen, sondern sich selbst vieler Ausdrücke daraus zu bedienen.

Als der Erfolg eintrat, empfand Zola das Bedürfnis, diese Lebenswende durch ein Sinnbild darzustellen. Für den Verfasser des «Assommoir» erfüllte diese Funktion ein kleines Besitztum in Médan, das er um neuntausend Franken erwarb. Aus dem bescheidenen Haus und dem winzigen Garten, in dem es stand, wurde jedoch in kurzer Zeit ein großer Bau, ein Landsitz, dessen Park bis an die Ufer der Seine hinabreichte. Mitten im Fluß erhob sich eine mit Pappeln bestandene Insel. Sie und ein Chalet darauf gehörten ebenfalls zur Domäne. Von seinem Arbeitsplatz aus blickte Zola in eine jener Landschaften hinaus, die später durch die impressionistischen Maler so berühmt werden sollten. Sein Zimmer war übergroß, fünf Meter hoch, neun Meter breit und über zehn tief. Ein monumentaler Kamin nahm die eine Wand ein, in der Mitte des Raumes stand ein riesiger Tisch. Das Licht, welches durch ein breites, bis an die Decke reichendes Fenster hereinfiel, ward durch Vorhänge und Gardinen gedämpft. Eine Wendeltreppe führte zu einer Galerie hinauf, die rund um den ganzen Saal führte. Hier war die Bibliothek. Die Treppe stieg aber noch weiter, zu einer quadratischen Terrasse empor, einer Art Söller, um den herum sich das Département Seine-et-Oise zu lagern schien. «Nulla dies sine linea», kein Tag ohne eine Zeile, war in vergoldeten Buchstaben am Bord des Kamins zu lesen. Seinen Arbeitsplatz hatte Zola so angelegt, daß er mich an die marmornen Totengrüfte erinnerte, die man auf den Friedhöfen lateinischer Länder findet. Die Ausstattung war überladen, kleinbürgerlich. Vom gedrechselten Säulentischchen mit seiner Blattpflanze, den Konsolen, Etageren, bis zu den bunten Kordeln des Diwans war schlechterdings alles vorhanden, was man in einem Antiquitätenladen hätte finden können: geschnitzte Truhen und Kredenzen, bronzene Tiger, Zinnkannen, Kerzenständer, Hellebarden, Teppiche, Felle. Ich bedürfte der Geduld, der Dokumentation und der Feder meines großen Landsmanns, um diesen reichhaltigen Schnickschnack zu beschreiben, zwischen dem der Hausherr in buntem Hausrock und Hausschuhen aus marokkanischem Leder lautlos, aber mit offensichtlicher Genugtuung einherwandelte. Alexandrinens Atlasschleppen rauschten durch die Dekoration, als sei sie eben im Begriffe, in einem Boulevardstück aufzutreten. Médan bildete die innen- und außenarchitektonische Apotheose von Zolas Leben. So stellte man sich bei uns, dem Leservolk, den berühmten «Estrich» der Gebrüder Goncourt, den Arbeitsplatz eines Victor Hugo, eines Flaubert vor, einen Ort, geeignet für Mythen. Einige Male konnte ich den Einladungen Emiles folgen, den Sonntag in Médan zu verbringen.

Der hohe Himmel, die riesigen Bäume, die weiten Horizonte, der so ordentlich und lautlos vorübergleitende Fluß ließen mich den Betrieb, der im Hause herrschte, vergessen. Überall, im Arbeitszimmer, auf der Terrasse, in den bekiesten Alleen des Parks, auf den eisernen Gartenstühlen hinter dem Hause stieß man auf Literaten mit berühmten Namen. Zola steckte bis zum Halse in der Literatur; von großen Auflagen wurde gesprochen, von Verkaufserfolgen, von Übersetzungsrechten, von Kritiken und Kritikern. Ich machte mich oft leise davon, durchwanderte die Auenwäldchen, die Ufergebüsche, ruderte mit dem flachen Boot an das andere Ufer hinüber. Von hier aus gesehen, hatte des Dichters Landsitz wirklich «grande allure», wie man sagte.

Einmal begegnete ich unten auf den flachen Steinen einem Mann in einem Macfarlane, einem Kutschermantel. Dazu trug er einen vergilbten Strohhut. In schweren Schuhen kam er den Hang herab, großgewachsen, das Gesicht hinter einem struppigen Bart verborgen. Dann sah ich unter den Brauen, die wie Gestrüpp über seine Augenhöhlen wucherten, seine Augen: Cézanne! Ich hätte ihn schon an dem Malzeug erkennen können, das er mit sich trug.

Wir setzten uns nebeneinander auf die Uferböschung. Es genügt manchmal, neben einem Maler zu sitzen, in dieselbe Richtung zu schauen wie er, lange, geduldig, und dann geht etwas von dem, was er sieht, und die Weise, wie er es sieht, in uns ein, die Farbe des Wassers, die Tönung der Bäume, die Steinblöcke, das Schieferdach eines Hauses und sein Gemäuer.

«Erinnert dich das an nichts?» fragte Paul nach einer Weile.

Seit ich in Médan weilte, den ganzen Tag über, hatte ich nach dem Schlüsselwort gesucht.

«Der Jas de Bouffan!»

Cézanne nickte. Regungslos spähte er über das Wasser.

Ich vermied es, den Kopf zu drehen.

Emile Zola, der Sohn einer Witwe, die vergeblich um ihre Rechte aus dem Ingenieurwerk des Gatten gekämpft hatte und darüber verarmt war, trug in der Tiefe seiner Seele ein Bild mit sich herum: das Landhaus Jas de Bouffan, der Sommersitz der Familie Cézanne in Aix.

Unbeweglich, einem Schafhirten gleich, kauerte Paul unter seinem faltigen Mantel. Einen Geusen wäre man versucht gewesen ihn zu nennen, diesen Sohn eines Millionärs.

«Mit seiner Feder!» murmelte er. «Formidabel, er hat es ihnen gezeigt! Ich bin glücklich. Du mußt wissen, er ist ein schikker Typ. Du weißt, woher ich komme. Aber er, Emile, mußte mir helfen, letztes Jahr und vorher schon, mit Geld, du verstehst mich doch, mit Geld, das er Hortense schickte, für sie und den kleinen Paul.»

Cézanne war, wie jeden Sommer, in die Provence zurückgekehrt, in den Jas de Bouffan, in die Stille, und sicher auch, um ein wenig aufzuholen, was ihm an Trank und Speise in Paris gemangelt hatte. Louis-Auguste war nun achtzig Jahre alt, der Sohn näherte sich den Vierzig. Aber der zähe, kahlköpfige Greis behandelte ihn noch immer, als wäre er ein Schulbube. Warum auch nicht? Hatte dieser sogenannte Maler bisher auch nur ein einziges Bild verkauft? Hatte er auch nur ein einziges Mal, seit mehr als einem Dutzend Jahren, da er sich Maler nannte, ein Bildchen im Salon ausstellen können? Seit 1864 unterbreitete Paul Cézanne regelmäßig seine Bilder der Jury, um sie jeweils, als unwürdig, ausgestellt zu werden, wieder abholen zu müssen. Nun ja, Louis-Auguste konnte sich auch diese Laune leisten. Paul ist ein weicher Mensch. Dieses ganze laute Gehabe ist Theater. Er geht den Weg des geringsten Widerstandes. Er geht den Weg der Demütigung. Er kann nicht einmal mehr sagen, es sei um seiner Kunst willen. Er hat Familienanhang.

Cézanne lebt also wie jedes Jahr einige Monate in Aix, im Jas de Bouffan, zu Hause, bei unentgeltlicher Kost und Logis.

Zum Malen begibt er sich nach L'Estaque, dem Vorort von Marseille; es ist die Bucht, vor dem kleinen Hafenort, in der er sich während des Krieges versteckte. Das Bild «Die Schneeschmelze von L'Estaque», das damals entstand, habe ich gesehen. In L'Estaque wohnte er im Atelier. Hortense und den Buben hatte er mitzunehmen sich nicht getraut, eben des alten Fuchses und seiner Goldvögel wegen. Deshalb richtete er in Marseille, an der Rue de Rome Nr. 183, mit Hilfe Zolas eine kleine Wohnung für seine Familie ein. In diesem Dreieck Aix, L'Estaque, Marseille verbrachte er seine Zeit. Der mißtrauische Vater, der irgendwoher etwas läuten gehört haben mußte, forderte des Sohnes Anwesenheit bei jeder Mahlzeit im Jas de Bouffan.

Der kleine Paul war an einer Mandelentzündung erkrankt. Sein Vater besteigt von Zeit zu Zeit heimlich die Eisenbahn, die Aix mit Marseille verbindet, um nach dem Patienten zu sehen. Während einer dieser Reisen gelangt ein an ihn adressierter Brief auf den Jas de Bouffan. Chocquet, ein Gönner, den Cézanne porträtiert hat, erkundigt sich nach Madame Cézanne und des kleinen Paul Wohlergehen.

Der autoritäre Patriarch Louis-Auguste öffnet bekanntlich jeden Brief, der im Jas de Bouffan eintrifft. Paul leugnet alles ab, der Vater tobt, droht. Gut, falls es wirklich so ist, wie der Sohn sagt, meint der Alte maliziös, so werde er von jetzt an die monatliche Rente auf hundert Franken herabsetzen, was für einen jungen, alleinstehenden Mann, der nur für sich zu sorgen habe, vollauf genüge. Ein Schlag! Dem Mäzen, dem kleinen

Farbenhändler Tanguy in Paris, schuldet der Maler zweitausend Franken, die Miete in Marseille ist nicht bezahlt, Petit-Paul bedarf ärztlicher Behandlung. Zola, als einziger Freund in dieser verzweifelten Situation befragt, rät, alles zu tun und alles zu unterlassen, was die kleine, aber regelmäßige Rente gefährden könnte. Hundert Franken regelmäßig im Monat sind immer noch besser als nichts. Er, Zola, wird Hortense sechzig Franken nach Marseille schicken. Das tut er auch, zwei-, dreimal, und immer wieder.

Diese groteske Episode war der Wandschirm vor einem Vorgang, der sich im Hintergrund abspielte.

«Emile ist ein guter Freund», sagte der Mann neben mir leise. Die Seine, im Vorbeifließen, schien diesen Satz indigoblau zu unterstreichen. «Zuverlässig. Nie ließ er mich im Stich. Und klug ist er, so klug.»

Paul hatte einen Karton unter seinem Mantel hervorgezogen und begann zu zeichnen, mit langsam geführter Kohle, das Haus jenseits des Flusses.

«Denkst du, er habe mir aus... Mitleid geholfen?» fragte er.

Ich verstand den Sinn der Frage.

«Aus Freundschaft», rief ich. «Weil er an dich glaubt!»

Cézanne hörte auf zu zeichnen. Wir schauten uns in die Augen. Ich kann den Ausdruck seines Blickes nicht beschreiben; ich kann nur aufzählen, was alles darin versammelt war: Freude, Stolz, Zweifel, Mißtrauen – allerdings ein guter Schuß Traurigkeit auch.

Jetzt hielt er zwischen seinen gestreckten Fingern den Kohlenstengel und berührte von Zeit zu Zeit das gilbe Papier.

«Zwölfmal, zwölf Jahre nacheinander vom Salon zurückgewiesen, das ist doch wirklich ein Rekord», murmelte er.

«Aber warum nur sendest du ihnen deine Werke immer wieder ein, das hast du doch nicht nötig, Paul! Von denen brauchst du es dir doch nicht bestätigen zu lassen, daß du ein authentischer Maler bist!» rief ich.

Er legte an verschiedenen Orten der Kohlenskizze ganz leichte Schraffuren an.

«Aber denen in Aix, meinem Vater», er zeichnete weiter, dann hob er ein wenig den Bart, «und denen da drüben...»

Als wir unterhalb des Besitztums mit unserem Boot anlegten, kam das Ehepaar Zola, umgeben von einigen Größen der Literatur, über die gemähte Parkwiese herab. Einer von ihren Begleitern – ich glaube, es war Guy de Maupassant – trug einen Stuhl, Madame Zola setzte sich, das stahlfarbene Taftkleid ausgebreitet, den Thorax in ein stark geschnürtes Korsett gepreßt, während die Teilnehmer an den berühmt gewordenen «Soirées de Médan» sich geistvoll um sie gruppierten. Zola, barhäuptig, stellte sich vor ihnen auf und lief dann, rückwärts schreitend, von ihnen weg, den Kopf über die kleine Mattscheibe seines Photographenapparates gebeugt. Sachgemäß löste er den Verschluß, wechselte er die Spule. Vor wenigen Jahren erst hatte der Amerikaner Eastman den photographischen Zellulosefilm erfunden.

Wir standen im Schatten eines Heustockes. Liebhaberphotographien waren zu jener Zeit etwas sehr Modernes, Kostspieliges und Fortschrittliches. Wie für Zola erfunden, dachte ich. Wirklich, viele seiner Beschreibungen glichen Photographien.

Jetzt hatte einer der Herren den Apparat in den Händen, und der Meister nahm die Pose an, wie er sich, ihr zusprechend, über Alexandrine beugte; fragend wandte sie das Antlitz zu ihm empor.

«Das gibt ein schönes Bild für die ‹Illustration›», flüsterte ich.

Aber mein Begleiter war bereits zwischen den Kulissen der Erlen verschwunden.

Neben dem Eßzimmer hatte Zola einen Raum einrichten lassen, in dem ein Billard stand, und es war ein Ritual, daß sich die Herren nach dem Essen da hinüberbegaben, um ihre Zigarren zu rauchen und das nie abbrechende literarische Gespräch weiterzuführen. Für mich war es ein Erlebnis von nahezu anthropologischer Bedeutung, als ich Emile Zola zum erstenmal in diesem Raum erblickte. Es waren wenig Gäste da; sie lagen auf den breiten Diwans den Wänden entlang, rings um den grünen Tisch. Von Zeit zu Zeit erhob sich einer von ihnen, kreidete die Lederspitze des Queues ein und beugte sich über die Bande des Billards. Auch unser Emile stand auf, mit vorgewölbtem Bauch handhabte er in den kleinen Händen die Kreide, die eigensinnige Stirne ernst über sein Tun neigend. Die elfenbeinernen Kugeln rollten lautlos, schlugen aneinander, und es zeigte sich, daß der Gastgeber ein geschickter Spieler war. Im Dämmer, jenseits der beleuchteten Fläche, schimmerte Cézannes Glatze: still saß er da, in einen tiefen Sessel versunken.

Wie unerwartet und voll ungewohnter Schärfe das Streitgespräch begann, dessen erinnere ich mich noch. Irgendein Herr aus Paris hatte die Rede auf den Brief Gustave Flauberts gebracht, in welchem der Dichter der «Madame Bovary» Zola einen Industriellen genannt haben soll, weil er durch einen Spezialisten – William Busnach – aus dem Roman «L'Assommoir» ein Drama in neun Bildern hatte herstellen lassen. Jeden Abend war das Theater «L'Ambigu» bis zum Paradies, zum «Juhee» hinauf mit Zuschauern aus allen Schichten des Volkes von Paris prall gefüllt. Das Unternehmen brachte viel Geld ein.

Kaum war der Name Flaubert gefallen, unterbrach Zola sein Spiel. Den Billardstock wie eine Lanze in der Faust, richtete er sich auf, und man hätte fürchten können, es breche ein Strafgericht über den unvorsichtigen Plauderer herein. Aber er rechnete uns nur etwas vor.

«Der Verleger bezahlt dem Autor fünfzig Centimes für das verkaufte Buch. Setzt er viertausend Exemplare ab, so erhält der Verfasser zweitausend Franken. Das ist der Preis für ein Jahr Arbeit. Kaum kann er damit vegetieren. Das Theater allein bringt Gewinn und Ruhm. Ein Erfolgsstück nennt man eines, das es auf hundert Aufführungen bringt. Die Einnahme einer Vorstellung zu viertausend Franken gerechnet, macht die ungeheure Summe von vierhunderttausend Franken, wovon der Autor vierzigtausend Franken bezieht. Um diesen Betrag mit einem Buch zu erreichen, müßte er also achtzigtausend Exemplare absetzen...»

Er dozierte. Niemand widersprach. Dann vernahmen wir auf einmal aus der dunklen Zone jenseits des grünen Billards Cézannes Stimme:

«Geld ist also Erfolg, und Erfolg ist Geld?»

«Genau, ganz genau, Paul.»

Es kam keine Antwort. «Was ist das für eine Kinderei, wenn man da liest aus der Feder von jungen Dichtern: das Kunstwerk, der Ruhm sei das Ziel. Die Literatur ist ein Kampfplatz. Der Starke bleibt Sieger. Das Talent setzt sich durch. Die Schwachen verdienen keine Teilnahme, in der Literatur zum mindesten...»

Ich erkannte natürlich, woher das kam: Darwin, die natürliche Zuchtwahl, der Kampf ums Dasein.

«Ein Industrieller», rief Zola, «ja, ein Industrieller meinetwegen, ein Mensch, der sein Leben verdient, keine Akademiepreise beansprucht, keinen Mäzen, keine Subvention durch den Staat – der sein Brot verdient, mit seiner Literatur, niemand um etwas bitten muß, keinem Dank sagen, keinem schmeicheln, keinem um den Mund reden, ein Industrieller, der seine Ware absetzt! Ein Mann, der niemandem etwas schuldet, ein Mann, der sagen kann, was er denkt, ein Mann in vollem Ornat seiner Würde, im vollen Besitz seiner Freiheit – das ist das Geld, das verdankt er dem selbstverdienten Geld. Das ist seine Größe: Das Geld!»

Vielleicht nickten einige. Ich sah es nicht. Ich dachte an Cézanne. Ich sah ganz schwach seine Kopfhaut schimmern; er saß wohl aufrecht, nur das Haupt vornüber geneigt. Jedes von Zolas Worten mußte ihn treffen wie ein Dolchstoß.

Zola dozierte weiter. Es fielen die Namen Eugène Sue, Georges Sand, Alexandre Dumas, Victor Hugo, Balzac. Industrielle alle, die schrieben, um ihre Schulden zu bezahlen, ihre Wechsel einzulösen, ihre Familie zu ernähren. Sie haben ihr Talent verkauft. Geschäfte damit gemacht. Und? Womit denn sonst sollten sie Geschäfte machen?

Alles stimmte, lauschte ich Emiles Worten. Nichts von all dem stimmte, dachte ich an Paul Cézanne. Etwas stieg in mir auf. Eine Art Würgen im Hals. Ein Widerspruch. Und wir, die Ärzte? War das auch Romantik, Idealismus? Die zehn Jahre als nicht bezahlter Assistent? Und meine Zukunft? Wie sah die aus? Darf man für eine Heilung eine Rechnung stellen?

In diesem Zola ist kein Riß zu entdecken, dachte ich erbittert. Er sagt die Wahrheit. Er ist ohne Illusionen. Es gefällt ihm, unsere Illusionen zu zertrümmern. Er ist grundehrlich. Dennoch, irgend etwas haperte in diesem System.

Als ich am nächsten Morgen das so benannte Freundeszimmer verließ, stand unten an der Treppe Emiles Mutter. Sie war nun sechzig Jahre alt, eine Frau, die stets solide Röcke, hochgeschlossene Blusen, einen noch erstaunlich dunklen Chignon über dem Scheitel trug. Sie wohnte offenbar im Hause. Sie hatte im Eßzimmer Kaffee aufgetragen. Paul sei bereits fort. Wir hatten zusammen nach Paris zurückfahren wollen. Ob er nochmals komme, fragte ich, oder ob er mich am Bahnhof treffen wolle? Sie bewegte den Kopf langsam hin und her. «Ich glaube nicht.»

«Geht es Ihnen gut, Madame Zola?»

«Ausgezeichnet. Das Herz vielleicht. Aber keine Konsultation bitte!» Sie lachte. In diesem Augenblick fiel mir ein, daß ich Emile Zola kein einziges Mal lachen gesehen hatte.

«Ich glaube, er leidet.»

«Wer – Emile?»

«Nein, Paul, der arme Paul. Sie hätten ihn sehen sollen, wie er davonwanderte, heute früh, in seinem Kutschermantel, mit dem Strohhut und dem Tornister auf dem Rücken. Der reinste Ahasveros. Er spielte den Großhans, er habe vor, zu Fuß nach Paris zu marschieren. Nichts Besonderes für ihn sei das. Zehnmal schon habe er den Marsch von Aix nach Marseille getan, um seinen Kleinen zu sehen.»

«Ich habe ein bißchen geweint, Monsieur Eugène», fügte die Frau noch hinzu.

An einem Herbsttag betrat ich das Haus in Médan noch einmal, zum letztenmale. Zola hatte mir eine Depesche geschickt. Seine Mutter komme von Verdun, ich möchte sie an der Gare de l'Est abholen, sie sei nicht wohl. Alexandrine wartete auch schon auf dem Bahnsteig, hastig, nervös, tatkräftig. Wir erkannten die alte Frau kaum mehr, als sie aus dem Abteil stieg, schwer atmend, tiefe Ringe unter den Augen, mit geschwollenen Beinen. Ich brachte sie mit einer Droschke in unser Spital. Alexandrine und ich hatten anderntags alle Mühe, sie zu bewegen, nach Médan zu kommen. «Es ist nicht gut für Emile», wiederholte sie in einem fort.

Ihr Leben endete in dem kleinen Zimmer, welches sie in Médan im zweiten Stockwerk bewohnt hatte. Herzwassersucht war die Todesursache. Ich stand neben Emile, als die Männer kamen, um den Sarg zu holen. Sie sollte in Aix-en-Provence beigesetzt werden. Die Treppe erwies sich als zu eng. An Seilen ließen sie die tote Frau vom Fenster in den Garten hinunter.

Noch vor Ende des Jahres wurde in Aix, an der Rue Charras, nahe der Place d'Albertas die Praxis von Doktor Paganon frei. Diesmal schrieb mir die Mutter nicht vergeblich. Ohne daß ich es wußte, grundlos scheinbar, hatte ich meine Entscheidung getroffen.

Es dauerte nicht lange, und man konnte den jungen Docteur Montgéroult mit seiner kleinen alten Chaise in der Stadt und in der Umgebung von Aix herumkutschieren sehen. Niemand hatte es mehr eilig, weder mit dem Leben noch mit dem Sterben. Auch Louis-Auguste Cézanne nicht.

IX

Wenn sich Leute, die in Paris wohnen, in Aix-en-Provence aufhalten, so erzählen sie später, unsere Stadt sei «morne», trübselig, düster. Während meiner mehr als zehnjährigen Studienzeit hatte ich jährlich ein paar Wochen in meiner Vaterstadt zugebracht. Eigentlich sollte ich sagen Mutterstadt, denn meine Mutter war Aixoise, während mein Vater aus der Region stammt, die unser Familienname andeutet, dem Département Seine-et-Oise. An der juristischen Fakultät in Aix war er nach seiner Verheiratung hängengeblieben. Er starb, als ich noch nicht neun Jahre alt war. So trage ich wohl eine Erbschaft aus den beiden Teilen Frankreichs in mir.

Zola gemahnte mich immer ein wenig an den kleinen korsischen Militärschüler von Brienne, der sich Frankreich für einige Jahrzehnte eroberte. Auch die Zolas stammten von einer italienischen Insel, Venedig, und auch er hatte mit Fleiß, Ehrgeiz und Betriebsamkeit sein Talent zur Macht gebracht.

In Aix blieben die Fenster und die Jalousien länger geschlossen als offen, selbst bei Tage. Die Bewohner verriegelten sie in den Stunden, während deren die gleißende Mittelmeersonne die Ebene ausglühte; sie schlossen sie, wenn bei kobaltblauem Himmel der Mistral das Rhonetal herunterfegte, tagelang. Diese verschlossenen Fenster und die menschenleeren Straßen gaben dieser ockergelben Stadt das, was die Pariser «morne» nannten. Ein oberflächlicher Ausdruck! Das Leben in dieser sonnigen Stadt spielte sich im Schatten der Häuser, im Düster verhängter Zimmer ab. Cézanne hatte etwas von dieser Stadt in seinem Wesen. Er war nach innen gekehrt. Zola ward nie ein Provenzale, auch wenn er bei uns seine Jugend verbracht hat. Sein Wesen drängte nach außen, erobernd; er lenkte die Blicke auf sich. Weit aufgestoßen waren die Läden seines Hauses. Er stellte dar, er demonstrierte – er war ein Schriftsteller. Aber die Maler! Hundert Sitzungen verbringen sie damit, einen Augenblick zu bannen. Was sie darstellen, steht, steht still, bewegungslos – und manche ihrer Bilder haben trotz dem kläglichen Material, aus dem sie hergestellt sind, Jahrhunderte, unzählige Dynastien überdauert.

Das sind eben so laienhafte Gedankengänge, wie sie mir kamen, wenn ich mit dem Schimmel Adhémar, den ich von Doktor Paganon übernommen hatte, in der Richtung nach Sénas durch die Olivenhaine kutschierte, um einen Patienten zu besuchen. Vielleicht sollte ich an dieser Stelle auch von dir reden, liebe Fine, doch ich denke, das möge später folgen. In jenem Jahr waren wir noch nicht verheiratet.

Professor Gibert, der ehemalige Zeichenlehrer Pauls an der Ecole des Beaux-Arts in Aix, kam einmal zu mir in die Sprechstunde. Es handelte sich um einen beginnenden Star am linken Auge, doch riet ich ihm, angesichts seines Alters, von einer Operation ab. Natürlich kam die Rede auf Cézanne. Er bedauerte das Abgleiten des Begabten in jene billige Art der Impressionisten, die mit ihren Farbenklecksen gewisse Effekte erzielen, es sich aber mit der Form, der Zeichnung billig machen. «Wie, mein Lieber, soll in Sonne, Wind, Regen, im Freien, unter einem Schirm höchstens, ein Bild entstehen? Ich frage Sie! In zwei, drei Stunden. Hopp, hopp! Die Alten haben auch Skizzen angefertigt, Studien – aber dann begann die eigentliche Arbeit im Atelier. Die Komposition, wie zu malen sei, die Form – das zählt. Gehen Sie wieder einmal durch unser Museum hier, und schauen Sie sich die Bilder eines Le Nain, eines Ingres, eines Granet an. Ein Abgrund! Nie wird ein Mann wie Cézanne je im Salon ausgestellt werden, nie wird ein Bild von ihm in einem Museum hangen! Von unserem in Aix gar nicht zu reden.»

Ob seiner Erregung hatten Puls und Blutdruck des alten Mannes so zugenommen, daß ich ihm sogleich durch Kopfnikken und Mienenspiel beistimmte, eine medizinische Lüge, die mir Paul sicher verziehen haben würde.

Die Touristen kennen eine Stadt besser als ihre Bewohner. In Aix aufgewachsen, war ich fast täglich am Malteserkloster vorbeigegangen, in dessen ehemaliger Priorei das Museum eingerichtet war. Nie hatte ich es betreten. Nun holte ich dies verstohlen nach. Allein wanderte ich durch die Säle; außer Monsieur Albert, dem Aufseher, einem Invaliden mit einem Holzbein, war keine Menschenseele zugegen.

Diesen belanglosen Vorgang schreibe ich auf, weil sich dahinter etwas verbarg. Wäre ich nicht mit Paul, nicht mit Emile aufgewachsen, hätte ich während der Pariser Jahre nicht mit ihnen Umgang gepflogen, wenn auch nur zeitweise, mit längeren Unterbrechungen, wäre ich einer geheimnisvollen Sphäre gar nie inne geworden. Ich hätte von Dichtung, Malerei, Kunst geplaudert, wie es viele tun, mich ereifert, geurteilt, verurteilt oder gelobt. Worum es ging, darüber hätte ich mir keine Gedanken gemacht. Unser Wortschatz ist klein und stereotyp. «Das ist schön», «das gefällt mir», oder «das gefällt mir nicht». Vor Werken der Kunst unterscheiden sich die sozialen Schichten kaum. Naturwissenschafter, Mediziner, Akademiker anderer Fakultäten machen keine Ausnahme. Natürlich hatte ich während meiner Jahre an der Ecole de Médecine den Louvre besucht, hatte die Säle durchwandert und war vor den berühmten Werken pflichtschuldig und ehrerbietig stehengeblieben – nur kurze Zeit meistens, denn es war ja noch so manches Bild zu erledigen –, aber es blieb von diesen Besuchen nicht viel mehr haften als die Möglichkeit, sagen zu können, ich hätte die mächtige Kunstsammlung mit eigenen Augen gesehen. Einmal war ich auf Paul gestoßen. Regungslos betrachtete er die «Barke Dantes» von Delacroix. Ich hielt mich in der Mitte des Saales auf, wartend, bestrebt, ihn nicht zu stören. Doch als er nach einer halben Stunde immer noch stumm an derselben Stelle verharrte, schlich ich davon.

Nun wanderte ich durch die leeren Räume unseres Provinzmuseums. War, ohne daß ich es wußte, in mir etwas gewachsen, das mich die Werke der Maler anders sehen ließ als im Louvre?

Nichts schien mir bisher einfacher: was hält das Gemälde fest, fragte ich, welchen Augenblick, welchen Ausblick, welche Menschen, welchen Gegenstand, welchen Vorgang erhabener oder grauenerregender Art? Was erzählt das Gemälde? Daß das Bild ein eigenes Leben haben könnte, daß es keiner Anekdote, keiner Kuriosität bedurfte, daran dachte ich nicht. Auch die Bilder in Aix führten mich noch nicht zu einer solchen Vorstellung von der Malerei. Die «Kartenspieler» von Le Nain, «Der Empfang von Kardinälen durch eine Chorschule», eine Komposition in großem Format, gemalt von François-Marius Granet, geboren und gestorben in unserem Aix, sein «Mann mit der Fasanenfeder», das herrliche Porträt seines Freundes, des Malers Ingres, die David oder Greuze an den Wänden, das war dieselbe Romantik, welche bei den Juroren des Salons von Paris in den «Akademismus» ausgeartet war. An dieser Mauer schöner, klarer Malerei, gebaut auf exakter Zeichnung, mit den auffälligen, aber stets denselben konventionellen Lichteffekten auf dunklem Grunde mußte jeder Versuch Cézannes zerschellen. Ich verstand, weshalb er immer verkündet hatte, vom Salon abgewiesen zu werden, sei eine Ehre. Seine Bilder waren eine Herausforderung. An der Umwälzung, dieser Revolution der Malkunst hatte ich in meiner Dachbude am Quai Voltaire, in den Kliniken und Lehrsälen vorbeigelebt. Muse und Kunst! Ich mußte immer bitter auflachen, wenn ich sie mit meinen Beschäftigungen inmitten der Spitalluft verglich. Wäre mir nicht das Prophetenbild Pissarros, die sanfte, beharrliche Duldsamkeit, welche es ausdrückte, vor Augen gewesen, ich hätte wahrscheinlich den ganzen Betrieb um die sogenannten Impressionisten als Schindluderei bezeichnet. Daß diese Geusen, diese Impressionisten den Leuten ihres Landes neue Augen einsetzten, uns ein neues Sehen lehrten, uns den historischen Star stachen, davon hatte ich nicht die geringste Vorstellung. Merkwürdigerweise spürte ich, daß Paul nicht ihnen zugehörte, obgleich er mit ihnen heulte.

Ich hatte mir angewöhnt, unser Musée des Beaux-Arts regelmäßig zu durchschlendern. Ich verfügte damals, als Junggeselle, noch über unausgefüllte Stunden, was sich dann änderte, als Fine von Paris herabkam und wir heirateten.

Ein Jahr im Midi – und die Vorgänge in der Hauptstadt verloren allmählich an Bedeutung. Im vergangenen Jahrhundert war uns noch die glückliche Zeit der langsamen Übermittlung von Nachrichten beschert. Traf eine bei uns ein, waren über den Ereignissen schon so viele Tage, Wochen gar, verflossen, daß sie bereits wieder der Versöhnung der Vergangenheit anheimfielen. Die Provinz nahm wieder von mir Besitz. Eigentlich hatte ich während der ganzen Studienzeit, auch in Paris, wie ein Provinzler gelebt. Man muß es im Blute haben, um ein Großstädter zu sein, ein Weltmensch. So voller Geheimnisse wie Cézanne war, er stand mir näher als Zola. Der Dichter verfügte über einen weiten Geist, eine durchdringende Intelligenz und einen eisernen Willen. In den Karikaturen fing man an, ihn als einen Arbeiter, einen Schmied etwa, mit aufgekrempelten Hemdärmeln darzustellen, als einen furchtlosen, keinen Ekel kennenden Kanalausräumer. Er war der Diagnostiker seiner Zeit. Niemand dachte im Ernst daran, daß er die «Geschichte einer Familie während des Zweiten Kaiserreichs» niederschrieb. Auch mir kam diese Soziologie und Historik wie ein Kunstgriff vor, mit dem sich der Schriftsteller gegen den Vorwurf abschirmte, er schreibe Schlüsselromane. Alle lasen wir seine Werke als eine Schilderung unserer, der gegenwärtigen Gesellschaft, die Anzeichen des Verfalls zeigte. Das Böse, das

Verbrechen, die Niedertracht zogen den allmählich sich verbürgerlichenden Dichter mächtig an. Auch Cézanne stellte in seinen visionären Kompositionen Projektionen menschlicher Leidenschaften und Triebe dar.

In jenen Tagen, beim Wandern durch unser Museum, begleiteten mich unsichtbar die beiden Freunde. Ich war allein, aber wir standen zu dritt vor den Gemälden, den Skulpturen auch, die man hier in der Nähe, in Entremont, ausgegraben hatte, vor dem «kauernden Krieger» und dem «Geköpften mit den geschlossenen Augen» aus römischer Zeit. Wißbegierig, lernfreudig hätte Emile seine Notizen aufgekritzelt, um sie in einem seiner berühmten Dossiers als Material zu späterer Verwendung aufzubewahren. Paul hätte nichts gesagt. Er hätte geschaut, geschaut, und dabei etwas gemurmelt. Cézanne konnte auf vielerlei Arten lachen: spöttisch, bitter, herzlich, überlaut und lautlos, gutmütig, sarkastisch und traurig. Zola konnte das nicht. Habe ich ihn je lachen gesehen? Er war stets überlegen, nachdenklich, besinnlich, rhetorisch – der Humor war ihm nicht beschert.

Unbeachtet, auf den Zehenspitzen sozusagen, war Paul wirklich nach Aix gekommen und hatte sich sogleich im Jas de Bouffan verkrochen. So lautlos unter der Oberfläche spielte sich das Leben in der Provinz ab. Nun, ich wußte um seine Sorgen: die Geldmisere, die ihn zwang, von Zeit zu Zeit heimzukehren, wo er unentgeltlich wohnen und essen konnte, unter den Blicken des starrköpfigen Greises, – die Familie, Hortense und der heranwachsende Knabe Paul, die er fortwährend um seiner Rente willen in Paris, in Estaque, in Pontoise vor dem Vater verstecken mußte. Aber der schwerste Brocken blieb für ihn die beharrliche Rückweisung seiner Bilder von der offiziellen Kunstausstellung, dem Salon. Er rühmte sich dieses Ausschlusses längst nicht mehr wie in den Jahren des Kampfes und des Übermutes. Diese Ausstellung in Paris wäre seiner Konsekration als Maler gleichgekommen, so etwas wie einem endlich bestandenen Examen, einem Diplom. Es ging um sein Ansehen in der Stadt, in der er lebte, es ging um die triumphierende Antwort an den Vater, es ging auch um die Achtung durch den Freund Emile.

Wir begegneten uns auf dem Cours. Die Platanen waren noch ohne Blätter, die Äste und Zweige neigten sich einander über der breiten Straße zu und vereinigten sich. Unter diesem

Gerippe eines Domdachs begegnete ich ihm, seinem Hut entquoll ein Haarkranz. Sein Gesicht rötete sich noch mehr, als er mich erblickte. «Ich gehe zum Coiffeur», rief er mir entgegen, «die Schüler des Herrn Malprofessor Villevielle haben sich über meine Haartracht so lustig gemacht wie ihr Lehrer über meine Bilder.» Dieser Mann war gesund; er reckte die Oberarme. Da ich seine Berührungsphobie kannte, streckte ich ihm die Hand nicht hin. Wir gingen nebeneinander her. «Schau!» Er blieb stehen, hob seine schmale Linke. Über dem schwarzen Filigran der Zweige lag eisblau der Himmel; am Ende der Allee, auf dem Platz, leuchteten die Hausmauern gelb in der Sonne. Im Dämmer der schmalen Rue Cassis baumelte eine Messingschale, das Kennzeichen der Barbiere. «Wenn er mit meinen Haaren nicht zurecht kommt, konsultiere ich dich als Chirurgen. Aber ernsthaft, warum kommst du nie zu uns heraus? Alle würden sich freuen, mon petit Eugène!»

«Weil ihr alle so gesund seid!»

«Das ist das einzige, was ich besitze», bemerkte er traurig. «Hast du ‹Nana› schon gelesen?»

Ich verstand nicht, wovon er sprach.

«Emiles letztes Buch. Er hat es mir gesandt. Die Geschichte einer großen Kurtisane... Großartig. Kühn. Vor keiner Wahrheit schreckt er zurück. Die Philister werden ihr Haupt verhüllen. Zola walzt alle nieder...»

Während mir Paul in der stillen Straße von diesem Werk erzählte, brauste über die Hauptstadt unseres Landes ein literarischer Erfolg einher, wie man ihn noch nie erlebt hatte. Der Verleger Charpentier hatte von «Nana» eine Auflage von fünfzigtausend Exemplaren drucken lassen, die verkauft waren, noch ehe der Roman in den Buchhandlungen auflag. Vor der Türe des Haarschneiders meinte Paul, man sollte vielleicht in den «Mémorial von Aix» einen Artikel einsenden, um Emile in der Provence einen gewissen Absatz zu sichern. Daß von diesem Werke noch kein Wort in der Presse der Provence gestanden habe, beruhe ganz bestimmt auf einer Verschwörung des Verschweigens, wie sie die Maler ja immer wieder erleben müßten.

Was wirklich in Paris geschah, erfuhren wir noch am ehesten durch die satirischen Zeitschriften, auf die einige meiner Kollegen und Notare an der Place d'Albertas abonniert waren. Nicht sie verbreiteten zwar die Witzworte und die Legenden zu den kruden Karikaturen unter den Leuten, sondern das war Herr Petitgrain, der Postdirektor, welcher die unter Kreuzband eintreffenden Publikationen unter den Stammgästen des Café du Bon Roi René zirkulieren ließ, bevor er sie ihrem Adressaten aushändigte.

Mit seinen vierzig Jahren war Emile Zola der Mann des Tages, von allen gelesen, von vielen bewundert, von den Zeitungsleuten als Sensation ausgebeutet, von der zünftigen Kritik abgelehnt oder nur mit Vorbehalten hingenommen. «L'Assommoir» und «Nana» erwiesen sich als buchhändlerische Schlager. Sie lösten mehr Haß als Anerkennung aus. Aber man mußte sie gelesen haben. Der Erfolg brachte Erfolg. Innert kurzer Frist stand unser Emile, im Schutz des Geldes, das er verdiente – die beiden Erfolgswerke ließen die Verkaufsziffern der vorangehenden Werke nun ebenfalls sprunghaft ansteigen –, mit einem Male jenseits der Verwundbarkeit. Er hatte einen treuen Verleger hinter sich und eine riesige Leserschaft, die von nun an alles verschlang, was er auf den Büchermarkt brachte.

Am meisten arbeiteten die Karikaturen für ihn. Der Naturalismus bedeutete für viele Leute Pornographie. Zolas Konterfei wurde in den Witzblättern immer umgeben von Abfallkübeln, Nachttöpfen, Dirnen, Zuhältern, Lebemännern, Schweinen, Kanalreinigern, Ratten und Säufern dargestellt. Eine Grundwelle von Haß und Neid trug ihn hoch über die Zeitgenossen empor. Der geschickte Busnach verfertigte auch aus diesem Roman ein Theaterstück, das auf dem Boulevard des Italiens, ich weiß nicht wie viele hundertmal aufgeführt wurde. Die Schlager «Nana», «La Vestale de la Place Pigalle», «La blonde Vénus» und besonders die komische Chansonnette «Belle Nana, fais pas ta tata» wurden in jedem Café-Concert, in jeder Pinte gesungen. Selbst der würdige «Figaro» brachte in seinem Feuilleton soziologische Studien über die Personen im «Assommoir» und in «Nana». Die Typen wurden durch bekannte Illustratoren dargestellt. Unschwer erkannte man Zeitgenossen in ihnen.

Was ich hier aufzähle, kam mit Verspätung und schubweise zu unserer Kenntnis, aus Zeitungsartikeln, Briefen, durch Leute von Aix, die in Paris gewesen waren. Allmählich erkannte ich, daß es sich um echte Skandale handelte und daß diese Skandale die Grundlage für den Erfolg des Schriftstellers Zola bildeten. Ich erriet, daß Zola darüber erfreut sein mußte. Die Pfiffe und Anwürfe gegen den Autor erinnerten mich an eine Unterhaltung, die ich mit Emile über seine Tätigkeit bei der Firma Hachette gepflogen hatte. Der Verriß eines Werkes, ein Verbot gar, sei mindestens ebenso wirkungsvoll für den Absatz wie das große Lob eines Literaturpapstes. Das Schlimmste, das einem Werke zustoßen könne, sei das Schweigen, das Verschweigen. Der Name des Autors in aller Munde, gleich viel, ob gelobt oder geschmäht, darauf komme es an!

Vom Werk wandte sich das Interesse des Publikums der Persönlichkeit des Urhebers zu. Zola schien kein Privatleben mehr zu führen. Artikel, in denen sein Tageslauf in Médan, seine Arbeitsweise, seine Projekte dargelegt wurden, konnte man bald in jedem Provinzblatt lesen. Wir nahmen an der Entstehung eines Mythos teil: Zola, der Mann ohne Geheimnis. Er ließ sich darstellen, wie er sein wollte, realistisch, naturalistisch, eben nach der Art seiner These: der Schriftsteller soll sich an die Wirklichkeit halten. Kein moralisches Bedenken darf ihn davon abhalten, diese Wirklichkeit, und möge sie noch so häßlich, noch so stinkend sein, mit photographischer Treue wiederzugeben. Für den Arzt gibt es keine Krankheiten, deren der Patient sich schämen muß, für den Chirurgen keine ekelerregende Wunde. Die Wahrheit allein kann uns weiterhelfen. Ohne die Wahrheit erreichen wir keinen Fortschritt. Ist die Wahrheit unappetitlich, enthüllt die Wahrheit einen Fäulnisherd, so hat der Schriftsteller nicht nur das Recht, sondern die Pflicht, diese Wahrheit auszusprechen. Die Wahrheit geht vor der Schönheit. Die Schönheit ist ein Akzidens, eine Dreingabe; sie kann nicht aus der Illusion kommen, nicht aus dem Rausch, sondern nur im Gefolge der nackten Wahrheit.

Bin ich voreingenommen, ungerecht gegen Emile? Ich habe versucht, ihn zu umreißen, wie ich ihn sah. Aber ich bemerke, daß ich etwas Wesentliches ausgelassen habe: Emile Zola brauchte das Licht der Publizität wirklich nicht zu scheuen. Seine Sicherheit in der Verfolgung eines Zieles, sein Freimut im Eingeständnis, er erstrebe den Erfolg, auch den materiellen, den Ruhm und die Akademie, beruhen auf der Tatsache, daß er in seinem Leben nichts zu verbergen hatte. Er *war* ein tugendhafter Mensch. Er hatte kein Laster. Er war mäßig im Essen und Trinken, er sagte immer die Wahrheit, er war mutig, er war fleißig, er war ein zuverlässiger Freund. Hatte er etwas begonnen, so hielt er durch bis zum Ende. «Nichts inspiriert mich so wie eine begonnene Arbeit», hat er mir einmal gestanden. «Der vereinbarte Termin trägt den Namen ‹Die Muse›.»

Die glasklare Existenz des Menschen Zola, die nahezu photographische Art seiner schriftstellerischen Arbeit schloß alles Dämmer in seiner Person und in seinem Werke aus. Damit aber auch die Transparenz, das Durchschimmern einer anderen Welt. Wenn er etwas gesagt hatte, war alles gesagt.

Ich dachte an die Bilder, die mir Paul gezeigt hatte. Ein Stotterer, ein Stammler, ein Stümper vielleicht noch war dieser Cézanne, aber sein Stammeln, sein Stottern, sein Stümpern rührte daher, daß er die Sprache noch nicht gefunden hatte, jene Welt darzustellen, die er durch unsere solide Wirklichkeit hindurchschimmern sah.

Paul wußte um die Vorstellung, welche die Leute von ihm hatten. Daß er von seinem Vater abhängig war, stempelte ihn in den Augen der Bewohner von Aix zu einem Dilettanten, zu einem Nichtstuer, der manchmal malte. Diese Malerei sei nur Vorwand für seine Faulenzerei und Liederlichkeit, hieß es. Er wich den Menschen aus, den Jugendkameraden selbst, ihnen besonders. Erfolgreiche waren für ihn ein lebendiger Vorwurf. Antoine Fortuné Marion, unser gemeinsamer Jugendkamerad, war Professor der Zoologie an der Fakultät von Aix geworden. Als er einmal Paul begegnete und er sich anschickte, ihn freudig zu begrüßen, habe der Maler sich rasch um die Ecke gedrückt, erzählte er mir. Ähnliches wußte unser guter Isidore zu berichten. Sein Bruder Baptistin, der dritte im Bunde der «Unzertrennlichen», hatte nach dem Abschluß seines Studiums in Paris eine reiche Heirat gemacht, war Fabrikant von Feldstechern und Fernrohren geworden, Lieferant des Kriegsministeriums. Isidore betrieb eine Advokatur. «Ein juristischer Schläuling», soll sich Paul über ihn geäußert haben. Alle hatten sie ihren Weg gemacht, alle mied der Maler. In der Umgebung von Jugendgenossen, die ihre Karriere pflegten, Familien hatten und Geld verdienten, mußte sich Paul unbehaglich fühlen. Diese ganze Generation war verbürgerlicht und erinnerte sich nur noch in überlegener Rührung an die Ausflüge in die Hügel und Schluchten des Tholonet, an die Bäder in der Arc, die nächtlichen Schwärmereien unter den Plejaden. Alles Kindereien, Jugendschwüre, die er allein, der nun Dreiundvierzigjährige, ernst genommen hatte! Wenn er mit einem von ihnen zusammentraf, kränkte ihn ihre teilnahmsvolle Freundlichkeit; sie forderte seinen Zorn und seinen Sarkasmus heraus.

Nur einen dieser Karrieremacher, den größten, nahm er aus, das konnte ich immer wieder feststellen, wenn wir uns trafen: Zola. Ihm verzieh er nicht nur den Erfolg, sondern diesen Erfolg wünschte er ihm. Das war es ja, was sie einst erträumt hatten: die künstlerische Revolution, den Tumult einer neuen Ära, die sie heraufbeschworen hatten. Zolas bürgerliche Einrichtung war nichts als eine Persiflage der Bourgeoisie, über die sich der Dichter ins Fäustchen lachte, griff er sie doch an, stellte er sie doch bloß, in seinen Büchern. Zola achtete Cézannes Anstrengung, Zola glaubte an ihn, Zola wußte, was ein Künstler, was ein Maler war! Zola hielt zu ihm! Zola war der fixe Punkt, wenn Zweifel und Niedergeschlagenheit Paul heimsuchten. An ihn hielt er sich, an ihm richtete er sich auf, dem treuen Kampfgenossen wider das Gestrige, die verlogene Romantik. Brüder waren sie, wahlverwandt in ihrer Herausforderung gegen Vorurteil und Dummheit, wider die Stehengebliebenen und heimtückischen Duckmäuser. Zola blieb der stete Partner von Pauls innerem Dialog.

In einer Nacht im März stand Paul schnaufend in meinem Zimmer. Er war zu Fuß vom Jas de Bouffan nach Aix gelaufen. Die Mutter, Anne-Elisabeth-Honorine, war erkrankt; sie befürchteten das Schlimmste. Ich ließ sogleich Adhémar anspannen.

Ich erkundigte mich nach den Symptomen; Madame Cézanne hatte Krämpfe.

«Es wäre eine Katastrophe, verlöre ich sie – sie weiß alles, über Hortense, den Kleinen, sie hilft uns –, sie vermittelt immer wieder zwischen dem Alten und mir. Mein Gott, wie sollte ich mit ihm fertig werden, ohne sie. Hundert Franken gibt er mir, du verstehst! Ob er mein Geheimnis entdeckt hat, ob er es erahnt – ich weiß es nicht... Du solltest ihn hören, wenn er immer wiederholt: Hundert Franken, das reiche für einen alleinstehenden Burschen, neben freier Kost und freiem Logis.»

«Das wird ja auch nicht mehr ewig dauern», versuchte ich Paul zu trösten.

«Hoffentlich dauert es noch recht lange», antwortete er, und als ich ihm den Kopf zuwandte: «Du verstehst, Krabbe, er muß noch meinen Erfolg sehen!»

Der Schimmel trabte durch die stille Nacht. Die Straße schimmerte. Der Himmel war heller als das Land ringsum. Mir tat das Herz weh. Erfolg, dachte ich. Du bist zu eigen, um bei ihnen Erfolg zu haben!

Aber Paul erklärte mir: im nächsten Salon würde bestimmt ein Bild von ihm hangen. Guillemet, der Maler, Cézannes Freund, war Mitglied der Jury.

«Sie können ihn überstimmen, so viel sie wollen, mußt du wissen. Doch jedes Mitglied der Kommission hat das Recht, auf der Ausstellung eines Werkes zu beharren, das zurückgewiesen wurde. Und ich habe Guillemets Wort!»

«Ich gratuliere dir, Paul, endlich, endlich, welch eine gute Nachricht!»

Ich gab mir alle Mühe zu verbergen, was mich bewegte. In Médan, bei Zola, war einmal von diesem Privilegium der Juroren die Rede gewesen. Die Bezeichnung, unter der sie bekannt war, lautete: pour la charité, um der Barmherzigkeit willen.

Der große Mann saß neben mir im Schatten seines zerknüllten Hutes, in Sorge um die Mutter, und zu gleicher Zeit dachte er an diesen Salon von Paris.

Ich vermute, es war eine Gallenkolik, die Madame Honorine befallen hatte. Mit Marie und Rose, den beiden Schwestern, organisierte ich einen Paternoster von heißen Kompressen, alle zwei Minuten eine neue. Im Kamin hing der Kupferkessel mit dem siedenden Wasser, Rose warf Holz ins Feuer, Marie lief mit den dampfenden Tüchern zwischen der Kranken und der Küche hin und her. Mit hängenden Armen stand Paul dabei und seufzte: das Leben ist schrecklich. Vom Alten war nichts zu sehen – Louis-Auguste lag oben im Bett in seinem egoistischen Greisenschlaf.

Gegen Morgen war die Krise vorüber.

Bei diesem Anlaß erklärte sich das zeitweilige Verschwinden Pauls aus unserer Gegend. Er bewohnte noch ein kleines Atelier in Estaque.

Seit dem Anfall Honorinens kamen zu mir hie und da Einladungen aus dem Jas de Bouffan, selbst wenn Paul nicht dort weilte. Madame Cézanne hatte offenbar Vertrauen zu mir. Sie wußte alles über Pauls Familie, die er in Marseille versteckt hielt, sie kannte Hortense Fiquet, sie war vernarrt in den Enkel. Auch Marie, die Schwester, war längst eingeweiht und drängte auf eine Heirat, aus religiösen Gründen. Aber wider das patriarchalische Regiment des Alten wagten die Frauen sich so wenig aufzulehnen wie der Sohn.

Es war offensichtlich, daß viele Charakterzüge Pauls von der Mutter herstammten. Sie liebte die Verborgenheit, das Unauffällige: ihre Zurückgezogenheit, ihre Bescheidenheit lagen nahe einer krankhaften Menschenscheu. Körperlich glich ihr Paul in seinen jüngeren Jahren. Sie war groß, ebenmäßig gebaut, die Gliedmaßen fein und stark, das Gesicht schmal, von dunkler Haut, die Haare schwarz. Kam sie mit ihrem singenden provenzalischen Akzent ins Reden, überraschte sie durch unerwartete Antworten. Sie glaubte an das Talent Pauls. Sie steckte ihm Geld zu, vermittelte, milderte die Beziehungen zum Vater. Sie war es auch, die mich bat, Paul in Estaque aufzusuchen, wenn es sich ermöglichen lasse. «Er ist sehr einsam, ich spüre das.» Sie ließ sich von mir auch über den Mechanismus der Ausstellung im Salon aufklären; die große Hoffnung Pauls, daß es ihm nun endlich gelingen werde, ein Bild ausstellen zu können, hielt auch sie in Spannung.

Ein kleines Haus, weißgekalkt, mit Rundziegeln bedacht, dicken Mauern, kleinen Fenstern, einem Gärtchen darum, am Fuße eines Hügels, gerade über dem Stationsgebäude, dahinter Felsbuckel, auf denen Pinien standen – das war die Örtlichkeit, wo Paul sich eingenistet hatte. Die Türe war verschlossen. Ich dachte, ich würde ihn irgendwo an der Arbeit finden, und stieg den kleinen Weg hinan. Mitten im Thymian saß er vor der Staffelei versunken. Mit dünnem Pinsel, Strich neben Strich, setzte er Farben auf die Leinwand, lauernd war sein Blick, zielend, wie der eines Jägers. Ich blieb stehen, weit hinter ihm. Vorn standen Häuser, deren rote Ziegeldächer ins Blaue der Bucht hineinragten. Die Inseln, der Hafen von Marseille bildeten die Horizontlinie. Trotz der frühen Jahreszeit war das Licht so grell, daß alles als Silhouette erschien, braun, rot, blau, violett.

Als Paul meiner gewahr wurde, zeigte er kein Zeichen von Erstaunen. Er redete zu mir, als fahre er in einem Gespräch fort. «Poussin, wie Poussin sollte man die Landschaft malen, aber nicht im Atelier, im Freien. Nicht impressionistisch, klassisch. Das Auge und das Gehirn, der Verstand – beides, verstehst du das?»

Ich verstand es nicht. Aber ich blickte auf sein Bild «L'Estaque» und bedurfte keiner Erklärung mehr. Ich drückte ihm den Briefumschlag der Mutter in die Hand. Er enthielt das Reisegeld nach Paris zur Eröffnung der offiziellen Kunstausstellung, des Salons, in dem zum erstenmal ein Gemälde Paul Cézannes ausgestellt werden sollte, das Porträt des Onkels und Paten des Malers, M. Louis Aubert. Seit dreizehn Jahren endlich, endlich! Viel Grau war schon im Haarkranz des Vierzigers zu sehen. Nun aber hatte er es geschafft.

In fieberhafter Stimmung bestieg er wenige Tage später den P. L. M.

In unseren unerfüllten Wünschen ist eine Hoffnung verborgen; sind sie in Erfüllung gegangen, stirbt diese Hoffnung.

Natürlich durchstöberten wir in Aix alle Zeitungen. Sie berichteten getreulich über den Salon des Jahres 1882. Man stellte fest, wie sich unter dem Einfluß der geschmähten Impressionisten manche Palette der Akademiker aufgehellt habe, man sprach von jüngeren Malern, die erstaunliche Gemälde unter freiem Himmel herstellten. «Man tötet uns, aber man bestiehlt uns», lautete ein Wort, das unter den Impressionisten umging.

Vom Gemälde unseres Paul Cézanne war kein Wort zu finden. Es war ausgestellt worden, es hing irgendwo im Palais de l'Industrie hoch oben über einer Türe, unbeachtet, unauffindbar für seine Freunde. Keine Zeitung erwähnte auch nur seinen Namen. Er selbst, Paul, habe, so erfuhr man, sein Bild erst nach stundenlangem Suchen entdecken können.

Madame Honorine besuchte mich in der Sprechstunde. Sie hatte eine triumphale Rückkehr ihres Sohnes nach Aix erwartet, den Widerstand, die Knauserigkeit des Vaters besiegt, das Ansehen Pauls in der Geburtsstadt endlich errungen, seine Heirat mit Hortense Fiquet, den Wohnsitz beider Familien im Jas de Bouffan, den Petit-Paul am Familientisch, den Namen Cézannes tragend, Versöhnung, Friede, ungestörtes Schaffen des Malers, seines Geheimnisses entbunden und seiner Geldsorgen enthoben. Paul schreibe nicht; alles, was sie über ihn erfahre, stamme aus kurzen Briefen an Hortense.

Ich konnte mir Pauls Seelenzustand vorstellen. Zurückgewiesen zu werden, war leichter zu ertragen als ignoriert, nicht zur Kenntnis genommen zu werden. Ich schrieb ihm, aber es kam keine Antwort. Dann erhielt ich einen Brief Zolas. Cézanne war bei ihm in Médan aufgetaucht, in einem verwahrlosten Zustande, mit eingedrücktem Hut, farbbekleckster Kleidung, mürrisch, schweigsam. Wenn er etwas sagte, war es eine Grobheit, sarkastischer Spott, waren es mehr oder minder verhüllte Ausfälle wider die geschickten Arrivisten. Gleich sei er wieder verschwunden, von Verbitterung und Einsamkeit umwittert. Er, Zola, nehme an, er werde bald nach Aix kommen. Ich möge mich doch seiner ein wenig annehmen; die Tragik des Freundes bereite ihm Sorge und Schmerz. Unverbrüchlich werde er zu ihm halten.

Ich hatte nun auch einen Hausstand, Fine, meine Frau, und eine einjährige Tochter. Ich würde deshalb der Wahrheit nicht gerecht, wollte ich schreiben, ich hätte mich in dieser Zeit viel mit Paul beschäftigt. An Patienten fehlte es mir auch nicht.

Der Maler war in der großen Stadt untergetaucht, und das war schließlich noch immer besser als in unser Nest zurückzukehren, wo ihn ein jeder kannte und keiner anerkannte. Im Oktober ging das Gerücht um, Paul Cézanne sei zurück. Es bestätigte sich. Er hatte sich wie immer im Jas de Bouffan verkrochen.

X

Heute, als ich dieses zehnte Schülerheft aufschlug und mich anschickte, in meinem Bericht fortzufahren, wurde ich von einem Schreibkrampf heimgesucht. Von meiner Praxis her war ich mit diesem Phänomen bekannt. Eine organische Ursache brauchte es nicht, es ist die funktionelle Störung bei Menschen, die viel schreiben, heißt es. Diese Erklärung pflegte ich meinen Patienten zu geben, wenn sie deshalb zu mir kamen, und in den meisten Fällen half sie auch, in Verbindung mit ein wenig Massage und Lockerungsbewegungen. Doch nicht immer. Es ist zwar über vierzig Jahre her, seit ich Alexander Bains «Der Geist und der Körper» gelesen habe; das klassische Werk dieses Schotten hatte meine Ahnung zur Überzeugung gewandelt: nämlich, daß dies eine praktische, aber fragwürdige Trennung sei. Hinter einem Muskelkrampf verbirgt sich oft eine andere Verkrampfung, eine seelische. Jedenfalls, ich beharrte nicht auf meinem Vorhaben. Ich schloß das Heft wieder und begab mich still auf «meinen» Spaziergang. Es ist immer der gleiche Weg. Ich verlasse den Boulevard Victor-Hugo und wandere auf der langsam ansteigenden Avenue Pasteur bis zum Plateau von Les Antiques hinan, eine Viertelstunde vielleicht. Am Mausoleum der Brüder Gaius und Lucius und dem Triumphbogen vorbei führt durch Olivenwäldchen ein schmaler Weg zum alten Kloster St-Paul-de-Mausole. Ein Ziehbrunnen steht dort, und überall liegen Steinblöcke herum, Sitzplätze. Hinter mir habe ich die kleine Kette der Alpilles und vor mir den endlosen Teppich eines Mohnfeldes. Über die Mauern des kleinen Klosters hinweg ragen die pilzförmigen Kronen von Pinien ins Blau. Nebenan steht die Nervenheilanstalt, die durch den Maler van Gogh bekannt geworden ist. Schafherden wandern dem Fuße der Bergkette entlang; linker Hand, in einem halbrunden Kessel, liegen die Ruinen von Glanum, zwei Städte übereinander, eine römische über der früheren griechischen. Ohne Hast legen zwei Männer irgendein ehrwürdiges Fundament frei, von einem Tempel, einer Therme, einem Schwimmbad. Das Blöken der Schafe, die leisen Pickelschläge in der Ruinenstadt und das Sirren der Zikaden sind die einzigen Laute, die ich höre. In dieser Landschaft verstehe ich Paul Cézanne. Was meine Augen erblicken, ist klar umrissen, jedes Blatt, der Schatten jedes Blattes, jeder Kalksteinblock. Hier war kein Schimmern und Flimmern von Farben, in denen die Formen verzitterten. Verläßlich und deutlich, regungslos verharrt das Land im Sonnenlicht, geheimnisvoll. Die roten Stämme einer Allee von Kiefern führen zur kleinen Klostertüre. Durch diese Pforte schritt vor mehr als dreißig Jahren Vincent van Gogh, als er die Anstalt verließ; zwei Monate später hatte er seinem Leben ein Ende bereitet. In der Zeit während der Niederschrift dieser Hefte habe ich mich einige Male von der Schwester Anaïs zu der Zelle führen lassen, in der Vincent durch ein schmales vergittertes Fenster die Landschaft erblicken konnte, die er malte. Wenn ich recht berichtet bin, gab es zwischen Cézanne und Vincent nur eine einzige Begegnung, jene in der Boutique des Farbwarenhändlers Tanguy, des Père Tanguy in Paris, an der Rue Clauzel. «Offen heraus gesagt: Sie malen wie ein Verrückter», soll Paul beim Anblick der Bilder van Goghs ausgerufen haben. Zwischen meinen Wallfahrten nach St-Paul-de-Mausole und dem, was ich versuche, besteht ein Zusammenhang. Wenn ich es niederschreibe, kommt etwas Unverständliches heraus. Zu welchem Zweck werden wir erweckt? Von allen Berufen, von allen Künsten bewegt mich bei dieser Frage der Stand des Malers am tiefsten. Ich verstehe seine Hast, das Bild seiner zu ewiger Erblindung verurteilten Augen den nach ihm sich öffnenden Augen weiterzugeben. Die Maler sind für mich von einer prometheischen Aura umwittert. Voll einer schöpferischen Trauer wandere ich mit solchen Überlegungen heimwärts zu dem Tischchen über der Eisenwarenhandlung meines Schwiegersohnes Farouche zurück. Die Arbeit, pflegte Paul zu sagen, ist unsere einzige Zufluchtsstätte.

Paul mied die Stadt Aix. Aus diesem Grunde warf er manchmal in aller Frühe, wie in unserer Jugendzeit, Kiesel an meinen Fensterladen, und wenn ich meinen Kopf hinausstreckte, stand er da unten auf dem Platz, vor dem Brunnen, den Malkasten auf den Rücken geschnallt und den Stecken in der Hand: «Tu vieng?» Nur zu gerne! Ich schlich aus dem Schlafzimmer, legte Fine einen Zettel auf den runden Tisch unten in der Halle, vor dem Ordinationsraum. Es waren die vertrauten Plätze, die wir aufsuchten, das Plateau d'Entremont, den Weg nach Le Tholonet, den Pont de l'Arc, den Zolakanal. Doch allmählich fand ich heraus, daß dies nur Abstecher, Umwege waren, Unterbrechungen einer Reise, welche der Maler jeden Morgen ausführte. Das Ziel war die Ortschaft Gardanne, ein Nest, eine

Stunde Wegs etwa, gegen Süden, mitten in jener Landschaft gelegen, die später durch Cézannes Bilder einen magischen Charakter erhielt.

Gegenüber der Kirche, von ihr durch eine Senke getrennt, stand eines jener geometrisch anmutenden Häuschen, wie sie der Maler schlicht, ohne Kommentar möchte ich sagen, in seine Bilder hineinstellt. Man kann die Zahl und die Anordnung der Räume an diesen einstöckigen Gebäuden ablesen, man kann die Bäume zählen. Als ich zum erstenmal mit Paul an dieses Haus geraten war, blieb er stehen. Das warme, ockerrote Gemäuer stand so augenfällig vor dem matten, kalten Tintenblau des unbewachsenen Hügelzuges, daß selbst ich eine malerische Spannung zu spüren begann. Allein, das war es nicht. Die schmale Türe öffnete sich, und ein Knabe sprang uns entgegen. «Hier hast du mein Geheimnis», lachte Cézanne. «Petit-Paul!» Unter der Türe stand die Frau, Hortense, groß, barhäuptig, mit einem stillen Antlitz ebenmäßigen Ovals, von fallenden Haaren dunkel umrahmt. Sie lächelte nicht. Ich konnte nicht herausfinden, ob sie traurig, ob sie gelassen war. In keinem ihrer Worte, in keiner Bewegung war das geringste Anzeichen von Unzufriedenheit, von Widerspruch wahrzunehmen. Für Hortense war Cézanne da wie der Pilon d'Or oder irgendein anderer Berg. Ohne Unterwürfigkeit und ohne eine einzige rasche Bewegung stand sie dem Manne gegenüber.

Seit einigen Monaten wohnte Hortense hier, der Kleine besuchte die Dorfschule; täglich wanderte der Vater vom Jas de Bouffan nach Gardanne; am Abend kehrte er ins Vaterhaus zurück.

Er hatte sich verändert. Man sagt, der Erfolg rufe den Erfolg, da er ansporne; nach einem künstlerischen Erfolge gehe es darum, sich selbst zu übertreffen. Nach der völligen Gleichgültigkeit, mit der seinem Bild am Salon begegnet worden war, hatte Paul gehofft, es sei wenigstens mit dieser ersten Ausstellung eine Bresche geschlagen und er werde im Katalog künftiger Jahre seinen Platz finden. Wie es scheint, wurde jedoch das Recht der Charité überhaupt abgeschafft, und Cézanne kam zu keiner Ausstellung mehr, obwohl er gewissenhaft jedes Jahr einige Gemälde an die Jury sandte. Er tat es schließlich nur noch aus Pflicht, ohne Erwartungen.

Wir hatten auf unseren Wanderungen nach Gardanne – ich begleitete ihn während der kommenden zwei, drei Jahre immer wieder einmal – genug Zeit, uns über diese Dinge zu unterhalten. In der Niederlage zeigt sich, was in einem Menschen steckt. Paul stand nun in der Mitte des fünften Jahrzehnts. Er stand auf dem Nullpunkt. Er hatte nicht den kleinsten Erfolg, nicht das geringste materielle Entgelt vorzuweisen. Keines seiner Werke fand einen Liebhaber. Außer im kleinen Laden des Père Tanguy an der Rue Clauzel in Paris war nirgendwo ein Gemälde von ihm zu sehen, einige Stilleben ausgenommen, die er dem Freunde Emile Zola geschenkt hatte. Aber auch diese sollen Madame Alexandrinens Mißfallen erregt haben; sie verschwanden von den Wänden in Médan. Jahrzehnte später entdeckte man sie auf dem Estrich.

«Das Glück – weißt du, was das ist?» fragte Paul mich einmal auf halbem Wege, während wir über das Tal der Arc zur Montagne Sainte-Victoire hinüberschauten. «Eine unendliche Ruhe. Ich finde keinen gescheiteren Ausdruck dafür. Das kommt erst, wenn alles vorbei ist, der Ehrgeiz, die Demütigung, der Neid, der Wettbewerb…»

«Du hast die Gesundheit, du bist ein kräftiger Mann, du brauchst auch keine Angst vor der Zukunft zu haben», sagte ich.

«Du willst mich trösten. Aber ich habe mich nicht zu beklagen. Der Himmel, die Natur ziehen mich an, geben mir Freude. Je einfacher sie sind. Und wenn sie nicht einfach sind, so muß der Maler sie einfach machen.»

Seit dem Erscheinen des Buches «Nana» folgten sich in nahezu regelmäßigen Abständen Emile Zolas Bücher, zwei, manchmal drei Veröffentlichungen im selben Jahr. Cézanne erhielt offenbar jedes Werk mit einem Brief und einer Widmung des Freundes zugesandt. Ich konnte es ihm ansehen, wie jede dieser Sendungen ihn mit Freude, mit Stolz erfüllte. «Die Freundschaft eines großen Mannes ist eine Wohltat Gottes!» rief er aus, wenn er auf unseren Gängen nach Gardanne von Médan berichten konnte. Cézanne war kein Leser, aber von dem, was von Zola kam, unterschlug er keine Zeile.

Ich gehörte selbstverständlich auch zu den Lesern Zolas, und so fanden wir uns, Paul und ich, an langen Abenden zusammen, in seiner Dachkammer im Jas de Bouffan oder in Gardanne unter der Petroleumlampe in dem kleinen Hause, das Hortense mit Petit-Paul bewohnte.

Hatte ich zuerst geglaubt, Cézanne bewundere alles, was Zola geschrieben hatte, schrankenlos, kam ich allmählich dahinter, daß sein Urteil äußerst subtil war. Sobald es sich um Kunst handelte, schreckte er vor nichts zurück, das genau bezeichnete, was er meinte. Meistens behielt er es für sich; ich glaube, Zola hat von ihm lobende Äußerungen nur über Stellen und Bücher gehört, denen Cézanne beistimmen konnte, und auch dann fügte er noch oft die Bemerkung bei, er habe natürlich kein Urteil in literarischen Dingen. Überhaupt sei zu viel Beschäftigung mit Literatur der Malerei abträglich. Ich erinnere mich aber noch heute an leise, doch sehr deutlich gesprochene kritische Bemerkungen wie: «Es fehlt ihm ein wenig an Feingefühl.» – «Manchmal wirkt er plump.» – «Ich finde, er übertreibt mit seinen Beschreibungen, er hat kein Vertrauen in die Einbildungskraft seiner Leser. Wir können uns doch vorstellen, wie so ein Bureau aussieht, ein Schlafzimmer, ein Weinkeller.» – «Man merkt, wie er sich dokumentiert, wie er Notizen gesammelt hat.» – «Manchmal kommt er mir vor wie ein Schullehrer. Er legt enorm viel Gewicht auf die Vermittlung von Kenntnissen.»

«Selbstverständlich, das sage ich nur zu dir, Docteur.»

Einmal meinte Cézanne: «Ich kenne ihn doch wie meinen Bruder. Seine Romantik ist nicht tot. Weit davon entfernt. Sein Naturalismus, ganz unter uns: ein Kunstgriff. Soziologie, Physiologie: Spielzeug! Er ist ein Mimöschen, unser Emile, ein Schüchterner – darum sucht er immer den Kampf, die Massen. Aus Angst vor der eigenen Schüchternheit.»

«Du glaubst nicht, daß er das Gute, die Wahrheit will?»

«Das hat vielleicht mit der Religion, mit der Philosophie zu tun. Aber mit Kunst?»

Von jenem Gespräch muß es herrühren, wenn ich zu begreifen begann, daß im Künstler etwas Unerbittliches, etwas Unaufhaltsames, etwas Unmenschliches schlummert, das von uns gewöhnlichen Leuten nicht zu verstehen ist.

«Was groß an ihm ist: das sind die Themen. Die Macht. Der Reichtum. Der Bauch. Das Trinken. Das Geschlecht. Das Geld. Die Arbeiter. Die Bürger. Er ist vom ‹modernen› Leben fasziniert. Er glaubt ein Seher, ein Apostel, ein Prediger zu sein, was weiß ich. Aber ist es Kunst?»

Er schnaufte. «Glücklicherweise geht das mich nichts an. Ich bin kein Literat, ich bin Maler…»

«Glaubst du, er versteht, was das ist, die Malerei?»

Nach einigem Zögern meinte er: «Manet, vielleicht. Die Impressionisten, ich weiß nicht.»

«Und dich, was du bist?»

«Wir sind Freunde. Das Übrige...» Er zuckte die Achseln.

Als Paul gegen Ende des Jahres fünfundachtzig sich so in die Landschaft der Arc und die Montagne Sainte-Victoire verbissen hatte, daß er schon in aller Morgenfrühe «auf das Motiv» auszog, siedelte er schließlich ganz nach Gardanne über. Er führte dort das Leben eines armen, unbekannten Malers, der mit großer Mühe seiner Frau und seinem Knaben den Lebensunterhalt sicherte. Immerhin, die Rente des Vaters blieb nie aus; so klein sie auch sein mochte, damals, in der einsamen Provence, war ein Soustück noch Geld. Die Natur knauserte nicht, die Sonne schien für alle Leute.

Unsere wöchentlichen Wanderungen vom Jas de Bouffan nach Gardanne hatten aufgehört, aber manchmal, wenn ich in einem der Gehöfte, in Malousse oder Luynes, einen Patienten besuchte, trieb ich meinen alten Adhémar das steinige Sträßchen nach Gardanne hinan. Wenn kein Mistral wehte, fand ich Paul nie im Hause. Dann setzte sich Hortense ein bißchen zu mir, leerte mir das Herz. Das Thema war der Alte. Zwar sei er starrköpfig wie je, launisch, unberechenbar. Habe er, der Siebenundachtzigjährige, noch angefangen, einer kleinen Magd Augen zu machen! Ob er noch immer nichts von ihrem Dasein wisse, und nicht, daß er Großvater sei, forschte ich.

«Wie soll man sich mit diesem Manne auskennen?» Leute hätten Paul beobachtet, wie er, ein Schaukelpferd unter dem Arm, aus einem Spielwarengeschäft trat, und natürlich hinterbrachten sie es dem Alten. «Aber glauben Sie, er rührt sich? Man würde sagen, es mache ihm Freude, Paul zu quälen, mich zu ignorieren.»

Nun, nach menschlichem Ermessen, meinte ich, dürfte es nicht mehr so lange dauern, bis sie, Hortense, nach sechzehn Jahren, endlich in den Besitz ihrer legitimen Rechte als Ehefrau kommen werde.

Hortense hatte eine merkwürdig schläfrige Art, an einem vorbeizusehen. Sie lachte eigentlich nie, sie konnte Dinge erzählen, von denen man sich fragte, ob sie ihr ernst seien, durcheinander, ohne Zusammenhang scheinbar. Von meiner Praxis her war ich diese Erzählungsweise gewohnt.

«Paul hat einen Esel gekauft, seinen Malkasten zu tragen, um einzukaufen. Das Tier macht sich über ihn lustig, rennt davon, bockt, frißt ihm die Pinsel weg.» Und dann, ohne Übergang: «Louis-Auguste hat sein Vermögen schon längst verteilt, er will die Erbschaftssteuer sparen. Paul wird eine Rente von fünfundzwanzigtausend Franken bekommen, und Paul hat auch schon sein Testament gemacht. Eigenhändig brachte er es zu Monsieur Zola, letzten Herbst. Herr Zola ist reich. Er wiegt fünfundneunzig Kilo und mißt einen Meter fünf um den Bauch.»

Die Frau am Tisch stützte ihr Kinn auf die Hand und redete weiter. «Es scheint, Zola schreibe ein Buch über die Maler, Paul soll auch darin vorkommen. Sie wissen, Docteur, Marie, die Schwester, hat nun das Messer in der Hand. Sie leitet alles. Sie will, daß wir heiraten. Auch gegen den Alten.»

«Das hättet ihr schon längst tun sollen.»

«Monsieur Zola sagte das auch. Aber dann riet er Paul doch wieder zuzuwarten, der Rente wegen, wissen Sie.»

Als ich auf die Uhr schaute, meinte Hortense: «Manchmal übernachtet er weit draußen im Land, in einer Schenke, auf einem Hof, im Freien sogar.»

Bevor ich mein Kütschchen wieder bestieg, fragte ich Hortense um die Erlaubnis, im «Atelier» etwas ansehen zu dürfen.

Ich habe immer an Paul geglaubt. Aber als ich die paar Landschaften, rahmenlos, an die getünchte Mauer gelehnt, vor mir sah, einen Kirchturm von Gardanne, die Montagne Sainte-Victoire, die Kastanienbäume im Jas de Bouffan, ein Selbstporträt, überkam mich eine Bewegung, für die ich keinen Namen finde. Die Haltung, körperlich dargestellt, wäre etwa so gewesen, als stände ich da, den Kopf zurückgebeugt, den Blick nach oben gewendet, zu etwas Fernem, Unbegreiflichem hin, das sich in der Tiefe des Universums ereignet.

Hortense und der Esel, Louis-Auguste, die Mutter, ich, Marie, wir alle, Zola, auch Paul, Reichtum, Armut, Lächerlichkeit, Ehre. Was alles zählte das? Etwas offenbarte sich hier. Es gab keinen Namen dafür. Das Wort «Schönheit» bedeutete nichts. Ich bin kein Wortkünstler. Mit meiner armen Alltagssprache versuche ich etwas auszudrücken. Es gibt eine andere Welt als jene, auf der wir leben. Sie ist immer da. Wenige ahnen etwas von ihr. Einige nehmen sie wahr. Zwei, drei Malern vielleicht gelingt es hin und wieder, sie zu bannen, sie einzufangen.

Schaute ich auf die paar Bilder, welche auf dem Boden der Kammer standen, so wußte ich mit unerschütterlicher Bestimmtheit: hier war ein uns nicht bekanntes, ein noch nicht von einem menschlichen Auge erfahrenes Weltbild gestaltet worden. Hier ging es nicht mehr um Können, hier ging es nicht um Fertigkeit, um Talent – die paar mittelgroßen Flächen bemalter Leinwand, vor denen ich mit der Frau stand, trugen das Zeichen des Genius. Muß ich gestehen, daß ich ein Gefühl der Schuld durch die Nacht kutschierte, daß ich mir Vorwürfe machte, daß mich Reue schmerzte? Ich dachte an Paul, wie ich noch nie an ihn gedacht hatte. Jemanden verkennen – das war ein klägliches Wort, es blieb weit hinter dem zurück, was ich meinte, aber ein besseres fiel mir nicht zu. Es enthielt jenes nicht, worauf es bei Paul ankam: seine Einsamkeit.

Zolas Roman «L'Œuvre», «Das Werk», erschien Anfang 1886 im Feuilleton der Zeitung «Gil Blas». Ich hatte keine Lust, ihn portionenweise zu lesen, fünfundsiebzig Mal mir Vorangegangenes ins Gedächtnis zu rufen. So viele Feuilletons nämlich beanspruchte der Künstlerroman. Mit der damals üblich werdenden Reklame war in der Form von Indiskretionen, Gerüchten und Gesprächen «durchgesickert», der zu erwartende Roman sei autobiographischen Charakters, der Autor berichte aus jener Zeit seiner Karriere, als er über den kühnen Manet ein Buch geschrieben, sich für die Ausstellung der Refüsierten eingesetzt, sich zum Sprachrohr der Impressionisten gemacht habe. Mit Rührung und nicht ohne Wehmut habe sich der Romancier seiner Jugend in Aix-en-Provence erinnert, seiner Freunde und Kameraden. Das «Werk» bildete den vierzehnten Band in der Serie der «Rougon-Macquart». In der Person des Schriftstellers Sandoz sei der Autor selbst unschwer zu erkennen. Den Echos zufolge hatte das Buch in Künstlerkreisen schon während des Vorabdrucks im «Gil Blas» ein gewisses Aufsehen erregt. Es sei ein Schlüsselroman, hieß es, alle die alten Zöpfe und die modernen Wegbereiter kämen darin vor, die Arrivisten und die ewig Übergangenen; über die Identität von Claude Lantier, dem tragischen Helden, herrschten Zweifel. Die meisten neigten zur Ansicht, es handle sich um eine zusammengesetzte Romanfigur, mit Zügen des vor drei Jahren dahingegangenen Edouard Manet.

Alle diese gelenkten Klatschereien erreichten uns lange, bevor das Werk im Buchhandel erhältlich war. Zola wählte seine

Themen mit wahrem Feldherrenblick. Er verstand es, die Teile der Rougon-Macquart zu orchestrieren, die Effekte zu berechnen, zu nüancieren, abzuwechseln. Im Rückblick trat diese Meisterschaft immer deutlicher zu Tage. Seit dem «Assommoir» waren die Schranken der Konformität gefallen. Haß, Erotik, Laster, der Geburtsakt, der natürliche und der gewaltsame Tod, grauenerregende Agonien, das Bestialische, die Ungerechtigkeit waren Objekte seiner Literatur geworden. Sie riefen nach einer ihnen angemessenen Sprache. Ein Zurück gab es nicht mehr. Die Villen der Kurtisanen, die Hintertreppen und Dachkammern bürgerlicher Häuser, die Paläste der Warenhäuser, die Minen der Kohlenbergwerke waren erregende Schauplätze geworden. Vorbei das Jahrhundert der Romantik! Den beiden Giganten des «roman-fleuve», Balzac und Hugo, würde ein dritter folgen: Zola.

Langsam begann ich das Anderssein der Künstler zu erkennen. Sie fühlten wie wir, sie litten wie wir, sie konnten sich mit uns abgeben, mit uns freuen – aber dann kam ein Augenblick, da verließen sie uns. Sie wurden unmenschlich, doch es war nicht zu entscheiden, ob von animalischer, ob von göttlicher Art. Sie waren Monstra.

Das Verlagshaus Charpentier verfügte über einen gut ausgebauten Kundendienst. Kurze Zeit nach Paris gelangten wir auch in Aix in den Besitz des «Œuvre». Der broschierte Roman mit dem üblichen gelben Deckblatt lag viele Tage unaufgeschnitten in meiner Studierstube. Immer wieder fand und erfand ich einen Vorwand, die Lektüre hinauszuschieben. Ich konnte, ich wollte mir dieses Zögern nicht erklären. Nach all dem, was ich bereits reden gehört hatte, wäre allein meine Zugehörigkeit zur Generation von Emile und Paul, die persönliche Beziehung zu ihnen – mehr als eine Kameradschaft und weniger als eine Freundschaft – doch wirklich Grund genug gewesen, mich auf das Buch zu stürzen und es zu verschlingen. Aber es trat das Gegenteil ein. Ich empfand eine Art Scheu, um das Wort Angst nicht zu gebrauchen. Die Schriftsteller sind Menschenfresser, sie opfern die Familie um einer interessanten Seite willen; sie plaudern aus, hemmungslos, reden von Dingen, die sie ihren Beichtvätern nie anvertrauen würden.

Eine plausible Überlegung schien mich zu rechtfertigen. Was auch in diesem Roman stehen mochte: würde ich Paul begegnen, konnte ich ihm wahrheitsgemäß sagen, ich sei noch nicht dazu gekommen, das «Werk» zu lesen. So würde ich mir meine Unbefangenheit bewahren.

Rascher, als ich hatte voraussehen können, und unter völlig unerwarteten Umständen fand diese Begegnung statt, am 28. April 1886 in Aix.

Am frühen Morgen jenes Tages hatte Mélanie, unsere Magd, zaghaft an die Türe des Schlafzimmers geklopft. Ein Bursche stehe unten, der Sohn des Küfers Groubes, ein Unfall, der dem Vater zugestoßen sei. Eine Luxation im Hüftgelenk, verursacht durch ein niederrollendes Faß, stellte sich heraus. Ich ordnete das Nötige an, und es mochte neun Uhr sein, als ich von der großen Fontäne her im Dämmer der hellbelaubten Allee den Cours hinabschlenderte, den Schatten und die morgendliche Frische genießend, um dann meine Schritte der Kathedrale zu, heimwärts, zu wenden. Ich hatte die kleine Place de la Mairie am Glockenturm und dem Stadthaus vorbei zu überqueren. Just in diesem Augenblick bewegte sich unter dem niedrigen, dunkeln, von zwei Doppelsäulen flankierten Tor des Stadthauses eine kleine Gruppe von Leuten mir entgegen. Aha, eine Hochzeit, dachte ich. Ich blieb am Brunnenbecken stehen. In einem noch tadellos erhaltenen Zylinderhut, doch von sehr altertümlicher Form, gebückt, gelb, mit verkniffenen Augen, am Arme der in lavendelfarbigen Atlas gekleideten Honorine, schritt Louis-Auguste Cézanne, der Bankier, auf das Trottoir hinaus, und dem alten Paare folgte: Paul am Arme von Hortense, die sich nun «geborene Fiquet» nennen durfte. Den Beschluß machte die jüngste Schwester des Malers, Rose, zwischen ihrem Gatten Maxime Conil und der älteren Schwester Marie. Einen Augenblick lang standen die sieben Personen unschlüssig in der Sonne, Monsieur Conil deutete nach dem Café de la Mairie, schräg gegenüber, wo ein paar Tischchen unter den Bäumen standen, doch schien er auf die eigensinnige Weigerung des Alten zu stoßen. Wirklich bog auch schon eine Kutsche um die Ecke bei der Rue des Cordeliers, und bald war die Gesellschaft verschwunden. Pauls Gesicht unter dem breitrandigen Hut, vom Schwarm der Verwandtschaft umgeben, war mir nur als ein graumelierter Backenbart flüchtig sichtbar geworden.

In mich hinein lächelnd flanierte ich der Place d'Albertas zu. Das war nun allerdings ein Ereignis. Ich mochte es Paul gönnen. Ihm mußte ein Gewicht vom Herzen gefallen sein. Wie sie den Alten aufgeklärt und wie sie ihn zu der Einwilligung gebracht hatten, die drei Frauen, habe ich nie erfahren. Frohgemut kam ich mit der Nachricht nach Hause. Auch dem Petit-Paul war es zu gönnen, und Hortense selbstverständlich. Fine stimmte mir lächelnd bei. Nicht ganz so, wie ich es eigentlich erwartet hatte.

«Ist das nicht gut?» forschte ich am verspäteten Frühstückstisch. «Jetzt hört doch endlich diese unwürdige und beschämende Geheimnistuerei für Paul auf. Ein Glücksfall für ihn. Findest du nicht?»

Meine Frau nickte: «Sicher.» Dann hängte sie noch das Sätzlein an: «Er kann es brauchen, der Arme!»

«Wieso?»

Ich folgte Finens Blick. Auf dem provenzalischen Buffet, auf das wir so stolz waren, lag ein Buch, gelb broschiert, aufgeschnitten, «L'Œuvre» von Emile Zola.

«Du hast es gelesen?» fragte ich, voll von unbehaglichen Gefühlen.

Fine nickte. «Gestern nacht bin ich damit zu Ende gekommen. Ich mußte wohl, da du dich nicht dran getrautest...»

«Und...?»

Meine Frau seufzte ein bißchen. «Armer Paul», sagte sie nochmals.

Ich las das Buch, widerwillig, aus Pflicht. Ich war schon von meinem Beruf her dagegen. Es kam mir vor, als hantiere da ein Laie, ein Kurpfuscher mit Instrumenten und Begriffen, deren Gebrauch dem Fachmann vorbehalten sei. Claude Lantier, der Maler, erschien als Träger einer pathologischen Erbmasse, einer nicht näher umschriebenen Geisteskrankheit. Oder sollte es eine Gemütskrankheit sein? Genialisch, künstlerisch veranlagt, versucht er in riesigen Gemälden eine Vision darzustellen, scheitert, beginnt wieder, ändert, zerstört das begonnene Werk, schwankt zwischen Euphorie und Depression, opfert die Frau, das Kind, kommt in Not, fängt sich wieder auf, scheitert von neuem und schließlich, nachdem er an einem der bekannten Donnerstage bei seinem erfolgreichen und berühmten Freunde, dem Literaten Sandoz, teilgenommen hat, erhängt er sich in seinem Atelier, an der Bockleiter, vor dem mißlungenen Gemälde. «Er hat seine Unfähigkeit eingestanden und hat sich getötet...», faßt Sandoz den Vorgang zusammen.

Nun, ich muß gestehen, so schlimm wäre das gar nicht gewesen, hätte es sich Emile mit dem Material nicht zu einfach gemacht. Er hatte sich auf seine Erinnerungen verlassen. Er hatte versucht, den Kampf der Impressionisten in seinen Roman zu verweben. Der war gespickt von Anekdoten, die wir alle kannten. Viele Zeitgenossen wollten sich wiedererkennen, zu Recht oder zu Unrecht. Mit erschreckender Deutlichkeit wurde Zolas Dilettantismus in medizinischer und psychologischer Hinsicht offenbar. Schwerer wog die Selbstenthüllung in einer anderen Region. Er, der Wortführer der Impressionisten, er, der Manet buchstäblich salonfähig gemacht hatte, tat in diesem «Œuvre» dar, daß er von der Malkunst eine Vorstellung hatte wie der erstbeste Charcutier. Wohl ließ er Lantier durch einen Bilderhändler einmal einen Auftrag zukommen mit den Worten: «Ich sollte einen Hummer haben.» Doch daß er mit dieser Persiflage sich selbst verspottete, das erkannte Emile nicht. Zu der Zeit, da Zola das «Œuvre» schrieb, hatte er keine Vorstellung von dem, was die Maler jener Epoche suchten. Er setzte sich mit ihnen, mit den Problemen der Malerei auseinander, wohl verstand er es geschickt, über Helligkeit, Dunkel, Töne und dergleichen zu reden, die entscheidende Wendung jedoch, die Abwendung vom gemalten Gegenstand, vom Modell, vom Anekdotischen, vom Literarischen, vom «Was» zum «Wie», zur Farbe, zum Licht, zur Fläche, zur eigentlichen Malerei blieb ihm verschlossen. Die Maler, die heraufkommende Generation erblickte im Verfasser des «Œuvre» das, was er für sie war: ein gefährlicher Ignorant.

Ich bin überzeugt: dies hätte Paul gar nicht berührt. Kopfschütteln, Achselzucken, gerührtes Lächeln – das wäre seine Antwort gewesen.

Aber das Buch enthielt etwas Furchtbares.

Damit, daß auch er, insbesondere er, Paul Cézanne, zu einem Buch, das den Roman der Malerei, den Roman eines Malers zum Gegenstand hatte, Modell zu stehen habe, damit hätte er sich ganz bestimmt abgefunden. Nahm doch auch ein Maler die Modelle, wo er sie fand. Sogar die Verfratzung seiner Gestalt hätte er wahrscheinlich bewältigt, denn diese ging oft so weit, daß das Vorbild überhaupt nicht mehr erkannt werden konnte, legten doch viele Leser der Romangestalt Claude Lantier Edouard Manet unter.

Das Drama war von intimerer Art. Es spielte sich in der Tiefe der Seele ab und ausschließlich zwischen Paul Cézanne und Emile Zola. Kein Mensch auf der Welt konnte das Buch so lesen, wie Paul es las, keiner konnte verstehen, wie es gemeint war. Kein Mensch konnte unter diesem Buch so leiden wie der Maler Paul Cézanne, der Jugendkamerad, der Freund, der Bruder des Autors Emile Zola.

Als das «Werk» erschien, lebte Paul bereits mehrere Jahre in der Provence. Seine Versuche, ein Gemälde auszustellen, waren alle gescheitert. Längst war das Gelächter, welches seine Bilder im Salon der Zurückgewiesenen, bei einigen Ausstellungen der Impressionisten ausgelöst hatten, verhallt. Sein Name war nur wenigen Liebhabern mit bescheidenen Mitteln bekannt, die in der Boutique des Père Tanguy an der Rue Clauzel herumstrichen und denen es nur selten gelang, ein Bild von Paul zu erwerben, weil sich der Inhaber des Farben- und Malerartikelgeschäftes von diesen Werken nicht trennen wollte. Claude Lantier konnte für die Leser keine Bloßstellung Cézannes bedeuten, weil er in Paris vergessen war. Nur sehr wenige erinnerten sich seiner noch. Zola hatte einen Roman, nicht seine Memoiren geschrieben.

Er jedoch, Paul, mußte, je weiter er in dem Buch vorankam, erkennen, daß das Mitgefühl, das Mitleid, die ständig sich vergrößernde Kluft zwischen dem auf sicherem Boden Stehenden und dem Ertrinkenden, der unaufhaltsam abtrieb, sich auf niemand anderen beziehen konnte als auf Paul Cézanne. An ihn dachte der Schriftsteller, wenn er von Claude Lantier als dem großen Manne sprach, dessen entfesseltes Genie einst alle Maler weit hinter sich zurücklassen würde, um dann nach zwanzig Jahren bitterer Kämpfe feststellen zu müssen, er sei ein Versager, ein Gescheiterter, der tiefes Mitleid verdiene. Natürlich, Zola hatte ein literarisches Werk verfaßt, die Tragödie eines Ohnmächtigen, der seine Schöpfungen nur erträumen, aber nie zu verwirklichen vermochte. Die Liebe erträgt Mitleid, die Freundschaft nicht! Mitleid flößte der Maler Paul Cézanne dem Schriftsteller Emile Zola ein! Mitleid, weil er nicht ausstellen, nicht verkaufen, nicht berühmt werden, weil er keine sichtbaren Erfolge erringen konnte. Weil er ohne Louis-Augustes kärgliche Rente längst untergegangen, verkommen wäre.

Das «Œuvre» ist die Geschichte eines mißratenen Lebens. Claude Lantier sah das ein; er warf es weg. Hieß das nicht, sein, Pauls Leben sei in Zolas Augen beendet, abgeschlossen, hoffnungslos, des Wegwerfens wert? So also, so sah ihn, Paul Cézanne, der einzige Mensch, an dessen Achtung und Schätzung ihm etwas lag, der einzige, von dem er wußte, er glaube an ihn! Ich habe das Buch ein zweites Mal gelesen, Satz für Satz, mit Pauls Sinnen, mit Pauls Gedanken. Da hatten sie nun von Jugend auf, dreißig Jahre lang in der Revolte, in der Auflehnung, in der Verachtung des selbstzufriedenen Bürgertums gelebt, waren aus der Periode des Schwärmens in hartem Kampf, durch Entbehrung und Demütigung bis in die Jahre vorgestoßen, in denen sich ihre Verwirklichung vollziehen sollte. Zola war dieser Durchbruch gelungen. Werk um Werk brachte er hervor. Ansehen, Ruhm, Reichtum wurden ihm zuteil. In Médan, wenn die Literaten der nachlässig schäbigen Bekleidung des provenzalischen Malers und seines seltsamen Gehabens wegen einander Blicke zuwarfen, wenn Alexandrine mondän die Nase rümpfte und so rasch wie möglich die Bilder verschwinden ließ, die Cézanne als Gastgeschenk dem Ehepaar überreichte, hatte zwischen den beiden Freunden eine stumme Übereinkunft bestanden. Alle diese Pracht, das ganze so leichtgewordene Leben, das Schlaraffenland, die zauberhafte Erfüllung aller Wünsche, das Geld und die Rentenpapiere und der Grundbesitz – das war doch alles nur Beiwerk, Begleiterscheinung, der bürgerliche Effekt des Erfolgs. Aber ihnen, den Künstlern, den wenigen, den Auserwählten jenseits der Maßstäbe dieser Welt, ging es um anderes. Man schrieb doch nicht, man malte doch nicht, um Geld zu verdienen. Sie, die Dichter, die Maler, die Künstler, sie waren doch die Abgesandten der Menschheit, die Antennen dieses Geschlechts, welche vorausfühlten, vorausforschten in ein Dasein hinüber, das sich im Kunstwerk allein offenbaren konnte. Ein höheres Dasein, zu dem man nur durch die Verfeinerung der Sinnesorgane, die Sensibilisierung des Denkens, durch Sehnen und Gnade gelangen konnte. Zola glaubte, dem Dichter gelinge diese Erfüllung über das Wissen, die Wissenschaft. Mochte er! Cézanne begriff ihn wohl. Dieser ganze Apparat mit der Vererbung und den Neurosen, das war doch nur Vorwand, Spielzeug, Ansporn für die Inspiration. Aber dahinter stand der Dichter, der sein Altarfeuer mit dem erstbesten Knüppel speiste, der ihm unter die Hände kam. Hatte nicht Zola Claude Lantier seinen, Cézannes, Ausspruch in den Mund gelegt, es komme ein Tag, wo eine einfache Rübe, auf seine Art gesehen und gemalt, eine Revolution gebären werde?

Nun mußte Cézanne lesen, wie Sandoz, alias Zola, vor einem kleinen Bild Lantiers sich in mitleidigen Betrachtungen erging. «Er sah, wie Claude den Halt verlor, hinabstürzte in den heroischen Wahnsinn der Kunst. Zuerst hatte ihn nur ein tiefes Erstaunen überfallen, denn er hatte an seinen Freund mehr geglaubt als an sich selbst, hatte sich, von der Schulzeit her, immer mit dem zweiten Platz begnügt und ihn weit über sich selbst gesetzt, als einen jener Meister, die Schule machen. Dann hatte ihn eine schmerzliche Zärtlichkeit ergriffen, angesichts des Scheiterns des Genies, ein bitteres und blutendes Mitleid vor der furchtbaren Qual des Versagens. Wußte man, wo in der Kunst der Wahnsinn begann? Alle diese Mißlungenen rührten ihn zu Tränen. Er erschauerte vor Erbarmen und fühlte das Verlangen, ehrfurchtsvoll diese vom Werk Erschlagenen in der Glorie ihrer nie verwirklichten Träume einzuschläfern...»

Ich wußte, als ich das Buch auf diese Weise las, daß Paul jedes Wort auf sich selbst bezogen fühlen mußte. Das war es auch. Das «totgeborene Genie» hieß Paul Cézanne.

Über unserer Provence lag der Sommer, heiß, still, bewegungslos. Ich wußte nichts von Paul. Hortense sei nach der Hochzeit mit dem Knaben wieder nach Gardanne zurückgekehrt, der Maler habe einige Wochen im Jas de Bouffan gearbeitet, dann sei er nach Paris gereist, hieß es. Von mir hätte ich nicht sagen können, ob ich ihn zu sehen wünschte oder ob ich froh sei, daß er sich verkroch. Das ist kein besonders mutiges Verhalten, doch ich wußte, es entsprach Paul noch eher als jedes Wort des Bedauerns über die Entgleisung des Dichters.

Der Lauf der Dinge sorgte dann dafür, daß wir einander wieder begegneten. Eines Morgens im Oktober stand Paul in meiner Sprechstunde, des Vaters, Louis-Augustes, wegen. Es stehe nicht gut, ob ich...? Der achtundachtzigjährige Mann ging seinem Ende entgegen. Die Arteriosklerose hatte ihn immer schrulliger werden lassen, der Verlust des Gedächtnisses war nahezu vollständig, dennoch hatte er noch immer, provenzalischer Sitte gemäß, die Hausgewalt inne, auch wenn die «Älteste», Marie, sie ausübte. Ich dachte an den mächtigen und gefürchteten Mann zurück, der Pauls Leben geprägt hatte, an den jahrzehntelang währenden Kampf zwischen dem starken Vater und dem schwachen Sohn. Der

Schwache hatte ihn gewonnen. Trotz allen Mitteln, über die der reiche Bankier verfügte. Paul hatte gewonnen. Er war Maler geworden.

Es ging nurmehr um Tage. Madame Cézanne, Mademoiselle Marie machten sich keine Illusionen. Bezüglich der Erbschaft, wurde mir bedeutet, sei alles geregelt. Vor zehn Jahren schon hatte der alte Fuchs sein Vermögen aufgeteilt, Frau und Kindern überschrieben. Freilich die Nutznießung blieb ihm, und alle Macht, darüber zu verfügen. Der Vater betrachtete die ganze Transaktion als einen einfachen Buchhaltungskunstgriff, bestimmt, die Erbschaftssteuer zu ersparen. Armer Paul, nur um ein Weniges lebenstüchtiger in Geldsachen, wie leicht wäre es ihm gewesen, auf seine Anwartschaft hin Geld zu borgen und sich so über die schweren Zeiten hinwegzubringen.

Der Herztod trat am 23. Oktober 1886 ein. Alle weinten über dem kahlen, grünlichen Köpfchen des Aufgebahrten. Paul liefen die Tränen in den Bart. Papa war tot! Ich schaute den Sohn an. Seine Trauer war echt. Dieser harte, launische, bösartige Vater hatte ihm trotz allem ermöglicht, seinen Weg zu gehen.

Jedes der drei Kinder erbte vierhunderttausend Franken, angelegt in Wertpapieren und Grundstücken. Paul Cézanne verfügte nun über eine jährliche Rente von fünfundzwanzigtausend Franken. «Mein Vater war ein genialer Mensch!» rief er aus.

Drinnen im Hause, im Hauptgebäude des Jas de Bouffan, saßen die Frauen, der Schwager Conil, der Curé, die näherstehenden Leidtragenden beim schwarzen Kaffee. Paul und ich waren ins Freie getreten und standen nebeneinander am Bassin, unter den sich entlaubenden Bäumen, während mich Paul ohne Umstände mit diesen finanziellen Verhältnissen vertraut machte. Kein Wort von Zola war gefallen.

«Morgen», sagte Paul, «muß ich zum Notar. Père Tanguy hat viertausend Franken von mir zugut. Welche Erleichterung für mich, daß ich sie ihm nun bezahlen kann.»

«Nun bist du frei, Paul! Ein Krösus gar.»

«Ein Krösus an Geld, ein Lazarus an Freunden.»

Es war nicht mehr zu umgehen, die Anspielung war zu deutlich.

«Paul! Bücher werden geschrieben, gelesen und vergessen», sagte ich.

«Ein Maler, der sich aufhängt, weil ein Bild mißlungen ist! Siehst du das, Doktor? Man fängt von neuem an, immer wieder.»

Er sprach vor sich hin, ohne mich anzublicken. «Die Liebe erträgt vielleicht Mitleid, die Freundschaft nie. Erfolg! Was *er* darunter versteht! Talent, Glück, Ruhm, Fleiß, daraus ist sein Erfolg gemacht. Beifall! Ohne Erfolg ist ein Künstler nichts! Gerade noch recht sich aufzuhängen!»

Der große Mann seufzte.

«Die Literatur tut der Malerei nicht gut», murmelte er.

Von Zeit zu Zeit fiel ein dürres Platanenblatt auf die Wasserfläche. Paul schenkte dem Vorfall jedesmal große Aufmerksamkeit.

«Eine Minute der Welt geht vorbei. Sie malen, wie sie ist! Das zählt, das allein! Ich habe mich entschlossen, in der Stille zu arbeiten.»

XI

Cézanne hielt Wort. Hortense kehrte nach Louis-Augustes Tod wieder nach Gardanne zurück, der kleine Paul besuchte dort die Schule. Der Maler blieb auf dem Jas de Bouffan, umhegt von Honorine, der Mutter, geleitet von seiner Schwester Marie.

Zwischen Emile und Paul hatte es, wie in allen Freundschaften, Zeiten der Lauheit, der Gleichgültigkeit und der Entfremdung gegeben. Liebe und Haß sind der Abnützung unterworfen, in ihrer Dauer beschränkt, sie verbrauchen sich, sie bedürfen der Erneuerung, um der Zeit zu trotzen.

Nahm ich «L'Œuvre» zur Hand und blätterte darin, las ich Seiten, einzelne Sätze, spürte ich: hier gab es keinen Ausweg. Die Spaltung reichte tiefer hinab, als beide es wußten. Zola war ein nach außen gewandter Mensch. Sein Klima war die Stadt, Paris. Seine Kräfte flossen aus der Bewegung, dem Betrieb. Cézanne war der nach innen gerichtete Mensch. Seine Kräfte kamen aus der Bewegungslosigkeit, aus der Stille, Emile war dynamisch, Paul statisch.

Aus der Hauptstadt trafen in nahezu regelmäßigen Abständen die Bände der Rougon-Macquart ein. Dem zwölften Band, der «Lebensfreude», hatte der Autor den Stammbaum der Familie beigefügt, und nun fielen uns von diesem Stammbaum die Bücher wie Früchte vor die Füße: «Die Erde»; «Der Traum»; «Die menschliche Bestie», der Roman der Eisenbahn und des Verbrechens; «Das Geld», der Roman der Börse; «Der Zusammenbruch», der verlorene Krieg, das Ende des Zweiten Kaiserreichs, und endlich, als zwanzigster und letzter Band: «Doktor Pascal». Ich raffe die Zeitspanne zwischen «Œuvre» und dem Abschluß des großen Vorhabens zusammen. Ich habe Emile Zola während dieser Zeit nicht gesehen, er kam nicht mehr in die Provence. Paul hatte ihm mit einem höflichen und würdigen Brief – einem Brief, der in keinem Buch mehr fehlen sollte, das über Zola geschrieben wurde – für die Zusendung des «Werkes» gedankt. Der Maler überließ es der Zeit, Zola erraten zu lassen, daß dies der letzte Brief gewesen war, den er von ihm erhalten würde. Die Zeit hat aber auch Cézanne nicht gewährt, Zola je wieder zu sehen. Gelegenheit hierzu hätte der Maler gehabt, denn nun konnte er, der väterlichen Erlaubnisse und der Geldrechnungen enthoben, reisen, wann er wollte.

Man vernahm, er habe sich in Paris ein Atelier gemietet, aber er kehrte immer wieder in den Jas de Bouffan zurück.

Es muß im Jahre 88 oder 89 gewesen sein, als ich mit Paul wieder in persönliche Beziehung kam, als Arzt. Symptome einer mittleren Diabetes stellte ich fest, und begreiflicherweise waren es die Augen, um die der Maler sich sorgte. War es eine Stelle im «Œuvre», wo Zola von der Erbanlage Claude Lantiers, des mißratenen Genies, sprach, war es einer der Kritiker, der sich mit Cézannes Art, die Natur zu sehen, beschäftigte und schrieb, seine Augen verrieten eine Deformation – Paul war beunruhigt. Es ist sicher keine alltägliche Konsultation, daß ein Maler mit zwei Bildern unter dem Arm zum Arzt kommt, um mit ihm über ein Phänomen seines Sehens zu reden.

Paul stellte das Stilleben – «Die blaue Vase» – auf einen Stuhl, daneben ein kleines Haus, dessen Dach mit Hohlziegeln gedeckt war. Er schaute sich im Sprechzimmer um, ergriff an der Wandkonsole einen Zinnbecher und rückte ihn auf dem Schreibtisch ins Licht.

«Ich kann mir nicht helfen, Doktor. Schau!» Mit dem Zeigefinger fuhr er der Kontur des Bechers entlang, der im Licht stand. «Komm!» Wir traten nun einige Schritte zurück. «Wir sind doch beide davon überzeugt, daß die Hälften des Bechers genau gleich sind. Ich aber sehe die eine Hälfte immer größer. Ich sehe die Seiten unsymmetrisch – was vom Licht getroffen wird, bläht sich auf, drängt nach vorn, das andere flieht zurück, wird kleiner.»

Da standen wir zwei gereiften Männer vor dem Becherchen. Aber schon lange folgte ich Cézannes Worten nicht mehr. Ich blickte zu dem Stuhl hinüber, auf dem das Stilleben lehnte. Ich bin kein Kunsthistoriker, ich bin kein Zola. Aber was da von diesem hellen, beinahe quadratischen Bild, der blauen Vase vor einem blauen Hintergrund, den drei gerade ausgerichteten Äpfeln im Neapelgelb des Tisches und den formlos gebüschelten Blumen ausging, nahm mich so gefangen, daß ich nicht mehr wegsehen konnte.

Paul glaubte, ich hänge seinen optischen Besorgnissen nach.

«Du siehst», rief er, «die linke Seite ist höher, gewölbter, außerdem neigt die Vase nach links, und mit ihr wankt der ganze Blumenstrauß ins Schräge. Ich sehe das so und weiß, daß es eine Lüge ist. Beweis: die Flasche im linken Bildrand steht im Lot...»

Wäre ich nicht Arzt gewesen, hätte ich nicht Pauls Phobie vor jeder Berührung gekannt, ich hätte zu ihm hingehen, ihm den Arm um die Schulter legen, ihn an mich drücken müssen, so bewegt war ich. In meinem bescheidenen Sprechzimmer an der Place d'Albertas stand ein Meister, einem Delacroix ebenbürtig. Das war für mich mehr als eine Überzeugung, es war eine Gewißheit.

«Paul», sagte ich, «Paul, hör doch mit dem Blödsinn wegen deiner Augen auf! Begnadete Augen hast du, gottbegnadete Augen! Ach, frag doch nicht nach Wahrheit, Wirklichkeit! Du weißt es zu gut, deine Sensation ist wahrer als unsere ganze Geometrie!»

Cézanne malte seit langem keine Schockbilder mehr, keine visionären Kompositionen, aber Landschaften, Bildnisse von Menschen, Stilleben. Es waren keine Botschaften, die einem den Atem verschlugen, Himmel aufrissen, Unerhörtes, Niegesehenes offenbarten. Das waren keine porzellanharten Manets, keine schreienden und gleißenden van Goghs, keine kühnen Gauguins. Diese Bilder forderten Zeit, um sich zu entfalten, aber dann, wenn das langsame Beben und Leben einmal begonnen hatte, hörte es nie mehr auf. Nicht dem Flimmern, Flirren und Spiegeln der impressionistischen Maler entsprach es. Es gelingt mir wohl nie auszusprechen, wie Cézanne gemalt hat, weil es dafür eben gar keine andere Sprache gibt als die seiner Farben und Formen. Aber dachte ich an Zola: der wollte alles, was er wußte, aussprechen, er wollte alles enthüllen. Diese Welt war ihm die einzige wirkliche Welt, man konnte sie beobachten, abzeichnen und messen. Dann hatte man die Wirklichkeit, die Wahrheit. Pauls Wirklichkeit aber lag lautlos, bewegungslos zwischen den vier Leisten der Rahmen. Durch dieses Fenster blickte man hinaus ins Freie oder hinein in einen Raum. Man fand sich bestätigt. Ja, das stimmt, so ist es ja, genau so, wie gut er das getroffen hat! Sehr schön! Und dann, in dem Augenblick, da man den Kopf wenden, wegblicken, weitergehen wollte, vollzog es sich. Es hielt uns gefangen. So einfach ist das denn doch nicht! Der Schein trügt. Das ist ja der Schein nur, das ist nur die Haut, die oberste Haut, die durchsichtige Haut, darunter erst fängt das Beständige, das Größere, das Umfassendere an, die Welt, die durchschimmert, allgegenwärtig, die Wirklichkeit, welche die Natur als Kleidung benützt. Gefasel, natürlich. Es läßt sich mit zwei Worten sagen. Zola anerkennt kein Geheimnis, Zola will kein Geheimnis, Zola hat kein Geheimnis, Zola ist ohne Geheimnis. Paul Cézanne ist mißtrauisch, ängstlich, scheu. Überall ahnt er Geheimnisse, in jedem Stein, in jedem Zweig, im leichtesten Wölkchen – die Welt ist ein Geheimnis. Er selbst, Paul, ist voller Geheimnisse. Er malt nicht, um die Geheimnisse unter der Oberfläche des Alltags zu lüften; er malt, um auszusprechen, was er anders nicht sagen kann: daß dieses Sein scheinbar ist, nicht wirklich, daß dahinter das Geheimnis schlummert, das übernatürliche, nie zu lüftende Geheimnis des Lebens, das Geheimnis des Sterbens – die Minute unseres Bewußtseins.

Ich gab Paul einen Speisezettel mit, die übliche gebotene Diät, und wir vereinbarten eine Kontrolle nach drei Wochen. Aus einer Kartonmappe kramte er ein Blatt hervor. Es war ein Aquarell, aus wenig Tönen gebildet und viel weißer Fläche, ein paar Baumstämme waren zu erkennen, der Teil einer Mauer. Ob er mir das Blatt schenken dürfe, die kleine Studie?

Ich habe dieses Aquarell von Zeit zu Zeit hervorgeholt und betrachtet, nein, gelesen, sollte ich sagen, gelesen, wie man ein Buch liest. Das Blatt bildet den Anfang meiner bescheidenen Sammlung, und bei einem Anlaß, von dem ich berichten werde, habe ich angefangen, diese Blätter abzuzeichnen, nachzumalen, immer und immer wieder, geduldig, so wie unsere Vorfahren ihre Psalter lasen. Es war meine einzige Art, die Zwiesprache mit Paul Cézanne weiterzuführen, und die einzige Art, die er forderte, daß seine Zeitgenossen und jene, die ihn überlebten, sich mit ihm unterhielten.

Während der wenigen ärztlichen Besuche Pauls versuchte ich behutsam das Gespräch auf unseren berühmten Zola zu lenken. Ich wußte, was ich wagte. Zum voraus schon glaubte ich das berühmte «Veux-tu me mettre le grappin là-dessus?» zu hören. «Hast du ‹Die Erde› gelesen?» fragte ich so nebenbei, mit dem Versorgen eines Instruments beschäftigt, und schaute auf, als keine Antwort kam. Erst unter der Türe, nachdem wir längst von allerlei anderen Dingen geredet hatten, kam seine Anspielung. «Die Literatur ist nicht gut für uns Maler. Sie ist nicht unsere Sprache. Sie erzählt, verstehst du. Die Zeit, immer die Zeit, die Entwicklung, der sogenannte Fortschritt, wie alles war, wie es gekommen ist. Das Drama. Ihr Ich. Ihre Vergänglichkeit. Ihre Todesangst. Sie haben keine Gegenwart. Sie können nie stille werden. Alles muß laufen. Immer muß etwas laufen. Ihr Feind: die Langeweile. Ihr größtes Verbrechen: die Langeweile.»

Er lachte.

«Bei uns ist die Langeweile die Tugend. Versteh mich, Docteur. Das lange Verweilen. Der Augenblick – die Ewigkeit. Sie vertreiben die Zeit. Wir halten sie fest. Wir bannen sie.»

Auf einmal war es, als käme er in einen furchtbaren Zorn.

«Die Schriftsteller sind unsere natürlichen Feinde», rief er. «Das habe ich begriffen. Ich weiß, was für Herren sie sind. Ich weiß, wo sie hinauswollen. Aber er hatte nicht die geringste Ahnung von uns.»

Wer dieser «er» war, mußte er mir nicht erklären.

Hier gab es nichts mehr zu verkleistern: lebenslänglich!

Paul war nicht zu fassen. Wähnten ihn die Leute als Einsiedler im Jas de Bouffan, erfuhren sie von anderen Leuten, er lebe in Paris, am Quai d'Anjou; auf der Ile Saint-Louis habe er ein Atelier. So wie er in seinen Gemütslagen zwischen febril-euphorischer Schaffenslust und Zuständen, die man medizinisch als Depressionen hätte bezeichnen dürfen, hin und her pendelte, so wechselte er auch seine Aufenthaltsorte. Malerische Gründe waren nicht ausschlaggebend, denn die duftigen Landschaften der Ile de France, die er jetzt aufsuchte, malte er in der selben Art wie seine Provence: einfach, vereinfacht, streng. Das Zarte, Schimmernde der Konturen, wie er es unter Pissarros Einfluß gesucht hatte, verhärtet zu klassischer Präzision.

1889, im Jahr des Eiffelturms, fand in Paris eine Weltausstellung statt. Das war der Anlaß, weshalb Fine und ich beschlossen hatten, den längst versprochenen Logierbesuch bei der Familie Castenet auszuführen. Laure Castenet, die Gattin des Buchhändlers Castenet, war die Tochter meines verstorbenen Onkels Octave, in dessen symbolischer Obhut ich während meiner Jahre an der Ecole de Médecine gestanden hatte. Für Aglaë, unsere jüngere Tochter, damals etwa vierzehn Jahre alt, war dies die erste Begegnung mit der Weltstadt. Wir wohnten bei den Castenets an der Rue des Saint-Pères, und selbstredend verbrachten wir die ersten Tage nicht in der Ausstellung, sondern auf Spaziergängen. Madame Durable, meine Logisgeberin am Quai Voltaire, war gestorben, wie mancher meiner Lehrer. Man sollte nicht an die Stätten der Jugendzeit zurückkehren.

Sah ich von meinem Beruf ab, so war ich aus der Welt des Malers in jene des Schriftstellers zurückgekehrt, aus der Welt Cézannes in jene Zolas, aus der Provence nach Paris, aus der Stille in den Lärm.

Auf dem Ladentisch der Buchhandlung standen Stapel von Zolas Büchern nebeneinander, gelbe Barometersäulen, die den Absatz der bis jetzt erschienenen sechzehn Bände der Rougon-Macquart anzeigten. Der jüngste allerdings, «Der Traum», erwies sich, wie mir Jean Castenet erklärte, als ein Mißerfolg. Wenn es Zolas Absicht gewesen war, zu zeigen, daß er, der Gigant des brutalen Romans, mit der gleichen Leichtigkeit das Instrumentarium der Zärtlichkeit und der Poesie beherrsche wie jenes der Gewalttätigkeit, so mußte er feststellen, daß das Publikum seine Ansicht nicht teilte. Ihm war bereits der Stempel des naturalistischen Sittenschilderers aufgedrückt, er war klassiert, er blieb der Gefangene des Bildes, das sich die Leute von ihm machten.

Das literarische Leben in Paris spielte sich in einer Atmosphäre schonungslosen Kampfes, gehässigen und grausamen Spottes ab, nicht zwischen den Schriftstellern, nicht zwischen den Verlegern, sondern zwischen den Boulevardblättern, den satirischen Wochenzeitungen, den Karikaturisten. Castenet behauptete, es lebten in der Metropole Tausende von Journalisten und Zeichnern, die, gefürchtet wegen ihres Witzes, mit Kunst-, Literatur- und Kultursatiren ihr Brot verdienten und sich, setzte man nur die richtigen Beträge aus, auf jede beliebige Person, jedes Werk hetzen ließen. «Les morpions», die Filzläuse, nannte man sie. Man könne ihrer nicht entbehren, denn sie wären es, die den Kessel am Kochen hielten, das Gebräu von Ruhm und Neid zum Schäumen brächten.

Als der «Traum» herauskam, entfesselte dieses Buch, das «der Poesie geweiht war und das man in die Hände jedes jungen Mädchens legen könne», ein beinahe noch größeres Geschrei als die Skandalbücher «L'Assommoir» und «Nana». Ein ehrenwerter Roman von Zola! Die Zeitungen, die illustrierten Blätter, die Karikaturisten überboten sich mit ihrem Gelächter. Ein Witzblatt zitierte einen Satz aus dem Werk: «Es war nur eine Erscheinung, die verschwand, nachdem sie eine Illusion erweckt hatte. Alles ist nur ein Traum.» Darüber war Zola abgebildet, einige seiner Werke vor sich aufgestapelt, wie er am offenen Fenster saß, durch das man die Kuppel des «Institut de France» erblickte, eben Zolas Traum, Mitglied der Académie française zu werden. Ein anderes Blatt zeigte den Schriftsteller als Frau gekleidet; auf einem Stuhle sitzend, inmitten einer Schar junger Mädchen, las er aus seinem Buch «Der Traum» vor. Darunter stand: «Frankreich hat seine Marlitt gefunden!»

Allgemein war es bekannt – die Publizität erreichte bereits amerikanische Ausmaße –, daß Zola an einem Roman über die Eisenbahn arbeite. Das Thema lag seit Claude Monets Gemälden der Gare St-Lazare in der Luft. An des Dichters Domäne von Médan vorbei brausten die Expreßzüge nach Le Havre. Die Verwaltung der Westbahnen hatte Zola die Erlaubnis erteilt, die Strecke Paris–Mantes auf einer Lokomotive zu durchfahren. In den Zeitungen konnte man ihn abgebildet sehen, wie er in Überzieher, schwarzem Hut, den Kneifer auf der Nase, neben dem Lokomotivführer stand und sich, wie die Legende erläuterte, über die Maschine, die Linie und die Arbeit des Personals unterrichtete. In der satirischen Zeitschrift «Le Fifre» erschien eine Zeichnung von J.-L. Forain, die den Direktor der Compagnie de L'Ouest darstellte, wie dieser sich in seinem Sessel zurücklehnte und zu der neben dem Pult stehenden Magd, offenbar auf eine Anfrage, antwortete: «Sagen Sie Herrn Zola, wir könnten ihm eine Zugsentgleisung erst dann bewilligen, wenn er Mitglied der Akademie geworden sei.»

Fine und ich hatten die Absicht gehabt, Zola ohne Förmlichkeit, als Leute aus Aix, zu besuchen. Nachdem wir jedoch sahen, welche Berühmtheit er errungen hatte, wie er buchstäblich der Mittelpunkt des Pariser Literatentums geworden war und an Besitz offenbar den verblichenen Bankier Louis-Auguste übertraf, verschoben wir diese Absicht von Tag zu Tag. Schließlich fiel mir der Ausweg ein, ihm mit ein paar Worten meine Anwesenheit zu melden, und ich erhielt dann auch prompt eine Einladung.

Die Zolas haben das Quartier Les Batignolles nie verlassen. Jetzt bewohnten sie, nahe der Place Clichy, an der Rue de Bruxelles, ein Einfamilienhaus, ein Hôtel particulier. Über die mit persischen Läufern belegten Stufen aus schwarzem Marmor, begleitet von einem reich geschnitzten Treppengeländer, an Reliefs und Fayencen vorbei führte mich ein Hausdiener zum ersten Stockwerk empor, in das Arbeitszimmer Zolas. Der Dichter erhob sich von dem mächtigen, in ganz Paris bekannten Tisch, einem authentischen Stück der Epoche Louis XIII – und kam, während sich die hohen Mahagonitüren hinter mir schlossen, mit ausgebreiteten Armen auf mich zu, ein schlanker Mann in einer schwarzsamtenen Hausjoppe. An der Herzlichkeit und an seiner Freude war nicht zu zweifeln.

«Da mußten wir einen dreihundert Meter hohen Eisenturm errichten, um unsere Freunde aus der Provence herzulocken!» rief er aus. Die Begegnung verlief im Ritual solcher Besuche: Gesundheit, Angehörige, Erinnerungen, Erkundigungen. Pauls Name fiel nicht. Eine Einladung zu einem Nachtessen mit Frau und Tochter – nur einige Freunde würden noch da sein – mußte ich mit Bedauern ablehnen, da wir am folgenden Tage wieder heimreisten. Mit sichtlicher Genugtuung führte mich Emile durch die Räume, die hoch und prächtig, wenn auch überladen, den Eindruck großer Wohlhabenheit erweckten. Chinesische Seidenteppiche, arabische Wandbehänge, Boulekästchen, ein mächtiger Kamin, handgeschmiedete Eisengitter, Chinavasen, Blattpflanzen auf bronzebeschlagenen Blumentischchen mit Marmorplatten, Gardinen, Büchergestelle, Hängeleuchter, überall Nippsachen exotischer Herkunft. An den getäferten, von breiten Friesen und eingelegten Schränken bedeckten Wänden war für Bilder wenig Platz. Statuetten, eine Pendule, Zinnkrüge, Kupferkannen hingegen bevölkerten die Konsolen. Mit etwelchem Erstaunen erkannte ich auf der monumentalen Tischplatte, neben dem Tintenfaß mit dem dekorativen Gänsekiel, einen goldenen Abendmahlkelch, einen Hostienbehälter, ein Etui mit dem Bildnis der Heiligen Jungfrau, einen Rosenkranz und eine liegende Christusgestalt aus Elfenbein.

«Das überrascht dich wohl auf dem Arbeitsplatz des naturalistischen Romanciers…»

Er beendete diesen Satz nicht, als er sah, wie ich den Kopf schüttelte. «Wirklich nicht?»

«In dieser Stadt ist alles möglich. Aber eine Frage hätte ich, eine medizinische…»

«Los!»

«Du hast dich verjüngt, Emile, bist schlank geworden, von deinen sprichwörtlichen neunzig Kilo hast du…»

«Mindestens zwölf verloren», fiel er mir ins Wort.

«Médan», fragte ich, «das Land, Gartenarbeit, rudern?»

Ernst bewegte er das Haupt hin und her.

«Der Traum.»

Ich verstand nicht, ob er damit den Roman «Le Rêve» meinte, den sentimentalen, von dem seine Neider behaupteten, er habe ihn geschrieben, um sich damit – er war im vorigen Jahre mit dem roten Bändchen der Légion d'honneur ausgezeichnet worden – die Türe zur sittenstrengen Académie française zu öffnen.

Er sei von einer geradezu jugendlichen Arbeitskraft durchflutet, gesund wie noch nie, erläuterte der nun nahezu Fünfzigjährige, während er mich in seinen Räumen herumführte. Ich beglückwünschte ihn zu dieser guten Verfassung, stellte aber begreiflicherweise keine Fragen. Hingegen wartete ich auf eine. Sie kam nicht. Sanft glitten die Stühle, deren Lehnenknäufe geschnitzte Löwenköpfe, deren Beine Klauenfüße darstellten, über die Seidenteppiche, als wir sie an den berühmten Tisch zogen, wo mich Zola mit seinen neuesten Photographenapparaten und ihren Erzeugnissen bekannt machte. Diese Kunst beherrschte er handwerklich; er entwickelte die Platten und Filme selbst, fertigte die Kopien an – ich denke, dies mußte eine der naturalistischen Gesinnung des Schriftstellers entsprechende Erfindung sein. Er handhabte den Photographenapparat denn auch mit großer Fachkenntnis und Phantasie. Unter den Blicken einer an die Wand gelehnten ägyptischen Mumie breitete Emile Bündel von Bildchen vor mir aus. Sie vermittelten den Eindruck eines schlaraffischen Lebens, mit Mahlzeiten in ländlichen Gastgärten der Normandie, Jachtfahrten auf dem Meer, zeigten Badeszenen aus Royan in Begleitung Alexandrinens, des Verlegers Charpentier und seiner Gattin – die Herren trugen weiße Seglerkleidung, weiße Schirmmützen und saßen an Teetischchen im Grünen. Es glitten auch Bildchen von einer jungen Frauensperson, die in einem Buch las oder Velo fuhr, durch die Hände des Dichters, von zwei Kindern, die Seifenblasen steigen ließen; zu ihnen gab Zola keinen Kommentar. Alexandrine wußte damals noch nichts von ihres Gatten Romanze, von seiner Ehe zur linken Hand mit der um zwanzig Jahre jüngeren Jeanne Rozerot, der hübschen Wäscheaufseherin auf der Domäne in Médan, der Mutter zweier entzückender Kinder, die später Zolas Namen tragen durften. Von dem allerdings wußte auch ich bei meinem Besuche noch nichts. Mir schien beinahe, Emile habe auf meine Frage gewartet. Auch ich waretete immer noch auf seine Frage.

Sie fiel sozusagen zwischen Tür und Angel.

«Und Paul, was macht er?»

Es war meine heimliche Absicht gewesen, den Besuch zu benutzen, um den Versuch, die Versöhnung der beiden Jugendfreunde, zu wiederholen. Paris, der neue Lebensstil Emiles, die Stunde, die ich mit ihm verbracht hatte, ohne daß Cézannes Name genannt worden war, hatten mich verzichten lassen. Zolas Frage fiel ins Leere. Ich blickte zu Boden. Wie in einem Blitzstrahl sah ich die Gabelung der beiden Lebenswege vor mir: Zola, im Glanz des Ruhms, ein Hans im Glück, über seidene Teppiche schreitend, und, irgendwo am Fuße der Montagne du Cengle auf seinem Hocker unter gleißender Sonne zwischen den Garrigues kauernd, im Zirpen der Zikaden, mit den zugekniffenen Augen in die Landschaft hinausblickend und behutsam seinen Pinsel führend, allein, mutterseelenallein, außerhalb der Zeit – Paul Cézanne.

«Er arbeitet», antwortete ich, «ohne die geringste Hoffnung auf Beifall, jenseits von Lob und Tadel.»

«Der Arme», murmelte Zola.

Ich blickte Emile in die Augen. «In der Ausstellung, Abteilung ‹Schöne Künste›, hängt ein Bild von ihm, ‹Das Haus des Gehenkten›», sagte ich.

Zola verstand meine Anspielung an Claude Lantier im «Œuvre», der sich vor seinem mißlungenen Bild erhängt hatte. Ich hatte vermutet, es sei der Titel dieses Gemäldes gewesen, der Emile zu der schrecklichen Todesart seines Helden inspiriert habe.

«Es ist ein altes Bild, vor nahezu zwanzig Jahren gemalt, in Choquets Besitz», erläuterte Zola, offensichtlich mit allem bekannt, was sich in dieser Stadt ereignete. Fine und ich hatten das Gemälde erst nach langem Suchen gefunden, schlecht, mißmutig und widerwillig gleichsam, hoch an der Wand hingenagelt. Längst malte Cézanne nicht mehr so. Es war ein Bild aus seiner Impressionistenzeit.

Wir verabschiedeten uns herzlich mit den üblichen Wiedersehensprojekten. Ich unterdrückte meine Pointe, oder sollte ich sagen meine Prognose? «Nie wird Paul aufhören zu malen, nie wird er sich erhängen.»

Von jenem Tage an verstand ich, daß der Lauf unseres Lebens unabänderlich ist wie die Parabeln der Gestirne. Das bequeme, abgegriffene Wort «Schicksal» behielt seine Bedeutung.

Paul Cézannes Name war verhallt. Während der epischen Kämpfe der Impressionisten wider die offiziellen Kunstbetreuer hatte er zum Harst der Aufständischen gehört. Der Gruppe dieser Modernen war das Original aus dem Midi, mit seiner Mundart, seiner lauten Stimme, seiner unübersehbaren Erscheinung, seines naturburschenhaften Gehabens wegen ein willkommener Zuzug gewesen. Auf den Barrikaden schaut man nicht so genau hin. Nicht das Talent entscheidet, wer zu den Protestierenden gehört, sondern einfach die Tatsache, daß auch dieser Mann «dagegen» ist. Dagegen, wogegen? Gegen das, was ist. Gegen das, was nicht weichen will. Besitzt der Zuzügler ein Talent, das einmal bei denen, die Zensuren erteilen, Beachtung gefunden hat, um so besser. Edouard Manet, auch ein Impressionist, auch einer der Gruppe, auch ein Refüsierter! Aber solche Ballungen sind ephemere Gebilde. Der Künstler kann nicht längere Zeit einem Kollektiv angehören. Es widerspricht seinem Wesen. Als den impressionistischen Malern der Durchbruch, die Operation an den Augen der Dame «Öffentliche Meinung» gelungen war, zerfiel die Gruppe wieder in Individualitäten, Namen. Monet, Sisley, Pissarro, Degas, Renoir zogen ihrer Wege, und es wurde auch sichtbar, daß weder Manet noch Cézanne als Maler zu ihnen gehört hatten, sondern nur als solidarische Berufskollegen im Strauß gegen die Akademiker. Der Streit war vorbei. Cézanne war an den Platz verwiesen, der ihm unabwendbar zukam: der des Außenseiters, Unklassierten, Wilden, Unfaßbaren und Einsamen.

Es gab zur Zeit unseres Besuches bei der Weltausstellung in Paris einen Ort, wo man Gemälde von Paul finden konnte. Das war die Boutique des bescheidenen Farbenhändlers Julien Tanguy in der Rue Clauzel. Es war Père Tanguy, der Paul während seiner schweren Pariser Zeit Leinwand und Farben gegen Bilder getauscht hatte. Nach Louis-Augustes Tod beglich Cézanne seine Schuld von über viertausend Franken in Geld, womit dem Ehepaar Tanguy wohl besser gedient war als mit unverkäuflichen Bildern. Der von Cézanne buchstäblich faszinierte Farbhändler hätte seine Gemälde allerdings lieber hingenommen als Geld. Die Armut erlaubte es ihm nicht. «Ich hinterlasse dir nichts als die Bilder. Verkaufe sie nach meinem Tode», soll er oft zu seiner Frau gesagt haben.

Es war nicht die verschenkte Pointe, die mich würgte, als ich das kleine Zolasche Palais an der Rue de Bruxelles verließ.

Aber was hatte ich nur gegen Emile? Rauschend, eine Rakete, zog er seine Bahn. Ihn konnte nicht mehr berühren, was ein bescheidener Provinzarzt von ihm dachte, aber es hatte ihm doch offenbar eine kindische Freude bereitet, mir zu zeigen, wie weit er es gebracht hatte, er, der verlachte «Gorgonzola» im Collège Bourbon. Ich empfand ein großes Bedürfnis, ein Bild von Cézanne zu sehen, als eine Art Ausgleich, möchte ich sagen, zur spektakulären Begegnung mit dem Manne des Tages. Ich fragte mich nach der Rue Clauzel durch, nach dem Laden Tanguys. Als die Maler anfingen, an den Ufern und auf den Aueninseln der unteren Seine im Freien zu malen, hatte der junge Bretone sie als fahrender Händler, als Hausierer von Malutensilien und Farben an ihren Arbeitsplätzen aufgesucht. Der Geist weht, wo er will. Dieser schlichte Mann war mit einem unerklärlichen Blick für die Schönheit der modernen Malerei begabt. Die Maler mußten es fühlen. Es entstand zwischen ihnen und diesem Farbenlieferanten ein Verhältnis, das über die kommerzielle Verbindung hinausging. Während des Aufstandes war er auf einer Barrikade als Kommunarde von den Soldaten Versailles gefangengenommen und zum Erschießen verurteilt worden. Aus den Reihen seiner Klientschaft, dem Maler Degas vor allem, kam ihm Hilfe. Er wurde begnadigt, kehrte nach Paris zurück und mietete den Laden an der Rue Clauzel.

Dieser machte den Eindruck eines Trödlergeschäftes. Die Wände hingen voller Aquarelle, Stiche, Holzschnitte, Zeichnungen. Ein kleingewachsener Mann von gedrungener Gestalt kam aus dem Dunkel. Das bärtige Gesicht des Alten verzog sich zu einem Grinsen, als ich Pauls Namen nannte. Die ungerahmten Bilder waren verschnürt. Behutsam knotete Monsieur Tanguy den Bindfaden auf. Das Landschaftsbild «L'Estaque», eines der vielen, die Cézanne gemalt hat, war die kostbarste Freude, die wir von unserer Reise nach Aix zurückbrachten. Fünf Napoléons habe ich dem Farbenhändler dafür in die schwielige Hand gelegt. Als dieser Mann ein paar Jahre später siebzigjährig starb, befolgte seine Frau den Rat, den er ihr gegeben hatte. In einer öffentlichen Versteigerung im Hotel Drouot brachte sie die Bilder zum Verkauf. Für eines von Claude Monet fand sich ein Käufer bei dreitausend Franken, zwei Bilder von Pissarro erreichten über viertausend, sechs Bilder von Gauguin je hundert, ein Seurat fünfzig Franken und ein van Gogh dreißig. Für sechs Bilder Cézannes wurden durch den Händler Ambroise Vollard neunhundertundzwei Franken bezahlt.

Die Summen sind belanglos, das Geld, welches die Leute einem Künstler für sein Werk zu zahlen gewillt sind, sagt nichts aus über seinen Wert, doch über den Wert, den die Leute ihm beimessen. Das Geld ist das Barometer. Es stand hoch für Zola und noch tief für Paul.

Meine Verlegenheit will ich nicht mit Lyrik verbrämen; ohne Elegie will ich aufschreiben, wie es weiterging. Es schoben sich nach unserem Besuch der Weltausstellung Jahre ein, in denen die beiden Gestalten für mich Plastik und Strahlungskraft verloren. Zwar antworteten wir den Leuten, die uns nach Cézanne fragten, nicht von oben herab mit dem sprichwörtlich gewordenen «Wir verkehren in Aix nur unter Professoren». Aber zu leugnen war es nicht, daß ein Arzt, der auf der Place d'Albertas praktizierte, gesellschaftlichen Verkehr pflog, sowohl mit den Herren der beiden Fakultäten als auch mit den Soutanenträgern von Saint-Sauveur. Weder gesucht noch gemieden, bot solche Lebensweise in unserer heiteren und stillen Provinzstadt keinen Anlaß zum Grübeln, zu Traurigkeit. Ich versuchte lange Zeit, mich in den Fortschritten der Medizin auf dem laufenden zu halten, doch allmählich merkte ich, wie mein Vorrat an Erfahrung sich so angereichert hatte, daß ich und meine Patienten davon zehren konnten. Wenn ein Hausarzt anfängt, zwei, gar drei Generationen einer Familie zu überblicken, weiß er, wessen er sich zu versehen hat. Er ist vor Überraschungen sicher, darf auch nicht mit Wundern rechnen.

Die Nadel meines beruflichen Kompasses drehte sich, je älter ich wurde, immer mehr gegen Süden. Marseille, Montpellier waren die Wirkungsbereiche mancher Kameraden aus der Ecole de Médecine. Wir reisten rascher und öfter in die Hauptstadt des Öls als in die Hauptstadt der Butter, wie Paul Marseille und Paris zu unterscheiden pflegte. Man konnte für diese Bewegung Gründe finden: Montpelliers Ruf, Algeriens Aufstieg, die Sinekuren der Schiffsärzte. Im geheimen dachte ich immer, es sei der Himmel, der uns anzog. Es lebte sich leichter unter dem des Mittelmeerbeckens als unter jenem der atlantischen Küste.

Mir will scheinen, Paul habe lange zwischen diesen Breitengraden geschwankt. Immer wieder vernahm man in den folgenden Jahren von langen Abwesenheiten, von Ateliers, die er in Paris, in Alfort gemietet habe. Trotzdem wurde es offensichtlich: die Provence blieb sein Nährboden, seine Heimat. «In diesem Lande warten Schätze darauf, gehoben zu werden; es hat sich noch kein seines Reichtums Würdiger gefunden…», so war in einem von Pauls Briefen zu lesen. Ein andermal schrieb er: «Ich befinde mich wieder in der Provence; ich hätte mich wahrscheinlich nie von ihr wegbegeben sollen, wollte ich meiner Kunst treu bleiben.»

Nach dem Tode von Louis-Auguste trat ein, was ich oft beobachten konnte. Ein Vater mag geliebt oder nicht geliebt sein, hart, unnachgiebig, autoritär, aber auch mild, verachtet: bei seinem Tode verschwindet mehr als nur eine Person. Ein System bricht zusammen, das Patriarchat. Marie, die tüchtige, herrschsüchtige Älteste, lebte mit der Mutter in ständigem Streit. Mit ihrer jüngeren, verheirateten Schwester Rose kam sie auch nicht aus; sie haßte ihren Schwager Maxime Conil. Hortense floh das Vaterhaus Pauls, in dem die drei unter sich verstrittenen Frauen in der Verabscheuung der Frau ihres Sohnes und Bruders einig waren. Madame Paul Cézanne war lebenslustig, erlebnishungrig. Nun, da sie in geordneter Ehe mit ihrem Maler lebte, nun, da ihr Sohn bereits achtzehn Jahre alt und die Erbschaft endlich eingetroffen war, meldete sie ihre Rechte und Wünsche an. Man vernahm von einer Reise in die Schweiz, welche die Familie Paul Cézannes während einiger Monate an den Tables d'hôte von Neuenburg, Bern, Freiburg, Vevey, Lausanne und Genf speisen ließ. Hortense kam mit dem Geld nicht aus, sie machte Schulden. Schmunzelnd erzählte man sich im Cercle, wie Paul, ungeschickt in Geldsachen, das Familienbudget eingeteilt habe. Das Einkommen aus der Rente und den Erträgnissen des Grundbesitzes teilte er in zwölf Teile. Jeden dieser Teile dividierte er durch drei. Ein Drittel erhielt Hortense, eines der Sohn, eines er selbst. Basta. Danach kehrte Cézanne in den Jas de Bouffan zurück; Frau und Sohn behielten ihren Wohnsitz in Paris. Paul malte, einsam, vereinsamt. Ich bin überzeugt: dies allein war der Zustand, in dem er glücklich war. Mochten sich die Frauen streiten, mochten die Leute in Aix klatschen, mochten sie in Paris ihren Boulevardbetrieb in Gang halten, mochte Zola die Stufen zur Akademie hinansteigen – es berührte ihn nicht mehr, als ihn Napoleons III. Krieg mit den Preußen berührt hatte. Meine Nichte sandte uns aus Paris einen Zeitungsausschnitt, in dem von den wenigen, aber erstaunlichen Bildern eines gewissen «Sésam» die Rede war. Das sei zweifellos eine Mystifikation, einen solchen Maler gebe es gar nicht, habe es nie gegeben. Sésam, das sei ein Mythus, war zu lesen.

Doch auch für mich, der ich ihn kannte, wurde Paul Cézanne zu einem Mythus. In meiner Vorstellung lebte er als der wilde, von der Sonne und dem Mistral gegerbte Mann mit der Adlernase und den Augen, die unter den Büschen der Brauen aus dunklen Höhlen hervorfunkelten. Eines Tages saß in meiner Sprechstunde ein alter Mann; weiße Haare bedeckten seinen Nacken, er trug ein Spitzbärtchen, einen grauen Schnurrbart à la gauloise, er machte einen kranken Eindruck. Es war Paul; die Diabetes hatte Fortschritte gemacht. Er ließ beinahe stumm alles mit sich geschehen, nahm meine Rezepte entgegen, meinen Speisezettel, gab Auskunft über das Befinden der Frauen, der Mutter, der Schwester, wie abwesend.

Mir war schwer ums Herz. Ich wußte nicht warum. Paul war auch mager geworden. Er erhob sich. Ich reichte ihm die Hand nicht. An der Tür blieb er stehen. In seinen Augen glitzerte es.

«Emile war in Aix.»

War das eine gute Botschaft? «Ihr habt euch gesehen?» fragte ich erfreut.

«Er besuchte Numa Coste. Ich ging nicht malen an jenem Tag. Ich wartete auf ihn im Jas. Bis gegen Abend. Dann machte *ich* mich auf den Weg. Nach so langer Zeit, du verstehst, spielte es doch keine Rolle mehr, wer den ersten Schritt tat.»

Ich sah es ihm an, es gab keine gute Nachricht zu erwarten.

«Er war abgereist.»

Zu sagen gab es da wirklich nichts mehr. Aber Paul fügte noch etwas hinzu.

«Aus dem ‹Bon Roi› trat noch so ein Dingsda, wie es sie überall auf der Welt gibt. Er kam auf mich zu. Ich dachte: vielleicht ein Gruß. Aber weißt du, Eugène, was der Kerl mir sagte?»

Cézanne schnaufte.

«Jemand soll Emile gefragt haben, ob er ihn zum Jas de Bouffan hinausfahren dürfe. ‹Wozu›, habe er geantwortet, ‹zu diesem Versager?›» Paul zitterte. Dann faßte er sich.

«Das ist die rechte Stimmung zum Malen», murmelte er.

Im Oktober stand ich am Bett von Honorine Cézanne. Sie war dreiundachtzig Jahre alt. Wenige Wochen zuvor hatte sie Paul in einer Kutsche durch die Gegend gefahren, den Cours Mirabeau hinab und hinauf, an der ehemaligen Bank Cézanne et Cabassol, an der Kathedrale, an den Fontänen vorbei.

Paul zeichnete sie, als der Tod eingetreten war. Ich sah ihm zu, wie er mit der Kohle über das Papier hinfuhr, in großen Strichen manchmal, und dann wieder zart, zärtlich. Seine Augen waren trocken, seine Blicke scharf zwischen nahezu geschlossenen Lidern.

Sie sind Ungeheuer, die Künstler, dachte ich.

Paul geizte nicht mit seinen Werken. Um eines Ausrufes der Bewunderung willen konnte er spontan ein Gemälde hingeben, aus Dank, einen Menschen gefunden zu haben, der seine Botschaft verstanden hatte. Ich darf mich nicht rühmen, sein Freund gewesen zu sein. Mir war er so kostbar, daß ich spürte, ich konnte ihn mir nur durch Behutsamkeit erhalten. Es lag mir nicht, Verehrung in Worten auszudrücken. Sehen, sehen und wieder sehen, schweigend, das war meine Haltung vor seinen Werken. Man mußte seinen Bildern Zeit lassen, sich zu entfalten. Aber diese Entfaltung endete nicht. Sie erneuerte sich ständig, bei jedem Blick, den man auf die Gemälde warf. Still, unbewegt, menschenleer lagen seine Landschaften da, dennoch war alles in ihnen Wechsel, Austausch, Hervortreten und Verwehen. Es war mir, als wäre es Cézanne gelungen, die Zeit zu malen. «Il y a une minute du monde qui passe. La peindre dans sa réalité. Et tout oublier pour cela!» Eine Minute des Daseins, die vergeht. Sie malen in ihrer Wirklichkeit. Und alles vergessen ihretwillen. Zweimal hörte ich ihn genau dieselben Sätze sprechen.

Wenn sich in meiner Erinnerung auch die Jahreszahlen nicht mehr mit Sicherheit einstellen, so verfüge ich doch über eine Möglichkeit, mich in der Vergangenheit zurechtzufinden. Ich erinnere mich der Bilder, an denen Paul malte. So gäbe es das Jahr der «Kartenspieler», das Jahr des «Steinbruchs», das Jahr des «Schwarzen Schlosses», das Jahr der «Badenden», das Jahr der «Montagne Sainte-Victoire». Es steht mir nicht zu, über die Malkunst zu reden. Ich freue mich der Bilder, ich werde nicht müde, sie anzublicken. Aber ich kann nichts über sie aussagen. Ich gleiche meinen Patienten. Wenn sie gesund sind, bleiben sie weg, verstummen.

In der Mitte der neunziger Jahre muß es gewesen sein, daß mir meine Tochter aus Paris einen Zeitungsausschnitt sandte, in dem zu lesen war, die Konservatoren des Luxemburg-Museums hätten sich zu dem Entschluß durchgerungen, das testamentarische Vermächtnis der Gemäldesammlung des Malers Gustave Caillebotte entgegenzunehmen. Es befanden sich darunter Werke von Pissarro, Renoir, Sisley, Degas, Claude Monet, Manet und – deshalb hatte mir meine Tochter die Zeitung gesandt – zwei Bilder von Paul Cézanne. Von diesem Legat rührte es wohl her, daß die meisten Leute Cézanne den Impressionisten zuzählten. Er hat sich mir gegenüber immer dagegen aufgelehnt. «Nichts von Literatur! Und keiner Malerschule angehören! Das ist das Geheimnis!»

Ich steckte den Zeitungsausschnitt in einen Umschlag und schickte ihn mit einem Knaben zum Jas de Bouffan hinaus. Der kleine Bote meldete sich am Abend wieder. «Merci, Eugène», stand auf dem Rand des großen Papierbogens, «wenn das auch spät kommt – zu spät –, es macht Freude. Ich zeichne in herzlicher Freundschaft Paul Cézanne und nicht Claude Lantier.» Er hatte zu dieser Botschaft ein Aquarell verwendet, Baumstudien, eine Zeichnung in Kohle, leicht modellierte Formen andeutend und in zarten Farben, grün, ultramarin, krapprot und blassviolett laviert, an einigen Stellen darüber lasiert, ein großes Blatt. Welch ein Besitztum! Ungezählte Male habe ich dieses Aquarell abgezeichnet, Strich für Strich, Farbfleck um Farbfleck nach Cézannes bedächtiger, abgewogener Art hinsetzend. Von meiner Studienzeit her war mir eine gewisse Leichtigkeit im Zeichnen und Aquarellieren geblieben. Wir hatten auf diese Weise Organe und Krankheitsbilder festgehalten. Die kleine Fertigkeit wurde mir zu einem Mittel, mich in den geheimnisvollen Vorgang von Pauls Malweise einzufühlen. Es war derselbe Weg, den die Maler gehen, wenn sie die Werke der Großen kopieren, der zuverlässigste zur Seele des Künstlers.

Claude Lantiers Name auf dem Blatt blieb der unauslöschbare Fleck. Zehn Jahre also hatten nicht genügt, die Demütigung zu tilgen. Offenbar war es Zolas Besuch in Aix und dessen Äußerung, was die Wunde wieder zum Schwären gebracht hatte.

Cézannes Blatt stellte den Scheidebrief dar. Nichts konnte es geben, das die beiden je wieder zusammenführte. Es kann etwas wie eine Achtung geben zwischen Männern, die sich hassen. Aber keine Freundschaft unter Männern erträgt mitleidige Herablassung.

Wog ich alles ab und gestand ich es mir ein: ich hatte Zola aufgegeben, so wie er Cézanne aufgegeben hatte. Im Drang nach Vereinfachung, dem wir nachgeben, weil wir das Endgültige suchen und uns im Provisorischen so unbehaglich fühlen, obgleich gerade dieses unser Schicksal ist, urteilte ich. Zola stand im Lärm, Cézanne umfing die Stille. Mitten im Fin de siècle, mitten im Unglauben, mitten im Niedergang, in der Geldgier, im Laster, im Verbrechen, im Geschäft, in der Industrie, im Luxus, mitten im «modernen Leben», wie sie es nannten, berauscht von den Werken und Kunstgriffen der Technik, stand dieser Emile Zola, der Romancier, der Polemiker, ein Kämpfer, ein Mann des Volkes. Er wollte etwas erreichen, etwas zeigen, etwas verbessern auf dieser Welt. Er glaubte an eine Gerechtigkeit aus der Vernunft, an eine Freiheit, aus der Wissenschaft geboren. Er fühlte sich zum Kampfe aufgerufen, auserwählt als Mensch, Erzieher, Beschützer; er stellte die Parasiten bloß. Er war der Richter. Cézanne «atmete in der Unberührtheit der Natur». Die Sonne durchdrang ihn mit ihren Strahlen. Er sang, während er malte, virgilische Verse vor sich hin. Er glaubte an *die* Schönheit; sie suchte er. Sie besang er, pathetisch.

Zola atmete unter dem silbernen Himmel des Atlantiks. Cézanne im goldenen Raume des Mittelländischen Meeres. Sollte das heißen, Silber der eine, Gold der andere?

Ich sah die zehntausend Seiten, welche der Schriftsteller Zola vor uns ausgebreitet hatte. Ich sah die Montage Sainte-Victoire, Cézannes Bild in einem Rahmen, dessen lange Seite nicht einmal einen Meter erreichte. Beider Leben näherten sich dem Zeitpunkt, da sie urteilsreif wurden.

XII

Am 15. Oktober 1894 wurde der französische Hauptmann Alfred Dreyfus verhaftet und am 22. Dezember des gleichen Jahres wegen Landesverrates für lebenslänglich auf die Teufelsinsel, nach Französisch-Guayana, verbannt. Im Januar 1898 veröffentlichte die Zeitung «Aurore» einen «Offenen Brief» an den Präsidenten der Französischen Republik, Félix Faure, verfaßt und unterschrieben von Emile Zola. Georges Clemenceau, der Redaktor, hatte das Dokument mit dem Titel «J'accuse» überschrieben, «Ich klage an». Die Auflage des Blattes erreichte an diesem Tage die Höhe von dreihunderttausend Exemplaren. In diesem Brief forderte der Dichter die Wiederaufnahme des Gerichtsverfahrens gegen den verurteilten Offizier, da sich während der vier Jahre seiner Deportation die Zweifel an der Schuld zur Überzeugung verdichtet hätten, daß er das Opfer eines Komplotts geworden sei. Der Generalstab und das Kriegsministerium weigerten sich aus Gründen des Prestiges, auf das Urteil des Militärgerichts zurückzukommen.

Wurde auch durch diese berüchtigte Affäre unser Land in zwei Teile zerrissen, ging dieser Riß durch alle Parteien, alle Schichten, durch alle Gruppen, durch viele Freundschaften, selbst Familien hindurch, wie es in vielen Werken, die über die Dreyfus-Affäre geschrieben wurden, zu lesen ist, so muß ich aus meiner Erinnerung heraus der Wahrheit gemäß eingestehen, daß wir in der Provence lange Zeit den Prozeß um den Hauptmann Dreyfus nicht viel höher als ein «fait divers», als eine der vielen Skandalgeschichten betrachteten, die zum täglichen Brot gehörten, mit dem uns die Boulevardzeitungen von Paris versorgten. Wir hatten den Panamaskandal hinter uns, den Krach der Suezaktien, den Krieg mit den Preußen, die Kommune – es waren für uns wohl große Ereignisse gewesen, aber die große Entfernung vom Ort, an dem sie sich abspielten, dämpfte die Wirkung. Die konservative Denkweise beherrschte unsere Landsleute, Leidenschaften wurden durch solche Ereignisse nur bei Aktienbesitzern ausgelöst. Landesverrat, Justiz, Gerechtigkeit – das waren Themen, über die sich im «Café du Bon Roi René» heftig diskutieren ließ. Aber den Schlaf und das gute Gewissen beeinträchtigten sie nicht. Es würde wohl etwas daran sein, und überhaupt, Juden als Offiziere – ging das an? Auch im Panamakanal hatten sich ja Leute des auserwählten Volkes ihre Hände gewaschen. Kein Rauch ohne Feuer! Um Geld ist alles möglich. Hatten wir nicht auch durch Verrat den Krieg verloren? Skandale seien Explosionen aufgestauten Hasses, sagt man; sie sind aber sicher auch das Stelldichein der Dummheit.

Ich hatte mich seit dem «Œuvre» Zola entfremdet. Der Roman war für mich ein Verrat am Freunde und ein Verrat an den Malern, die in ihm ihr Sprachrohr, ihren Verteidiger gesehen hatten. Der Künstler im Menschen ist ein Dämon. Die Kunst ist unheimlich, unmenschlich. Für uns Durchschnittsleute sind die Künstler herzlos, egoistisch, von einer unerklärlichen Unberührbarkeit für alles, was um sie her vorgeht. Als Mediziner würde ich mich nicht scheuen, ihre Gaben und ihr Verhalten psychopathischen Erscheinungen gleichzustellen. Die Nacktheit des menschlichen Körpers, die Wunden, die Krankheit, die Feuersbrünste, die Seeschlachten – sie sehen das alles mit anderen Augen als wir. Im «Œuvre» läßt Zola den Maler Claude Lantier von seinem toten Kinde ein Bild anfertigen, um es im «Salon» auszustellen. Paul Cézanne zeichnete seine Mutter auf dem Totenbett. Die Art, wie Zola die Wahrheit, Cézanne die Schönheit in gefühlloser Weise darstellen, herausschälen wollten, hatte etwas Unheimliches. Das war es, was Emile mit seiner «Wissenschaft», mit seinem Naturalismus meinte: die Realität, die Wirklichkeit, kalt, schonungslos, objektiv, unbeteiligt, «wahr»! Und Pauls «kleine Sensation», hinter der er ein Leben lang her war, um sie festzuhalten, diese Weltminute, welche in die Ewigkeit hinabstürzte: das war die «Schönheit». Die Gesichter der sogenannten Porträts, die Paul malte, von Hortense, von seinem Sohn Paul, von den Kartenspielern, von seinem Gärtner, von der Frau mit dem Rosenkranz, das waren doch gar keine Porträts. Ausdruckslos, regungslos standen die Gesichter im Licht, wie die Äpfel seiner Stilleben. Es waren keine Modelle von Menschen, es waren einfach Formen, auf denen die Farbe, das Licht, die Schatten sich widerspiegelten. Durch sie hindurch erriet man eine fremde, kalte, unbeteiligte Welt. Paul Cézannes Welt. Ich ahnte sie nur, sie erschreckte mich. Hier liegt wohl der Grund dafür, weshalb ich mich zu seinen Landschaften allein so bedingungslos bekennen konnte, zu seinen menschenleeren Landschaften.

In solcher Verfassung erstaunte mich Pauls Gleichmut gegenüber dem, was Zola geschah, nicht. Ich war zu ihm hinausgeeilt, mit dem Blatt «Aurore», das den «Offenen Brief an den Präsidenten der Republik» enthielt. Vor dem großen Kamin im Erdgeschoß des Jas las ich ihm den Zeitungsartikel vor.

«Ich klage General Mercier der Gehilfenschaft bei einer der größten Ungerechtigkeiten des Jahrhunderts an...»

«Ich klage den General Billot an, die unleugbaren Beweise für Dreyfus' Unschuld in den Händen gehabt, sie beiseite geschafft und sich damit des Verbrechens wider die Menschheit, wider das Recht schuldig gemacht zu haben, um eines politischen Zweckes willen und um den bloßgestellten Generalstab zu retten...»

«Ich klage General Boisdeffre und General Gonse desselben Verbrechens an.»

«Ich klage...»

Die Liste der pathetischen Anklagen ging weiter.

Das Pamphlet schloß mit den Sätzen:

«Ich habe nur eine Leidenschaft: daß Licht werde, im Namen der leidenden Menschheit, die das Recht auf Glück hat. Mein flammender Protest ist nichts als der Schrei meiner Seele. Man stelle mich vor Gericht, und im hellen Licht des Tages finde die Untersuchung statt...»

Paul schaute ins Feuer, in dem die trockenen Rebreiser in weiße Asche zerfielen. Er zuckte die Achseln. «Sie haben ihm einen Bären aufgebunden.»

Ich zeigte ihm Karikaturen aus satirischen Blättern, die dem Ausschnitt beigelegt waren. «Zola, die Schande», «Zola, der Unbezahlbare, gekauft!», «Israels Söldner» – die Spott- und Haßbilder Forains.

«Wie das gezeichnet ist!»

Das war die einzige Reaktion Pauls. Auch als er erfuhr, wie die Maler Claude Monet und Camille Pissarro durch Briefe und in öffentlicher Rede Zola ihr «Bravo» zugerufen hatten – der Schriftsteller war seit langem all seinen Malerfreunden entfremdet –, fand Cézanne nichts beizufügen als: «Zola, die Impressionisten, und was noch mehr? Laßt mich in Ruhe! Was geht mich das an? Das wird enden, wie ihr Krieg geendet hat. Ohne mich.» Monstra, die Künstler!

Es ging mir nicht gut in jener Zeit. Der Mensch lebt in zwei Regionen. In der einen ist ihm Urteil, Entschluß, Entscheidung, Wille, Lenkung eingeräumt. Hier kann er tun oder lassen, was er will. In der anderen Region ist er wehrloser Gegenstand des Schicksals. Er wird nicht gefragt, und er hat nichts zu sagen. Mir war, als entsprächen diese beiden Regionen dem willkürlichen und dem unwillkürlichen, dem zerebrospinalen und dem vegetativen Nervensystem. Zuerst hatte ich Zola verloren, um Pauls willen. War ich jetzt nicht im Begriffe, Paul zu verlieren, um des «verlorenen» Zola willen? Machtlos mußte ich dem Zerfall zusehen. Sie trieben weg, die Freunde, der eine dahin, der andere dorthin. Irgendein geheimnisvolles Geschehen schien sich zu vollziehen. War dies der berüchtigte Wind des Jahrhunderts, der über uns hinwegbrauste, die moderne Zeit, die sich ankündigte, das neue Jahrhundert, das letzte dieses Jahrtausends? Manchmal suchte ich Paul auf, nur um in seine Augen zu blicken, diese scharfen, aufmerksamen Augen, manchmal so unmenschlich und manchmal von der Grundtrauer der Kreatur getrübt.

Zola wurde vor Gericht gestellt. Er hätte sie dazu nicht aufzufordern brauchen. Am 19. Juli 1898 verurteilte man ihn wegen Verleumdung der Generäle zu einem Jahr Gefängnis und dreitausend Franken Buße.

Am gleichen Tag reiste er – das erfuhr man später – fluchtartig nach London. Es war Zeit, daß wieder einmal Aufruhr entstand um Zolas Name. So redete man im Cercle, so schmunzelte man im «Bon Roi René» – ich habe keinen Einspruch erhoben. Als ich die Anklage gelesen hatte, dachte ich: er hat Mut. Dann: er sucht, er provoziert den Streit, den Prozeß, die Verurteilung, das Märtyrertum. Bei gewissen Wendungen jedoch war es mir, als vernähme ich einen Ruf aus der Jugendzeit herauf, aus den Garrigues um Aix, aus den Wassern der Arc, aus den Steinbrüchen und Grotten des Tholonet, wo die romantischen Jünglinge einander Musset, Hugo, Lamartine vorgelesen hatten. «Ruy Blas», «Hernani», «Jocelyn»! Die Prosa des Briefes an Félix Faure, den Präsidenten der Französischen Republik, war nicht mehr «wissenschaftlich», «objektiv», nicht «leidenschaftslos», wie der experimentelle Roman es verlangte. Sie war pathetisch, beschwörend, leidvoll, die Sprache eines Mannes, der bereit ist, alles zu opfern um der Wahrheit willen. «Die Wahrheit ist unterwegs, nichts wird sie aufhalten!» Mag ich mir auch noch so kläglich vorkommen: das Pamphlet «J'accuse», die grausamen Karikaturen seiner Feinde hatten mich wohl wankend gemacht – entschlossen wieder zu Zola hinübergewechselt bin ich, als Paul unbeteiligt, gleichgültig die Achseln zuckte. Paul Cézanne, den ich liebte, bewunderte, bemitleidete, den Freund zu nennen ich nicht wagte, weil er zu hoch über mir stand – dieser verehrte Mensch, dieser große Künstler –, er fand angesichts des Bebens kein anderes Wort als «C'est une blague», das ist Possenreißerei. Welch eine banale Weisheit ist es doch: wir Menschen sind ambivalente, zwiespältige, gegensätzliche Wesen. Alle Eigenschaften tragen wir mit uns herum: groß sind wir, klein, gut, schlecht, mutig, feige, großzügig, kleinlich, zum Opfer bereit, zum vorsichtigen Schweigen, gleichgültig, aufgewühlt, stumpf, gut, böse, wahr, verlogen, Engel, Teufel, hehr, gemein. Warum kann ein Mensch wie Paul, der die Schönheit der Welt, die Tragik ihrer kurzen Dauer empfindet, unberührt bleiben vor der Ungerechtigkeit, der Korruption, der Heuchelei, dem Haß?

Der bürgerlich behäbige, der publizistische Taktiker Zola, der Reichgewordene, er hatte das Unvorstellbare getan, er hatte sich engagiert. Er hatte sich auf Gedeih und Verderb an eine Sache gebunden. Er stand in einer Brandung von Haß und Verleumdung, sein Leben selbst war bedroht. Elf Monate, vom Juli 1898 bis Juni 1899, lebte er im Exil, in England. Der Rat der Ehrenlegion hatte ihm seine Auszeichnung aberkannt. Der Prozeß gegen die drei Graphologen Belhomme, Varinard und Couard, welche das berüchtigte Bulletin, auf dem die Anklage gegen Dreyfus beruhte, als von Dreyfus geschrieben beschworen, kostete Zola zweiunddreißigtausend Franken an Schadenersatz und Gerichtskosten. Diese Schriftexperten ließen das Mobiliar des Schriftstellers an der Rue de Bruxelles pfänden. Bei der Versteigerung bot der Verleger Charpentier für den Louis-XIII-Schreibtisch den Betrag von zweiunddreißigtausend Franken, womit die Forderungen gedeckt wurden. «Man nehme mir alles», schrieb Zola aus dem Exil, «man verkaufe alles, was in meinem Hause ist, es soll nichts mehr in Frankreich sein, was mir gehört. Man glaubt mich reich, mich, der ich nicht einmal hunderttausend Franken besitze. Wenn sie mich zugrunde gerichtet und mich irgendwo in ein verlassenes Dorf verbannt haben werden, dann vielleicht gebietet ihnen die Scham zu schweigen. Solange ich aufrecht stehe, solange ich eine Feder führen kann, werde ich auch mein tägliches Brot haben. Ich habe im Elend begonnen, das Elend mag wieder kommen, ich fürchte mich nicht.»

Am 18. Juli 1899 kehrte Hauptmann Dreyfus nach Frankreich zurück. Ein zweiter Prozeß endigte nochmals mit einem Schuldspruch. Dann wurde er begnadigt. Die Rehabilitierung fand allerdings erst im Jahre 1906 statt.

Während jener Zeit wanderte oder fuhr ich einige Male zum Jas de Bouffan hinaus. Marie, die Schwester, verwaltete den Besitz. Paul traf ich selten. Immer undurchsichtiger wurde seine Lebensweise. Er verbrachte die Nächte oft in einer kleinen Hütte im Steinbruch Bibémus, über dem Staudamm Zola, dann malte er wieder auf dem Sträßchen nach Tholonet.

Im Château Noir hat er einen Raum gemietet, um seine Bilder einzustellen. Ein anderes Mal vernahm ich, Paul sei nach Paris gereist, zu Frau und Sohn, er arbeite wieder bei Pontoise. In Unruhe und Geheimnis getaucht war Pauls Leben.

Dann, unerwartet, stand er da, in meinem Wartezimmer, hager, kleiner geworden, in der schwarzen Redingote, bestaubt und mit Farbe befleckt, weiß das Spitzbärtchen, weiß der Schnurrbart, hell die Augen, Kummer, Scheu und Erschrecken im Antlitz.

«Sie hat den Jas verkauft!»

Ich wußte, was er meinte. Im Zuge der Erbteilung nach Honorines Tod hatte Marie Cézanne die Domäne veräußert und in Aix, im sogenannten noblen Viertel, nahe der Kirche Saint-Jean-de-Malte, eine Wohnung bezogen. Die Operation war wohl nicht ohne Absicht während Pauls Abwesenheit vonstatten gegangen.

Es traf ihn schwer. «Mein Refugium während vierzig Jahren», murmelte er. «Im Dach mein Atelier. Der Blick hinüber an die Hügel, die Weinberge ...» Jetzt ist auch er in Not, dachte ich. Beide Freunde sind in Not.

«Die alten Möbel hat sie verbrannt. Im Hof. Neben dem Bassin. Die Möbel der Eltern. Tisch und Bett. Ohne Pietät. Ich habe keine Heimat mehr. Du verstehst, was ich meine, Eugène, Heimat, das ist nicht der Wohnort allein, das ist die Vertrautheit, die Stille, die Einsamkeit – vor allem die Geborgenheit.»

«Wie steht es mit dir?» fragte ich, in der Absicht, ihn abzulenken. Ich reichte ihm den Glaskolben, und ich schaute ihm zu, wie er, schamhaft abgewandt, das Wasser löste, ein alter Mann mit seinen sechzig Jahren.

«Du bist nun ein echter Diabetiker, aber kein schwerer Fall. Es wäre schon besser, du bliebest in der Stadt. Alles wird einfacher, der Arzt, die Pflege, die Apotheke...»

Ich habe hernach mit Marie gesprochen. Tatkräftig, praktisch, wie sie war, fand sie die Lösung. Allerdings, Geld erleichtert vieles. In der Rue Boulégon, jener Straße, in der Louis-Auguste einst seine Bank betrieben hatte, fand sich für Paul eine Wohnung im zweiten Stockwerk eines guten Hauses und im Dachstock ein Raum für sein Atelier. Eine Madame Brémond betraute man mit dem Haushalt; mit einem Droschkenhalter wurde eine Vereinbarung getroffen. Täglich holte ihn die Kalesche ab, führte ihn an den Ort, wo er malte, wartete, dieweil das Pferd haferte, brachte den Maler wieder zurück. Ich hatte den Eindruck, Cézanne wolle Aix nie mehr verlassen.

Paul kam öfters in die Sprechstunde, ein- oder zweimal im Monat.

«Emile ist wieder zurück.» Ich sagte es absichtlich nebenbei, während ich das Rezept schrieb. Vielleicht endlich nach all dem, was sich ereignet hatte, würde Cézanne die Demütigung vergessen, ein gutes Wort fallen und mich hoffen lassen, es möchten die beiden Männer wieder zusammenkommen. Paul saß in meinem Patientensessel vor meinem Pult. Er schien mich gar nicht gehört zu haben.

«Aus England zurück, aus dem Exil», wiederholte ich. Nun hob er den Blick, und ohne ein Wort zu sagen, bewegte er das Gesicht einmal hin und her. Er steckte das Rezept ein, dann bückte er sich zu einem in Zeitungspapier eingeschlagenen Bild, das er beim Hereinkommen neben die Türe gestellt hatte. Er lachte verlegen, zögerte. «Montgéroult ist dein Name. Kennst du den Ort, von dem er herkommt?»

«Bei Pontoise irgendwo.»

Er knotete die Schnur auf und rückte das ungerahmte Chassis ins Licht. Das Bild, in Hochformat, zeigte einige Häuser mit ockerfarbigen Mauern, dunklen Dächern, eine Straßenkurve, fast geometrisch gezeichnet. Mit scharfen Konturen standen die Gebäude vor einer blauen Baumgruppe. Bis an den Rand des Bildes hinunter kam dem Beschauer ein Gewirr von Büschen entgegen. Die Behausungen waren in warmen Farben gemalt, die Natur in kalten. Menschen, wie auf allen Landschaften Pauls, fehlten. Gebäude aus Kuben, Rechtecken,

Dreiecken geformt, streng geordnet, mitten in der regellosen Vegetation – ein Cézannesches Zauberstück.

«Gefällt es dir?»

Ich nickte, konnte mit Schauen nicht zu Ende kommen.

«Das muß euer Stammsitz sein. Dies ist die Straßenkurve von Montgéroult. Diesen Sommer habe ich es gemalt. Leider nicht ganz beendet.»

Als er sich zum Gehen wandte, wollte ich ihm beim Einpakken behilflich sein.

«Was fällt dir ein! Es gehört dir!» rief er. «Gegengeschäft!» lachte er und deutete auf den Glaskolben.

Zwei solche Menschen, dachte ich, und auf immer getrennt!

Mitten im Aufruhr der «Affaire» bereitete man in Paris die Weltausstellung der Jahrhundertwende vor. «Das Zwanzigste Jahrhundert», «Die moderne Zeit», «Der Mensch ist im Begriffe, von der Welt Besitz zu ergreifen», unter solchen Parolen sollte das Unternehmen stehen. Der bescheidene Arzt in der Provinzstadt Aix-en-Provence, der ich war, hatte einige Mühe, sich medizinisch auf dem laufenden zu halten, denn wenn es in den Naturwissenschaften, in der Physik und in der Biologie, in der Psychopathologie ein gemeinsames Kennzeichen gab, so war es die Dichte, mit der sich die Entdeckungen und Erkenntnisse folgten. Der Wind der neuen Zeit, das schien der Luftzug zu sein, der entsteht, wenn in der Geschichte der Menschheit ein Blatt gewendet wird. Die Jahrhundertwende gemahnte an eine Angel, in der sich das Tor der Zukunft drehte, öffnete. Es wohnte dieser Weltzeit etwas Beängstigendes inne, kaum in Worten auszudrücken. War es die Schnelligkeit, die Beschleunigung, mit der sich die Entdeckungen folgten, gleichzeitig, auf den verschiedensten Gebieten? Sie vermittelten den Eindruck der Unumkehrbarkeit chemischer Reaktionen, der Unaufhaltsamkeit des Falls eines Körpers im Raum. Irreversibel waren sie, dem Tode gleich.

Auf dieselbe Weise, wie ich für mich die Lebensjahre Cézannes durch seine Bilder zu bezeichnen pflegte, hätte ich auch die zehn Jahre seit der letzten Weltausstellung, seit dem Jahr des Eiffelturms, fixieren können: das Jahr der Lavalschen Dampfturbine, jenes des ersten Gleitflugs von Lilienthal, der Publikation von Herbert George Wells' Roman «Die Zeitmaschine», das Jahr von Edisons Kinotoskop, das Jahr, in dem

Röntgen die X-Strahlen entdeckte, das Jahr, in dem Sigmund Freud die erste Theorie der Psychoanalyse entwickelte, das Jahr der Lorentzschen Elektrotheorie, das Jahr, in dem Becquerel die radioaktiven Strahlen feststellte, Yersin den Pestbazillus isolierte, das Jahr, in dem den Brüdern Lumière der erste Film gelang, das Jahr des ersten Motorflugzeuges für die Beförderung eines Passagiers, das Jahr, in dem Wells den Zukunftsroman «Die ersten Menschen im Mond» schrieb, das Jahr des ersten Zeppelinluftschiffes, das Jahr, in dem Max Planck die Quantentheorie veröffentlichte, das Jahr von Freuds «Traumdeutung», das Jahr der Entdeckung des Radiums durch die Curies, das Jahr des Sonnenspektrums. Die Reihenfolge mag nicht stimmen, aber sicher ist: all dies ereignete sich in den zehn Jahren vor der Jahrhundertwende, die zu feiern wir uns anschickten.

Von ihren drei Knaben flankiert, erwartete unsere Tochter uns, Fine und mich, als wir an einem Tage im Mai dem Eisenbahnabteil entstiegen. Jean-Claude, der Älteste, ging bereits aufs Gymnasium, André und Georges, die Zwillinge, waren noch Schüler des Kollegiums. Sie konnten es kaum erwarten, den Großeltern aus der Provinz die wachsende Weltstadt, das Wunder der Weltausstellung und die Zukunft zu rühmen, die sie bereits kannten. Sie leuchteten und redeten so, daß nicht der geringste Zweifel darüber bestehen konnte, sie hätten diese Zukunft gemacht. Ich will nicht verhehlen, daß die Ausdrücke Gloire, Revanche, Alsace-Lorraine für meinen Geschmack das Gericht ein wenig zu stark pfefferten. Ich behielt diese Ansicht für mich, wich auch Gesprächen über die Affäre aus, man konnte nie wissen.

Nicht der Weltausstellung wegen war ich nach Paris gefahren. Ich ließ mich von den drei Burschen, die natürlich alles schon kannten, durch die Ausstellung schleusen. Sie bedeckte eine weite Fläche, das Marsfeld, die Esplanade des Invalides, das Trocadéro. Die Champs-Elysées, die Seine-Ufer waren noch dazu gekommen, die Pavillons der Nationen am linken Quai insbesondere. Die Maschinenhalle, der Palast der Elektrizität, das rollende Trottoir, das große Rad, der Kinematograph, die Automobile, das Luftschiff von Santos Dumont und die Aeroplane bildeten für meine Enkel Höhepunkte. Die fortschrittfiebrige Atmosphäre machte das Leben leicht. Man sprach von Umbruch. Das begonnene Jahrhundert gehörte der

Wissenschaft, der Forschung, der Freiheit; es war der Anfang des ewigen Friedens.

Als der erste Begeisterungstaumel verebbt war und sich das Großelternpaar aus Aix in den Alltag der Familie eingefügt hatte, kam meine Zeit. Ich legte ein Zettelchen auf den Eßzimmertisch und verließ das Haus sehr früh, um fünf Uhr des Morgens. Das ist die beste Zeit, eine Stadt zu durchwandern, Paris besonders. Ich suchte die Stätten meiner Studienzeit auf, unauffällig, auf den Zehenspitzen sozusagen, die Ecole, den Quai Voltaire, die Klinik. Nirgends meldete ich mich, keinem Namen fragte ich nach. Es genügte mir, den Lanzen der Umzäunungen, den grauen Mauern, den Brüstungen der Quais, den Platanen, den steinernen Böschungen des Flusses entlangzuschlendern. Das hatte ich von dieser Reise erwartet, mehr nicht gesucht. Ich fühlte eine ungewisse Trauerstimmung in mir, so etwa, wie wenn man Abschied nimmt. Es gibt Menschen, die können einem nicht die Hand drücken ohne verschleierte Blicke, ohne ein Tränenglitzern im Augenwinkel. Zu denen gehörte ich nicht. Aber wirklich: es ging zu rasch. Zu schnell war diese Minute der Helligkeit vorüber. Wir hatten ja kaum Zeit gehabt, uns richtig kennenzulernen.

Es mochte so gegen zehn Uhr gehen, als ich mich nach meiner langen Wanderung auf einer der Bänke, die dem Trottoir des Seine-Quais entlang standen, niederließ. Die Bouquinisten begannen ihre Kasten zu öffnen und die Auslagen zu ordnen, dann setzten sie sich auf ihren Klappstuhl am Trottoirrand, drehten sich eine Zigarette und entfalteten die Zeitung. Die Frauen unter ihnen begannen zu stricken. Die Spatzen fanden sich ein und hüpften herum, ein Schleppschiff kam die Seine herauf, unten an der Böschung standen die Angler und ihre Zuschauer, zwischen den Quadern der Böschungen wucherte Gras, hier und dort entfaltete sich eine Wegwarte. Auf halber Höhe zwischen der Straße und dem Fluß, jenseits der steinernen Brüstung, führte ein Weg dem Wasser entlang. Man hatte diese Stufe mit Platanen bepflanzt, auf die Ausstellung hin, doch die Bäume spendeten noch keinen Schatten. Trotzdem war das ein schöner Spaziergang. Ich erhob mich und ging die schräge Rampe hinab. Ein Herr kam mir entgegen, im seidenen Zylinderhut, im hellen gepflegten Mantel: Emile Zola. Er führte ein dunkelhaariges Mädchen an seiner linken Hand und an der anderen einen Knaben im Matrosenanzug. Ein Vater beim Morgenspaziergang mit seinen Kindern, würde man gesagt haben. So war es auch.

Die beiden dunkeläugigen Kinder schauten an uns empor, als wir einander die Hände schüttelten. So munter und lebhaft auch Emiles Begrüßung war, so gesund er auch aussah – die «Affaire» hatte ihn geritzt. Tiefe Fältchen unterstrichen seine Augen, die Lider waren zerknittert, und auf den Pupillen lag ein Schleier.

«Das ist mein Jugendfreund aus Aix, Doktor Montgéroult. Gebt ihm die Hand!»

«Bonjour Monsieur», sagte folgsam das dunkelhaarige Mädchen und knixte dazu; der Knabe zog seine Tellermütze und machte eine Verbeugung. «Das ist Denise, meine Tochter, und dies ist Jacques, mein Sohn.» Natürlich begriff ich, es waren die Kinder von Jeanne Rozerot, Zolas Nebenfrau.

Wir wandelten den ausgetretenen Pfad der Böschung entlang, die Kinder voraus. Die Worte wollten uns nicht kommen. So manches umstand uns, von dem wir nicht wissen konnten, ob es berührt werden durfte: Paul Cézanne, Dreyfus, Jeanne Rozerot, Alexandrine und wieder Cézanne.

«Du wohnst immer noch an der Rue de Bruxelles, Numéro 11, glaube ich?»

«Alexandrine und ich würden uns sehr, sehr freuen, Eugène, wenn du uns besuchen wolltest.»

In der Ferne glitzerten die Gebäude und die Gestänge der Ausstellung. «Drei Bilder von Paul hangen im Petit-Palais», sagte ich unbedacht.

«Ich habe sie gesehen. Sollten wir ihn verkannt haben?»

Wenn es mir auf der Stelle das Leben gekostet hätte, ich konnte nicht schweigen. «Es gibt nur ein sicheres Zeichen, einen großen Maler zu erkennen», sagte ich.

Er blieb stehen. «Wenn er unverwechselbar wird, meinst du?»

Ich konnte nicht genau ausdrücken, wie ich es meinte. Da trägt ein Mensch einen Namen, irgendeinen, wie alle anderen. Und dann, auf einmal ist er nicht mehr ein Name wie irgendein anderer. Es bedeutet mehr als nur ein Unterscheidungsmerkmal von anderen Menschen. «Unser Paul ist Paul Cézanne geworden, wie unser Emile Emile Zola geworden ist.»

Die Kinder kamen gelaufen, erhitzt, aufgeregt. «Man sieht ihn schon», riefen sie. Ein Platanenstamm an der Biegung hatte uns den Eiffelturm verdeckt. Sie faßten den Vater wieder an der Hand, zogen ihn voran. Er lachte, ein seltener Vorgang bei ihm. «Jeanne erwartet uns», erläuterte er mir, «die Familie speist im Restaurant, im ersten Stockwerk des eisernen Turmes und blickt auf das neue Jahrhundert hinab.»

Ich schaute ihnen nach, dem Herrn im Seidenhut, dem Mädchen in seinem rot karierten Schottenröckchen, dem Knaben im blauen Matrosenanzug, wie sie dem Flußufer entlang davonwanderten.

Auf der Heimfahrt spürte ich es zuerst: eine Schwere, einen Druck, eine Last, ein Unbehagen, ich konnte nicht herausfinden, war es körperlicher, war es seelischer Art. Fine saß mir gegenüber, den Kopf zurückgelehnt, die Augen geschlossen, ihr schönes graues Haar bedeckte die Stirne mit einer schrägen Tolle. Unterhalb Valence kamen die neuen Farben in den Rahmen des Fensters, Ocker, rötliche Tönungen, gelbe Felder, die grauen Stämme der Kirschen, die Mandelbäume, jenes Grün der Olivenbaumblätter, für das es keinen Namen gibt, die Zypressenkammern, die kobaltblauen Hügelzüge. Mohn und rote Esparsetten beugten sich im Luftzug den Schienen entlang. Langsam wandelte sich der atlantische Himmel in den mediterranen; aus der Landschaft der Impressionisten glitten wir in die Landschaft Pauls hinein. Wer hat gesagt, der Maler Gegenstand sei der Raum? «Il y a une minute du monde qui passe. La peindre dans sa réalité...» Die Zeit ist es! Die Minute Lebens.

«Die Welt versteht mich nicht, und ich verstehe die Welt nicht. Deshalb habe ich mich zurückgezogen.» Dies war Pauls Redensart geworden. Er kaufte sich nördlich von Aix, auf der Anhöhe, an der Straße nach Entremont, am Chemin des Lauves ein kleines Stück Land, einen halben Hektar verwilderten Baumgarten, in dessen Mitte ein zerfallenes Haus stand. Er hatte das sechzigste Jahr hinter sich; dies war das erste Atelier, das er sich bauen ließ. Zwei Zimmer lagen zu ebener Erde; darüber, viereinhalb Meter hoch, siebeneinhalb Meter lang und sechs breit, befand sich der Malraum. Zwei Fenster blickten nach Süden auf die Kathedrale hinab, eine riesige Glasscheibe öffnete sich nach Westen dem Berge zu, dem Paul seinen Ruhm verdankt: der Montagne Sainte-Victoire in der Chaîne de l'Etoile.

Jedem Arbeitsplatz wohnt Magie inne. Das Atelier am Chemin des Lauves stellte etwas wie einen Ort der Weihe dar. Keine offizielle Ausstellung war Paul Cézanne bis vor kurzer Zeit gewährt worden, keine Medaille, lediglich verklausulierte Anerkennungen, wenn es nun manchmal auch Leute gab, die bereit waren, einige hundert Franken für eines seiner Bilder hinzulegen – das große Publikum wußte nichts von ihm. Den besten Freund hatte er verloren, um eines albernen Romans willen. Der Künstler verfügt über keine andere Waffe als seine Kunst, er besitzt keine Verbündeten außer seinen Werken. Cézannes Bilder, wo immer sie hingen, kämpften für ihn, still, beharrlich. Mit dem Beginn des Jahrhunderts begannen sie, nach der Art von Schneeglöckchen, jedes an seiner Stelle, zu gleicher Zeit, die Ignoranz und die Gleichgültigkeit, welche als Decke über ihnen lagen, zu durchbrechen. Cézannes Name fing an, sich mit einer Deutung zu füllen. Junge Künstler und junge Kritiker begriffen seine Malweise als den Ausdruck ihrer, der neuen Zeit. Der Impressionismus gehörte dem neunzehnten Jahrhundert an. Cézanne zählte nicht mehr zu ihm.

Auf eine unbegreifliche Weise mußte der Meister von dieser Wandlung Kenntnis erhalten haben, die Nachricht, die Welt fange an, ihn zu entdecken. Das Atelier schien seine Antwort, sein Signal, er habe verstanden.

Regelmäßig, heiter, wenn auch immer mehr unter seiner Krankheit leidend, verließ er jeweils in der Morgenfrühe seine Wohnung an der Rue de Boulégon und stieg zu den Lauves empor. In tiefer Stille lag die Anhöhe. Nur die Holztüre knarrte, die er aufstieß. Der Einsiedler betrat seine Einsiedelei. Gegen Mittag kam er in die Stadt hinab, um zu speisen; ich hatte Madame Brémond das Diätmenü zusammengestellt, doch ich vermute, Paul hielt sich nicht daran.

Seitlich, an der Ostwand des Ateliers, befand sich eine schmale Lücke in der Mauer, einem senkrechten, drei Meter hohen Briefkastenschlitz ähnlich. Vor der Wand stand Pauls größtes Bild auf einer Staffelei, die «Badenden Frauen», zwei Meter hoch, zwei und einen halben Meter breit. Paul war ein langsamer, gewissenhafter, von ständigen Zweifeln heimgesuchter Maler. Das «einfachste» Stilleben konnte ihn fünfzig und mehr Sitzungen kosten. Längst war er deshalb zu künstlichen Blumen, zu künstlichen Früchten übergegangen. Es war sprichwörtlich geworden, daß Leute, die sich von ihm porträtieren ließen, nach hundert Sitzungen noch um ihr Bildnis bangen mußten. Entweder gab es Paul nie aus der Hand, oder er zerfetzte es in einem Zustand der Depression und der Selbstkritik mit dem Palettenmesser. Man behauptete, er habe kein Bild als beendet zur Seite gestellt, sondern immer nur mit dem Vorsatz, es später zu überholen. An den «Badenden Frauen» malte er bis zu seinem Tode. Was war es? Eine Komposition? Nackte Figuren in einer blauen Landschaft vom Dreieck umschlossen, das aus der Erde und zwei sich einander zuneigenden Baumgruppen gebildet wurde. Hell, hart, mit trockenem Auftrag, präzis bis in die Haufenwolken hinein gemalt, scheint es in diesem heiteren Bild keinen zufälligen Farbtupfen zu geben. Es war sein Lebenswerk, doch nicht so, wie man diesen Ausdruck allgemein versteht. Es war ein Werk, bestimmt, zur Lebenszeit des Malers nie fertig zu werden. Um diese Frauen herum hat er, der Frauenscheue, sein Atelier gebaut. Aber ich muß offen, banausisch gestehen: keines meiner Aquarelle, das Ölbild von Estaque nicht und nicht jenes von Montgéroult, hätte ich für dieses Riesenwerk hergegeben. Dies Bild war auch nur für einen bestimmt: für Paul Cézanne.

Es war eine Lust zu sehen, wie er sich entfaltete. Unbehelligt bewegte er sich auf dem Wege zu sich selbst fort. Das volle Spektrum seines Ingeniums konnte sich nun endlich darstellen. Den ganzen Vormittag durfte er jetzt damit zubringen, Stilleben aufzubauen. Nun konnte er, kam ihn die Lust dazu an, in den Garten hinaussitzen und seinen Gärtner Vallier porträtieren. Jetzt konnte er wieder und immer wieder die «Montagne» malen, die Tälchen, die Olivenwälder, die Nähe, die Ferne, die Mandelbäume, es lag ihm alles zu Füßen, es wartete seiner vor der Türe, in der Sonne, in der Stille. War es zu heiß, so gab es in der Nähe schattige Wäldchen, die geliebten Felsen. Mußte er im Atelier bleiben, setzte er sich auf den Stuhl: hoch, unendlich, nie endbar stand da an der Wand das ewige Werk der «Badenden». Manchmal schob er es mit Hilfe Valliers hinaus in den Garten, als wäre es ein Lebewesen, des Lichtes bedürftig und der Luft.

Ich sah ihn oft. Zwar war er weit vom Bild eines anerkannten Malerfürsten entfernt. Auch von dem wild-genialischen Naturburschen unserer Jugendzeit war nichts mehr an ihm. Seine Kleidung war dunkel, schwarz, dezent, sein Hemd weiß, er trug einen niederen Kragen, ein Krawättchen. Die Jacke nannte man am besten Jackett; ein schwarzer, steifer, halbhoher Hut bedeckte das Haupt. Bei Mistral oder Regen hüllte er sich in einen Kutschermantel, einen Macfarlane, durch dessen vorderen Schlitz er mit gestreckten Fingern zart seinen weichen Pinsel über die Leinwand führte. Er verschwendete keine Pinsel. War die Farbe darin verbraucht, wusch er sie gründlich in einem Behälter von Terpentin. Behutsam und säuberlich behandelte er die Leinwand, aber der schwarze Anzug war ständig voll bunter Flecken. Mit seinem weißen Schnurrbart und dem spitz gewordenen Bärtchen erinnerte er an einen Volksschulmeister. Sein Blick jedoch, der scharfe, unpersönliche, fast möchte ich schreiben unmenschliche Blick, stellte jede bürgerliche Beschreibung seiner Erscheinung wieder in Frage.

In jener Zeit wurde der Küste entlang die elektrische Beleuchtung eingeführt. Auch in Aix, bis in die Dörfer hinaus. Diese Einrichtung erregte den Widerwillen Pauls. Er mied Marseille. Es verlangte ihn nicht mehr, L'Estaque zu sehen. Quaianlagen, Gasbeleuchtungen, Kandelaber mit elektrischen Kohlenfadenlampen! Das Leben ist schrecklich.

Am Morgen des 30. September 1902 stand der würdige Rechtsanwalt Baille – unser guter Isidore – in eigener Person vor unserer Tür, ein Telegramm von Baptistin in der Hand: «Emile Zola tot. Kohlenoxydvergiftung während des Schlafes = Baille.»

Der Tod ist mir vertraut. Isidore und ich standen einander gegenüber, im Vestibül, starren Blicks. Als seine Mutter gestorben war, hatte Emile zu mir gesagt: «Ich werde blödsinnig vor Schmerz.» Dann sah ich ihn davonwandeln in seinem Seidenhut, die Kinder an der Hand, der Seine entlang, dem neuen Jahrhundert entgegen. Plötzlich dachte ich an Paul. Die Kalesche wartete am Trottoirrand.

Der Gärtner Vallier kam mir am Gartentor entgegen. Seinem Gesicht sah ich an, daß die Nachricht schon eingetroffen war. Der Sohn Paul hatte telegraphiert. Der Maler habe ihn, Vallier, gehen heißen und sich eingeschlossen. Ich pochte an die Holztüre, sagte meinen Namen, horchte. Nach einiger Zeit stand er vor mir, Nässe glitzerte in seinem Schnurrbart. Wir rätselten daran herum, was wohl vorgefallen sei. Paul kratzte die Farben von seiner Palette. Im Reden betrachtete er einen Klumpen vertrocknetes Veronesergrün auf seinem Spachtel. «Man könnte meinen, ich sei ein Rothschild, wie ich mit der Farbe umgehe, nicht?»

Nach dem Mittagessen wanderte ich nochmals zum Chemin des Lauves hinauf. Inzwischen waren die Umstände von Zolas Tod bekannt geworden. Emile und Alexandrine waren am Abend von Verneuil nach Paris gekommen, an die Rue de Bruxelles. Das Wetter war feucht und frostig. Der Diener machte Feuer im Schlafzimmer. Der Ofen wollte nicht recht ziehen, man öffnete ein Fenster, schloß es wieder, das Ehepaar legte sich schlafen. Man fand sie am Morgen auf dem Teppich liegend, Alexandrine bewußtlos, Zola tot.

Paul lief im Atelier herum, zornig, schnaubend, so wie er es während seiner Wutanfälle zu tun pflegte, wenn ein Bild nicht «kommen» wollte. Das Ritual endete jeweils mit einer zerschlitzten Leinwand. Auch heute war er zornig, aber er weinte dazu.

«Er, mit seiner Wissenschaft!» rief Cézanne. Ich verstand nicht, was er meinte.

«Jede Magd, jede Glätterin weiß das bei uns, daß ein Ofen ziehen muß, soll man nicht ersticken. Aber er, der wissenschaftliche Romancier, der Alleswisser, l'homme savant…»

«Wir kennen die Einzelheiten nicht. Ein Unglücksfall, bizarr allerdings…»

Paul blieb bebend vor mir stehen. Dann schrie er mir mit zitterndem Bärtchen ins Gesicht:

«Von ihm selbst verschuldet, dieser Unfall! Er selbst hat sich getötet…»

Ich wollte etwas Milderndes einwenden, aber dann kamen aus der Tiefe herauf, grimmig, schmerzhaft, furchtbar die Worte: «Er hat sich selbst seinen Claude Lantier vorgespielt!»

«Paul… er ist tot…»

Für eine Sekunde war der Vorhang weggerissen worden, für den Teil einer Sekunde. Langsam, leise murmelte Paul: «Ja, er ist tot, aber Paul Cézanne, le raté, das verkommene Genie, lebt noch, hat sich nicht erhängt vor einem mißlungenen Schwarten…»

Das Wort, daß man Toten nichts Böses nachsagen solle, ist vielleicht aus der Erfahrung heraus entstanden, daß es in der Natur des Menschen eine Art Genugtuung gibt, wenn der Tod einen Mitmenschen und nicht uns ereilt, daß es Kränkungen gibt, welche die Ehrfurcht vor dem Tode nicht auslöscht.

Über dem Sarge unseres Jugendfreundes trafen sich die Feinde des Schriftstellers, alle, die während der Affäre gegen ihn gewesen waren, zu einer erschreckenden Walpurgisnacht. In der Provence erschien eine humoristische Zeitschrift «La Gueule»; Direktor war ein gewisser Louis L'homme (nomen est omen!). Sie feierte am 12. Oktober 1902 den Tod Zolas durch die Abbildung des Dichters. Der Kopf steckte in einem Nachttopf. Die «Editions Musicales Françaises» veröffentlichten ein Chanson «sur l'air de Ninette»: «La Mort de Zola». Zola, le Cochon, Zola, das Schwein, der König der Schweinereien, Zola, der Pornograph, Zola, von den Juden gekauft, Zola, das Exkrement, Zola, der Abtrittreiniger, heulten sie; «endlich beerdigt!» war ein Gruß unter ihnen. Es gab selbstverständlich auch die andere Seite, Trauer, Ehrfurcht vor seinem Mut, seinem Werk – aber in den ersten Wochen nach seinem Tode überschrie der Haß alles andere.

Aix wurde von schaurigen Druckerzeugnissen überschüttet. Sie fanden sich unter der Post jedes Prominenten. Selten lösten sie Abscheu aus, oft hämische Schadenfreude.

Eine Maschinen- und Blechwarenfabrik in Erfurt, J. H. John, versandte Postkarten, schwarz umrandet, mit einem Text um die fettgedruckten Worte «Zolas Tod», der also lautete:

«Der berühmte und infolge seiner Stellungnahme zum Dreyfus-Prozeß weltbekannte französische Romandichter Emile Zola starb bekanntlich vor kurzem infolge einer Kohle-Oxydgas-Vergiftung. Es ist leider zu wenig bekannt, daß alljährlich eine große Anzahl von Personen dem Kohlengas zum Opfer fallen, sonst würde man mehr darauf achten, daß jeder Schornstein dauernd guten Zug haben muß, wenn man vor solchen Unfällen verschont sein will... Da es auf dem Gebiete der Schornsteinaufsätze viel Minderwertiges gibt, nennen wir unseren geehrten Lesern den verbreitetsten Aufsatz, den echt Johnschen, mit der Marke ‹Schmetterling›..»

Wirklich, das Jahrhundert, dem Zola so fortschrittsgläubig und optimistisch, publizitätsfreudig entgegengeschritten war, ließ sich gut an!

Zolas Tod traf mich auf eine besondere Weise, wie wenig andere Zeitgenossen, denke ich. Emile und Paul, beide waren sie ein Stück von mir. Die Familie, der Beruf, zwei, drei Freunde auf Lebenszeit – was anderes sonst noch gibt es, das uns erfüllt? Durch Emile, durch Paul war ich mit jener Welt verbunden, von der man sagt, sie schimmere durch unseren Alltag hindurch. Uneingestanden, unbewußt auf langen Strecken, hatte ich mir eingebildet, es werde mir noch gelingen, beide wieder zu versöhnen. Dieser Bruch war kein hoffnungsloser Fall gewesen. Einige Zeit nach der Hiobsnachricht las ich «L'Œuvre» noch einmal. Ich verstand Paul nicht mehr. Lachen hätte er damals sollen, den Freund trösten über sein mißlungenes Werk, über seine literarisch-anekdotische Vorstellung von der Malerei.

Im Vestibül von Zolas Haus an der Rue de Bruxelles hing ein riesiges Gemälde von Debat-Ponsan, vollendet, «fini», wie man sagte, in akademischem Stil gemalt, auf bitumenfarbigem Hintergrund. Am unteren Rande des goldenen Rahmens war ein Täfelchen aus Messing angebracht, darauf konnte man die Worte lesen:

«Die Wahrheit, aus dem Brunnenschacht steigend», darunter ein wenig kleiner die Devise «Nec mergitur», über einer Gravur in Kursivschrift, quasi als Erläuterung: «Die Wahrheit, ihren Spiegel emporhebend, versucht aus dem Brunnenschacht zu steigen, in dem sie die Heuchelei Basiles und die harte Faust der brutalen Gewalt zurückhalten wollen.»

Ich hatte das Werk gesehen, auch Paul. Dieser Debat-Ponsan entsprach genau der Vorstellung, die sich Zola von der Kunst des Malers und von der Mission des Schriftstellers machte. Weder in Médan noch in Paris hing ein einziges Werk von Paul Cézanne. Ich glaube, so wie ich Paul kannte, dieser Tatbestand allein hätte genügt, um schließlich die Freunde einander zu entfremden. Zola hatte sich vor den illustren literarischen Freunden, diesen Sammlern von Japanholzschnitten, Chinoiserien und Hispaniolica, vor einem Alphonse Daudet, einem Guy de Maupassant, einem Flaubert, einem Edmond de Goncourt der Jugendwerke seines Freundes geschämt. Alexandrine, Dame geworden durch und durch, verabscheute sie im besonderen.

Es sollten gerade diese verachteten, im Estrich verstaubenden, in den Wandkästen verschimmelnden ungerahmten Bilder Cézannes sein, Geschenke für den verehrten Freund, welche den «Durchbruch» des Malers in Paris einleiteten.

Im März 1903 brachte die Witwe Zolas, beim Ausräumen der beiden Wohnstätten in Paris und Médan, neben all den Antiquitäten, Nippsachen und Kuriositäten, die sich angesammelt hatten, auch zehn Gemälde Cézannes im Hotel Drouot auf die Versteigerung. Diese «Œuvres de jeunesse», diese Jugendwerke, erreichten zum Erstaunen des Kunsthandels und zur Verblüffung der Kunstkritiker einen weit über die Schätzung hinausgehenden Preis. Hatte man an der Rue Clauzel, beim Père Tanguy, jahrzehntelang einen Cézanne, je nach Format, für vierzig bis hundert Francs erwerben können, wurden für sie, nach dem Ausschnitt der «Gazette de l'Hôtel Drouot», den mir meine Tochter sandte, Preise bis viertausend Goldfranken bezahlt. Das «Stilleben» mit der Muschel allein brachte es auf dreitausend Franken, eine Ansicht von L'Estaque, der meinen ähnlich, erzielte tausend. Die «Wahrheit, aus dem Brunnenschacht steigend», von Debat-Ponsan, fand einen Liebhaber für dreihundertfünfzig Franken.

Zolas Schlüsselroman «L'Œuvre» schließt mit den Worten:

«‹Donnerwetter – elf Uhr›, sagte Bongrand, seine Uhr betrachtend, ‹ich muß heim.›

Sandoz, mit einem Ausruf der Überraschung:

‹Was! schon elf Uhr!›

Er warf auf die niedrigen Grabstätten, das weite Feld der Perlenkränze, so regelmäßig und so kalt, einen langen verzweifelten Blick, die Augen noch blind von Tränen. Dann fügte er bei:

‹Gehen wir arbeiten!›»

Paul, das Modell für Claude Lantier, befolgte den Ratschlag des toten Dichters. «Wenn uns solche Dinge zustoßen», hat er einmal zu mir gesagt, «so sitzen wir im Schmerz drinnen, wie eine Maus in der Falle. Die Arbeit allein ist das Loch, durch das wir entschlüpfen können – uns entschlüpfen können, du verstehst, Eugène …»

Das Alter, die Diabetes vor allem, verminderten zusehends Cézannes körperliche Kraft. Am Morgen und vormittags malte er in seinem Atelier, im Garten. Um auswärts zu arbeiten, am Ufer der Arc, vor der Mühle, hinter der man den «Heiligen Berg» wahrnehmen konnte, am Pont des Sautets, in Le Tholonet, kurz, der Straße entlang, die heute den Namen Route Paul Cézanne trägt, bedurfte er der Kalesche. Unterwegs machte er manchmal Xavier, den Kutscher, auf die Farben und Fluchten der Landschaft aufmerksam, und einmal, als der gute Mann eine Bemerkung fallenließ, aus der hervorging, er habe verstanden, schenkte der begeisterte Maler ihm das Gemälde. Doch der Kutscher vergaß es mitzunehmen. Ein Bauersmann fand es, die Leinwand mochte im Hofe noch dienen. Der Kunsthändler Ambroise Vollard hat es für ein paar Franken vor dem Untergang bewahrt. Es handelte sich um die Ölskizze zur «Großen Kiefer».

Ich wage es fast nicht zu schreiben. Mir kam es vor, als habe sich Paul nach Zolas Tod um eine Dimension erweitert. Trotz seinen geröteten und entzündeten Augen, dem Nachlassen der Turgeszenz in der Gesichtsmuskulatur, trotz seinen Schmerzen verkörperte der alte Mann immer mehr die Malerei schlechthin. Auch ohne Pinsel und Farbe, ohne jegliches Gerät, einfach dasitzend und schauend, oder während eines bei Schweigsamen nicht ungewöhnlichen Ausbruchs von Mitteilsamkeit, malte er. Ununterbrochen. Einmal erklärte er mir: «Wo man auch steht, sitzt oder liegt, ist irgendwo ein Bild bereit, fix und fertig. Für sich selbst brauchte der Maler gar keine Farbe. Ein sorgsam, genau abgewogener Blickpunkt, den er gewählt, zu dem er sich entschieden hat, macht aus jeder Landschaft, jeder Salatschüssel, jedem Gesicht ein Gemälde.»

Noch einmal, nach dem unerwarteten Erfolg, den hohen Preisen, den seine Bilder aus dem Nachlaß Zolas erreicht hatten, wurde Paul Cézanne das Ziel furchtbarer Angriffe in den Pariser Boulevardblättern. Wir können das heute gar nicht verstehen. Seiner Art zu sehen, zu malen wohnte die Eigenschaft inne, den Zorn zu erwecken, etwas Herausforderndes, etwas Unverzeihbares. Das ist der Schmerzensschrei einer Mutter bei der Geburt, der Haßausbruch eines Vaters wider den mißratenen Sohn. Die Menschen, welche diese Bilder sahen, mußten sich von etwas lösen. Es wurde ihnen zugemutet, der «Schönheit» zu entsagen, um des «Häßlichen» willen. Sie wurden von etwas losgerissen, oder etwas wurde von ihnen losgerissen. Der Vorgang glich einer chirurgischen Operation, dem Herausnehmen der Mandeln etwa, dem Ziehen eines Zahnes. Henri Rochefort, der Chauvinist und unbelehrbare Befürworter des Justizirrtums an Dreyfus, wollte mit seiner Attacke gegen Cézanne noch über das Grab hinaus Zola treffen.

«Wir haben immer behauptet, es habe lange vor der Dreyfus-Affäre Dreyfusarden gegeben. Alle kranken Gehirne, die perversen Seelen, die Schielenden und die Verstümmelten waren reif für den Messias des Verrats. Wenn man die Natur sieht wie Zola und seine Maler, dann ist es selbstverständlich, daß Vaterlandsliebe und Ehre in der Gestalt eines Offiziers erscheinen, der die Pläne der Landesverteidigung dem Feinde des Vaterlandes ausliefert. Die Liebe zu körperlicher und moralischer Häßlichkeit ist eine Leidenschaft wie eine andere...»

Hunderte von Exemplaren dieser Nummer des «Intransigeant» wurden in Aix den Leuten unter die Türen geschoben. Seit zwanzig Jahren einander entfremdet und voneinander getrennt, einte der Haß vieler Mitmenschen Emile und Paul wieder über Zolas Tod hinaus.

Aber es waren nur noch die letzten Schaumspritzer, die Paul erreichten. Er wurde zum ausschließlichen, zum alles ausschließenden Künstler. Mit seiner Frau Hortense in Paris und dem Sohne Paul, einem erwachsenen Menschen nun, verkehrte er brieflich. Freunde hatte er keine. Nichts mehr erregte seine Neugierde, seinen Anteil. Er war – nahm man die Begegnungen aus, die der Tag und der Beruf nicht vermeiden ließen – zum vollkommenen Einsiedler geworden. Seine Einsiedelei war die Malerei. Kopf, Auge, Hand hatten keine andere Funktion mehr, als Bilder zu gestalten, Bildblicke in die Landschaft zu werfen, Farbtöne und ihr Verhältnis zueinander abzuwägen. Dieser durch nichts mehr zu erschütternde Egoismus des Künstlers erbitterte viele Menschen und erweckte Haß. Nahm man es biologisch, gesellschaftlich, so hatten die Leute mit ihrer Reaktion recht: Cézanne war zum Monstrum geworden, ein beinahe bis zur letzten Stunde seines Lebens wachsendes Ungeheuer. Die Kunst ist etwas erschreckend Unmenschliches. In keiner von Pauls Landschaften war ein Mensch zu entdecken.

Bald konnten in Aix nur noch wenige daran zweifeln, daß ihr verachteter und verlachter Sohn anfing, etwas zu ihrem Ruhm in das begonnene Jahrhundert hinauszutragen. Zuerst waren es natürlich die erzielten Preise seiner Werke bei Sammlern, bei Versteigerungen, im Kunsthandel, welche die Meinungen der Leute von Aix änderten. Dann hielten seine Bilder, als Teile von Schenkungen aus der Erbschaft von Kunstfreunden, ihren Einzug in die Museen, ins Luxembourg, die letzte Stufe vor dem Louvre.

Sein Wegbereiter im Kunsthandel, sein «Geschäftsfreund», wurde der Bildhändler Ambroise Vollard. Ich habe den merkwürdigen Mann nur ein einziges Mal von Angesicht gesehen, ein Kreole, auf der französischen Insel La Réunion im Indischen Ozean geboren. Mir fiel sein hoher Schädel auf, die dunkeln, wie schläfrig über die Augäpfel herabfallenden Lider. Es war ein wachsamer, um nicht zu sagen lauernder Blick, den sie verdeckten. Als erster Händler hatte er Cézannes Zukunft gewittert. Seine Methode, die er auch an anderen Malern mit Erfolg erprobte, war denkbar einfach. Er lebte die Biographien seiner Schützlinge nach, was hieß, er suchte alle Orte auf, wo sie gemalt hatten. Dort fragte er bei den kleinen Leuten herum, bei Spezereihändlern, Wirten, Schneidern, ob sie nicht zufällig von einem gewissen Soundso ein Andenken besäßen. Die meisten Maler haben in der Armut begonnen und waren glücklich, wenn Bilder von ihnen in Zahlung oder in Tausch gegen Lebensmittel angenommen wurden.

So kam Herr Vollard auch zu mir, dem Besitzer eines Bildes von L'Estaque, von Montgéroult, von Aquarellen. Er durfte sie sehen, aber das war alles.

Junge Leute, Poeten, Kunstgelehrte, angehende Maler der eben mündig gewordenen Generation, Ausländer auch, stellten sich bei Cézanne ein. Das war der Ruhm, kein Zweifel war mehr möglich. Freundlich, redselig einmal, eigensinnig, abweisend, grob das andere Mal, empfing sie der Meister am Chemin des Lauves. La gloire! Der Ruhm! Wenn ich Paul untersuchte und ihm eine neue Nachricht aus Paris geben konnte, von einem Zeitungsartikel, der ihm gewidmet war, der Erzählung eines jungen Avantgardisten, der ihn besucht hatte, lächelte er wohl, dann scherzte er, ohne den leisesten Beiklang von Bitterkeit: «Der Ruhm trägt bei mir den Namen eines Ehepaars: der Gatte heißt Alter, und die Gattin ist Madame Diabète.»

Im Mai 1906 fand in Aix, in der Bibliothek Méjane, eine Feier statt, die Enthüllung einer Bronzebüste von Emile Zola. In einer Vitrine ruhten die Handschriften des Werkes «Drei Städte» – Lourdes, Rom, Paris –, welche Alexandrine, «la belle Gabrielle» von ehedem, der Stadt Aix geschenkt hatte. Die Witwe war selbst anwesend; alle Notabeln, der Bürgermeister, Herr Cabassol, der Sohn des einstigen Teilhabers von Louis-Auguste, Paul. Auch ich befand mich unter den Geladenen. Ich hörte nicht auf die Ansprachen. Ich würde sie im Wortlaut im «Mémorial» lesen können. Ich betrachtete Cézannes Gesicht. Vergeblich versuchte der Maler seine Bewegung zu unterdrükken. Es sprach der Dichter Numa Coste, mit dem sich Cézanne auch überworfen hatte. Es war eine rührselige Veranstaltung; Umarmungen und Tränen, Tremolos und Schluchzen bildeten die Zwischenakte von Rede zu Rede. Cézanne hielt sich gut. Still saß er da. Erst als die Worte fielen von der «Arbeit, die tröstet und die Schmerzen vergessen läßt», übermannte es auch ihn. Während sich die Sitzordnung der Zeremonie auflöste, näherte ich mich Paul, um bei der Hand zu sein, sollte meinen siebenundsechzigjährigen Patienten eine Schwäche befallen. Er aber erhob sich, und unbeachtet, hinter dem Schwarm, der sich um Emile Zolas Witwe gebildet hatte, schritt er der Treppe zu. Deshalb kann ich bezeugen, daß er mit Alexandrine kein Wort gewechselt hat.

Der Sommer 1906 wurde so heiß, daß Paul nicht mehr zu seinem Atelier am Chemin des Lauves hinaufsteigen konnte. Er unternahm kurze Spaziergänge, im Schatten des Cours Mirabeau, kam auch einmal bei mir vorbei. Am Nachmittag rollte dann die Mietkutsche vor, die ihn an die Ufer der Arc hinabführte, wo er seine Staffelei aufstellte. Aber es kam nicht viel zustande. Cézanne verlor sich in den «Recherchen»: in Wahrheit litt er während jener Wochen an einer Altersdepression, an Anfällen von tiefer Traurigkeit. Er besuchte mit großer Regelmäßigkeit die Messe.

Als im September die Hitze gebrochen war, atmete er sichtlich auf. Das Wetter war nun sehr gut und die Landschaft so, wie sie sich der Maler, «auf der Verfolgung seiner Empfindung», nur wünschen konnte.

Er stieg jetzt auch wieder zu seinem Atelier hinan. «Ich bin alt, krank, aber ich habe mir geschworen, mit dem Pinsel in der Hand zu sterben und nicht in Verblödung zu fallen.»

Dieser Wunsch wurde ihm erfüllt.

Am 15. Oktober, einem Montag, malte er im Freien nahe seinem Atelier an einer Landschaft. Ein Gewitter überraschte ihn.

Zwei Männer brachten ihn bewußtlos auf dem Wagen einer Wäscherei nach Aix hinab, pochten bei mir an, und wir führten ihn in seine Wohnung an der Rue Boulégon.

Er muß anderntags eine Unaufmerksamkeit Madame Brémonds benutzt haben, denn im Morgengrauen stieg er in den Garten hinab und arbeitete an einem Bilde weiter, dem Porträt seines Gärtners Vallier.

Am Nachmittag holte mich Marie, die Schwester. Ob man Frau und Sohn kommen lassen solle? Ich konnte nur nicken, als ich Paul sah. Zwar schien er munter, beklagte sich, daß bestellte Farbtuben, zehn Stück Krapplack, noch nicht eingetroffen seien. Doch es war vorbei. Weder Hortense, weder Paul noch die bestellten Farben sollte er mehr sehen. Am 22. Oktober 1906 starb er mit offenen Augen, die langsam ihren Glanz verloren.

Am 6. Juni 1908 wurde Zolas Asche ins Panthéon überführt. 1909 überquerte Blériot auf einem Aeroplan den Ärmelkanal. 1911 las ich Levy-Brühls Werk «Die geistigen Funktionen der unentwickelten Gesellschaften», sowie Rutherfords «Hypothese von der planetaren Struktur des Atoms». 1912 verlor ich meine liebe Frau Fine. 1913 erzielte das Bild «Das Buffet» von Cézanne den Preis von vierzigtausend Franken und «Der Knabe mit der roten Weste» sechsundfünfzigtausend Franken. Im Weltkrieg 1914–1918 verlor ich meine drei Enkel, Jean-Claude, André und Georges im gleichen Jahre.

1918 gab ich meine Praxis auf. Im gleichen Jahr starb Baptistin Baille. Ich siedelte zu meiner ältesten Tochter nach St-Rémy-en-Provence über. 1924 nahm ich an der Beerdigung von Isidore Baille teil. Ein Bild von Cézanne wurde auf einer Auktion für eine Million Franken verkauft.

Nun sitze ich fast täglich auf einer der Doppelbänke unter den Platanen der Place de la République. Wir sind immer zu zweit oder zu dritt, der ehemalige Schullehrer Sextius Chabaut, der Samenhändler Séguin Favier und ich. Man nennt uns «Die Alten», «les vieux». Die Lehne, welche die Sitzfläche teilt, ist praktisch, man kann sich leicht ein wenig drehen und mit dem reden, der uns den Rücken zuwendet. Wir sind alle ähnlich gekleidet, wir tragen das blaue Béret, wir haben alle weiße Schnurrbärte, unsere Hemden sind ohne Kragen, unsere Jacken dunkel, aber sauber – und natürlich hat jeder von uns einen Stock mit einem Hakengriff. Einer hat unten, anstelle der Zwinge, einen Gummipfropfen, und der ist der meine.

Vor uns spielen die jungen Leute Boule. Es gibt jedesmal einen dumpfen Klang, wenn eine der eisernen Kugeln auf den Boden fällt, einen hellen, wenn sie eine andere wegspickt.

Fühle ich mich besonders unternehmungslustig, wandere ich die achthundert Meter der Avenue Pasteur hinan, bis zum Plateau des Antiques. Von dort ist es dann nicht mehr weit zum

Ziehbrunnen; der steht vor dem Kloster St-Paul-de-Mausole, in dem der Maler Vincent van Gogh zwei Jahre geweilt hat. Im Norden wellen sich die Hügelzüge blau den Alpen entgegen. Davor liegt ein violettrotes Feld von Mohnblumen und Esparsetten. Hinter mir, im Süden, stehen grau, von der Vegetation der Garrigue gesprenkelt, die Alpilles, und davor weiden Schafe. Alle haben sie die Köpfe der Erde zugewandt. Geduldig steht der Hirte da und wartet.

Bald wird auch meine Minute vorüber sein.

Der heilige Komödiant

Erzählung

Il est temps de passer du théâtre aux autels.
Rotrou, Saint Genest, IV, 7

I

Im Jahre 1942, mitten im Kriege, stöberte ich in der Luxuspapeterie Scholl an der Poststraße in Zürich das letzte englische Notizbuch der sogenannten Pall-Mall-Serie auf, einhundertsechzig Seiten aus pergamentartigem durchschimmerndem Papier, mit Goldschnitt, in blaues schmiegsames Leder gebunden. Trotz des hohen Preises erwarb ich dieses Luxusstück und verließ in einem Gemisch von Selbstvorwürfen und Zufriedenheit den Laden.

Ich hatte nicht die geringste Vorstellung, wozu es mir dienen sollte. Das Format war zu groß für die Rocktasche. Wohl begleitete es mich im Tornister in den Aktivdienst, aber es kehrte unbeschrieben wieder nach Hause zurück.

Es fand zufällig seine Bestimmung, am Ende eines müßig am Arbeitstisch zugebrachten Vormittags. Seither versieht es seinen Dienst als «Katalog der Sujets», wie die unschöne, nur zum internen Gebrauch bestimmte Bezeichnung lautet. Die Eintragungen sind numeriert. Keine ist länger als drei Zeilen, dann folgt ein Strich quer über die Seite. Diese Notizen sollen mich an Motive erinnern. Von etwa sechshundertsechzig hat sich vielleicht ein Dutzend als keimträchtig erwiesen.

Unter den Eintragungen waren welche, zu denen ich das Bild nicht mehr finden konnte. Zu diesen gehörte die Notiz:

«Saint Genest, comédien païen, représentant le mystère d'Adrien.»

«Sankt Genesius, heidnischer Schauspieler, das Mysterium Hadrians darstellend.»

Ich ahnte etwas von der schriftstellerischen Spannung, die ich damals verspürt hatte, als ich diese Worte niederschrieb – das Ticken des Geigerzählers –, aber was es damit für eine Bewandtnis hatte, daran erinnerte ich mich nicht mehr. Warum ich vor zwei Jahren, statt wie gewöhnlich achselzuckend weiterzublättern, an den paar Worten hängengeblieben bin, kann ich nicht sagen. In der Wahl eines Stoffes gibt es keinen Zufall. Jeder Schriftsteller weiß das. Nur enthüllt sich der Beweggrund meistens erst lange nachdem das Werk beendet ist.

Vielleicht wäre auch diesmal die kommentarlose Eintragung in meinem Katalog wieder in Vergessenheit geraten, hätte ich nicht am Nachmittag desselben Tages ein Buch an die Zentralbibliothek zurückgeben müssen. Ich blickte durch die verglaste

Türe in den Lesesaal – es ist immer ein erfreulicher Anblick: ein lesender Mensch. Die beiden Namen Genesius und Hadrian mußten mit frühchristlichen Begebenheiten zusammenhängen, es mußte sich doch irgendwo in der auf den Regalen des Lesesaals stehenden Handbibliothek ein Nachschlagwerk finden lassen, das mir Auskunft geben konnte. «Schauen Sie doch einmal im Lexikon für Theologie und Kirche nach», riet mir der Saalwart.

«Hadrian und Gefährten, heilige Märtyrer, historische Nachrichten fehlen. Das Martyrologium nennt den heiligen Hadrian mit dreiundzwanzig Gefährten und gibt als Ort des Martyriums Nikomedeia an. Darnach wurde der römische Offizier Hadrian durch das Bekenntnis von dreiundzwanzig Gläubigen – Christen, die er zur Folter zu führen hatte – für den Glauben gewonnen und unter Maximian hingerichtet. Die legendarische Passio ist lateinisch und griechisch erhalten.»

Eine lexikalische Notiz, für theologische Wissenschafter bestimmt, und sie führte in eine mir fremde Gegend hinein. Immerhin, es war darin eine historische Persönlichkeit erwähnt, Maximian, und es fand sich ein geographischer Ort, Nikomedeia, das waren handgreifliche Angaben. Weniger aus Wißbegierde denn aus einer Art beruflicher Gewohnheit schrieb ich mir aus den verschiedenen Nachschlagewerken heraus, was irgend mit dem Hadrian meiner Notiz im Saffianbüchlein zu tun haben konnte.

Nikomedeia, das heutige Nikomedia, war die Hauptstadt von Bythinien im nordwestlichen Kleinasien. Seit dem Jahre 74 vor Christus war sie eine römische Provinz. Hier wurde Diokletian, der Befehlshaber der kaiserlichen Leibwache, im Jahre 284 nach Christus von den Soldaten der Ostarmee zum römischen Kaiser ausgerufen. Dieser Diokletian – uns in der Schweiz sagt sein Name etwas – ernannte seinerseits den Waffengefährten Maximian zum Mitregenten. Hadrian war ein römischer Offizier, Häscher im Dienste Maximians, in der Stadt Nikomedeia, und die Standhaftigkeit und Sterbensbereitschaft von dreiundzwanzig Christen, die er ihres Glaubens wegen zum Martertod führen sollte, überzeugte ihn so von der Wirklichkeit ihres Gottes, daß er sich, von der Gnade berührt und getroffen, zu ihrem Glauben bekannte und mit ihnen den Märtyrertod erlitt. Das also war das Mysterium Hadrians, von dem in der Notiz meines Katalogs die Rede ist.

Was ich über den anderen Namen in meiner Notiz – der Mann Genest oder Genesius – herausbrachte, ließ mich erkennen, daß hierin der Keim zu meiner Notiz steckte.

Genesius, später heiliggesprochen, war ein gallischer Märtyrer, wie Hadrian, unter Diokletian. Nach der Legende ließ er sich in einem römischen Bühnenstück auf der Szene parodistisch taufen, ward aber dadurch wirklich bekehrt und erlitt den Märtyrertod. Er wurde als Heiliger der Schutzpatron der Schauspieler.

Ich stellte meine Lexika in ihre Regale zurück und begab mich hinüber in den Katalogsaal und hantierte geraume Zeit in Kartotheken und Zettelkasten auf der Suche nach meinem Heiligen, von dem sich doch in irgendeiner Märtyrerlegende, in einer Mysteriensammlung eine Spur finden lassen mußte. In einem Rückweis stieß ich dann wirklich auf den Namen «Saint Genès, comédien et martyre à Rome». Im vierten Bande der Memoiren zur Kirchengeschichte der ersten sechs Jahrhunderte von Herrn Lenain de Tillemont, erschienen zu Paris bei Charles Robustel, Rue Saint-Jacques-au-Palmier, 1701, war von ihm die Rede.

Die Geschichte ereignete sich am Anfang der Herrschaft Diokletians, um das Jahr 285. «Der heilige Märtyrer war früher ein Theaterdirektor», heißt es dann weiter, «und ein so großer Christenhasser, daß er sogleich in eine zitternde Wut geriet, wenn er nur den Namen Christi hörte. Noch während der Folterung und in der Stunde ihres Todes beschimpfte er die Verurteilten ihrer Treue zu Christus wegen.»

Er habe sich dann bei einem Abtrünnigen auf das genaueste in die Sakramente der christlichen Religion einweihen lassen – aber einzig und allein, um das Heiligste dieser Religion auf das Ruchloseste schänden und entweihen zu können.

Den Kaiser Diokletian habe er auf eine besondere Weise ergötzen wollen, indem er bei vollem Theater, auf offener Bühne eine Christentaufe parodierte. Nachdem er den übrigen Schauspielern ihre Rolle beigebracht hätte, sei er, hingestreckt auf einer Bahre, wie ein Kranker auf die Szene getragen worden. Daselbst habe er in durchaus geziemlichen Ausdrücken nach der Taufe verlangt. Die Antworten seiner Begleiter seien auf dieselbe Weise erfolgt. Man ließ andere Possenreißer kommen, einen, der einen Priester, und einen, der einen Teufelsaustreiber darstellte. Der angebliche Priester setzte sich an das Bett und fragte: «Mein Sohn, warum hast du nach mir gerufen?» Der also Angeredete antwortete ganz ernsthaft: «Ich wünsche die Gnade Jesus zu empfangen, um in Ihm aufzuerstehen, von den Sünden befreit, die mich zu Boden drücken.» Darauf nahmen die Schauspieler mit dem falschen Priester die Zeremonie der Taufe vor. Man stellte an ihn, Genesius, die üblichen Fragen, und er antwortete, er glaube an alles, was man ihm vorsage. Schließlich entkleidete man ihn und tauchte ihn ins Wasser. Als die heiligen Handlungen beendet waren, hüllte man ihn in weiße Kleider. Da dies alles noch als Possenreißerei angesehen wurde, setzte man die Farce fort. Es kamen Soldaten, die ihn festnahmen, fesselten und vor den Cäsar führten, wie es der Brauch war. Aber als Genesius vor Diokletian stand, berichtete er von einer Vision, die er gehabt habe, als er auf der Bühne die simulierte Taufe empfing. Er habe über sich eine Hand gesehen, die aus dem Himmel kam, und leuchtende Engel, die mit dem Wasser, in das er getaucht worden war, alle Sünden in dem Buche auslöschten, in das sie seit seiner Kindheit eingetragen worden waren, so daß es nun noch weißer geworden sei als Schnee. Genesius wünsche sich nichts sehnlicher, als daß jedermann, so wie er es getan habe, bekenne, Jesus Christus sei der wahre Herr, das Licht, die Kraft und die Liebe, von dem wir allein die Verzeihung für unsere Sünden erwarten dürften.

Diokletian, ob solcher Rede empört und erzürnt, hatte ihn sogleich mit Stöcken schlagen und den Händen Plutius', des Befehlshabers der Leibwache, überweisen lassen. Der hieß Genesius, sich auf das Lager hinzustrecken. Zuerst wurde sein Leib mit eisernen Krallen zerrissen, dann mit Fackeln gebrandmarkt. Aber das vermochte seinen Glauben nicht zu erschüttern. «Und wenn ihr mich tausend Tode erleiden laßt», habe er ausgerufen, «ich werde nicht aufhören, zu Ihm zu beten.» Seine größte Reue sei, daß er diesen heiligen Namen verabscheut und daß sein Hochmut ihn so lange daran gehindert habe, ihn anzuerkennen. Endlich wurde er enthauptet.

Monsieur de Tillemont empfand diese kurze Geschichte so erbaulich wie angenehm, in ihrer Einfalt so recht geeignet, Gottes Güte zu bewundern und seine Allmacht über unsere Herzen erkennen zu lassen.

Ich war unzufrieden, traurig. Mir wollte scheinen, die Legende zeuge eher für die Macht des Römischen Reiches als für die Allmacht Gottes. Was machte das diesem Diokletian, diesem Maximian schon aus, ob der Direktor einer Schmierentruppe zum Christentum übertrat, und das mitten im Spiel, auf der Bühne? Gewiß hatte dieser Vorfall, der mit einer echten Folterung und einer richtigen Hinrichtung auf dem Theater endete, ihr Gaudium noch erhöht. Ja, wer weiß, vielleicht hatten sie so einen beeindruckbaren, sensiblen, auf der Kippe zwischen Cäsar und Christus stehenden Mimen längst schon ausgesucht, in der hämischen Erwartung, es werde die Parodie auf der Szene mit einem richtigen Blutgericht enden.

In Schulbüchern der Schweiz ist von diesen Kaisern die Rede. Maximian war es, der die Thebäische Legion mit ihrem Führer Mauritius im Wallis hinmetzeln ließ, weil sie sich weigerten, Christen zu verfolgen. Und die Stadtheiligen Felix, Regula und Exuperantius wurden in Turicum von Decius, dem Statthalter Maximians, zum Tode verurteilt, weil sie dieser Thebäischen Legion angehörten. Der Richtplatz befand sich dort, wo heute das Helmhaus steht. Die Köpfe im Arm, schritten sie nach der Hinrichtung sechzig Ellen den Moränenhang empor. Dann sanken sie hin. Es gibt keinen Zürcher, der diesen Weg noch nie gegangen wäre. Es sind die vierunddreißig Stufen der Großmünstertreppe.

II

In meiner Sache, auf der Suche, was die Notiz in meinem Katalog bedeute und was darin sich Außergewöhnliches verberge, war ich mit der erbaulich erzählten Legende nicht viel weiter gekommen. Trotzdem behielt ich den Pergamentband, den man mir ausnahmsweise zum Mitnehmen überlassen hatte, auf meinem Schreibtisch. Wenigstens war der schöne Druck etwas Greifbares. Blätterte ich darin, fuhr ich mit den Fingern über Deckel und Rücken, so berührte ich doch gleichsam das große Jahrhundert, le Grand Siècle Frankreichs, und das lag mir näher und vertrauter als Nikomedia in Kleinasien und das Rom zur Zeit der Christenverfolgung. Ich war, wenn es um eine Arbeit von dieser Art ging, immer solchem Schimmern einer Ahnung gefolgt. Den Weg des geringsten Widerstandes zu wählen, das heißt in unserem Metier seiner Neigung folgen.

Der Verfasser der Denkwürdigkeiten zur Kirchengeschichte, dieser Monsieur de Tillemont, gehörte zum Kreis von Einsiedlern, der «solitaires», die sich um das Zisterzienserinnenkloster von Port-Royal-aux-Champs angesiedelt hatten. Der Historiker und Priester wird als bescheidener und fleißiger Gelehrter bezeichnet, dessen Werke ihren Wert behalten hätten.

Das Kloster lag etwa drei Meilen von Versailles entfernt, nahe der Stadt Chevreuse; aber Port-Royal ist mehr als ein geographischer Begriff. Die Impulse, die von ihm, dem kleinen Nonnenkloster, ausgingen, haben während eines Jahrhunderts das geistige Antlitz Frankreichs gezeichnet. Soviel wußte ich noch: in irgendeiner Weise hing meine Notiz mit dieser Epoche zusammen.

Es kam mir merkwürdig vor, daß ich über Port-Royal Kenntnisse besaß. Im deutschsprachigen Raume, auch bei uns in der mehrsprachigen Schweiz, gehörte der Begriff bereits in das Fach der Romanisten. Es ist aber nicht viel anders bei den Franzosen, von denen die wenigsten Goethe oder Gottfried Keller mehr als dem Namen nach kennen: unter dem lawinenartig anwachsenden Wissensgut ist Universalbildung bereits zur Legende geworden.

Allmählich aber, beim Lesen und Blättern im Quartband von Tillemonts «Mémoires», beim Einatmen des leicht modrigen Geruchs, der von den schön bedruckten Seiten ausging, kam ich dahinter.

Ich trug einen weißen Arbeitsmantel, ich stand vor einem Regal alter Bücher, ein Kalbslederband lag aufgeschlagen in meiner linken Hand – das Buchantiquariat. Mein kleiner Laden! Drei Jahre bin ich vom Limmatquai herauf über die vierunddreißig Stufen der Großmünstertreppe emporgestiegen, um auf die Paßhöhe der oberen Kirchgasse zu gelangen, wo ich in einem schmalen, langen Raum eine Boutique mit alten Büchern eingerichtet hatte. Es wird sich vielleicht ein andermal Gelegenheit bieten, über dieses Abenteuer zu berichten. Heute nur das, was mit meiner Genesius-Legende zusammenhängt.

Als ich, kurz nach meinem dreißigsten Altersjahre, am Anfang der großen Wirtschaftskrise, begriffen hatte, daß ich, trotz meiner erstklassigen Ausbildung an der Kantonalen Handelsschule in Zürich, trotz meines Diplomes, zur Führung der Kolonialwarenagentur, die mir mein Vater hinterlassen hatte, unfähig war, anderseits aber außer einigen Geschichten im «Schweizer Spiegel» keine schriftstellerischen Leistungen vorzuweisen hatte, war ich auf die Idee gekommen, ein Buchantiquariat zu eröffnen. Das schien mir der geeignete Übergang vom bürgerlichen, auf den Erwerb ausgerichteten Leben zu dem eines freien Schriftstellers.

Mit dem Wechsel der Handelsware, von Zucker, Kaffee und Gewürzen zu den Büchern, wollte ich offensichtlich meine Entscheidung für den Geist und die Askese zum Ausdruck bringen. Ich stellte mir den Beruf eines Antiquars etwa so vor: im vorderen Teil des Ladens warten die Erstdrucke und die bibliophilen Ausgaben, die Maroquins und die Veaux, auf die Bibliomanen, während ich im hinteren Teile des Ladens meine unsterblichen Werke schreibe. Diese Vorstellung hat sich weder im vorderen noch im hinteren Raume bewahrheitet. Wohl fanden sich sogenannte «Sehleute» ein, stöberten herum, überhäuften mich mit Lob ob der seltenen Stücke, aber leider hatte ich diese auf einer sehr kostspieligen Reise nach Frankfurt und Paris in Luxusantiquariaten gerade zu dem Preise erworben, zu dem ich sie hätte absetzen sollen. Offen gestanden, ich war darüber nicht einmal unglücklich, denn mich etwa eines Molière mit Kupferstichen von Boucher zu entäußern, wäre mir schwergefallen. Diese eigenartige Geschäftsführung endete nach etwa drei Jahren mit der Liquidation des Unternehmens. Dennoch war es nicht ohne Gewinn für mich gewesen. Allerdings nicht des verächtlichen materiellen Profits – im Gegenteil – aber in einer Erweiterung meiner Kenntnisse. Ich hatte nämlich in dem kleinen Hinterzimmerchen die schönen Werke, die Corneilles, den Pascal, Montesquieu, Montaigne, Saint-Simon gelesen; die drei gloriosen Französischen Jahrhunderte waren mir in einer Art privater Volkshochschule, auf der ich Vorleser und Hörer zugleich war, so vertraut geworden, daß ich mich, wenn auch nicht wie ein zünftiger Romanist, so doch als ein aufgeklärter Liebhaber darin auskannte.

Jetzt glitt diese Zeit mit ihren um Port-Royal herum gruppierten Gestalten und Ereignissen aus dem Schatten heraus. Ich erinnerte mich eines Emigranten, eines deutschen Schriftstellers, der häufig in meinen Laden kam und mir kleine Raritäten aus der deutschen Literatur zum Kaufe anbot. Meist waren es Broschüren, einzelne Blätter, Autogramme auch, und ich erriet, daß dieser vertriebene Mann auf diese Weise durch seine in Deutschland zurückgebliebenen Freunde unterstützt wurde. Diese kostbaren Werke – oft waren Erstdrucke darunter – reisten als Drucksachen, unverschlossen, und erweckten dadurch kein Mißtrauen der Zöllner. Es fand sich keiner unter ihnen, der mit einem Briefchen der Henriette von Knebel etwas anzufangen gewußt hätte. Manchmal konnte ich auch wirklich so ein Stück erwerben und es in dem kleinen Schaufenster, das sich gerade gegenüber dem Deutschen Generalkonsulat befand, ausstellen; manchmal kam auch ein Tausch zustande. Daß der des Geldes bedürftige Mann auch nach geistiger Nahrung ausging, merkte ich daran, daß er während seiner Besuche immer wieder in die gleiche Ecke zurückkehrte und dort, stehend, in der klassischen Haltung des Stöberers, in einem Bande blätterte. Wenn er gegangen war, stillte ich meine Neugierde, und so fiel ich dann auf ein Buch aus dem Jahre 1840, das den Hörern der Akademie von Lausanne gewidmet war und den Titel trug: «Port-Royal» par C.-A. Sainte-Beuve. Es handelte sich um die Originalausgabe des Werkes des berühmten Kritikers; es wird als eines der bedeutendsten literaturhistorischen Bücher des 19. Jahrhunderts gewertet. Mein Kunde konnte sich offensichtlich die fünf Bände nicht leisten. So kam er schließlich täglich in meinen Laden, um während einer Stunde, in der Stellung des Stöberers, das Werk zu lesen.

Wenn er gegangen war, trug ich es in das Hinterstübchen und las es ebenfalls. Eines Tages blieb er aus. Er hatte sich das Leben genommen.

Das liegt vierzig Jahre zurück. Ich holte mir Sainte-Beuves Werk aus der Zentralbibliothek. Endlich hatte ich den Schlüssel zu meiner Notiz in meiner Hand, ich wußte es. Wirklich, noch im ersten Durchblättern sprang mir der in Kursivschrift aus dem übrigen Text herausgehobene Satz in die Augen: «Saint Genest, comédien païen, représentant le mystère d'Adrien» – «Sankt Genesius, heidnischer Schauspieler, das Mysterium Hadrians darstellend.» Es war der Titel einer Tragödie. Deren Verfasser hieß Jean Rotrou und war ein Freund des großen Pierre Corneille. Voilà! So einfach war das. Ich wußte nun auch, weshalb ich mir den Titel gemerkt hatte: es war die damit verbundene Vorstellung von der göttlichen Herkunft des Wortes.

III

Selbstverständlich hatte ich kein anderes Verlangen mehr, als Jean Rotrous Tragödie zu lesen. Was mein Herz damals zum Pochen, meine Hand zur Niederschrift der Notiz gebracht hatte, das war das Gegenwärtige der Aussage, das in diesem Titel angedeutet wurde: das Abenteuer eines Komödianten. Ich ahnte, worum es ging. Ein Thema war angerührt, das mich zeitlebens bezaubert hatte: Das Wort – ein Gefäß, das Wort – ein Behälter. Das Wort enthält, das Wort behält eine Botschaft. Durch das Wort wird sie weitergereicht, über Jahrhunderte hinweg, durch Jahrhunderte hindurch. Von dem, der das Wort ausspricht, und von dem, der es hört, wird nicht gefordert, daß sie es begreifen. Es wird nur von ihnen erwartet, daß sie es weitergeben, unversehrt. Der Komödiant ist ein solcher Wortträger. Es ging um den alten Streit, ob der Schauspieler sich so in seine Rolle hineinleben solle, daß er zu der Person werde, die er darstelle – oder ob er kaltes Blut, Abstand und Fremdheit bewahren müsse. Eine Maske vor dem Gesicht hat nicht nur Wirkung auf den Zuschauer, sie verändert auch den Charakter des Trägers. Man kann das an jedem Maskenball erleben, aber auch an jedem zurechtgestutzten Pudel. Nicht um den Heiligen ging es mir, sondern um den Komödianten im Solde der Cäsaren.

In keiner unserer Bibliotheken konnte ich die Werke Rotrous auftreiben. Er blieb ohne Nachruhm, obwohl er zwischen 1627 und 1648 über fünfunddreißig Komödien, Tragikomödien und Tragödien geschrieben hat, die alle mit großem Erfolg über die Bühnen von Paris gegangen sind und die alle gedruckt wurden. Wahrscheinlich schrieb er noch einmal so viele Theaterstücke, die nicht gedruckt wurden, weil der Autor das Manuskript, dem damaligen Brauch gemäß, der Schauspielertruppe, der er es verkauft hatte, überlassen mußte. Der «Saint Genest» ist Rotrous zweiunddreißigstes Werk. Es erschien im Jahre 1647; der Dichter war achtunddreißig Jahre alt. Drei Jahre später war er tot.

Das Titelblatt der Originalausgabe hat den Wortlaut: «Le véritable Saint Genest, Tragédie de Mr. de Rotrou à Paris, chez Toussainct Quinet, au Palais, dans la petite Salle sous la montée de la cour des Aydes MDCXXXXVII. Avec privilège du Roy du 11 mars 1647.»

Die zuletzt gedruckte Ausgabe seiner Stücke geht auf das Jahr 1820 zurück: fünf Bände, Verleger Desoer, Paris, Librairie, Rue Christine. In dieser Ausgabe lautet der Titel der Tragödie: «Saint Genest, comédien païen, représentant le mystère d'Adrien, tragédie.» Dies war der Text, den ich mir notiert hatte. Ich ließ mir in Paris eine Photokopie des Stückes herstellen; es umfaßt 80 Oktavseiten. Um mein Vorhaben perfekt auszuführen, sollte ich nun den «Saint Genest» in deutscher Übertragung folgen lassen. Es gibt von diesem Werk keine Ausgabe in unserer Sprache. Ich müßte die über zweitausendfünfhundert französischen gereimten Alexandriner selbst übersetzen. Abgesehen davon, daß ich dazu nicht fähig wäre, geriete durch ein solches Einschiebsel meine Arbeit aus dem Gleichgewicht. Es hat sich herausgestellt, daß sie in der Folge eine von mir weder geplante noch vorausgesehene Richtung nahm.

Ich unterziehe mich deshalb der Notwendigkeit, Rotrous Tragödie schlicht zu erzählen. Der Ort der Handlung ist Rom, um das Jahr 300 herum, ein Säulensaal im Palast des Kaisers Diokletian; die hintere Hälfte der Bühne wird durch einen Vorhang von einer anderen, ein wenig erhöhten Bühne getrennt. Wir müssen uns den Dekor im Stile der Zeit der Uraufführung im Théâtre du Marais vorstellen, 1646, in der Epoche der Regentschaft Annas von Österreich, Wände und Säulen, die Fauteuils und Sessel, in einem Halbrund mit viel freiem Raum vor dem noch zugezogenen Vorhang, das Barockzeitalter. Vielleicht ist es auch nicht unangebracht, daran zu erinnern, daß die Zuschauer im echten Theatersaal, vor dieser doppelten Bühne, in Fauteuils gleicher Stilart saßen. Eine solche simple Vorstellung läßt uns nicht bloß die zweifache Ebene der Vorgänge bewußt werden, sondern ihre dreifache. Wozu noch eine vierte käme: nämlich wir, die Leser, die wir auf die drei, nur mehr von der Vorstellungskraft lebenden Szenarien und Akteure hinabgucken.

Die erste Szene spielt zwischen Valerie, der Tochter des Kaisers Diokletian, und deren Vertrauten Camille. Die Prinzessin hatte einen unheilvollen Traum: ein Hirte begehrte sie zum Weib. Wer ist dieser Freier? Sie erinnert sich des Vaters Unberechenbarkeit. Hat er selbst nicht ihre Mutter, eine einfache Frau aus dem Volke, geheiratet, allerdings, als er, Diokletian, selbst noch nichts anderes als ein einfacher Legionär war? Ein Page verkündet die glorreiche Rückkunft des Mitregenten Maximian von seinem Kriegszug im Fernen Osten und meldet gleichzeitig Diokletian, der ihm auf dem Fuße folgt. Ihm, dem Sieger, hat Diokletian seine Tochter Valerie zur Gemahlin bestimmt. Auch Maximian stammt aus dem Volk, er war Hirte, wurde Soldat und stieg durch Diokletians Gunst zur Mitregentschaft empor. Valeries Traum ist erklärt: sie ehelicht einen Hirten, es ist wahr, «aber einen, der über Rom regiert».

Nach diesen drei ersten Szenen der Tragödie haben wir das Mittelmäßige des Werkes überstanden. Wir sind über die Familien- und dynastischen Verhältnisse unterrichtet.

Mit dem Auftritt Genesius' ändert sich die Atmosphäre sogleich. In den Pomp der Herrscher tritt der profane Berufsmann, der Direktor einer Schauspieltruppe, selbst ein Mime. Eine Theatervorstellung soll die mit der Verlobung verbundene Siegesfeier krönen. Respektvoll und vertraulich zugleich berät Genesius, nachdem ihm von Diokletian hohes Lob für seine Schauspielkunst zuteil ward, mit den Diktatoren über die Wahl des zu spielenden Stückes. Er denkt an Sophokles, Plautus, Terenz. Diokletian findet, man habe diese hinlänglich genossen, sie entbehrten des Reizes der Neuheit. Da mischt sich Valerie, die Braut, mit einem schicksalsträchtigen Vorschlag in das Gespräch der Männer: man rühme allgemein des Genesius unübertreffliche Geschicklichkeit, einen Christen darzustellen, in seinem Eifer und seiner Heiterkeit, wenn er von der empfangenen Taufe hinweg zur Hinrichtung wandle, über glühende Roste schreite, als seien sie Rosen unter seinen Füßen. Leicht sei dieser Wunsch zu erfüllen, antwortet Genesius, wenn Kaiser Maximian es erlaube, daß seine Gestalt auf der Bühne erscheine, sein Name gebraucht werden dürfe. Dies nämlich würde Genesius ermöglichen, die Hinrichtung jenes besonders hartnäckigen Hadrian darzustellen, der vor zwanzig Jahren, in Nikomedia, durch Maximians Urteilsspruch, zum Tod verurteilt worden sei. Er würde diesen Abtrünnigen so spielen, rühmt sich Genesius, daß sich die Fiktion von der Wirklichkeit kaum mehr unterscheiden lasse, vorausgesetzt eben, daß ein Schauspieler Maximian darstellen, daß vor dem echten Cäsar auch Cäsar gemimt werden dürfe. Mit Vergnügen, antwortet Maximian, werde er Zuschauer einer Handlung sein, in der er sich als Doppelgänger erblicke. So möge denn

Genesius das Spiel vorbereiten, würdig des großen Tages, wird beschlossen.

Seit dem Vorschlag Valeries, Genesius sollte einen Christen mimen, weht durch den Dialog ein Hauch, der uns frösteln läßt. Man hat Rotrou nicht zu Unrecht den Dramatiker der Doppelsinnigkeit, «de l'ambiguité», genannt.

IV

Als sich der Vorhang zum zweiten Akt hebt, ist bereits auch der Vorhang der Bühne auf der Bühne geöffnet. Rotrou macht keine Andeutung über die Szenerie. Da aber das Stück, das gespielt werden soll, das Mysterium Hadrians darstellt, muß der Ort dieser Handlung Nikomedia sein, etwa um das Jahr 285.

Genesius ist im Begriff, sich umzukleiden. Er hält seine Rolle in der Hand, memoriert seinen Text, dazwischen spricht er mit einem Bühnenarbeiter, der Versatzstücke aufstellt. Allein gelassen, probt er den Auftrittsmonolog Hadrians, in dem sich der zum Christentum bekennende Offizier im Heere Maximians zur Standhaftigkeit aufruft, wenn ihn nun Folter und Tod erwarten.

Noch einmal wiederholt er die letzten Verse der Tirade:

Laß Feige würdelose Tränen weinen,
Und der Tyrannen Gnad erbetteln! Waffenlos
Biet du dem Eisen deine Brust, dein fließend Blut,
Stirb aufrecht, unerschüttert, auf deinem Platz.

Darauf erscheint seine Kollegin, die Schauspielerin Marcelle, unwillig, wie sie klagt ob der Verehrer, die in ihre Garderobe eindringen und ihr den Kopf vollschwatzen mit ihren Komplimenten. Genesius beschwichtigt sie, nicht ohne Ironie, er glaubt weder an ihren Unwillen noch an ihren Zorn über diese galanten Herrchen. Er hört ihr eine Passage aus ihrer Rolle ab, die Zeit drängt, Marcelle soll den Beleuchter anweisen, die Kerzen zu entzünden, dann fährt Genesius, wieder allein, weiter im Text Hadrians:

Ich sah es, Himmel, du weißt es aus der Zahl der Seelen,
Die mit den Flammen ich empor zu senden wagte,
Wie über heißen Rosten, zwischen tollen Stieren,
Die Opfer sangen und die Henker bebten.

An dieser Stelle wirkt zum erstenmal des Wortes Magie auf den Schauspieler Genesius. Er bittet zitternd die Götter um Beistand, gegen sich selbst, und in ihrer Sache, denn es scheint ihm, er mime nicht mehr Hadrian, er werde ihn.

Mit seinem Namen fühle ich mich Christ!

Er weiß zwar von Berufes wegen um diesen Effekt, aber heute ist es anders. Wohin nur verirrt er sich mit seinen Gedanken?

Nachzuahmen gilt es, nicht zu sein!

Hier hat Rotrou in die sich anbahnende Tragödie eine Konzession an das Publikum hineingebracht, die ein heutiger Autor wahrscheinlich unterlassen hätte, weil sie ihm überflüssig schiene. Aus dem sich öffnenden Himmel verkündet eine Stimme:

Fahre weiter Genesius in deiner Rolle!
Du wirst sie nicht vergeblich spielen.
Ein wenig Mut noch wird verlangt zu deinem Heil,
Und Gott wird helfen.

Diese Stelle stammt offensichtlich aus der gleichen Quelle, aus der Monsieur de Tillemont geschöpft hat, als er seine Genesiuslegende erzählte. Im ganzen Stück kehrt Jean Rotrou nie mehr zu einem Deus ex machina zurück.

Der Regisseur kommt, mahnt zur Eile, der Hof ist unterwegs – und schon ziehen sie auf: Diokletian, Maximian, Valerie und ihre Dienerin, der Statthalter Plautius, das Gefolge, Soldaten. Die Prominenten nehmen ihre Plätze ein. Maximian bekennt, er werde mit Freude den Abtrünnigen, den er vor zwanzig Jahren verurteilte, ein zweites Mal sterben sehen.

Gesang, von Lautenspiel begleitet, ertönt. Die Tragödie «Hadrian» beginnt, das Stück im Stück.

Hadrian erscheint und spricht den Monolog, den wir schon einmal während der Probe gehört haben; aber die Tonart ist anders. Je mehr Genesius in seine Rolle hineinwächst, um so größer wird er als Schauspieler. Ergriffen und bewundernd gedenkt er der Todesstunde seiner Opfer, der Christen. Auch er, Hadrian, ist nun bereit, die Gunst eines Cäsaren, die ja nicht länger als ein Menschenleben währen kann, um der ewigen Seligkeit willen hinzugeben. Eine wahre Aufopferungssehnsucht, eine Jenseitssehnsucht hat ihn erfaßt. Das einzige, was er verliert und worum er trauert, ist Natalie, seine ihm jüngst angetraute Gattin, die von seiner Wandlung noch nichts weiß. Hadrian macht sich seine Liebe zu ihr zum Vorwurf. Dem Cäsarischen Auditorium wird auf die trefflichste Weise dargestellt, wie der Henker gewillt ist, seine Rolle mit der des Opfers zu vertauschen. Wir, die echten Zuschauer, beginnen zu ahnen, daß der Hadrian der Bühne in den wirklichen Genesius zu verwandeln sich anschickt. Die Doppelsinnigkeit wird beklemmend.

Flavius, der Präfekt, ein Freund Hadrians, stürzt herein, entsetzt. Ist das Gerücht wahr? Hadrian bekenne sich zum Christentum! Flavius schildert Maximians Wutausbruch. Hadrian war sein Günstling, und nun müsse er vernehmen, er verleugne die Götter, und ihn, den Kaiser Maximian, um dieses Christus willen. Das Kreuz sei die Himmelsleiter, der Cäsar möge ihm nehmen, was er Kostbares besitze, ruft Genesius. Er verachte die irdischen Güter; statt sie zu besitzen, werde man von ihnen besessen. Ohne sie, in der Armut, gehe man leicht in den Himmel ein.

Aber Cäsars Gerechtigkeit, die Ehrfurcht vor seinen Göttern zwinge ihn, alle, die sich Christen nennen, gleich zu bestrafen, ohne Ausnahme, beschwört darauf Flavius den Exaltierten. Sein Untergang sei besiegelt, wenn er auf seinem Bekenntnis beharre. Er möge tun, was seine Pflicht sei, gebietet Hadrian. Flavius läßt ihn fesseln und durch Legionäre abführen.

Seiner Ansicht nach, erklärt Diokletian sich erhebend, habe in diesem Akt der Schauspieler Genesius sich selbst übertroffen. Maximian, von dem auf der Bühne bereits die Rede war, findet, mit mehr Talent könne nicht Theater gespielt werden.

«Die Pause», zwitschert Valerie munter aufstehend, «gibt uns Gelegenheit, Genesius zu beglückwünschen und die anderen Schauspieler zu begrüßen.»

«Beeilen wir uns!» mahnt Diokletian.

Ernst und Burleske halten sich die Waage. Als Zeuge der Begebenheit in Nikomedia vor zwanzig Jahren sitzt Maximian in eigener Person im Zuschauerraum. Bald wird sein Doppelgänger, gemimt durch den Schauspieler Oktavius, die Szene betreten.

Der dritte Akt der Tragödie – der zweite des Stückes «Hadrian» – beginnt. Maximian, der richtige Maximian, der sich in seinen Fauteuil setzt, erkennt sich in dem Schauspieler, der die Bühne betritt: «Ah, da ist er ja, der, der mich spielt; jetzt wollen wir einmal sehen, mit welcher Anmut er mich darzustellen weiß.» Ein ironischer Witz Rotrous, denn Maximian ist ferne jeder Anmut; er mußte als Hirte eher einem Wolf geglichen haben. Die Konfrontation der beiden Maximiane war für das Parkett sicherlich erheiternd.

Der gefesselte Hadrian, also Genesius, wird dem Maximian des Stückes vorgeführt. Nach all dem, was wir ahnen, eine unheilschwangere Situation. Die Schauspieler auf der Bühne der Bühne sind von einem Kreis von Wächtern und Soldaten, unter denen sich ein Präfekt befindet, umgeben, genauso wie die Zuschauer auf der Bühne.

Ohne das Spiel der Mimen, ohne den Text Rotrous, ohne die großen Verse, die gereimten, heroischen, von Schwung getragenen Alexandriner reicht meine Darstellung dieser Szene über die Tonart eines «Führers durch die Opernwelt» kaum hinaus. Ich weiß es. Ich kann es nicht ändern. Ein echtes Bühnenstück hat nur eine Möglichkeit der Verwirklichung: das Spiel. Es ist nicht nacherzählbar. Ich muß mich mit armseliger Prosa begnügen. In einem Corneilleschen Dialog, möchte man sagen, stehen sich die beiden Männer gegenüber, der Kaiser und sein rebellischer Legionär, die antike Götterwelt und das junge Christentum verkörpernd. Nicht ein neuer Gott sei es, zu dem er sich bekenne, ruft Hadrian, sondern zum Herrn über das Universum seit Anbeginn aller Zeiten, dem Allmächtigen, der den Kosmos erschuf. Natürlich ist der ungeschlachte Maximian dem Glaubensstreit nicht gewachsen. Er hat Hadrians Verzückung nichts als seine Wut, seinen Dünkel und seine furchtbare Macht entgegenzustellen. Auf Hadrians Bekenntnis

Ich suche ein Heil, das von den metallenen Götzen,
vor denen du kniest, nie zu erhoffen ist

ertönen die groben Worte aus dem Munde des Schauspielers, der Maximian darstellt:

O helft mir Götter die Folterqualen zu erfinden,
die meinem Zorne und dem Haß der Götter würdig sind.

Flavius übergibt Hadrian dem Gefängniswärter, der ihn in das Verlies zurückführt.

Natalie, Hadrians Frau, dargestellt durch die Schauspielerin Marcelle, die wir bereits gesehen haben, tritt auf. In der folgenden Szene wird eine romantische Geschichte aufgedeckt, im Stile der alten Komödien: zwar ist Natalie keine verkleidete Prinzessin, aber eine geheime Christin. Gemeinsam mit ihrem Gatten will sie den Märtyrertod erleiden. Die klug angelegte Szene wüchse jedoch nicht über das gewöhnliche Theater der Zeit hinaus, wäre das Spiel nicht doppelsinnig. Während die Zuschauer auf der Bühne sich noch still verhalten, ganz dem Spektakel hingegeben, sind wir, die echten Zuschauer, bereits so weit, daß wir jeden Augenblick das Bersten der Rolle Hadrians befürchten, des Genesius Heraustreten in die Wirklichkeit.

Das geschieht denn auch am Ende dieses Aktes, aber auf völlig unerwartete Weise. Genesius kommt an die Rampe und wendet sich mit ganz normaler Stimme an Diokletian, der von seinem Hofstaat umgeben und, wie man aus dem Kommenden annehmen muß, von einer Menge lauter Zuschauer umdrängt, vor der Bühne auf der Bühne sitzt: «Herr, das Geschwätz des unerwünschten Anhangs in Eurem Gefolge stört und vermindert das Vergnügen Eurer Majestät und verwirrt unsere Schauspieler!»

Lachend antwortet Diokletian: «Da wollen wir gleich persönlich Ordnung schaffen. Aber daran tragen allein eure jungen und hübschen Damen die Schuld.»

Mit schwelender Tragik und Komik dicht beieinander, so endet dieser dritte Akt in einem munteren Tumult, dieweil das eigentliche Drama, jenes, das sich in Genesius und auch in uns abzeichnet, in der Schwebe bleibt. Mit der wieder hergestellten Ordnung im Zuschauerraum beginnt der vierte Akt der Tragödie; der Vorhang vor der Bühne auf der Szene öffnet sich zum dritten Akt des Stückes «Hadrian».

Noch einmal bemüht sich Flavius, der Präfekt, seinen Freund Hadrian vom Gang in den Opfertod abzubringen. Er malt ihm das Entsetzliche aus, dem er entgegengeht. Aber Hadrian hat selbst zu lange unter den Gläubigen gewütet, zu oft hat er mitangesehen, wie sie die von ihm befohlenen Folterungen erduldeten – er wird es ihnen gleichtun.

Nur Natalie, seine Gemahlin, möchte er noch einmal umarmen in dieser Welt. Flavius gewährt es ihm. Vielleicht gelingt es der Gattin, Hadrian noch umzustimmen. Ein Mißverständnis verlängert die Szene. Weil sie Hadrian ledig der Ketten findet, glaubt Natalie, er habe sein Bekenntnis widerrufen. Es folgt eine lange Tirade, in der sie den Gatten des Verrats und der Feigheit bezichtigt. Vergeblich versucht Hadrian den Redestrom zu unterbrechen – inmitten der Tragödie eine neue, die Komik streifende Episode. Endlich gelingt es Hadrian zwischen zwei Tiraden, sein erklärendes Wort einzuschleusen. Natalie bittet um Verzeihung, sie ist stolz auf ihren Gatten.

Cours, généreux athlète ... Eile in den Tod, edler Streiter!

Anthyme, ein christlicher Priester – dargestellt durch den Schauspieler Lentule – betritt Hadrians Zelle. Das Gerücht von der Konversion des ehemaligen Christenverfolgers Hadrian hat die Stadt Rom durchlaufen, Anthyme will dem Märtyrer auf dem letzten Gang beistehen.

Hadrian bittet um die Taufe, Anthyme findet sie nicht mehr notwendig, Hadrians Blut sei der Taufe genug. Offenbar scheute sich Rotrou davor, den sakralen Akt auf der Bühne darstellen zu lassen.

Bewahr nur deinen Glauben unerschütterlich,
Kämpfst du für Gott, kämpft Gott für dich.

Nach diesen Worten des Priesters verstummt Hadrian – man muß sich die atemlose Stille im Parkett der Imperatoren und die Stille im Auditorium des Théâtre du Marais vorstellen –, dann wendet er sich von neuem an den Priester. Aber er redet ihn mit seinem richtigen Namen, Lentule, an. Der große Schauspieler Genesius ist aus seiner Rolle gefallen.

Lentule, Inbrunst bedrängt meine Seele,
ich lüfte die Maske, hör was ich denke:

Der Gott, den ich haßte, haucht Liebe mir ein,
Hadrian hat gesprochen, nun spricht Genesius.
Nicht Hadrian, Genesius ist es, der die Gnade
der Taufe, die Ehre des Martyriums ersehnt...

Er hat eine Vision. Er ist außer sich. Der Dichter unternimmt es, den Zustand der Gnade zu zeigen, der blaue Himmel hat sich geöffnet. Helligkeit umgibt den Getroffenen, die Sphären erklingen von Musik, sein Glaube verleiht ihm Flügel. Ekstatisch schreitet Genesius dem Göttlichen entgegen, das ruft, ruft. Er verläßt die Szene.

Auch Natalie hat ihre Maske fallengelassen, oder besser, sie ist ob des Genesius Verhalten aus dem Konzept geraten. Es ist die Schauspielerin Marcelle, die ruft:

«Meine Antwort ist verpatzt, diese Verse sind neu.»

Lentule, im Kostüm des Priesters Anthyme, klagt verzweifelt:

«Er hat sie frei erfunden, er folgt nicht mehr dem Buch. Darum hat er die Bühne verlassen, um seine Gedächtnislücke zu verdecken.»

Im Parkett der Imperatoren dagegen hat man noch nichts gemerkt. Anerkennend ruft Diokletian aus:

«Seht doch, mit welcher Kunst es heute Genesius versteht, sich in die Gefühle anderer Leute hineinzuversetzen.»

Valerie, die Braut, bemerkt altklug:

«Um die Zuschauer zu täuschen, selbst die Kollegen im Stich zu lassen, das ist wohl der Gipfel der Schauspielkunst!»

Aber Flavius, der Präfekt im Stück «Hadrian», der Komödiant Segreste, möchte um jeden Preis die Situation retten. Das absurde Intermezzo hat zu lange gedauert, er kennt Cäsars Zorn. Man veranlasse Genesius, sogleich auf die Bühne zurückzukehren!

Ein einfacher Soldat aus dem kaiserlichen Gefolge im Parkett kann nicht umhin, daran zu erinnern, daß jene, die man zur Hinrichtung führt, immer etwelche Schwierigkeiten beim Gehen haben.

Marcelle will es immer noch nicht fassen, daß der erfahrene Schauspieler auf solche Weise das Spiel durcheinanderbringen konnte. Aber Flavius, alias Segreste, erwidert, so etwas könne im Eifer einem jeden widerfahren.

Mit dem neuerlichen Heraustreten des Genesius aus der Kulisse nimmt das Spiel seinen Fortgang. Es scheint, als sei man noch einmal davongekommen. Die Verzückung des von der Gnade Getroffenen hält an. Es kann sowohl Hadrian als auch Genesius sein, der den Blick zum Himmel richtet, Strophen des Dankes und des Gebetes deklamierend. Immerhin, von dieser Stelle an wird im Text die Rolle bereits mit Genesius bezeichnet.

Mit großer Verlangsamung hinter den Ereignissen herhinkend, stellt der neben Diokletian im Parkett sitzende Maximian naiv fest: «Er tut so, als sei er von der Gnade der Taufe bewegt.»

«Man würde meinen, sein Spiel sei echt», bestätigt die Braut. Und Plautius, der echte Präfekt: «Also entweder ist das echt, oder nie wurde etwas Falsches besser nachgeahmt.»

Lange wird sich dieser Zustand auf des Messers Schneide nicht mehr halten lassen, spüren wir. Ekstatisch fordert Genesius seine Kollegen Marcelle und Segreste auf, es ihm gleichzutun – noch immer wäre es möglich, die beiden als Natalie und Flavius zu sehen – sie möchten aufhören, neue Nägel in das Kreuz zu schlagen.

Nicht ein einziges Wort stimme mehr mit seiner Rolle überein, ruft Marcelle verzweifelt aus. «Wie kann ein so sorgfältig einstudierter Spektakel auf solche Weise mißlingen?» stottert Segreste.

«Hallo, wer hat das Textbuch?» ruft Lentule in die Kulisse hinein.

Dessen bedürfe es nicht mehr, fügt Genesius sofort bei, eine höhere Regie habe sich eingeschaltet und leite nun alles.

Vergängliche Welt und ein eitles Ziel,
Nur eine Komödie, in der ich nicht ahnte, welches mein Spiel…

Komisch konsterniert ruft Lentule aus: «Obgleich nichts mehr stimmt, spricht er weiter, ohne zu zögern.»

Darauf Genesius: Gott selbst gebe ihm ein, was er zu sagen habe, und sie verstünden ihn falsch, wenn sie glaubten, daß in dem, was geschehe, seine Rolle noch Dichtung sei.

Damit nun endlich springt der Funke in den Zuschauerraum hinab. Aus dem Komödiantendisput wird die Glaubenstragödie.

Von der Bühne wendet sich Genesius direkt an den vor ihm im Fauteuil sitzenden Diokletian: «Verzeih ihnen, Herr, schuldig bin ich. Nicht Hadrian spricht, sondern Genesius. Das Spiel ist kein Spiel mehr, sondern die Wahrheit.»

In einer Tirade bekennt der Komödiant:

Ich habe Euch unterhalten, habe Euch gepriesen,
Nun ist es Zeit, die Engel zu erfreuen,
Zeit, zu gedenken der ewigen Dinge,
Zeit, zu wechseln von der Bühne zu den Altären.

Der letzte Vers ist geblieben:

«Il est temps de passer du théâtre aux autels.» Des Cäsars Verstand reagiert bärenhaft langsam: «Es fängt dein Spiel mir an zur Last zu fallen!» bemerkt Diokletian.

«Sie müssen es als Wahrheit nehmen», ruft Genesius.

«Ist er von Sinnen?» fragt Valerie.

Die Schauspielerpassio eilt ihrer Erfüllung zu.

«Was, Verräter, du verweigerst den Dienst an den Göttern?» fragt Diokletian.

Die Antwort lautet klar: «Ich halte sie für ebenso falsch wie widerwärtig.»

Endlich! Diokletian ist aus seiner herrscherlichen Selbstzufriedenheit aufgestachelt worden. Seinen Göttern schwört er, daß diese Lästerung mit Blut geahndet werden wird. Er gebietet genau das, was man von ihm erwartet: der Präfekt beende dieses freche Treiben durch eine blutige Handlung und stille damit der erzürnten Götter Haß. Genesius wird in Ketten geschlagen und zur Folter geführt.

Aber selbst dieser Akt endet mit einer leicht komischen Note. Nachdem die beiden Cäsaren, Valerie und der ganze Hofstaat das Theater verlassen haben, nimmt der Präfekt Plautius inmitten der zurückgebliebenen verängstigten Komödianten Platz und befragt nach Art eines Untersuchungsrichters einen jeden einzelnen von ihnen nach seinem Glauben. Sind Christen unter ihnen? Zitternd, katzebuckelnd geben sie Auskunft: nein, keine.

«Was haben Sie gespielt?» fragt der Präfekt Marcelle.

«Sie sahen es, die Frauen.»

«Und Sie?» fragt er Oktavius.

«Manchmal die Könige, manchmal Sklaven.»

«Und Sie?»

Und Segreste antwortet: «Die Phantasten, die Wütenden, die Tapferen.»

«Und Sie, Greis?»

Lentule: »Die Doktoren, die Vertrauten, die Verräter.»

«Und du?»

Der Schauspieler Albin antwortet: «Die Anwesenden.»

Der Präfekt läßt sie laufen.

Es gibt keinen vierten Akt des Stückes «Hadrian», begreiflicherweise, denn der Held hat sich vor unseren Augen in den Märtyrer Genesius verwandelt, und der fünfte Akt der Tragödie hat zum Inhalt das Ende des Mysteriums.

Marcelle wird in Genesius' Zelle geführt.

Die folgende Szene bildet eine ironische Replik zur Szene im dritten Akt, als dieselben Komödianten in derselben Situation im Kerker, in den Rollen Hadrian und Natalie, einander gegenüberstanden. Jener Auftritt spielte im Stück «Hadrian», jetzt ist das Geschehnis Wirklichkeit, allerdings eine Wirklichkeit in Anführungszeichen für uns, die echten Zuschauer. Rotrous Doppelsinnigkeit, die «Ambiguité», stellt sich nochmals in beklemmender Weise dar.

Diese Schauspielerin Marcelle, die an diesem Abend, in der Rolle Natalies, so pathetische Worte zu dem zum Märtyrertod bereiten Hadrian zu sprechen hatte, betritt resolut das Podium ihrer Wirklichkeit, nämlich das Theater. Sie will vor allem den Direktor der Schauspielertruppe umstimmen. Was soll aus ihr, was soll aus den Komödianten werden ohne Genesius? Oder hat der Mime etwa dies alles nur gespielt, um die Großen, die sich wohl am Theater ergötzen, aber die Komödianten nur als minderwertiges Gesindel ansehen, einmal auf ihre Misere und auf die Verächtlichkeit, mit der sie behandelt werden, aufmerksam zu machen? Das war ein Wink für die bourbonischen Mäzene.

Ein fruchtloser Glaubensdisput zwischen der Schauspielerin und ihrem Direktor, ein Versuch des Genesius, die Truppe zum Übertritt in das Christentum zu bewegen, ein Vorschlag Marcelles, Genesius möge seinen neuen Glauben für sich bewahren, sich aber vor den Cäsaren reuig stellen – dann ist diese seltsame Konfrontation vorbei, und wir spüren deutlich: der Höhepunkt ist überschritten.

Sich über den Tod beklagen heißt sich beklagen, Mensch zu sein.

«Se pleindre de mourir c'est se pleindre d'être homme.»

Dieser Vers, den Genesius spricht, ist als «médaille frappée», als oft gebrauchtes Zitat, in den französischen Sprachgebrauch eingegangen.

Der Kerkermeister kommt und holt Genesius vor das Blutgericht.

«Adieu, Grausamer!» ruft ihm Marcelle nach. Die Ironie konnte wohl kaum weiter getrieben werden.

Noch einmal sehen wir Diokletian und Maximian im römischen Prunksaal. Der Schwiegervater und der Schwiegersohn ergehen sich emphatisch über die glücklichen Auswirkungen der bevorstehenden Vermählung Valeries mit Maximian, dann über ihre Mission im römischen Weltreich als Vertreter und Verteidiger der Gottheiten, Verwalter des Blitzstrahls. Dann führt Valerie die Schauspieltruppe ein, die nun auf den Knien die Gnade für Genesius erfleht.

Hier war offenbar die letzte Gelegenheit, die Tragödie einer heroischen Apotheose zuzuführen: der Übertritt der ganzen Komödiantentruppe zum Christentum beim Anblick von Genesius' Standhaftigkeit im Opfertod. So eine Lösung hätte durchaus dem geheimen Mechanismus der Gnade entsprochen. Aber wir haben es nicht mit Corneille zu tun, sondern mit Jean Rotrou.

Beinahe väterlich setzt Diokletian den Bittstellern die rechtliche Lage auseinander. Er begreift sie. Aus Anlaß des Hochzeitsfestes würde er noch einmal Mitleid und Milde walten lassen, zeigte der Abtrünnige sich reuig – allein:

«Hier naht sich der Präfekt, und ich fürchte, sein Gericht macht eure Bitte zunichte.»

So ist es. Das Martyrium Genesius' hat sich bereits erfüllt. Maximian, der einstige Hirte und grobschlächtige Legionär, zieht sein aus Tragik und Komik gemischtes Fazit: «In seiner Gottlosigkeit wollte Genesius noch, indem er starb, seinen Trug in Wahrheit verdrehen.»

V

Jean Rotrou wurde am 19. Mai 1609, Rue au Lait, in Dreux geboren. Er war der Sohn des Kaufmanns Jean Rotrou und der Ysabelle Le Facheu (man sprach den Namen «Faschü» aus), gebürtig im benachbarten Chartres. Beide Eltern entstammten jener angesehenen Bevölkerungsschicht, in der sich die Bürger mit dem kleinen Adel zu mischen begannen. Ein Ahne Jeans amtete schon im 15. Jahrhundert als Procureur du Roi, als Königlicher Staatsanwalt, in Dreux. Die Rotrous hatten immer geachtete Stellungen in der Magistratur der Stadt inne; einige von ihnen besaßen Lehensgüter mit dem damit verbundenen Adelstitel. Jeans Vater gehörte nicht zu ihnen. Aber die Familie war nicht unbegütert. Die Facheu nahmen in Chartres eine ähnliche Stellung ein. Der Großvater Le Facheu war städtischer Salzhändler gewesen, offenbar ein privilegierter Beruf, «grenetier à sel de la ville», denn er hinterließ seinen Erben fünfzigtausend Livres. Auch die Rotrous besaßen, wie die meisten Stadtbürger, Landgüter – «terres au soleil» –, Felder und Weinberge, die sie verpachteten und die ihnen Zinsen einbrachten. Man kennt aus den Grundbuchregistern mehrere dieser Ländereien. Außer dem Wohnhaus an der Rue au Lait besaß Jean Rotrou noch ein anderes Haus an der Rue Chenevotte.

Mit dreißig Jahren verheiratete er sich: Jean Rotrou, der spätere Dichter, war das zweite von acht Kindern aus dieser Ehe; zwei starben im Säuglingsalter, Marie, Marguerite, Pierre, Barbe und Jeanne blieben Jeans Geschwister. Bis zum zwölften oder dreizehnten Jahre besuchte er das Lyceum der Vaterstadt, dann wurde er mangels weiterer Bildungsmöglichkeiten in Dreux an das Collegium des Abbé Bréda nach Paris geschickt. Er sollte später Jurist werden, die beste Vorbedingung für eine Stelle in der Magistratur.

Aber 1628 – Jean war 19 Jahre alt – starb der Vater. Der Witwe erwuchsen aus dem Todesfall Sorgen, Geldsorgen. Drei schulpflichtige Kinder waren aufzuziehen. Zwei Studenten in Paris – Jean und sein Bruder Pierre – erwarteten nicht nur Unterhaltsgelder, sondern staken außerdem in Schulden. Besonders Jean hatte sich den Verlockungen der Großstadt nicht gewachsen gezeigt. Er hatte ein leichtsinniges, liederliches Leben geführt und seit längerer Zeit sein Studium vernachlässigt. Während seiner Beziehungen zu leichten Damen entdeckte er seine Befähigung zur leichten Muse. Verse zu schreiben fiel ihm leicht; er genoß in ihren Kreisen den Ruhm eines galanten Poeten.

Unter den zahlreichen Theatertruppen von Paris herrschte ein großer Bedarf nach Stücken. Gerade im Jahre des Todes seines Vaters, 1628, war der junge Poet eingesprungen und hatte eine Komödie, «Der Hypochonder», geschrieben. Der große Erfolg, den sie errang, war nicht geeignet, den noch nicht zwanzigjährigen Jüngling in eine bürgerliche Lebensbahn zu leiten. Mit dem unerwarteten Tod des Vaters hatte sich die Szenerie rasch verdüstert. Die Mutter stellte die Zuschüsse an den verbummelten Studenten ein. Dieser, ohne Beruf, in Schulden steckend, folgte, vielleicht nicht einer Berufung, doch dem Weg des geringsten Widerstandes, was in Hinsicht auf ein künstlerisches Talent noch immer der am meisten versprechende bleibt. Er schrieb Stücke im Stile der Zeit, in gereimten Alexandrinern, in fieberhafter Eile, denn kaum beendet, wurden sie auch schon von den nach Neuheiten gierigen Direktoren der Theatertruppen angekauft. Keine dieser Komödien ist auf die Nachwelt gekommen, wohl deshalb, weil sie kein Verleger der Drucklegung würdig fand. Außerdem gingen die also erworbenen Stücke urheberrechtlich in den Besitz der Truppe über. Sie durften, einmal veräußert, nicht einmal mehr von Hand abgeschrieben werden.

Eines dieser Gelegenheitsstücke jedoch, die Tragikomödie «La Bague de l'Oubli», «Der Ring des Vergessens», sollte über Jean Rotrous Schicksal entscheiden. 1631 wird die dritte Aufführung durch die Anwesenheit Ludwigs XIII. geehrt, was für den Dichter die offizielle Anerkennung, die Bestätigung seines Standes als Schriftsteller bedeutet. Die Gunstbezeugung des Königs schafft dem jungen Mann sogleich Freunde am Hof. Im selben Jahr noch kann er mit ihrer Hilfe das Stück «Der Hypochonder» bei Toussaincts du Bray, Rue S. Jacques aux Epicsmeurs, versehen mit den königlichen Privilegien, im Druck erscheinen lassen. Es ist Monseigneur le Comte de Soissons gewidmet. Dieser, Louis mit Namen, ein Sohn von Charles de Bourbon, wurde der erste Förderer des jungen Dichters aus Dreux. Das Mäzenat ist vielleicht weniger auf das literarische Interesse des großen Herrn zurückzuführen als auf die Tatsache, daß der Graf Seigneur von Dreux, demnach ein Kompatriot Rotrous war. Später übernahm dessen Mutter, Mme de Montafié, eine ganz große Dame, die Rolle als Protektorin Rotrous. Die Bedeutung der Förderer ist an den Widmungen der gedruckten Werke abzulesen.

Waren diese Protektionen schön und gut, so blieben sie doch platonisch. Worte, Komplimente, selbst aus dem erlauchten Munde des Königs von Frankreich und Navarra, wurden beileibe nicht vom Silberklang der Taler begleitet. Von der erzürnten Mutter in Dreux hatte der junge Dramatiker nichts mehr zu erwarten.

Im nächsten Jahr jedoch tat sich ein Türchen auf: der Hauspoet des Hôtel de Bourgogne, Alexandre Hardy, war gestorben. Er hatte im Laufe seiner Anstellung sechs- bis siebenhundert Stücke für die Theatertruppe «Les comédiens de l'Hôtel de Bourgogne» geschrieben, mittelmäßige, rasch vergessene. Bellerose, der Direktor, selbst ein trefflicher Schauspieler, engagierte den zweiundzwanzigjährigen Rotrou an Hardys Stelle, und damit war auch eine gewisse Ehre verbunden, bildete doch diese Schauspielertruppe den Keim zur späteren Comédie Française. Der angeheuerte und damit seiner finanziellen Sorgen enthobene Poet hatte nun, seinem Vorgänger gleich, dramatische Werke am laufenden Band zu liefern.

Aus jener Zeit gibt es noch kein Bild Rotrous, kein Porträt. Doch es fällt nicht schwer, ihn sich vorzustellen. Er trug die Kleidung, die Tracht der Zeit, das Kostüm seines Standes, der sich zwischen einem «Gentilhomme mit der Laute» und einem «Elégant» bewegen mochte: den Musketierhut mit bunter Feder, das Wams mit geschlitzten Ärmeln, Beinkleider von derselben Farbe, die in mächtig klaffende Stulpenstiefel einliefen, dieweil besagtes Schuhwerk elegant als Schnallenschühlein mit Salonsporen endete. Der Zierdegen, ein weißer Spitzenkragen, und Locken, die auf ihn hinabfallen, gehören zu diesem Bild. Es ergibt einen jungen Salonlöwen aus der Epoche. Sicher fiel er nicht auf durch seine Erscheinung, er war einer der vielen tausend Drohnen, die die bourbonische Honigwabe umschwirrten.

Des jungen Poeten Frondienst in Belleroses Truppe endete etwa um das Jahr 1634. Er lernte den Dichter Jean Chapelin kennen, der zum Zirkel der Marquise von Rambouillet gehörte. Dies war ein maßgebender schöngeistiger Salon; er sollte das Vorbild zu Molières Komödie «Les précieuses ridicules» werden. Rotrou konnte nun wieder Stücke unter seinem Namen über die Bühne gehen lassen, vermutlich jene des Hôtel Rambouillet. Mit der Tragikomödie «Les occasions perdues», «Die verpaßten Gelegenheiten», erweckte er die Aufmerksamkeit des allmächtigen Richelieu. Rotrou wird ihm vorgestellt, und kurz darnach ist er der glückliche Empfänger einer Pension von sechshundert Livres.

Der Impuls war wirksam. Nicht weniger als vier Stücke schrieb Rotrou hintereinander, die alle noch im selben Jahre zur Aufführung kamen. Wir kennen sie, weil sie als Bücher erschienen: «Der glückhafte Schiffbruch», «Céliane», «Die schöne Alphrède» und «Der verliebte Pilger». Das strömte offenbar nur so. Rotrou stand im Wettstreit mit Pierre Corneille, von dem zu gleicher Zeit, im Théâtre du Marais, ebenfalls vier Stücke über die Bühne gingen.

Hier wird es vielleicht zum erstenmal möglich, einige Kenntnis von Rotrous Wesen zu erlangen: im Verhältnis zu seinem einzigen ernsthaften Konkurrenten. Der junge Dichter zeigt ein erstaunlich sicheres Urteil über sich selbst. Corneille, obgleich drei Jahre älter als Rotrou, nannte diesen seinen «Vater», weil dessen Stücke vor den seinen aufgeführt worden waren. Aber Rotrou hat, seit der Aufführung des «Cid», Corneille ohne Einschränkung als Meister anerkannt und sich öffentlich immer als den Nachfolger bezeichnet. Es braucht Charakter und eine gewisse innere Freiheit, sich selbst als den Mann auf dem zweiten Platz zu erkennen. Diese Einstufung war nicht nur generös, sie war auch richtig. Die Werke, die in die Nachwelt gelangten, beweisen es. Mit dem «St. Genest» erreichte Rotrou beinahe Corneilles Größe, die übrigen Werke jedoch gerieten in Vergessenheit.

Ruhm, dieses Ziel unserer Wünsche,
Steht über unserer Freiheit sogar,
Täglich enttäuscht doch wird mein Hoffen,
Seit ich erkannt, wie du *ihn verdienst!*
Meine Muse zittert, bescheiden geworden...

Das sind Verse einer Elegie, die Rotrou Corneille zueignete. Die eigenen Grenzen zu kennen, sich mit dem Platz zu begnügen, den uns das Talent zuweist, das ist eine Eigenschaft, die den Menschen über sich selbst hinaus erhebt. Rotrou besaß sie.

Sie hat sich durch sein Leben hindurch bewährt. Sie hat ihn auf eine nicht vorauszusehende Weise zu einem großen Menschen gemacht.

Richelieus Protektion war nicht uneigennützig. Der junge Dichter mußte als anonymer Mitarbeiter literarischen Ambitionen, die der Kardinal hegte, dienen. So tauchte eines Tages, als Rotrou meilenweit außerhalb von Paris bei einem Freunde weilte, ein Lakai des Staatsmanns auf und überreichte Rotrou einen Text mit dem Ersuchen Seiner Eminenz, ihn in Verse zu setzen. Mit gewohnter Leichtigkeit entledigte sich der Dichter des Auftrags. Richelieu heuerte schließlich eine ganze Equipe von Autoren an. Nach Schemata und Szenarien, die der Kardinal entwarf, hatten sie Stücke zu verfassen; jeder bekam einen Akt zugeteilt und hatte zu dessen Ausführung einen Monat Zeit. Rotrou und Corneille gehörten zu dieser literarischen Brigade des Kardinals. An Gala-Abenden gingen zahlreiche Stücke Richelieus über dessen private Bühne in seinem Schloß in Rueil (Seine-et-Oise).

Corneille war der erste, der auf die Ehre solcher Mitarbeit verzichtete, womit er wahrscheinlich den Grund zu sehr lästigen Mißhelligkeiten mit Richelieu legte. Rotrou dagegen nahm seine Fron nicht tragisch. Gutwillig, dankbar eingedenk der empfangenen Vergünstigungen, erfüllte er alle Anforderungen. Das Unternehmen endete schließlich von selbst, nicht ohne Vorteil für Rotrou, der zum Gentilhomme des Eminentissime Cardinal Duc de Richelieu ernannt wurde und somit in die Petite Noblesse, den kleinen Adel, einging. Korrekt widmete er 1636 seinem hohen Gönner den «Hercule mourant», die Tragödie «Der sterbende Herkules». Der Widmung folgt eine Ode an Richelieu. In der Originalausgabe des Werkes findet sich auch ein Vierzeiler zum Lobe Rotrous. Er stammt aus der Feder einer achtzehnjährigen Schauspielerin, deren Name in die französische Theatergeschichte eingehen sollte. Sie hieß Madelaine Béjart – und wurde die Freundin Molières. Ihre Schwester, oder Tochter, Armande, heiratete später den Lustspieldichter und machte mit ihrer Koketterie sein Leben zur Hölle. Madelaine Béjart war die Nachbarin Rotrous, sie wohnte ebenfalls im Marais. «Aber nichts berechtigt uns, Weiteres über ihre Beziehungen auszusagen», fügt der Chronist vorsichtig hinzu. Es ist auch nicht wichtig. Aus jener Zeit im Leben Rotrous findet man in den Archiven bereits Akten: Kontrakte mit Verlegern, in Briefen von Zeitgenossen wird sein Name erwähnt. Er steht im Scheitelpunkt seiner Erfolge. Er verkehrt in den Salons, hat mächtige Freunde; es muß ihm auch nicht an Geld gemangelt haben. Man weiß, daß er das Leben genoß, ein Bonvivant war und selbstverständlich der Galanterie nicht abhold. Seine Leidenschaft jedoch blieb das Spiel; er war ein waghalsiger Hasardeur, der es fertigbrachte, sich mitten im finanziellen Erfolg in Schulden zu verstricken.

Einher mit solcher Lebensweise ging der unversieglich scheinende Strom schöpferischen Schaffens. 1636 überläßt er den Verlegern Anthoine de Sommaville et Toussainct Quinet vier Stücke gegen ein Honorar von 750 Livres, und kaum ein Jahr später verpflichtet er sich zur Lieferung von zehn weiteren gegen eine Vergütung von 1500 Livres. Stellt man sich die Stunden am Schreibtisch vor, die es braucht, um solche Verpflichtungen zu erfüllen, jene, die es einen Autor bei Einstudierungen und Proben in den Theatern kostet – und all das im ewigen Wirbel gesellschaftlicher Anforderungen –, so fragt man sich, wann denn eigentlich dieser Dichter zum Schreiben gekommen ist. Man weiß allerdings, daß manche seiner reichen Förderer ihn oft für Monate einluden, ihn auf ihre Schlösser mitnahmen, sommers oder winters, wo er, fern der höfischen Hektik, mit dem Blick auf stille Pärke, seine Tragödien schreiben konnte. Des Dichters ungestüme Schaffenslust war aber keineswegs an solche Stätten der Inspiration gebunden. Die meisten Stücke seiner Pariser Zeit schrieb er im Marais du Temple, Rue Saint-François, in der Pfarrei von St-Germain. Er verkehrte als Stammgast sowohl im Salon der Madame de Rambouillet wie im Hotel der Madame de Clermont. Es ließe sich mit einer langen Liste von großen Namen und Titeln prunken, aber ich denke, man sollte sich darob nicht täuschen lassen: der Poet bleibt ein Außenseiter jeder Gesellschaft. Im Dienst des Adels, im Dienst der Macht, im Dienst des Reichtums verliert er allmählich seine Zauberkraft. Es gibt ein Porträt Rotrous aus jener Zeit. Die mit Lorbeer geschmückten Locken fallen auf seine Schultern herab, auf die seidene, über dem linken Schlüsselbein geraffte Tunika. Der starke Hals ist nackt, die oberen Lider streifen die Iris der dunklen Augen, stolz wirken Nase und Mund. Er ist dreißig Jahre alt, ein Mann im Zenit.

Was an dieser Lebensbeschreibung auffällt, ist ihre Belanglosigkeit. Das liegt nicht nur am spärlichen und konventionellen Informationsmaterial, über das wir verfügen. Außer dem literarischen Werk, den Komödien, Tragikomödien und Tragödien, einigen vollkommen höfischen Widmungen und Oden, die an die Protektoren gerichtet sind, besitzen wir keine Dokumente, die uns Einblick in das Innere des Poeten gewähren. Nichts Außergewöhnliches ist wahrzunehmen, das will sagen, nichts, das uns erstaunt, ergreift, unsere Wißbegierde aufstachelt. Man hat auch nicht das Gefühl, es verberge sich etwas – ein Geheimnis, etwas Dämonisches, Leidenschaftliches – im Leben dieses Mannes. Er schreibt gute, zügige, unterhaltsame Theaterstücke, Heldendramen, antike Dramen, deren Alexandriner den Applaus der hohen Herrschaften und der offiziellen Kritik erringen. Man kann sich, blickt man auf die zu jener Zeit modischen Autoren wie Mairet, Scarron, Scuderi, Chapelin etwa, unschwer ähnliche Biographien vorstellen wie jene Rotrous bis zu seinem dreißigsten Lebensjahr. Es ist äußerst selten, daß sich echte Ereignisse, Richtungsänderungen, Metamorphosen ohne ein äußeres Zeichen, ohne einen Hick, einen Knick im Wege, abspielen. Bis jetzt war Rotrous Entwicklung diesem Leitbild gefolgt: ein junger Mann wird infolge seines dramatischen Talentes vom bürgerlichen Beruf, der seine wirtschaftliche Sicherheit gewährleistet hätte, abgelenkt.

VI

Am 20. November 1639 erhält der Marquis de Montausier von Chapelin einen jener Briefe aus Paris, mit denen er regelmäßig über gesellschaftliche Ereignisse, Hofklatsch und dergleichen unterrichtet wurde. Was der Poet an diesem Tag zu berichten hat, bestürzte den Salon der Madame de Clermont: Rotrou werde königlicher Prokurator am Gericht von Dreux, schrieb Chapelin. In der Tat: Jean Rotrou, dessen jüngste Stücke «Laure persécutée», «Die verfolgte Laura», «Antigone», «Les captifs ou les esclaves», «Die Gefangenen oder die Sklaven», noch mit unvermindertem Erfolg über die Bretter gingen, dieser genialische, fröhliche, galante, generöse Mitmacher, heimisch auf dem Kugelpflaster wie auf dem Parkett, in den Tavernen wie in den Salons, hinter den Kulissen wie in den Logen, beliebt und gefeiert, ein Mann mit Zukunft, ein Name in der Hauptstadt, bewirbt sich um das Amt eines «lieutnant au bailliage» in Dreux, einer Provinzstadt von ungefähr sechstausend Einwohnern. Am 26. November 1639 verkaufte – das Dokument hat sich erhalten – vor den Notaren im Châtelet von Paris Maître Charles de Besgue sein Amt als Zivilrichter und Beisitzer am Strafgericht in der Grafschaft und Vogtei von Dreux an Jean de Rotrou. Die mit dem Erwerb dieses Amtes verbundenen üblichen Bedingungen – die Genehmigung und die offizielle Ernennung durch den König, die Eignungsprüfung durch eine besondere Kammer am Parlament – Conseillers en Parlement de la Chambre des Enquêtes – erfüllte der ehemalige Student der Rechte. Nach der Registrierung seiner Ausweise wird er in der Sitzung vom 9. Juli 1640 dreißigjährig in sein Amt eingesetzt. Die Sitzungsprotokolle haben sich erhalten. Von diesem Tage an kommt er den Verpflichtungen nach, welche die Charge ihm auferlegt. Dreimal in der Woche – Montag, Mittwoch und Samstag – wohnt er den Gerichtsverhandlungen bei. Während der Abwesenheit des Präsidenten übernimmt Rotrou die Vertretung des Lieutnant général, Louis Coulon.

Hier nun also war der Knick in Rotrous Biographie. Es gibt bis heute keine authentische Begründung für den Entschluß des Dramatikers, sein Leben fürderhin im Provinzstädtchen Dreux als Magistrat zu verbringen. Es fehlt jegliches mündliche oder schriftliche Zeugnis. Natürlich gab es Mutmaßungen.

Wandte er sich, im Zenit seiner dichterischen Laufbahn, für immer vom Theater ab, weil er des Treibens müde war, weil er die Grenzen seines Talents erkannt hatte? Oder hing der Entschluß mit seiner Heirat zusammen? War er eine Bedingung, die Marguerite Le Camus gestellt hatte, als er sie acht Monate nach dem Erwerb des Amtes ehelichte? Über die Gründe für die Flucht des Dichters in die Bürgerlichkeit, in die einkommenssichere Magistratur wissen wir nichts. Wir wissen nur, daß er sein Amt ernst nahm, todernst, wie es sich erweisen sollte.

Der Abschied von der großen Welt gemahnt an eine selbstgewählte Verbannung. Der Vorgang hatte nichts Außergewöhnliches. Von Zeit zu Zeit erbaten Hofleute beim König eine Audienz, um sich von ihm zu beurlauben und sich lebenslänglich auf ihre Güter zurückzuziehen. Es wären viele Namen von Bürgern, Gelehrten und weltlichen Würdenträgern zu nennen, die sich in der Nähe von Klöstern niederließen. Unter den Bekanntesten sind die «solitaires», die Einsiedler um Port-Royal-aux-Champs.

Rotrous Ehe entsprossen sechs Kinder; die zwei ersten starben im Säuglingsalter. Der 1644 geborene Sohn Jean wurde Priester und Pfarrer von Chêne. Elisabeth, geboren 1646, wurde Benediktinerin in Port-d'Ache.

Es ließe sich nach dieser Wendung in Rotrous Leben eine geruhsame, geschichtslose, aber vielleicht eben darum glückhafte Entwicklung bis zu seinem Tode denken. Dem war nicht so. Trotz der großen Beanspruchung durch die Amtspflichten fuhr Rotrou fort zu schreiben. Ob das von ihm vorausgesehen war, oder ob er, der seine literarische Laufbahn als abgeschlossen wähnte, unter dem Drang seiner Visionen und Inspirationen gezwungen wurde, von neuem zur Feder zu greifen, das wissen wir nicht. Aber jeder, der die Bedingungen eines Schriftstellerdaseins kennt, weiß, daß sich hinter solchem «Rückfall» ein Zwiespalt verbirgt: der Pegasus im Joch. Soll er pflügen, soll er fliegen?

In Paris, zwischen 1628 und 1640, hatte Rotrou fünfundzwanzig dramatische Werke verfaßt. Es ist nur von jenen die Rede, die gedruckt wurden. Aber wir wissen bereits, daß er im Frondienst von Theaterdirektoren mindestens eine gleiche Zahl von Stücken schrieb, die anonym blieben. Während der nächsten zehn Jahre in Dreux veröffentlichte Rotrou noch zehn Theaterstücke. Unter diesen befinden sich die wenigen, die überlebten; unter diesen steht an vorderster Stelle die Tragödie «Saint Genest».

Die Stadt Dreux liegt dort, wo die vier Provinzen Ile-de-France, der Orléanais, die Normandie und der Maine zusammentreffen, «vier Blütenblätter einer Blume, die nach dem guten alten Frankreich duftet», schrieb der kürzlich verstorbene Monsieur Maillier, ein Duroasse, wie sich die Bewohner Dreux' nennen. «Und unser Dreux ist der Schoß, nein, das Herz dieser Unvergleichlichen.»

Zur Zeit, da Rotrou in seine Vaterstadt an dem Flüßchen Blaise zurückkehrte, gehörte diese kirchlich zur Diözese von Chartres; weltlich, rechtlich unterstand sie unmittelbar dem Parlament von Paris, der Krone.

«Die Stadt liegt in einem schönen und fruchtbaren Tal, am Fuße eines kleinen Berges», berichtet der zeitgenössische Chronist Pierre Cambot. «Sie ist von weiten Weinbergen umgeben, und an beiden Hügeln des Tales fließt viel gutes Trinkwasser und liegen angenehme und erholsame Wiesengründe, die ihren Besitzern ein gutes Einkommen sichern, auch Gärten und fruchtbares Ackerland. Die Stadt Dreux bedeckt nur eine kleine Fläche, aber sie ist trefflich gefügt und volkreich, umschlossen von einer Mauer und beschützt von einer Burg, die genau auf der Kuppe des Berges steht, der sie nach Norden begrenzt. Fünf Tore führen durch ihre Mauern, alle mit Zugbrükken an dicken eisernen Ketten versehen. Im Innern der Stadt gibt es neunzehn Straßen. Es stehen in ihr die große Kirche von St-Pierre, das Spital, das Armenhaus mit der großen Kapelle St-Jean, die Schule, die Kirche St-Nicolas, das Rathaus, und davor liegen die großen Markthallen. Durch die Vorstadt St-Thibault führt eine breite Straße mit zahlreichen Herbergen für die Reisenden aus der Bretagne und der unteren Normandie. Die Stadt besitzt eigene Weizenfelder, eigene Obstgärten. Sie grenzt an die Beauce, die Kornkammer Frankreichs.»

Mochte Rotrous Heimkehr, der Weg in die Provinz, den Preziösen absonderlich vorkommen – zeitgeschichtlich betrachtet lag ein solcher Entschluß im großen Zwiespalt des Barock. In einem Brief Descartes' an seine Freundin Elisabeth, Prinzessin von Böhmen, vom Oktober 1648 ist zu lesen: «Ich konnte zu keiner günstigeren Zeit zurückkehren, um so recht das Glück ruhigen, zurückgezogenen Lebens zu erkennen, den Reichtum des geringsten Besitzes.»

In jeder Heimkehr ist etwas von Bescheidung und Verzicht enthalten. Die Harmonie eines Menschen, der heimgefunden hat, ist die Harmonie eines Menschen, der sich selbst gefunden hat. Er hat sein Schicksal begriffen. Die Tragödie «Saint Genest» war noch nicht geschrieben, als Rotrou aus dem Marais de Paris in die Provinzstadt zurückkehrte.

Aber Jean Rotrou hatte nicht alle Brücken hinter sich abgebrochen. Seine Verbindung mit der Kapitale blieb erhalten. Zweifellos wohnte er jeweils den Uraufführungen seiner neuen Stücke bei; mit seinen Verlegern mußte er oft wegen der Buchausgaben verhandeln. Dreux selbst war keine geistige Wüste. Es gab, wie in vielen Provinzstädten, einen Kreis kultivierter Leute, Magistraten meist, die recht und schlecht französische und lateinische Verse schrieben, geistreiche Gespräche zu führen verstanden, der Tafel, den guten Weinen nicht abhold waren und der Leidenschaft der Zeit, dem Spiel, ihren Tribut zollten. Rotrou fand sich mit ihnen bald vertraut. Erhaltene Dokumente bezeugen, wie er vielen Kindern seiner Kollegen und Kumpane Pate stand, aber auch, wie viele von ihnen ihm Geld borgten, wenn er sich mit Würfeln und Karten übernommen hatte.

Man errät, daß Rotrou sein Leben auf verschiedenen Ebenen führte: im Amt, in der Familie, im Kreise der Freunde, in Paris. Der unsichtbare Teil spielte sich an seinem Schreibtisch ab. Man kann es aus den Werken, die er in Dreux schrieb, herauslesen: mit zunehmendem Ernst. Es gibt ein anderes Zeugnis für seinen Charakter: nirgendwo ist eine Spur des süßen Schmerzes, verkannt zu sein, im Werke wahrzunehmen. In einer Elegie, die er für Corneilles Stück «Die Witwe» schrieb, und die dieser der Buchausgabe voranstellen ließ, stehen die Verse:

Um der Wahrheit willen, um dir meine Freude zu zeigen,
Will ich sprechen, Corneille, und nicht mehr schweigen,
Ermiß dein Verdienst, und wie unvergleichlich du bist,
Aus dem Bekenntnis dessen, der dein Rivale ist.

In solchem Geiste, in der Beschaulichkeit des Provinzstädtchens wurde der «Saint Genest» erdichtet.

Als Genesius aus der Theaterrolle des Märtyrers Hadrian tritt und der wirkliche Märtyrer wird, ruft er aus:

Diese vergängliche Welt mit ihrem eitlen Ruhm,
Eine Komödie ist sie, in der ich meine Rolle nicht kannte.

Ein Ausruf, der über Rotrous Leben stehen könnte! Noch hat er zwar des Ruhmes nicht entsagt, seine Abwendung vom Hof und von der großen Welt ist nicht vollständig, aber seine Heimkehr nach Dreux gleicht dennoch der Geste eines armen Vasallen, der dem Herrscher gegenüber die Würde wahren will. Ich bin versucht, noch einen Schritt weiter zu wagen. Hinter der entscheidenden Szene zwischen Genesius und Diokletian steht das Axiom: die irdische Welt ist auf Ungerechtigkeit aufgebaut. Das Bekenntnis zum Christentum bedeutet den Übertritt in eine andere Welt, mit anderen Werten, mit anderen Rangordnungen. Armut wird zum Reichtum, Dulden zur Macht, der Tod ist der Beginn der Seligkeit. Der römische Tyrann überhört es nicht: das Bekenntnis zum Christentum enthält die Entmachtung der Cäsaren mit ihren Legionen. Daher ihr urgründiger Haß wider die Sekte, die ihr Weltreich entwertet, erschüttert. Nicht weil sie die Götter nicht anerkennen, sondern weil sie die weltliche Ordnung bedrohen, muß man sie ausrotten. Sie entwerten den Besitz, die geltende Hierarchie, die auf der Ungleichheit des Menschen beruht. Sie sind Revolutionäre. Gewaltlose Revolutionäre, nach dem Vorbild des sich opfernden Jesus, und deshalb so gefährlich.

Ich kann es mir nicht vorstellen, daß Jean Rotrou den «Saint Genest» schreibt, und er ist mit den bestehenden Ordnungen vollauf zufrieden, mit dem mächtigen Kardinal, der die weltliche Macht der Dynastie der Bourbonen ständig vergrößert und ausbaut. Ist in diesem höfischen Dichter nicht selbst etwas von dem gewaltlosen Revolutionär, der kein Blut vergießt als das seine? Nur die Feder besaß er, sein Weltbild darzustellen. Es blieb Komödie, Bühnenzauber. Er besitzt zwar die Narrenfreiheit, aber gerade sie wird ihm zum Verhängnis. Er mag Anklagen und Bekenntnisse hinausschreien, soviel er will. Er erntet damit Beifall, Zustimmung, er hat sich selbst übertroffen, man feiert ihn – aber er mimt es ja nur, alles ist Komödie, alles ist Spiel! Bravo! Trefflich gemacht. Gut nachgemacht, gut ausgedacht! Doch mit der Wirklichkeit hat ein Theaterstück natürlich nichts zu tun. Und an der Welt ändert es nichts.

Bleibt auch das bürgerliche Bild des Dichters Jean Rotrou, das durch die Scheiben der drei Jahrhunderte, die ihn von uns trennen, hindurchschimmert, verschwommen und undeutlich, etwas verrät es uns: das doppelte Leben des Dichters. Doch es wäre eine zu große Vereinfachung, über die beiden Leben Rotrous die Namen «Dreux» und «Paris» zu setzen. Es wäre auch falsch. Die Zweiteilung dieses Lebens lag nicht in der Horizontale, im Geographischen; sie vollzog sich in der Vertikalen. Es gab eine sichtbare Oberfläche, es gab eine unsichtbare Tiefe. Die Oberfläche: die Ehegattin, die Kinder, der Rat, die Gerichtsverhandlungen, die Freunde, der Salon, die Taverne, die Spielkarte, der Sattel, die Kutsche, die Sänfte, die Familienmahlzeiten, die Messe. Aber es gab auch den Eichentisch mit der Ölfunzel, den Kerzen, es gab den Sonnenstrahl, der durch die Butzenscheibe auf das Manuskript fällt, die Stille.

1646 hat Jean Rotrou die Tragödie «Saint Genest» in Dreux geschrieben, und wahrscheinlich wurde sie noch im selben Jahr in Paris aufgeführt. Gedruckt, in Buchform, erschien sie ein Jahr später. Lediglich um der Atmosphäre willen sei auf wenige Konkordanzen hingewiesen. 1637 war Descartes' «Discours de la Méthode» erschienen, 1642 hatte Blaise Pascal seine Rechenmaschine erfunden, im selben Jahre war Richelieu gestorben, 1643 folgte ihm Ludwig XIII.

Ob zwischen dem Tod des Kardinals, der ein absolutistisches, weltliches Reich errichtet hatte, und der Dichtung, in der den Göttern und Cäsaren der Schöpfer aller Welten gegenübergestellt wird, eine Beziehung besteht – das kann man nur fragen. Man darf aber vermuten, der allmächtige Staatsmann hätte dem «Saint Genest» gegenüber ähnlich reagiert wie seinerzeit gegenüber Corneilles «Cid». «Saint Genest» stellt die Priorität der weltlichen Macht in Frage. Aber es war kein Richelieu mehr da, um es zu erkennen und die Gefahr zu bekämpfen. Jedenfalls erhielt das Buch das königliche Privilegium. Das Werk hatte Erfolg. Doch keinen, der über die Erfolge der anderen Stücke hinausreichte. Man betrachtete es als eine Art Pendant zu Corneilles «Polyeucte», dessen Uraufführung drei Jahre vorher stattgefunden hatte. Beide Stücke unterschieden sich in ihrer christlichen Thematik deutlich von den übrigen Barockwerken. Sie sind eine Rückkehr ins Mittelalter. Sie sind dramatisierte Mysterien. Sie zeigen Märtyrer. Sie stellen dar, wie Märtyrer werden und wie sie sterben.

Während der Theatersaison des Winters 1649 weilte Jean Rotrou in Paris. Wahrscheinlich wohnte er bei seinem Bruder

Pierre. Am 1. Dezember war seine Tragödie «Cosroes» bei Anthoine de Sommaville erschienen; das Manuskript einer neuen Komödie, «Florimonde», lag in den Händen des Direktors des Théâtre du Marais. Aber es braucht solcher handgreiflichen Gründe gar nicht, um Rotrous Aufenthalt in Paris zu rechtfertigen. Diese Stadt blieb ein Teil seiner Welt: der literarische Salon, die Hand mit der Spitzenmanschette, die den Würfelbecher stülpt, der Spieltisch, der Degen, die Jabots, die Aktricen und Soubretten, die Anekdote und das Wortspiel, die Tantiemen und die Schuldscheine, die Preziösen und ihre Cliquen, Komplimente und Fronde. Der Solitär aus dem Provinzstädtchen mußte von Zeit zu Zeit in diese Welt zurückkehren.

Am Ende dieses Jahres ereigneten sich in Dreux die ersten Pestfälle in der Form der «Fièvre pourprée», des «Roten Fiebers», wie es von Zeit zu Zeit epidemisch und verheerend auftrat, zum letztenmal vor einem Jahrzehnt.

Als die Nachricht von der sogenannten «contagion» Rotrou in Paris erreichte, war der Bürgermeister der Stadt, sein Vetter Claude Rotrou, bereits tot. Der Generalleutnant, Louis Coulon, hatte «dringender Geschäfte» wegen Dreux verlassen müssen, er war geflohen. Unter den wohlhabenden Bürgern der Stadt setzte ein allgemeiner Exodus in die umliegenden Schlösser und Dörfer ein. Zurück blieben die Armen.

Die blühende Stadt Dreux war ausgestorben. Es gab keinen Handel mehr, keinen Verkehr, keine Gerichtsbarkeit, keine Verwaltung, keine Behörde. Die Salzsteuer und die Bodensteuer konnten nicht mehr eingezogen werden, die Einzüger waren geflüchtet. Wasser und Lebensmittel mangelten. Es gab keinen Tag, an dem die Totenglocke nicht bimmelte. Die Kompetenzen im Falle des Auftretens von Seuchen waren seit langem geregelt. In normalen Zeiten unterstand die Überwachung des Gesundheitswesens dem Bürgermeister; drohte aber eine Epidemie, so ging die Funktion an jene Beamten über, welche unmittelbar der königlichen Gewalt unterstanden. Es wäre an Louis Coulon, dem Generalleutnant, gewesen, diese Pflicht zu erfüllen, aber dieser war geflohen.

Jean Rotrou kehrte in die verwaiste Stadt zurück.

Seinen Freunden war es nicht gelungen, ihn davon abzuhalten. Vergeblich hatte Madame de Clermont d'Entragues ihm die Gastfreundschaft in ihrem Schloß in Mézières-en-Drouais, wo schon seine Familie weilte, angeboten. Auch den Vorschlag seines Bruders Pierre, bis zum Erlöschen der Pest bei ihm in Paris zu bleiben, lehnte er ab.

Außer den Totengräbern fand der Magistrat Jean Rotrou in Dreux keine öffentlichen Dienste mehr vor.

Die Pest dauerte bis in den November des Jahres 1650 hinein und forderte über 600 Todesopfer.

Fünf Monate betreute Jean Rotrou die verödete Stadt. Auf einen Brief seines Bruders Pierre, der ihn nochmals beschwor, seinen gefährlichen Posten zu verlassen und nach Paris zu kommen, antwortete er – und diese Worte sind belegt:

«...das will nicht sagen, die Gefahr sei nicht groß, läutet doch soeben die Glocke für den zweiundzwanzigsten Menschen, der heute gestorben ist. Sie mag für mich läuten, wenn es Gott gefällt...»

Wie es zu erwarten war, wurde auch Rotrou von der Seuche erfaßt. Er muß noch Tage, wenn nicht Wochen, im Fieber in seinem Amt ausgeharrt haben, denn es fand sich die Rechnung des Apothekers, Etienne Neveu, «für Heilmittel an Sieur Jean Rotrou geliefert, während der Krankheit, an der er starb. Betrag zu Handen des Nachlasses: 55 Livres». Am 27. Januar 1650 empfängt Jean Rotrou «in Ergebenheit» die Sakramente und stirbt kurz darnach. Er war vierzig Jahre alt geworden. Nach seinem Tode offenbarte sich der ganze Schein seines bürgerlichen Wohlstandes. Das amtliche Inventar vom 13. Juli 1650 weist ein so großes Passivum auf, daß Marguerite Le Camus, die Witwe, auf den Antritt der Erbschaft verzichtet. Das Amt ordnet demgemäß die Versteigerung der Fahrhabe des Dichters und des Amtspatentes des Magistraten an. Aus dem Erlös erhielten die Gläubiger für jedes geschuldete Livre noch einen Sou. Marguerite bekam ihr Frauengut von dreitausend Livres – auf Grund einer Klausel im Ehekontrakt – von ihrer Schwiegermutter Ysabelle Le Facheu zurückerstattet, nicht ohne Prozeß. Einem Brief Pierres ist zu entnehmen, daß dieser Schuldscheine seines Bruders im Betrage von zweihundert Livres verbrannt hatte.

VII

Seit Monaten, ein ganzes Jahr, bin ich nun über Heften und Büchern gesessen, habe gelesen, gekritzelt, habe ich mit Hadrian gelebt, mit Genesius, mit Rotrou, in einem Zeitraum, der siebzehn Jahrhunderte zurückreicht, im Reiche des Diokletian, im Reiche Ludwigs des Dreizehnten, in der Stadt Nikomedia, die über dreitausend Kilometer wegliegt, in Rom, in Paris, in Dreux. Wenig ist es, was ich eingebracht und vorzuweisen habe von meiner Reise durch die Zeit und durch den Raum: die Erzählung eines Theaterstücks und die Skizze vom Leben des Dichters, der es geschrieben hat.

Ich gleiche einem Fischer, der sein Netz einzieht bei aufkommender Nacht. Er spürt das Gewicht der Beute, er sieht sie nicht, er zweifelt an seiner Kraft, sie über das Bord seines gebrechlichen Nachens ziehen, sie bergen, je sie sehen zu dürfen. In diesem Netz waren keine toten Fische. Es grumselte darin von Leben, just von dem, was noch hineingehörte zwischen Genesius' Tragödie und die Erzählung von Rotrous Leben: Gegenwart.

Trotz des Ruhmes, den Jean Rotrou zu seinen Lebzeiten genoß, bleibt für die Nachwelt seine Gestalt in Dunst gehüllt. Seine geistige Biographie kennt man nicht, noch nicht. Daß die Forschung über diesen Dichter seit hundert Jahren gleichsam blockiert blieb, hängt mit einer der größten literarischen Betrügereien des neunzehnten Jahrhunderts zusammen. Es ist eine groteske Geschichte.

Um die Mitte des vorigen Jahrhunderts glaubte man endlich wichtige Zeugnisse aus dem Leben Jean Rotrous zu besitzen. 1865 machte der Mathematiker Professor Michel Chasles, Mitglied der Französischen Akademie, seinen Kollegen an diesem Institut die aufsehenerregende Mitteilung von der Entdeckung zweier Schreiben des Dichters. In ihnen bestärkte Jean Rotrou den Kardinal Richelieu in seiner Absicht, die literarische Gesellschaft zu gründen, die jene Académie française werden sollte, in der Michel Chasles seinen Sitz hatte. Zur selben Zeit machte der Gelehrte der Stadt Dreux eine für sie besonders kostbare Reliquie zum Geschenk: den letzten Brief Jean Rotrous an seinen Bruder Pierre. Monsieur Chasles selbst nannte eine Sammlung von nicht weniger als einhundertsiebenundvierzig Briefen Rotrous sein eigen. Sie waren an die bedeutendsten Persönlichkeiten der Epoche gerichtet. Stoff für ein Jahrhundert, das Leben des geheimnisumwitterten Dramatikers zu durchleuchten.

Im Jahre 1870, im Verlaufe eines sensationellen Prozesses, stellte sich heraus, daß alle diese Briefe, ohne eine einzige Ausnahme, gefälscht waren. Der Mathematikprofessor und Sammler Michel Chasles hatte im Verlauf von zehn Jahren für die damals enorme Summe von hundertundvierzigtausend Franken 27345 Autogramme erworben. Es befanden sich darunter Briefe Pascals, Descartes', der meisten Könige Frankreichs, von Staatsmännern, Feldherrn, Künstlern, sogar von Pythagoras, Julius Cäsar, Alexander dem Großen. Und eben auch jene von Rotrou. Zu einer besonders raffinierten Fälschung war ein Exemplar einer frühen Komödie des «sieur Rotrou, La Bague de l'Oubly, dédié au Roy, MDCXXXV» («Der Ring des Vergessens», 1635) benützt worden. Auf dem Titelblatt dieser Originalausgabe war handschriftlich zu lesen: «Donné à Monsieur J. B. Pocquelin par son ami Rotrou.» Darunter stand in einer Nachahmung der Handschrift: «Ex libris J. B. P. Molières». Daraus wurde in der Fachwelt geschlossen, Rotrou habe Molière persönlich gekannt. 1867 war in Dreux ein Denkmal für den großen Sohn der Stadt eingeweiht worden. Mit Stolz wies der Redner auf die Freundschaft der beiden Dichter Rotrou und Molière hin. In den Sockel waren die Worte eingemeißelt: «Das Heil meiner Mitbürger ist mir anvertraut. Ich werde weder meine Heimat noch mein Gewissen verraten.» Sie waren ein Zitat aus dem Briefe Rotrous, den Michel Chasles der Stadt Dreux geschenkt hatte, einem gefälschten Briefe, wohlverstanden.

Alle diese Dokumente waren Falsifikate eines Mannes, der um dieser Betrüge willen eine beinahe ebenso große Notiz im Nachschlagewerk «Le Larousse pour tous» erhalten sollte wie unser armer Jean Rotrou. Es steht da zu lesen:

«Vrain-Lucas, literarischer Fälscher, geboren in Laneray 1818, der eine derartige Fertigkeit in der Herstellung gefälschter Archivstücke erlangt hatte, daß er damit selbst die Akademie von Frankreich zu täuschen verstand. Seine Werkstatt wurde schließlich entdeckt, und er wanderte ins Gefängnis.»

Wahrlich eine Figur wie aus Balzacs Feder! Der Deutsch-Französische Krieg ließ den Prozeß bald in Vergessenheit geraten.

An dieser Stelle meiner Niederschrift kam es mir allmählich zum Bewußtsein, in welche Verstrickung ich hineingeraten war. Genesius, die Schauspielerpassio, Rotrou, ihr Dramatiker, sein Leben, sein Tod – würde diese Lauge je einen Kristall ausfällen?

VIII

Am 24. Februar, einem Dienstag, kurz nach sieben Uhr morgens, saß ich im Lokalzug Basel–Mülhausen. Es war noch dunkel, und es regnete. Von Station zu Station füllte sich der Wagen mit immer mehr jungen Leuten, Schülern und Schülerinnen. Sie waren freundlich miteinander, unterhielten sich lebhaft, mit mehr Ernst als Lachen, ohne Lärm.

In Mülhausen bestieg ich einen Zweitklaßwagen des Eilzugs nach Paris. Noch immer war Nacht. Schneeflocken schmolzen an der Scheibe. Im fahlen Morgendämmer lagen weiße Felder, die sich allmählich in überschwemmte Wiesen verwandelten. Durch ihr Grün gewann die Landschaft langsam Gestalt. Der Himmel wurde hell, wechselte zwischen Grau und Blau. Oft standen die Büsche und Bäume von neuem in verschneiten Feldern, dann kamen wieder mattsilberne Wasserlachen, Teiche, kleine Seen, die bis an den Horizont reichten und über denen der Himmel als grauer schlaffer Baldachin weit herabhing. Wie es auch ändern mochte, es paßte immer zusammen, aber das hatte keine Bedeutung, wir schmetterten vorbei. Das Abteil war gut geheizt, ich duckte mich in die Ecke. In der Gegend von Langres war's endlich voller Tag.

Ich war unterwegs nach Dreux. In dem Zustande der Unruhe, der Vorstellung von Unerledigtem, in dem ich mich befand, hatte sich mir diese Reise als Ausweg angeboten. Einige Male im Lauf meiner schriftstellerischen Tätigkeit hatte ich versucht, Lebensläufe als Partituren zu lesen. Es gibt in jedem Dasein magische Orte, Orte der Entscheidung, der Wandlung. Wir finden nichts besonderes dabei, wenn wir in einer Biographie lesen, daß ein Mensch am selben Ort erlosch, an dem er geboren wurde. Aber das ist keine Selbstverständlichkeit, wenn ein Lebenskreis sich dort schließt, wo er begonnen hat.

Von der Gare de l'Est bis zur Gare de Montparnasse ist es ein gutes Stück Wegs quer durch Paris. Ich hätte es mir nach so vielen Jahren nicht entgehen lassen dürfen, zu Fuß zum linken Ufer der Seine hinüber zu wandern. Das Wetter war gut geworden, ein hellblauer Himmel mit hoch stehenden weißen Wolken, ein Tag ohne Wind und mit einem Geruch von Vorfrühling.

Aber ich ließ dies alles auf sich beruhen. In der Gare de l'Est selbst noch tauchte ich in den Schacht der Metro hinab und wühlte mich mittels der Untergrundbahn, einem Maulwurf gleich, unter dem Fluß hindurch zum Montparnasse hinüber, woselbst ich wieder in einer Bahnhofhalle emportauchte, ohne etwas von der Stadt gesehen zu haben. Selbst an die Leute, die mit mir fuhren, kann ich mich nicht mehr erinnern, ich war abwesend, es war mir alles gleichgültig, es konnte mich nichts mehr erreichen, so ungeduldig, so besessen war ich vom Wunsche, nach Dreux zu gelangen.

Der Bahnhof Montparnasse ist ein bemerkenswerter Bau. Von der breiten Galerie blickte ich in die marktplatzgroße Halle hinab. Mir gegenüber, in fünfzig oder mehr Metern Entfernung, über den gläsernen Türen, die zu den Gleisen führten, waren auf schwarzen Wänden in weißen Lettern die Abfahrtszeiten der Vorortszüge zu lesen. Eine der Kolonnen – jene für die Grande Banlieue, die große Bannmeile – teilte sich in die Zweige Versailles und Dreux. Nun schlug der Geigerzähler wieder an. Zwar würde es noch über zwei Stunden bis zum nächsten Zuge dauern, aber was machte das aus? Ich setzte mich auf eine Bank und blickte über die Brüstung hinweg an die Wand hinüber, auf der das Wort Dreux stand.

Der aus drei roten Wagen bestehende Vorortszug durchfuhr das kleine Departement Seine-et-Oise. Ich saß neben älteren Ehepaaren, die offenbar vom Einkauf zurückkehrten, Reisenden mit Musterkoffern, Frauen bestandenen Alters, und blickte dabei in die grüne Weite hinaus, die sich langsam am Fenster vorüberdrehte – Wälder, Lichtungen, Wiesen, und immer wieder Wälder. Doch mein Auge sah die landschaftliche Schönheit mit derselben Teilnahmslosigkeit wie das Treiben der Mitfahrer, ihr Kommen und Gehen an den kleinen Stationen. Nicht einmal meinen Mantel hatte ich ausgezogen. Ich saß da, geschaukelt, dahingetragen, manchmal wollte es mir vorkommen, ich schlafe, ich träume und es bedürfe nur einer kleinen Anstrengung, um die Augen zu öffnen. Ich tat dies auch, hob weit die Lider, doch es war jenes nutzlose Erwachen, wie es in den Träumen geschieht: man befindet sich einfach wieder in einem anderen Traum, der sich wie eine Hütte um den ersten gelegt hat.

Daran, wie der Wagen sich allmählich leerte und die letzten Fahrgäste anfingen, ihre Mäntel zuzuknöpfen und ihre Gepäckstücke neben sich auf die Bank zu stellen, merkte ich, daß wir uns dem Ende der Fahrt näherten.

Der Bahnhof von Dreux – ein unverwechselbarer französischer Provinzbahnhof – steht um ein weniges erhöht außerhalb der Stadtmitte; zwei, drei leicht geneigte Straßen führten zwischen Reihen niederer Häuser in die Stadt hinab und hinein. Ich folgte ihrem Gefälle. Die Luft war ungewöhnlich mild, weich, angenehm zu atmen, in einem Klima zwischen Winter und Frühling, ohne Härte.

Im «Hôtel de France» war noch ein Zimmer zu haben, auf den Hof hinaus, über dem Glasdach des Speisesaals. Ich belegte es und genoß jenes Gefühl der Freiheit in einer fremden Stadt, das man empfindet, wenn man sein Gepäckstück eingestellt hat und die Schlafstelle gesichert weiß. Allerdings war der Tag schon zu weit fortgeschritten, als daß ich Monsieur Dessal, den Konservator der Bibliothek, hätte aufsuchen dürfen. Wir hatten miteinander korrespondiert, und er hatte mir immer freundlich und bereitwillig Auskunft gegeben. Ich hatte mich auf den morgigen Tag angesagt.

Ich schlenderte über die kleine Brücke, die über das Flüßchen Blaise führt. Man wandert auf ihr sachte in das gloriose und geheimnisvolle siebzehnte Jahrhundert hinüber, denn mit einem Male stand ich vor dem Beffroi, dem Wahrzeichen dieser Stadt, einem viereckigen Glockenturm, gekrönt von einem gewaltigen Schieferdach. Die Wirklichkeit! Dies war das Rathaus, der Sitz des Gerichts. Diese steinerne Rampe hat Rotrous Hand berührt, über diese Fliesen war sein Fuß geschritten, und weit oben im Turm, über dem Schieferdach, dröhnte die große Glocke in die Milde der Ile-de-France hinaus, zur Ehre Gottes, im Dienste des Königs und der Stadt Dreux, le bourdon.

Ich wüßte nicht zu sagen, was mich so ergriff. Ich kenne dieses Gefühl, ich habe es einige Male erlebt. Es stellt sich immer ein, wenn ich mich lange mit dem Leben und dem Werk eines Menschen beschäftigt habe, und dann komme ich leiblich an den Ort, an dem er leiblich gelebt hat, darf ich mit meinen Fingern einen Gegenstand berühren, den seine Hände gehalten, Dinge sehen, die seine Augen gesehen haben. So war es in Sérignan vor Fabres Tischlein gewesen, in Aix vor Cézannes Kutschermantel, so war es, als ich den «Ausweis zur Reise in den benachbarten Staaten», ausgestellt am 3. August 1863 vom Ersten Staatsschreiber des eidgenössischen Standes Zürich, Keller, für Herrn Joh. Jacob Hofer, den Großvater meines Freundes Rolf, in Händen hielt. Der Einstrom der

Vergangenheit in die Wirklichkeit der Gegenwart überwältigt mich jedesmal.

Ein wenig später umschritt ich die alte Kirche von St-Pierre und wanderte schließlich den Wehrgang hinan, der zu den alten Wällen der Burg und zur Nekropole der Kapelle von St-Louis emporführt. Von diesem Hügel aus hat man eine gute Übersicht. Der Park war menschenleer; hie und da fiel ein Tropfen von einem Zweig herab, ein paar Spatzen pickten im Kies der Wege herum. Ich wanderte zwischen den Stämmen der Platanen umher, ziellos, friedlos.

Manchmal spürte ich etwas wie den Luftzug der Vergangenheit, der über die Esplanade hinweg wehte, über die Kamine, die alten Ziegeldächer zu Füßen der Rundtürme und der halbgeschleiften Mauern. Über den Zedern, in den bläulichen Räumen, im Dunst, verzitterten die Spuren verblassener Spiegelungen. Es weht nichts Heroisches durch die Landschaft; still, ordentlich zwischen Wäldchen liegt sie da, die Flüßchen fließen alle nordwärts, der Seine zu. Ehemals war Dreux eine Grenzstadt, jenseits der Avre begann die Normandie, England. Aber das ist längst vorbei. Doch viel anders können zu Rotrous Zeiten solche Tage nicht gewesen sein: Stille, ein paar Räuchlein, die aufsteigen, die Türme von Saint-Pierre, der Beffroi, und weit herum im Grünen die Schlößchen der Herren. Es ist die Landschaft der Ile-de-France, die Landschaft des siebzehnten Jahrhunderts, eine Landschaft Claude Lorrains. Im Dezennium, da Rotrou in Dreux wohnte, verließen Richelieu und der König Ludwig XIII. die Weltbühne, gingen Galilei und Descartes in die Unsterblichkeit ein.

Müde ob der langen Reise, gedankenmüde auch, wanderte ich wieder das Wehrsträßchen in das abendliche Städtchen hinab.

Am anderen Vormittag, im Kabinett des Herrn Dessal, als dieser mich nach einem Höflichkeitsgespräch lächelnd fragte: «Mais, qu'est-ce que vous attendez? – Was erwarten Sie eigentlich?» kam mir ohne Vorbedacht die Antwort:

«Es gibt ein Mysterium Rotrou, Monsieur Dessal.»

Der schmächtige, bescheidene Herr, ehemaliger Professor am Gymnasium, docteur ès lettres, der Gründer des Museums, jetzt sein Konservator, schaute mich aus seinen tief in den Höhlen sitzenden schwarzen Augen freundlich und ein klein wenig belustigt an. Aber er schwieg. Mit Erfolg, denn es stellten sich wirklich noch ein paar Sätzlein ein.

«Der Dichter, kaum vierzig Jahre alt, auf der Höhe des Ruhmes, kehrt nach Dreux zurück, in die Pest, in den Tod...»

«Es war der Magistrat, der Ratsherr, der zurückkehrte», sagte Herr Dessal nach einer Weile.

«Aber hat er diesen Magistraten nicht bloß gespielt?...»

«Möglich. Vielleicht. So wie sein Genest den Märtyrer Hadrian mimte...»

«Um schließlich der Märtyrer wirklich zu werden? Das wollen Sie doch sagen.»

«Je vois, vous êtes mordu par votre sujet. – Der Stoff hat Sie gepackt. Kommen Sie!»

Auf einem Tisch hatte mir der Konservator Bücher, Broschüren, Faszikel von Zeitungen bereitgelegt.

«Vielleicht finden Sie da noch etwas. Wir können miteinander speisen, wenn Sie wollen.»

1950 hatte die Stadt Dreux den dreihundertsten Todestag ihres großen Sohnes gefeiert. Das Bündel von Programmen und Festschriften nahm mich gefangen. Ich fand ein Verzeichnis der Aufführungen von Werken Rotrous in jüngerer Zeit. «Saint Genest» stand an erster Stelle: die Tragödie hatte sich von allen Stücken des Dichters am längsten auf den Bühnen zu behaupten vermocht. Noch 1845 war sie im Odéon in Paris mit großem Erfolg aufgeführt worden, 1874 zweimal im Théâtre de la Porte St-Martin. 1938 gediehen einige Aufführungen in den Vereinigten Staaten. Es folgten noch vereinzelte in Paris, 1942, 1963. Es überkam mich etwas wie Rührung. Doch dann las ich wahrhaftig: 1942 war die Tragödie in Fribourg und 1943 in Genf aufgeführt worden. Ohne Zweifel war eine dieser Schweizer Aufführungen des «Saint Genest, comédien païen, représentant le mystère d'Adrien», eine Notiz darüber in einem unserer Blätter, der Anlaß zu meiner Eintragung im Saffianbüchlein gewesen.

Mit leisem Wellenschlag ist Rotrous Tragödie in unserem Jahrhundert verebbt; die Sprachgrenze erreichte sie mit den beiden Aufführungen in der welschen Schweiz, bevor sie versickerte. Im deutschen Sprachraum herrscht Schweigen und Dunkel.

Am Nachmittag saß ich in Herrn Dessals kleinem Kabinett, einem einfenstrigen Raum, den man über eine Wendeltreppe erreichte; er war angefüllt mit Büchern, Bildern und einem von Aktenbündeln überladenen Schreibtisch. In der Ecke stand ein kleiner Tresorschrank. Der Konservator schloß ihn auf und zeigte mir seine Autographensammlung: einen Brief von Henri IV, ein von Ludwig XIV. unterschriebenes Dokument, einen Brief Victor Hugos, einen des ehemaligen Präsidenten Deschanel, und – wie hätte es anders sein können – ein Blättchen mit Jean Rotrous Unterschrift.

Nachher wanderten wir durch das Museum. Wir standen vor dem Abguß der Statue Rotrous, die ihn in der Tracht des Magistraten zeigt. Er hält ein Briefblatt in der Hand, auf dem die Worte zu lesen sind: «Das Heil meiner Mitbürger ist mir anvertraut. Ich werde weder meine Heimat noch mein Gewissen verraten.»

«Ich sehe es Ihrem Gesicht an, Sie kennen die Geschichte», sagte Herr Dessal nach einer Weile.

«Wie überflüssig». Ich meinte den gefälschten Text.

Mein Begleiter zuckte die Achseln. «Die Verlockung lag nahe, so wie er gestorben ist…»

Wir standen allein im hallenden Museumsgebäude, vor Rotrous Denkmal, in einer Nische des Treppenhauses. Es überkam mich eine große Mutlosigkeit. Ich hatte mit Freunden über Rotrou, über seinen «Saint Genest» gesprochen. Sie zeigten höfliche Teilnahme, bei einigen erriet ich das penible Gefühl, das viele Menschen empfinden, wenn sie vermuten, man wolle ihnen mit Religion kommen. Gott sei nicht mehr literaturgemäß in dieser Zeit, hatte einer gemeint, höchstens noch der Teufel. Mir ging es nicht um Literatur, nicht um Gott. Es ging mir um den Zustand einer menschlichen Seele.

Wir verließen das Gebäude. Vor der Stirnseite des Stadtturms hatten früher die Markthallen gestanden. Jetzt war daraus ein langgestreckter, von zweistöckigen Häusern umsäumter Platz geworden. Wir wandelten um das ovale Pflanzenbeet in seiner Mitte. Ich kannte den Geschmack und den Geruch des Windes, der wehte. Er kam vom Meer, aus der Normandie.

Noch einmal versuchte ich es.

«Über dem letzten Viertel seines Lebens, über den letzten zehn Jahren liegt ein Geheimnis. Er paßt nicht mehr zum Bild, das wir uns von ihm machen.»

Ich sah Jean Rotrou vor mir: den Poeten, einen genialischen Luftibus, mit Locken, die sein Gesicht umrahmen, einen jüngeren Mann in der Tracht der Zeit, in geschlitzten Pluderhosen, Seidenstrümpfen, mit Schnallenschuhen, Göller, Mantel, Zierdegen, den Federhut mit dem Panasch, und über die Hand, die den Würfelbecher kippt, fällt die Spitzenmanschette.

«Das Bild, das wir uns von ihm machen, haben Sie soeben gesehen, in Stein», murmelte Monsieur Dessal lächelnd, «und außerdem konnten Sie es noch lesen.» Er deutete mit dem Daumen in die Richtung des Denkmals, vor dem wir eben gestanden hatten.

«Es gibt ein Mysterium Rotrou, in der ganzen Doppelsinnigkeit des Wortes, Monsieur Dessal!»

«Il s'est rangé – er ist vernünftig geworden, er hatte seine Hörner abgestoßen. Warum etwas anderes suchen?»

Ich unternahm, ihm darzulegen, was ich meinte, ein wenig später, im Restaurant, beim Dessert, während er sorgsam eine Birne schälte. Aber das war nicht der richtige Ort für ein solches Unterfangen. Es fehlte nicht nur an der Atmosphäre, es fehlte an mir. Meine Schuld war es, wenn er mich nicht verstand. Herzklopfen ist kein Ausweis. Ergriffenheit auch nicht.

«Vernunft, Monsieur Dessal? Vielleicht mochte es die Vernunft sein, sich die Sinekure eines königlichen Beamten in Dreux zu erwerben, mit dem Geld, das ihm seine Theaterstücke eingebracht hatten. Vielleicht hat es ihn amüsiert, den Magistraten zu spielen. Aber die Stunde der Prüfung fand ihn auf seinem Platz, was immer er auch von seiner ‹lieutenance de bailliage› gehalten haben mag. Er ist geworden, was er vorgab zu sein. Wie sein Genesius. Doch der ist ja Legende, Theater – der sterbende Rotrou ist Wahrheit!»

Ach, ich kannte es, dieses höfliche Nicken.

«Diese Stadt war verwaist. Ohne Obrigkeit. Verödet. Wer konnte, floh vor der Pestillenz. Die Ärmsten bleiben zurück. Eine schwärende Wunde, so liegt Dreux im Land. Nur die Totenglocke bimmelt. Da kehrt dieser Mann, dieser Barockdichter Jean Rotrou, zurück. ‹Il est temps de passer du théâtre aux autels›, hat er ein paar Jahre zuvor geschrieben, ‹es ist Zeit, die Bühne mit dem Opferaltar zu vertauschen.› Genau das hat er getan.»

«Evidemment», sagte Monsieur Dessal.

IX

Ich blieb an der Straßenecke stehen, an der wir uns voneinander verabschiedet hatten. Die Wagen kamen heran, schwenkten um mich herum. Ich versuchte die Gesichter der Lenker zu sehen.

So konnte ich nicht reisen, mit so viel Unerledigtem.

Im Herumschlendern kam ich noch einmal am Museum vorbei. Eine kleine Ansammlung von Männern ließ mich an eine Feuerwehrübung denken. Tatsächlich waren einige uniformierte Leute dabei. Die Blaise führte Hochwasser. Die Bibliotheksräume lagen unter dem Niveau der Straße. Die Lachen reichten bis an das Gebäude heran. Die Fenster des Untergeschosses waren erleuchtet.

«Wir müssen Wache halten», erläuterte unter der Türe Madame Ledieu, die Bibliothekarin, die mir die Broschüren zurechtgelegt hatte.

So gut es ging, richtete ich mich im Hotelzimmer ein, ich stellte den kleinen Tisch unter die schmucklose Glühbirne. Vom überdeckten Hof herauf, durch das beleuchtete Glasdach des Speisesaals, hörte ich das Geklapper von Tellern und Besteck.

Während des Tages war es mir gewiß geworden, es begleite mich etwas und wolle zu Wort kommen. Aber es lag noch unter der Schwelle der Sprache, und ich wußte aus langer Erfahrung, es gab keine andere Möglichkeit, es an das Tageslicht zu locken, als mich vor ein Blatt weißen Papiers zu setzen, die Feder in der Hand. Infolgedessen legte ich denn das Gerät sorgsam zurecht und lauschte dem fernen Geklapper von Messern und Gabeln, einer Mahlzeit Begleitung, an der ich nicht teil hatte.

Die Nachricht stellte sich ein, ohne Aufhebens, es hatte nur ein wenig der Stille bedurft, so nahe war sie gewesen. Wie nur hatte es so lange dauern können, bis ich ihrer inne wurde?

Es war der Gleichlauf der Schicksale von Genesius und Rotrou, die bestürzende Übereinstimmung des Lebenslaufes des Komödianten mit dem des Dichters! Mit einem Schlag richtete sich alles aus wie Feilenspäne unter dem magnetischen Strom und fügte sich zwischen die Pole.

Genesius lebte unter absolutistischer Herrschaft. Auch Rotrou. Den «Saint Genest» schrieb er kurze Zeit nach Richelieus Tod, nach dem Tode Ludwigs XIII., an der Schwelle zum Reich des Sonnenkönigs. Beide, der Direktor der Theatergruppe und der Stückeschreiber, standen im Dienste ihrer Despoten. Rotrou gehörte ja der Dichterbrigade Richelieus an. Beide verdienten sich ihr Brot mit der Unterhaltung, dem Divertissement der Tyrannen. Unter dem Zeichen des Privilegiums der Hofnarren ward beiden gewährt, sich aufzulehnen, in künstlerischer Verkleidung und im Dunst der Historik wider die Ungerechtigkeit des Systems, nach dem die irdische Welt unter den Menschen aufgeteilt wurde. Beide waren sie sich der Unwürdigkeit ihres bequemen Dienstes bewußt. Beide waren sie arm und machtlos. Beide hatten sie keine andere Möglichkeit, sich selbst aus dieser Ordnung herauszunehmen, als die Parodie zu nützen und aus ihr eine Wahrheit zu machen. Beide wußten sie um diese Wahrheit. Beide litten sie unter der unwürdigen Rolle, die sie auf dem Welttheater spielten. Beide fanden sie ihre Freiheit, ihre menschliche Würde im Opfer – im gewählten Tod. Beide machten sie aus der Rolle, die sie spielten, die Wirklichkeit. Mit dem «Saint Genest» rief Rotrou zu diesem, zum gewaltlosen Widerstand wider die Tyrannei über Leib und Seele auf. Was sie erstrebten, ging über Freiheit und Würde hinaus, um etwas wahrhaft Aufrührerisches für sie, die Lakaien der Großen.

Es ging um das Sich-selbst-sein-Dürfen, um die Persönlichkeit, um die Individualität. Es ging um die Befreiung Gottes im menschlichen Wort. Genesius – das war die Revolte.

Als ich so weit gekommen war, mußte ich innehalten. Es wollte mich ein Gelächter ankommen. Ich redete immer daher, als gäbe es einen Genesius. Aber es gab ja gar keinen Genesius. Genesius war eine Legende, eine kurze Notiz im Lexikon.

Genesius war kein anderer als Jean Rotrou selbst. Es gab niemanden als Jean Rotrou. Wahrlich eine Binsenwahrheit für einen Schriftsteller.

Das Geklapper der Bestecke und Teller aus dem Speisesaal war verstummt. Die Mahlzeit war zu Ende. Unter dem gläsernen Dach war es dunkel geworden. Das kleine und unpersönliche Hotelzimmer mit der schmucklosen Glühbirne glich einer Zelle.

Von nun an ordnete sich alles. Die beiden geheimnisvollen Entscheidungen im Leben Jean Rotrous – seine Heimkehr nach Dreux im Mantel des Magistraten und, zehn Jahre später, sein Opfer – umrahmten das Werk «Saint Genest, comédien païen, représentant le mystère d'Adrien». In dieser Tragödie hat der Dichter die Anklage und die Befreiung vereint, die Vergangenheit gebannt und seherisch die eigene Zukunft vorweggenommen. An dieser Stelle meiner Niederschrift setzte ich die Feder nieder. Im Zimmer begann es kühl zu werden, die Heizung war ausgeschaltet worden. Ein paarmal lief ich hin und her. Dann blätterte ich in der Photokopie des «Saint Genest». Schließlich suchte ich den Monolog des Komödianten heraus, der mit den Worten endet: «Aber wohin verirre ich mich? ... Spielen soll ich den Märtyrer – nicht ihn werden!»

Dann folgt jene Stelle, die mir überflüssig erschienen war: (Der Himmel öffnet sich und eine Stimme ruft:)

Fahre weiter Genesius in deiner Rolle!
Du wirst sie nicht vergeblich spielen.
Ein wenig Mut noch wird verlangt zu deinem Heil,
Und Gott wird helfen.

Es brauchte keiner Erleuchtung mehr. Ich hatte nichts zu tun, als den Namen Genesius' durch den Rotrous zu ersetzen, und dann füllte sich der weiße geheimnisvolle Raum in des Dichters und Magistraten Leben.

Er war ein Kind dieses siebzehnten Jahrhunderts, jenes Jahrhunderts zwischen der Reformation und der Aufklärung, Frankreichs letztes Jahrhundert, in dem die Gelehrten noch wagten, Gottes Namen zu nennen. Die Daten der berühmten Nächte, des Gotteserlebnisses eines Descartes, jenes eines Pascal sind in die Geschichte der Menschheit eingegangen. Die Gnadenstunde Rotrous kennen wir nicht.

Früh am Morgen, als ich vor das Gasthaus trat, lag der Himmel blaßblau über der Straße. Noch einmal wanderte ich über die Brücke der Blaise, am Glockenturm, an der Kirche von St-Pierre vorbei. Wiederum stieg ich den Wehrweg hinan und trat in den menschenleeren Park auf der Kuppe des Hügels, wo in der Kapelle St-Louis, in marmornen Sarkophagen, die Gebeine des Hauses Orléans ruhen.

Ich lehnte mich an die Steinbrüstung der Terrasse. Ich kannte den Geruch und den Geschmack des Windes. Er kam von Norden, vom Meer, aus der Normandie. Die Giebel der alten Häuser drängten sich vor dem Glacis der geschleiften Mauern. In der Ferne, ringsherum am Horizont wechselten die Wälder und Baumgruppen mit den weißen Kuben der Wohnkolonien, die das Städtchen umschlossen. Rotrou hat eine schöne Heimat gehabt.

«Die Gefahr ist gebannt», sagte Madame Ledieu unter der Türe des Museums, «die Wasser der Blaise sind gesunken.»

Ich stieg nochmals die Wendeltreppe zu Herrn Dessals Kabinett empor. Blaß schimmerte in dem einfenstrigen Raum seine Kopfhaut. Er war dabei, sich eine Zigarette zu drehen.

«Haben Sie gefunden, was Sie suchten?»

«Ich habe nicht gewußt, was ich suchte.»

Er schaute mich zwei Pulsschläge lang aus seinen tiefliegenden Augen an:

«Ich verstehe Ihre Antwort.»

Am anderen Tage fuhr ich nach Hause, um meinen Bericht zu schreiben.

«Manchmal ist die Resignation der Triumph»

«Minute des Lebens» und «Der heilige Komödiant» im Spiegel von Kurt Guggenheims Tagebüchern

Für E. J.

«Eine fast nicht mehr zu ertragende Sehnsucht, das Werk zu beginnen. Ersatz für alles, auf das ich jetzt fürderhin verzichten muß. Stillung des Fernwehs. Zuflucht in einer alles verschlingenden schöpferischen Arbeit, in einem Werk, wo ich vielleicht Gelegenheit finde, alles zu sagen, was mein Leben und mein Schicksal umgreift, umfaßt, umschließt, ausmacht.»[1]

Als Kurt Guggenheim am 14. Juni 1968 diese Sätze in sein Tagebuch schreibt, liegt der spektakuläre Erfolg mit dem vierbändigen Generationenroman «Alles in Allem» dreizehn Jahre zurück und sind neun Jahre vergangen, seit er mit «Sandkorn für Sandkorn» für kurze Zeit auch in Deutschland Beachtung fand. Mit den seit 1960 entstandenen Büchern aber – dem autobiographischen Zürcher Kindheits- und Liebesroman «Die frühen Jahre», dem Frankreichbuch «Salz des Meeres, Salz der Tränen», dem Gottfried-Keller-Roman «Das Ende von Seldwyla» und der hintergründigen Hochkonjunktur-Satire «Der goldene Würfel» – hat Guggenheim, obwohl er in diesen Jahren zweifellos im Zenit seines erzählerischen Könnens steht, sehr viel weniger Glück gehabt. Das Presse-Echo ist verhalten bis ablehnend, der Verkaufserlös liegt so tief unter den Erwartungen, daß der Artemis-Verlag nur noch zögernd in neue Verträge einwilligt, die Autorenhonorare sind dermaßen geschrumpft, daß Guggenheim sich sein provenzalisches Schreibdomizil in Eygalières bei St-Rémy nicht mehr leisten kann.[2]

Kein Wunder denn, daß das schon seit einigen Jahren im Tagebuch manifeste dumpfe Gefühl des Verkanntseins in ihm immer stärker wird und der Umstand, daß schweizkritische Autoren wie Frisch und Dürrenmatt weltweit erfolgreich sind, während sein eigenes lebenslanges Engagement für sein Land bei jüngeren Kollegen oft nur noch ein mitleidiges Lächeln auslöst und sein Schaffen von den maßgeblichen Schweizer und ausländischen Kritikern weitgehend ignoriert wird, Wehmut und Trauer, aber auch Groll und Wut in ihm auslöst.

Um so erstaunlicher mutet es darum an, daß es sich bei dem Werk, das Guggenheim «Gelegenheit und Vorwand» geben soll, «alles zu sa-

1 Kurt Guggenheim, Tagebuch, 14.Juni 1968. Weil es sich dabei um eine gekürzte Auswahl handelt, wird hier und im folgenden nicht aus der dreibändigen, von 1981 bis 1983 im Verlag Huber, Frauenfeld, erschienenen Ausgabe von Guggenheims «Tagebuchblättern», «Einmal nur», sondern aus dem in der Zentralbibliothek Zürich archivierten vollständigen Typoskript der Tagebücher zitiert. Der Einfachheit halber wird jede Zitierung, auch wenn sie selbst undatiert ist, unter dem zuletzt erschienenen Datum aufgeführt.

2 Unter dem 25.Juli 1967 heißt es im Tagebuch: «Abschied von der Provence. Letztes Jahr zum letzten Mal gesehen. Zu teuer für uns.»

gen, was mein Leben und Schicksal umgreift», keineswegs etwa um einen bis in die Gegenwart reichenden Band seiner autobiographischen Roman-Serie, aber auch nicht um die bitterböse Abrechnung mit den Nachkriegsjahren handelt, die er 1973 unter dem Titel «Gerufen und nicht gerufen» tatsächlich publizieren wird, sondern um ein Buch, das zwischen 1850 und 1924 in Frankreich spielt und das Leben eines Dichters und eines Malers zum Gegenstand hat : «Minute des Lebens. Roman um die Freundschaft zwischen Zola und Cézanne».

Nur wer es genau analysiert und es zu des Dichters eigenen Lebens- und Schreibkonstellationen in Bezug setzt, wird erkennen können, daß die Größe und Einzigartigkeit dieses Buches tatsächlich zu einem nicht geringen Teil darauf beruht, daß Guggenheim seine persönlichen Intentionen wahrgemacht hat. Wenn «Minute des Lebens» keine bloße Doppelbiographie, sondern das erschütternde Drama einer Künstlerfreundschaft ist, so deshalb, weil Guggenheim sowohl Zola als auch Cézanne eigene Gefühle und Erfahrungen nachleben läßt und den Zwiespalt zwischen den beiden Freunden in der eigenen Seele nachzuempfinden vermag. Und weil er Cézannes lebenslanges Verkanntsein aus dem eigenen Frustrationsgefühl heraus zu eindringlicher, glaubwürdiger Darstellung zu bringen vermag und er ihn seinen künstlerischen Höhepunkt in jener Vision des «Einmal nur», des Festhaltens eines unverlierbaren Augenblicks, finden läßt, die sein, Guggenheims, eigenes literarisches Credo ist, gerät ihm die Gestalt des genialen Malers ganz zwanglos und unaufdringlich zu einem intensiv geschauten, persönlich wirkenden alter Ego. Ganz abgesehen davon, daß auch die unmittelbarste Wirkung des Buches, diejenige einer begeisterten und begeisternden Hommage an die französische Kunst, ja an die Kunst überhaupt, auf eine guggenheimsche Besonderheit zurückgeht: seine Doppelbegabung als Schriftsteller und Künstler, die es ihm, ähnlich wie seiner Erzählerfigur Montgéroult, erlaubt hat, sich der Kunst Cézannes nachgestaltend, mit dem Pinsel in der Hand, zu nähern und Frankreich und die Provence auf ganz persönlich-intime Weise «mit Maleraugen» zu sehen.

Mit den Augen der impressionistischen Maler

«Mit Maleraugen sehen»: das ist, ehe es in «Minute des Lebens» seinen geglücktesten Ausdruck fand, in Guggenheims Leben schon Jahrzehnte zuvor Prinzip und Programm gewesen, und wie so vieles in seiner Schriftstellerexistenz – das exakte Beobachten im Sinne J.-H.Fabres z. B. oder die gesellschaftliche Integration durch die Schaffung eines großen Werks – geht auch diese Anschauungsweise letztlich auf eine Anregung Eva Welti-Hugs zurück. In «Die frühen Jahre» zitiert Guggenheim aus einem ihrer Briefe vom Sommer 1918, als die beiden fast jeden Tag am frühen Morgen oder bei Sonnenuntergang Ruderbootfahrten auf dem Zürichsee unternahmen. «Vieles genieße ich mit Maleraugen», beginnt der zitierte Abschnitt, und was die junge Frau, nota bene die Verlobte des Malers Albert J.Welti, da beschreibt, nimmt sich fast schon selbst wie ein impressionistisches Gemälde aus. «So war es mir heute ein unbeschreiblicher Genuß, dich anzusehen, denn du paßtest in deinem schönen grünen Gewand so recht ins Bild hinein: Seegrün, das Grün der Uferbäume, die Schatten im Wasser, das paßte alles, und selbst die Schattierungen, die Falten auf deinem Gesicht hatten einen grünen Ton, dein Haar, deine Augen, deine Zähne, deine Augenbrauen, deren Ende ins Gelbgrüne übergingen, was ungemein reizvoll aussah...»[1]

Als Guggenheim 1919/20, um die Trennung von Eva zu verschmerzen, Volontär des Handelshauses Rauber in Le Havre wird, gerät er mitten in die Domäne der Impressionisten hinein. Und nichts liegt näher, als nun auch diese Landschaft, wie er bei Eva gelernt hatte, «mit Maleraugen» zu sehen. «Ohne es zu wissen, hatte ich sehr bald angefangen, dieses Land mit den Augen der impressionistischen Maler zu sehen», berichtet er in «Salz des Meeres, Salz der Tränen». «Die Landschaft der Seine, des Hafens auf eine andere Weise als ein Sisley, ein Pissaro, ein Monet zu erleben, schien mir nicht möglich.»[2]

Guggenheim hat sein frühes Frankreich-Erlebnis und eine Reihe von Paris-Aufenthalten in den zwanziger und dreißiger Jahren in den Erfahrungen von Aaron Reiß, der seine Lehr- und Wanderjahre in Paris verbringt, 1952–1954 auch in «Alles in Allem» eingearbeitet. Danach wendet sich sein Interesse von Paris und der Seine-Mündung ab und der Provence zu, wo er sich seit Mitte der fünfziger Jahre regelmäßig aufhält und wo ein (gemietetes) Häuschen in Eygalières bei St-Rémy zu seinem bevorzugten Schreibort wird. Noch in dem 1956 erschienenen Roman «Der Friede des Herzens» wird zwischen Seine-Mündung und Rhone-Mündung nicht unterschieden und hat der Frankreich-Heimkehrer Guido Heimberger Marseille im Sinn, wenn er Guggenheims Malerblick wiederaufnimmt: «Ich hatte offenbar für eine Stunde die Fähigkeit gewonnen, all dieses Leben mit den Augen eines impressionistischen Malers zu sehen.»[3]

Auch 1959, in «Sandkorn für Sandkorn», wo der Blick mit den Augen der Maler in einer förmlichen Liebeserklärung zum Schlüssel für das Verständnis von Frankreich überhaupt wird, ist in Sachen Impres-

1 Kurt Guggenheim: «Die frühen Jahre». In: Werke I, Reprinted by Huber Nr. 4, Huber-Verlag, Frauenfeld 1989, 1999, S. 5–159, S. 88

2 Kurt Guggenheim: «Salz des Meeres, Salz der Tränen». In : Werke I, Reprinted by Huber Nr. 4, Huber-Verlag, Frauenfeld 1989, 1999, S. 161–344, S. 266

3 Kurt Guggenheim: «Der Friede des Herzens», Artemis-Verlag, Zürich 1956, S. 155

Kurt Guggenheim Mitte der sechziger Jahre beim Zeichnen in der Provence.

sionismus zwischen Nord- und Südfrankreich nicht unterschieden und gehört Cézanne noch mit zu den Impressionisten: «Es ist wahr, ich bin in der Betrachtung Frankreichs, sei ich in Paris oder weile ich hier unten in der Provence, endgültig bei den Impressionisten stehengeblieben. Ich kann es mir nicht vorstellen, daß man dieses Land anders sehen kann, als diese Maler es gesehen haben, ja, ich schrecke nicht davor zurück zu sagen, sie, Cézanne, Monet, Sisley, Manet und wie sie alle heißen, hätten dieses Bild Frankreichs, das wir lieben, geschaffen. Sie haben uns gelehrt, wie man es sehen und verstehen muß. Ich kann Frankreich nie mehr anders als mit den Augen dieser Maler sehen.»[1]

Der eigene Augenschein während den verschiedensten Aufenthalten im Mas St-Laurent in Eygalières, die Beschäftigung mit J.-H. Fabre und vor allem das Studium der Werke Cézannes, dem sich Guggenheim in den frühen sechziger Jahren intensiv widmet, bringen dann allerdings jene Klärung, wie sie in einer Tagebucheintragung vom 27. Dezember 1967 auf den Punkt gebracht ist: «Der Impressionismus ist die Malweise des Seinebeckens, der Seinemündung, des Ärmelkanals, der Oise. Im Einzugsgebiet der Rhone gibt es dieses Licht-Dunst-Spiel nicht mehr. Die Provence ist keine Impressionisten-Landschaft, sie zeigt präzise Konturen, scharfe Farbkontraste, Farbflächen. Aber Cézanne übernahm vom Impressionismus die Konturen, welche durch die Farbe, die Farbflächen, die aneinanderstoßen, und nicht durch gezeichnete Linien bestimmt werden. Mittelmeer-Malerei.»

Als diese Zeilen geschrieben wurden, befaßt sich Guggenheim bereits seit drei Monaten intensiv mit dem Projekt «Minute des Lebens», in dem die lebenslang geübte Gewohnheit, die Welt mit Maleraugen zu sehen, ihren bewegendsten Ausdruck finden sollte.

«...das zu schreibende Buch ‚Emile et Paul', Zola und Cézanne»

Am 28.September 1967, am Ende jenes Sommers, den er und seine Frau aus finanziellen Gründen erstmals seit Jahren nicht mehr in der Provence haben verbringen können, erscheint im Tagebuch, gleichsam aus dem Heimweh nach der Provence geboren, der Plan zu dem Roman in ziemlich genau den Umrissen, wie er später realisiert werden wird: «Ich habe ein schweres Heimweh nach der Provence, dem Mas St-Laurent in Eygalières besonders. Denke ich daran, kommen mir die Tränen. – Außerdem: das zu schreibende Buch ‚Emile et Paul', Zola und Cézanne. (...) Ein Roman der Freundschaft auf mißverständlicher Basis, ein Maler-Roman, ‚L'Œuvre' vom Freunde Zola,

1 Kurt Guggenheim: «Sandkorn für Sandkorn». In: Werke II, Reprinted by Huber Nr. 10, Huber-Verlag, Frauenfeld 1992, 1999, S. 139–297, S. 296

Cézanne, ein raté, les tableaux de Cézanne et Manet au grenier de Zola à Médan. Monumental in der Dummheit – Cézannes Ausruf: „... un peintre qui se suicide! ...' Ambroise Vollard.»

Anders als beim Roman «Riedland», der zwischen 1935 und 1937 Schritt für Schritt im Tagebuch entstanden ist, bis sich Guggenheim wirklich freigeschrieben hatte, dokumentiert das Journal zu «Minute des Lebens» nur den vorangehenden Überlegungs- und Entwicklungsprozeß: Sobald er im Herbst 1968 mit der eigentlichen Niederschrift beginnt, verschwindet das Projekt, gleich, wie es zwischen Dezember 1958 und dem Sommer 1959 auch mit «Sandkorn für Sandkorn» geschah, vollständig aus dem Tagebuch. Die Vorbereitungsphase aber, wie sich Guggenheim an das Thema herangetastet hat und wie ihm die Komposition, die Thematik und der Sinn des zu schreibenden Buches immer deutlicher vor Augen traten, ist für kein anderes seiner Bücher so ausführlich und detailliert im Tagebuch dokumentiert wie für «Minute des Lebens».

Schon 1925, im ersten der später (gekürzt) veröffentlichten Tagebuchhefte, sind konstituierende Elemente des späteren Projekts auszumachen: die Zola-Lektüre (in der Leseliste vom 12.1.25 ist «L'Assommoir» verzeichnet), die Beschäftigung mit Cézanne (am 1.2.25 heißt es in der Zusammenfassung einer Diskussion mit Fortunat Huber: «Deduktive Ableitung des Häberlinschen Grundsatzes auf die Ästhetik an Hand eines Cézanne-Bildes.») und die Vorliebe für die Provence («Bodenlose Sehnsucht nach Sonne. Tunis – Ägypten. Oder auch nur die Provence» heißt es am 4.2.25). Auf die Idee, die Beziehung zwischen Zola und Cézanne darzustellen, brachte Guggenheim wahrscheinlich die Lektüre von Henri Perruchots Buch «La vie de Cézanne» (Hachette, Paris 1956), dessen Lektüre das Tagebuch am 17.9. 1960 verzeichnet. Am 13.11. 1960 ist auch erstmals John Rewalds Monographie «Cézanne. Sa vie – son œuvre, son amitié pour Zola» (Albin Michel, Paris 1939) angeführt, die Guggenheim in seinem Plan entscheidend bestärkt haben dürfte. Wie unter letzterem Datum weiter zu erfahren ist, spielte er zunächst mit dem Gedanken, das damals in Evaluation befindliche Projekt «Das Geld» – die quasi ökonomische Geschichte seiner Familie, die sich dann in einen persönlich-autobiographischen Teil in den ersten Kapiteln von «Die frühen Jahre» (1962) und in die Kapitalismus-Satire «Der goldene Würfel» (1967) aufspalten sollte – um «Paul et Emile», die Darstellung der Freundschaft zwischen Zola und Cézanne, anzureichern und so ähnlich wie in «Sandkorn für Sandkorn», wo die Biographie Fabres mit der Entstehungsgeschichte von «Riedland» verquickt ist, einen Doppelroman zu schaffen: «In der neben dieser Meditation einherlaufenden Ausheckung dieses Projektes (‚Das Geld') spielte die Geschichte ‚Paul et Emile' (Cézanne und Zola) hinein, und es bedürfte wohl nur eines ganz sachten Anstoßes, und es entstände ein Doppelthema wie beim ‚Sandkorn'.» Vier Wochen später, als sich Guggenheim mit dem Dramatiker Anouilh beschäftigt, ist dieser Plan wieder vom Tisch und hat der Idee eines Theaterstücks Platz gemacht. Damit kommt allerdings erstmals eine Facette mit ins Spiel, die für den späteren Roman wichtig sein sollte: das Autobiographische, die postulierte oder auch wirkliche Seelenverwandtschaft zwischen Cézanne und Guggenheim selbst. «Jetzt, beim Lesen von ‚La Sauvage' von Anouilh, habe ich», heißt es unter dem Datum vom 2. 12. 1960 im Tagebuch, «wieder eine beinahe unbezwingliche Sehnsucht gespürt, ein Stück zu machen, *ein Stück von mir*, die Tragödie Paul Cézanne, ‚Paul et Emile', die Tragödie der Freundschaft und des Mißverständnisses...»

Dennoch stellt Guggenheim das Projekt «Paul et Emile» vorerst zurück und schreibt zunächst die beiden autobiographischen Romane über seine Kindheit und Wanderjahre sowie sein Buch über Gottfried Keller. Zwischen dem 1. Januar und dem 31. März 1962 entstehen «Die frühen Jahre», die im Herbst 1962 greifbar werden, zwischen dem 12.Dezember 1963 und Ende März 1964 wird die Fortsetzung, «Salz des Meeres, Salz der Tränen», niedergeschrieben, die im September 1964 in die Buchhandlungen kommt. Im Winter 1964/65 entsteht das Gottfried-Keller-Buch «Das Ende von Seldwyla», das im Herbst 1965 erscheint. Während diesen Arbeiten und auch während der Entstehung des Auftragswerks «Lausanne»[1] im Winter 1965/66 und des aus dem Projekt «Geld» hervorgegangenen Romans «Der goldene Würfel» im darauffolgenden Winter bleibt «Paul et Emile» im Tagebuch weiterhin unter die «unmittelbar bevorstehenden Projekte» eingereiht, bis im Herbst 1967 aus dem geplanten Bühnenstück unversehens jenes Romanprojekt wird, das in der bereits zitierten Notiz vom 28. 9. 1967 erstmals klare Konturen annimmt.

September 1967 – August 1968: Ein Buch entsteht im Kopf

Von diesem Datum an tritt, obwohl es bis zur Niederschrift des Romans noch fast ein Jahr gehen wird, das Projekt sehr schnell in das Stadium des konkreten Überlegens und Entwerfens über. «Das untrügliche Herzklopfen und Gehobensein, das ich beim Greifbarwer-

1 Den Auftrag zu «Lausanne» erhielt Guggenheim vom Modehaus Charles Veillon. Er sollte aus Anlaß eines Firmenjubiläums in einer Broschüre Lausanne, den Geschäftssitz der Firma, aus der Optik eines Deutschschweizers beschreiben. Guggenheim lieferte das Typoskript ab, erhielt sein Honorar und am 26. 6. 1966 laut Tagebuch den Bescheid, daß auf den Druck des Textes verzichtet werde, weil es sich für die jungen Mädchen, für die es, wie Guggenheim erst jetzt erfuhr, gedacht war, nicht eigne. Das Werk, dessen Geschichte Guggenheim in der ersten, unveröffentlichten Fassung von «Der heilige Komödiant» beschrieb, blieb bis heute unpubliziert.

Kurt und Gertrud Guggenheim 1969 im Ferienhaus von Peter Dubs in Wespersbühl ZH.

den eines neuen Buches jedesmal erlebe, zeigt sich beim Denken an ‚Emile et Paul'», heißt es am 30. 9. 1967, und Anfang Oktober 1967 kommt nun auch jenes Element dazu, das Guggenheim einen ganz besonderen, künstlerischen Zugang zu seiner Romanfigur Cézanne ermöglicht: das eigene Aquarellieren. «Die Hauptbeschäftigung: ‚Emile et Paul'/Aquarellieren» heißt es am 3.Oktober, und am 12. Oktober stellt er Cézannes Art zu aquarellieren («wie mit Öl, trocken, selten mit Einfließen-Lassen») derjenigen von Nolde gegenüber («naß in naß und Lasieren») und folgert: «Mir scheint immer, es müsse im Schreiben etwas diesen beiden Arten Entsprechendes geben.» Am 23.November 1967 wird es dann heißen: «Um Cézanne richtig verstehen zu können, muß ich eines seiner Aquarelle genau kopieren.»

Die intensive Beschäftigung mit Cézanne bedeutet aber nicht, daß Guggenheim die zweite Figur des geplanten Buches, Emile Zola, aus den Augen verloren hätte. «Zola ist eine anfeuernde, befeuernde Lektüre für einen Schriftsteller, wie Fabre, wie Léautaud», notiert er sich am 2.11.67, und tags darauf studiert er «mit Nutzen für ‚Emile et Paul'» Henri Mitterands und Jean Vidals Pléiade-Ikonographie zu Emile Zola von 1963.

Am 20.November 1967 ist es offenbar soweit, daß Guggenheim die beiden Hauptgestalten miteinander in Beziehung bringen kann. «Heute habe ich ernsthaft mit der Arbeit an ‚Emile et Paul' begonnen», konstatiert er und fängt an, sich für die Beziehung der beiden Figuren Fragen wie «Zeit. Ort. Zeiten des Beisammenseins, Zeit der Briefe» zu stellen. Aus welcher Perspektive aber soll erzählt werden? Guggenheim nimmt sich vor: «Eventuell eine Person finden – vielleicht Baille –, welche das Leben der beiden überblickt und auch fähig ist, das Mißverständnis zu erkennen (oder es einfach zu schildern und sein Erkennen dem Leser zu überlassen).» Isidore Baille, den gemeinsamen Jugendfreund von Cézanne und Zola, wird Guggenheim bis ans Ende der Projektphase im August 1968 als vorgesehenen Erzähler beibehalten. Der Einfall mit dem (erfundenen) Arzt Montgéroult ist ihm offenbar erst während der eigentlichen Niederschrift des Romans gekommen.

Ende November/Anfang Dezember 1967 wendet sich Guggenheim der Sprache und der äußeren Form des Romans zu. «Muß aus ‚Emile et Paul' wirklich so etwas wie ein Roman werden», fragt er sich am 27. 11. 1967. «Gibt es keine andere Form? Einen ganz sachlichen Bericht, ohne Schmuck, Sentimentalität, Poesie? Trocken, ernst, unerbittlich fachmännisch. Hart schreiben, ohne ästhetische Rücksichten. Keine Erfindung.» Und am 6. 12. 1967 heißt es: «‚Emile et Paul' muß ich genau so schreiben, wie Cézanne gemalt hat. Nicht impressionistisch, flou, sondern präzis, geduldig, beharrlich – malen und immer wieder malen. Ein Gesicht gilt genausoviel wie ein Apfel.»

Mas Saint-Laurent in Eygalières bei St-Rémy, Guggenheims provenzalisches Schreibdomizil.

In den siebziger Jahren bei der Arbeit in Eygalières.

«Emile et Paul, ... il y a des deux en moi...»

Die kritische bis ablehnende Aufnahme, die sein Roman «Der goldene Würfel» bei gleichzeitiger permanenter Medienpräsenz von Autoren wie Frisch und Dürrenmatt findet, macht Guggenheim in jenen Monaten ganz besonders hellhörig für die Verkennung, die sich Frankreich Cézanne gegenüber zu Schulden kommen ließ. «Im Kleinen erlebe ich das Nichtverstehen, die Oberflächlichkeit des Lesers, das Vorbeilesen in der Reaktion auf den ‚Goldenen Würfel'», heißt es am 6. 12. 1967, und am 12. 12. 67 fügt er einer Bemerkung über die «haine absolue du journalisme par Cézanne» die Aufforderung bei: «An dieser Stelle der ‚Kultur' und der sogenannten Journalisten in Zürich gedenken.» Wie er sich selbst mit Cézanne identifiziert, so identifiziert er die Erfolgsschriftsteller seiner Zeit mit dem Erfolgsschriftsteller Zola. Max Frisch, dessen Arbeit der Tagebuchschreiber Guggenheim sehr genau mitverfolgt und (zumeist abschätzig) kommentiert, ist für ihn ein sprechendes Beispiel für jene «Literatur der Klassenbesten»[1], die Zola in den Augen Montgéroults, des Ich-Erzählers von «Minute des Lebens», verkörpert. Gelegentlich stellt Guggenheim aber auch Parallelen zu Dürrenmatt her, den er nicht weniger polemisch als Frisch kommentiert. So etwa am 29. 12. 1967, als es heißt: «Die von einem Reporter der Zeitschrift ‚Sie und Er' über Dürrenmatt gebrauchte Bezeichnung ‚ein Gigant der Literatur' sollte ich irgendwo für Zola anbringen.»

Schon bald aber kommt Guggenheim zur Ansicht, daß eine persönlich-emotionell motivierte Schwarzweißmalerei der Sache nicht gut bekommen würde, und am 5. Januar 1968 nimmt er sich ernsthaft vor: «In ‚Emile et Paul' soll Gerechtigkeit, Objektivität, Wahrheit walten. Keine Parteinahme für einen der beiden – jeder soll zu seinem Recht kommen, auch das Zwiespältige soll gezeigt werden. Es wird nicht romanciert, es wird erzählt. Das Sujet ist das immanente Mißverständnis, wie es zwischen allen Menschen waltet.»

Das Konzept mit einem negativ gezeichneten Zola und einem positiv gesehenen Cézanne ist für Guggenheim schließlich nicht zuletzt deshalb undurchführbar, weil er sich nicht nur dem verkannten Genie Cézanne, sondern auch dem Epochen- bzw. Generationenchronisten

1 «Es gibt eine Literatur der Klassenbesten: Frisch, Muschg, Weber» heißt es z. B. am 30. November 1969 im Tagebuch. In «Minute des Leben», u.A., S. 59, heißt es von Zola: «Der typische Beste, der Primus der Gymnasialklasse!» Einmal in jenen Jahren sind sich Max Frisch und Kurt Guggenheim nach zwanzig Jahren wieder persönlich begegnet. Am 25. Oktober 1971 notiert Guggenheim im Tagebuch: «Vorgestern, anläßlich einer open door, nach 20 Jahren wieder mit Max Frisch gesprochen. Dickes Gesicht. Auge ein wenig trüb hinter dem Balkon, aber was er spricht, noch so wie damals. Hat Angst vor dem Zerfall. Das beschäftige ihn täglich.»

und Wahrheitsfanatiker Zola innerlich verwandt fühlt. «‚Emile et Paul', il faut bien le dire, il y a des deux en moi. Ceci est peut-être le point essentiel», schreibt er am 28. Mai 1968, und am 8. Juni des gleichen Jahres, wenige Wochen, bevor er mit der Niederschrift des Romans beginnt, heißt es noch deutlicher: «Il y a dans Zola du Cézanne, en Cézanne du Zola, et les deux en moi.»

Die gleiche Gerechtigkeit will Guggenheim den beiden Protagonisten gewähren, die gleiche Sympathie aber will und kann er ihnen nicht entgegenbringen. «Zola fühlt sich Cézanne unterlegen, allen Erfolgen zum Trotz», erkennt er am 13. Dezember 1967. Und am 23. Mai 1968 nimmt er die Quintessenz des ganzen Romans mit der Formulierung voraus: «Manchmal ist die Resignation der Triumph.»

Zola hat, so Guggenheims Definition vom 5. Juli 1968, «das Vergängliche, die Aktualität, den Tagesruhm» gewählt. Cézanne «das Bleibende, den Nachruhm, die Kunst an sich». Und zu Lebzeiten tröstet sich Cézanne, während Zola ruhelos der Wahrheit, dem Fortschritt und dem Ruhm nachjagt, mit der «Joie de peindre», mit dem Glück, «nur mit Form und Farbe das Namenlose ausdrücken»[1] zu können, und – in der Vorahnung einstiger Anerkennung – mit dem, was Guggenheim mehrfach «die Süße des Übergangenseins» genannt hat. So daß, laut Tagebucheintrag vom 18. März 1968, der Sinn des geplanten Werks auf die lakonische Formel gebracht werden kann: «Die Süße des Übergangenseins (Cézanne). Das Tagesgestirn (Zola).»

Daß der Roman «Minute des Lebens» so schlackenlos unprätentiös und unvoreingenommen, wie er sich schließlich dann präsentiert, aus einer von Frustration und schmerzlichen Gefühlen des Verkanntseins geprägten Lebenssituation herauswachsen konnte, hängt, von Guggenheims Kunst der Sublimation und der Verfremdung einmal abgesehen, mit einer Weichenstellung zusammen, die er in der Vorbereitungsphase zu seinem Werk vornahm. Bereits am 11. März 1968 nimmt nämlich im Tagebuch jenes Projekt Gestalt an, das schließlich den Titel «Gerufen und nicht gerufen» tragen und Guggenheim Gelegenheit geben sollte, seinem Unmut über die von ihm diagnostizierte kulturelle, soziale und politische Fehlentwicklung der Schweiz bzw. seiner ganz persönlichen Frustration Luft zu verschaffen. «Über dem großen Plan ‚Emile et Paul', den Brot- und Pflichtarbeiten, macht sich», heißt es unter jenem Datum, «deutlich die Versuchung bemerkbar, eine Art menschliches, künstlerisches und schweizerisches Testament niederzuschreiben, einen Standpunkt zu finden, der mich über alle meine kleinen und kleinlichen Eitelkeiten, Empfindlichkeiten,

1 «Die Maler sind wortlos, unliterarisch; nur mit Form und Farbe können sie das Namenlose ausdrücken.» Tagebuch, 2. 3. 1968

Beschäftigung mit anderen, die mich nichts angehen, das Treiben der Geschickten und Listigen, Gefitzten, Egoismen hinweghebt.»

Wie anders ist das zu verstehen, als daß Guggenheim während des Entstehungsprozesses von «Minute des Lebens» quasi all den Frust und den Ärger über sein politisches und gesellschaftliches Umfeld, statt ihn in das in Arbeit befindliche Werk einfließen zu lassen, auf den Zeitpunkt des Entstehens von «Gerufen und nicht gerufen» hinaus verschiebt, um frei zu sein für jene sehr viel subtilere Form der Anteilnahme und der Einbringung von Subjektivem, wie sie im fertigen Roman, wenn überhaupt, zu konstatieren sein wird?

Vorläufig zum letztenmal taucht «Emile et Paul» am 13. August 1968 im Tagebuch auf. Wie häufig bei Dingen, denen Guggenheims ganz besonderes Interesse gilt, ist die Notiz vollumfänglich auf Französisch niedergeschrieben.[1]: «En lisant les lettres de Cézanne je crois sentir, comprendre comment est faite sa peinture: sêche (pas beaucoup d'huile, pas beaucoup d'eau). Rien de meilleur pour comprendre Cézanne que d'essayer à copier minutieusement une de ses aquarelles, ce que je fais de temps en temps. Je les vois alors.»

«Minute des Lebens»: Ein erratischer Block in der Literaturszene von 1969

Dann verschwindet «Emile et Paul» aus dem Tagebuch und taucht erst nach vollendeter Niederschrift am 30.März 1969 unter dem definitiven Titel «Minute des Lebens» wieder auf. «Unerledigtes, Altes, Abmachungen und Erfüllung Betreffendes hindert mich immer am Weiterarbeiten, am Neubeginn», heißt es da. «Beispielsweise die Trubel um ‚Minute des Lebens' und die schleppende Erfüllung des Vertrags.» Erst zwei Jahre später, am 18.April 1971, enthüllt das Tagebuch, um was es sich bei diesen «Trubeln» gehandelt hat: Artemis-Verleger Bruno Mariacher wollte den Roman seines langjährigen Autors offenbar zunächst gar nicht publizieren und war erst dazu bereit, als Erwin Jaeckle ihn für einen Vorabdruck in der Zürcher Tageszeitung «Die Tat» aquirierte.[2]

1 Schon am 25. 1. 1925 steht in Guggenheims Tagebuch ein Satz zu lesen, der sich lebenslang in vielerlei Varianten wiederholen sollte: «Mon Dieu, pourquoi n'avez-vous pas permis que ma langue fût française?» In der Nazizeit ging Guggenheim im Tagebuch bewußt dazu über, vieles auf Französisch niederzuschreiben, um nicht die Sprache des deutschen Agressors verwenden zu müssen. Bei der Publikation der Tagebücher in den achtziger Jahren wird Guggenheim sich nur sehr schwer damit abfinden können, daß der Verleger einen großen Teil der französischen Eintragungen gestrichen haben will.

2 «Heute, beim Durchlesen alter Korrespondenz, habe ich erkannt, daß die heutige Krise schon bei ‚Cézanne' fällig war und nur durch den Vorabdruck in der ‚Tat' aufgehalten wurde.»

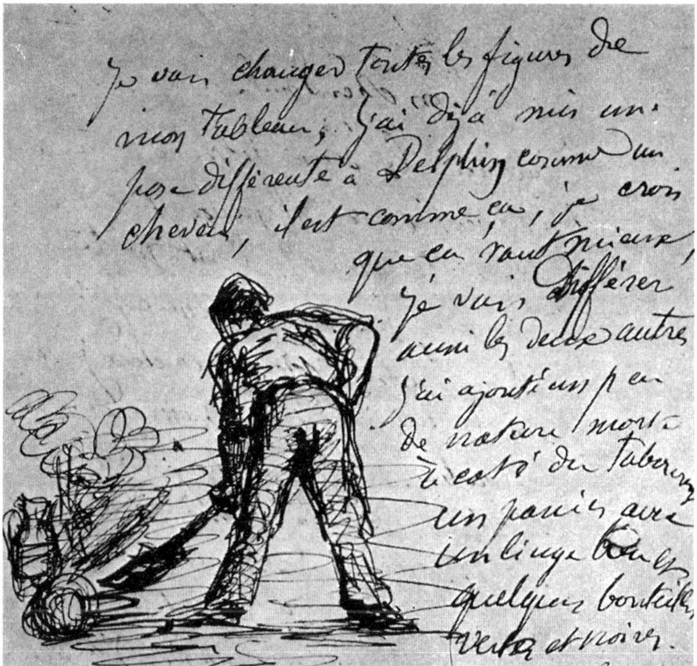
Je vais changer toutes les figures de mon tableau, j'ai déjà mis une pose différente à Delphin comme un cheval, il est comme ça, je crois que ça vaut mieux, je vais différer aussi les deux autres j'ai ajouté un peu de nature morte à côté du tabouret un panier avec un linge bleu quelques bouteilles vertes et noires. si je pouvais y travailler plus longtemps ça irait assez vite, mais deux heures à peine par jour, ça sèche trop vite c'est bien embêtant. — Décidément il faudrait que ces gens là viennent poser dans l'atelier. J'ai commencé un portrait en plein air du père Rouvel le vieux, qui ne vient pas trop mal mais il faut le travailler encore

Cézannes Brief vom 30. Juni 1866 an Emile Zola enthält die Zeichnung eines Mannes, der ein Schmiedefeuer anfacht.

Im Mai 1969 wird der Text gesetzt, am 27. Juli schließt Guggenheim die Fahnenkorrektur ab und am 27. August stellt er eine Liste der Widmungsexemplare zusammen, die auf erschreckende Weise zeigt, wie einsam es um ihn geworden ist: Die Literaturszene vertreten Erwin Jaeckle, Meinrad Inglin, Albert J. Welti, der Manesse-Verleger Walther Meier, der ETH-Germanist Karl Schmid und Emil Staiger, den seine reaktionäre Zürcher Literaturpreisrede von 1967 quasi zur Unperson gemacht hat; kein potentieller Kritiker ist in der Aufzählung zu finden, kein Angehöriger einer jüngeren Generation, kein ausländischer Journalist, niemand, der dem Buch wirklich zum Durchbruch hätte verhelfen können.

«Süße des Übergangenseins» heißt der Euphemismus, mit dem der Tagebuchschreiber Guggenheim das Faktum belegt, daß Cézanne in der Verkanntheit Muße und Stille zu einem Schaffen fand, dessen wahre Bedeutung nicht ewig unentdeckt bleiben konnte. Wie wir gezeigt haben, war dies ein Gefühl, das Guggenheim von seinen eigenen Erfahrungen her mit seiner Romanfigur teilte, und es macht ganz den Anschein, daß die Rezeption von «Minute des Lebens» ihn erneut darin bestärkte.[1] Mitten auf dem Höhepunkt der sogenannten engagierten Literatur, als Autoren wie Heinrich Böll, Peter Weiss, Friedrich Dürrenmatt, Max Frisch, Heinar Kipphardt oder Günter Wallraff einer gesellschaftlichen Veränderung das Wort redeten, als die Sprache in ihrer Tragfähigkeit radikal in Frage gestellt, das Ende des Romans propagiert wurde und protestierende Studenten in ganz Europa der bürgerlichen Ästhetik und der traditionellen Kultur insgesamt den Kampf ansagten, beharrte da ein inzwischen 73jähriger Autor unbeirrt auf seiner stillen, unaufgeregten, ruhig fließenden Erzählweise und auf einer Thematik, die zwei großen Repräsentanten der europäischen Geistesgeschichte eine Hommage darbrachte und das begnadete künstlerische Schaffen zu einem Stück Wirklichkeit gewordener Vision erklärte.

Daß dem Roman «Minute des Lebens» im Vergleich zum damals aktuellen literarischen Trend 1969 etwas Trotzig-Unzeitgemäßes anhaftete, läßt sich nicht bestreiten. Wie aber nimmt er sich heute, will heißen zu einem Zeitpunkt aus, in dem auch die engagierte Literatur

1 Die Reaktion der Öffentlichkeit auf das im September 1969 greifbar gewordene Buch ist verhalten, aber nicht unfreundlich. Schweizerische und deutsche Zeitungen wissen die Qualitäten des Buches durchaus zu erkennen, legen es im allgemeinen aber zu stark auf eine Künstler-Doppelbiographie fest. Im privaten Kreis bei einem Mäzen in der Nähe von Basel, in Lugano und im Zürcher Literaturpodium liest Guggenheim auch aus dem Roman vor. Aber «‚Minute des Lebens' ist nicht gut vorzulesen», notiert er sich am 26.September 1969, von den Pressereaktionen fühlt er sich weitgehend mißverstanden, und am 6.November fällt im Zusammenhang mit den Reaktionen aus dem Freundes- und Bekanntenkreis sogar das Wort «Demütigung».

von damals wiederum historisch geworden ist? Kann es sein, daß ähnlich wie im Falle von Cézannes Gemälden und Aquarellen, die erst nach dem Tod ihres Schöpfers in ihrer ganzen Größe anerkannt worden sind, auch dieses Buch erst dreißig Jahre später und unbelastet von Antagonismen wie politisch engagiert/ästhetisierend oder avantgardistisch/konventionell in seiner eigentlichen Qualität und Bedeutung wahrgenommen werden kann?

Wer sich dem Roman unvoreingenommen nähert und sich klar zu machen versucht, bis zu welchem Grade es Guggenheim darin gelungen ist, aus einem kunst- und literaturgeschichtlichen Stoff eine spannende, lebendige, persönlich gefärbte und doch glaubwürdig und authentisch wirkende Erzählung von tiefgründigem Symbolgehalt und visionärer Hellsicht zu schaffen, wird einiges entdecken, was für eine positive Beantwortung dieser Frage spricht.

Glücklich gewählte Erzählperspektive

Aus Guggenheims Tagebuch wissen wir sehr viel über die vorbereitenden Überlegungen und Projektierungen und nichts über die eigentliche Niederschrift. Da der fertige Roman aber auf erstaunlich präzise Weise realisiert, was sich in der Vorbereitungsphase herausgebildet hat, läßt sich leicht erkennen, daß nicht die Niederschrift, sondern eben diese Vorarbeit die eigentlich entscheidende, schöpferische Leistung für den Roman darstellt. Etwas allerdings vertraut Guggenheim seinem Tagebuch erst an, als der Roman bereits in den Buchhandlungen liegt: das Prinzip, nach dem er seinen Stoff organisiert und nach den Entwicklungsphasen der beiden Protagonisten aufgeteilt hat. «Hier will ich nun endlich die Stelle aus ‚Dichtung und Wahrheit‘ abschreiben, die mir als Leitmotiv in der ‚Minute des Lebens‘ gedient hat, technisch wohlverstanden», heißt es am 22.Oktober 1969. «Sie betrifft die Krönung des Erzherzogs Josef zum Römischen König in Frankfurt 1765 und lautet: ‚Ich verglich nicht unschicklich diese Feierlichkeiten und Funktionen mit einem Schauspiel, wo der Vorhang nach Belieben heruntergelassen würde, indessen die Schauspieler fortspielten, dann werde er wieder aufgezogen und der Zuschauer könne an jenen Verhandlungen wieder teilnehmen.‘ Dies ist die Technik, die ich notgedrungen in der Erzählung von Montgéroult anwenden mußte.»

Nicht nur diese Technik des alternierenden sukzessiven Schauplatzwechsels, vor allem auch die Wahl der Erzählerfigur als solche verrät den gewieften, an der monumentalen Collage von «Alles in Allem» erprobten Erzähltaktiker. Indem Guggenheim nicht, wie lange erwogen, den (real existierenden) Isidore Baille, sondern den (erfundenen) Arzt Montgéroult zum Berichterstatter macht, eröffnet er sich die denkbar günstigste und variabelste erzählerische Perspektive. Etwas jünger als Cézanne und Zola, kennt Montgéroult die beiden von Kindsbeinen an und behält als Arzt später einen intim-persönlichen Blick auf sie bei. In Aix-en-Provence, später studienhalber in Paris und dann wieder in Aix situiert, hat er sowohl Zolas Aufstieg als auch Cézannes lebenslanges Verkanntsein aus nächster Nähe miterlebt und kann, als er 1924 seinen Bericht niederschreibt, im Rückblick tatsächlich nach Belieben den Vorhang vor dem einen fallen lassen und zum andern übergehen und umgekehrt oder sich die beiden bei ihren mit dem Alter immer seltener werdenden Begegnungen vor Augen führen bzw. ihre Beziehung anhand der ihm zugänglichen Briefe lebendig machen. Auch die Brillanz, mit der Guggenheim dabei die Perspektive und das Lebensgefühl des einem hohen Ethos verpflichteten Arztes in den Text einbringt, kommt nicht von ungefähr: Nur weil sein Vater ihn gezwungen hatte, als sein Nachfolger in das Familienunternehmen einzutreten, war er selbst nicht Arzt geworden, und auch abgesehen von «Minute des Lebens» gehören Figuren, die diesen «Traumberuf» ausüben – der Ich-Erzähler Loriol in «Wir waren unser vier» etwa, oder Jacqueline Voubrasse und F. Th. Bluntschli in «Alles in Allem» – zu Guggenheims gelungensten Charakteren. Obwohl er sich stets bescheiden zurückhält und nur mit großer Überwindung von sich selbst erzählt, hat Montgéroult dennoch auch mit seinen eigenen Erfahrungen und Beobachtungen eine wichtige Funktion in dem Roman. Naturwissenschaftler, der er ist, kann er das 19. Jahrhundert in seinem wissenschaftlichen Fortschrittsglauben, aber auch in seiner politischen und sozialen Misere charakterisieren und damit ganz zwanglos das atmosphärisch-gesellschaftliche Umfeld in das Buch einbringen, das den Hintergrund für Zolas Aufstieg, aber auch für die fatale Verkennung des leisen, unspektakulären Künstlers Cézanne bildete. Auch daß der Wissenschaftler Montgéroult sich in Kunstdingen als Laien qualifizieren kann, kommt dem Buch sehr zustatten, gibt doch gerade diese naive, unprätentiöse, harmlos fragende Perspektive – «Ich ‚verstehe' nichts von Malerei. Ich weiß nicht, was die Maler wollen. Ihre Unterfangen scheinen mir eine riesenhafte Spielerei.»[1] – Guggenheim Gelegenheit, künstlerische und literarische Phänomene auf einfach-einprägsame Weise auf den Punkt zu bringen. Wenn er z. B., durchaus unter Verwendung seines ärztlichen Vokabulars, konstatiert, daß «diese Impressionisten den Leuten ihres Landes neue Augen einsetzten, uns ein neues Sehen lehrten, uns den historischen Star stachen»[2], oder wenn er die allmähliche Entwicklung von Cézannes revolutionärer Kunst mit Hilfe von Bildern aus

1 Kurt Guggenheim, «Minute des Leben», in unserer Ausgabe S. 87
2 In unserer Ausgabe S. 112

Paul Cézanne (sitzend) und Camille Pissarro (rechts außen, stehend)
1877 in Pissaros Garten in Pontoise.

dem Bereich des Sprechvermögens zu beschreiben sucht: «Ein Stotterer, ein Stammler, ein Stümper vielleicht noch war dieser Cézanne, aber sein Stammeln, sein Stottern, sein Stümpern rührte daher, daß er die Sprache noch nicht gefunden hatte, jene Welt darzustellen, die er durch unsere solide Wirklichkeit hindurchschimmern sah.»[1] Das tiefste Verständnis von Cézannes Kunst aber läßt Guggenheim seinen Ich-Erzähler finden, als er ihn genau so, wie er selbst es beim Schreiben seines Buches getan hat, Cézannes Aquarelle kopieren läßt: «Es war derselbe Weg, den die Maler gehen, wenn sie die Werke der Großen kopieren, der zuverlässigste zur Seele des Künstlers.»[2]

Montgéroult bekommt aber nicht nur Guggenheims Affinität zur Malerei und – was später ausgeführt werden soll – sein Vertrautsein mit den Problemen und Erfahrungen des Schriftstellers Zola mitgeliefert, er teilt mit seinem Autor auch die leidenschaftliche Liebe zur Provence. Und die Authentizität und Stimmigkeit dieser Landschaft und Atmosphäre ist Guggenheim so wichtig, daß er Montgéroult seine Erinnerungen nicht in Aix schreiben läßt, sondern in St-Rémy, wo er von seinen Aufenthalten in Eygalières her selbst mit jedem Gäßchen und jedem Winkel vertraut war. Nicht ein Lob, sondern die Fehlleistung eines Kritikers, der Guggenheim selbst zum Arzt und Provenzalen machte, hat nach dem ersten Erscheinen von «Minute des Lebens» am augenfälligsten gezeigt, wie echt und überzeugend ihm die Erzählerfigur Montgéroult gelungen ist. «Seit seiner Jugend in Aix-en-Provence mit Cézanne und Zola verbunden, schrieb Kurt Guggenheim, der seelenkundige Arzt und Romancier, jetzt in der Beschaulichkeit des Alters einen Roman, der die Freundschaft zwischen dem weltabgewandten Maler und dem lebensoffenen Schriftsteller zum Thema hat», stand am 11.Dezember 1969 in der Koblenzer «Rhein-Zeitung» zu lesen.

Emile Zola – einprägsamer Prototyp eines Naturalisten

Obwohl Kurt Guggenheim innerlich dem lebenslang verkannten Paul Cézanne näher steht, hat er dennoch seinen Vorsatz, für keine der beiden Romanfiguren Partei zu ergreifen, wahr gemacht und läßt auch Emile Zola in seiner ganzen bewegenden Größe auferstehen – ja er bringt in ihm ebenso wie in Cézanne auf verschlüsselte Weise eigene Erfahrungen und Intentionen zum Ausdruck.

Guggenheims Zola ist Naturalist, weil er ein Fanatiker der Wahrheit und der Gerechtigkeit ist, und er kann das letztere nur sein, weil er sich als freier Schriftsteller jenen unabhängigen Status erarbeitet

1 Kurt Guggenheim, «Minute des Leben», in unserer Ausgabe S. 117
2 In unserer Ausgabe S. 156

Emile Zola um 1890 in seinem Arbeitszimmer in der Pariser Rue de Bruxelles, ein Bild betrachtend. Oben links Manets Zola-Porträt.

hat, der sich am eindrücklichsten 1898, in seinem «J'accuse» in der Dreyfus-Affäre, bewähren sollte. «Das war seine Lebensstraße», läßt Guggenheim Montgéroult von ihm sagen, «die Literatur. Die Literatur als Beruf. Die Literatur, die ihren Mann ernährt, ohne Verrat an der eigenen Überzeugung, an der Wahrheit – so wollte Emile sie verstanden haben.»[1] Konfrontiert mit Montgéroults Sezier-Trauma, erhält Zola von Guggenheim gerade im Zusammenhang mit seinen Beschreibungen von Nacktheit, Elend, Krankheit, Not und Verbrechen, für die er lebenslang angefeindet und diskreditiert wurde, Gelegenheit, den revolutionären, zukunftsträchtigen Sinn seines Naturalismus zu erklären: «Da läuft die Grenze durch, bei deinen Kadavern, deinen nackten Frauen. Auf vorderstem Posten stehst du. Vorbei Musset, vorbei das lyrische Pathos Victor Hugos. Die neue Zeit hat begonnen, die moderne Zeit, der Naturalismus, die Aufklärung, Diderot, Rousseau, Balzac, Stendhal, der Suezkanal, die Wasserturbine, die Photographie, der Petrolmotor ...»[2] Und bei späterer Gelegenheit läßt Guggenheim Montgéroult Zolas Position wie folgt resümieren: «Ohne die Wahrheit erreichen wir keinen Fortschritt. Ist die Wahrheit unappetitlich, so hat der Schriftsteller nicht nur das Recht, sondern die Pflicht, diese Wahrheit auszusprechen. Die Wahrheit geht vor der Schönheit. Die Schönheit ist ein Akzidens, eine Dreingabe; sie kann nicht aus der Illusion kommen, nicht aus dem Rausch, sondern nur im Gefolge der nackten Wahrheit.»[3]

Das ist Zola, das ist Ibsen, das ist Naturalismus in Reinkultur, und die Größe, die Authentizität von Guggenheims Darstellung hat ihren Grund vor allem darin, daß er diese Künstler-Ideologie des neunzehnten nicht aus der Optik des zwanzigsten, an Freud und seiner Psychoanalyse geschulten Jahrhunderts heraus beurteilt, sondern sie von dem Positivisten Montgéroult beschreiben läßt, der, wie scheinbar beiläufig mitgeteilt wird, gerade mal bei Wundts «Psychologie»[4] angelangt ist. Wobei das Verblüffendste an der Sache ist, daß Guggenheim gerade so, durch die Wiederaufnahme naturalistischer Postulate unter Hintanstellung der psychologischen Dimension, zu einer für die Entstehungszeit des Romans hoch aktuellen, gesellschaftlich engagierten Position gelangt, wie sie sehr wohl Emil Staiger und seinem Generalangriff gegen die von ihm als Schmutz- und Fäkalliteratur empfundene Moderne hätte entgegengestellt werden können!

Überhaupt präsentiert Guggenheim keineswegs ein veraltetes Zola-Bild, sondern befindet sich durchaus auf der Höhe der zeitge-

1 Kurt Guggenheim, «Minute des Leben», in unserer Ausgabe S. 39
2 In unserer Ausgabe S. 56
3 A.a.O., S. 116
4 A.a.O., S. 92. Wilhelm Wundts «Grundzüge der physiologischen Psychologie» erschienen in drei Bänden 1874.

1895, auf dem Höhepunkt seines Schaffens und seines Ruhmes, entstand dieses Zola-Porträt von Nadar.

nössischen Diskussion und Einschätzung, ja nimmt in manchen Punkten erst viel später bewußt gewordene Facetten und Momente voraus. So verkennt er durchaus nicht, daß Zolas «Wahrheit» zeitbedingt und die wissenschaftlichen Grundlagen für seine Thesen oftmals ziemlich dürftig waren. Von Zolas «Neigung, sich wissenschaftliche Begriffe, halb verstanden und fehl am Platze, anzueignen und anzuwenden»[1], ist einmal die Rede, und ein andermal konstatiert Montgéroult: «Die schonungslose Wahrheit, die er damals als die Grundlage seiner kommenden Werke bezeichnete, besaß er nicht. Viel später begriff ich, daß dieses Spiel mit der Wissenschaft, das Jonglieren mit naturwissenschaftlichen Erkenntnissen, die spektakulären Dokumentationen an Ort und Stelle, dem Künstler nichts anderes als ein Anreiz für seine Inspirationen waren.»[2] Auch die Diskrepanz zwischen revolutionärem Anspruch und bürgerlicher Lebensweise bringt Guggenheim zur Sprache – etwa bei der Beschreibung von Zolas Intérieur in Médan –, deutet das bombastisch-theatralische Ambiente aus der Optik des wohlwollenden Freundes Paul Cézanne aber als eine bewußte Persiflierung des Plüschzeitalters: «Zolas bürgerliche Einrichtung war nichts als eine Persiflage der Bourgeoisie, über die sich der Dichter ins Fäustchen lachte, griff er sie doch an, stellte er sie doch bloß, in seinen Büchern.»[3] Und was «L'Œuvre» betrifft, jenen Künstlerroman, der 1886 die Freundschaft mit Cézanne beendete, so sieht Guggenheim in dessen Protagonisten Claude Lantier, der von seinem Mißerfolg in den Selbstmord getrieben wird, zwar vereinfachend die Verkörperung von Paul Cézanne, erkennt aber, wie er es sich schon in der Vorbereitungsphase zurechtgelegt hat[4], den Grund für das Scheitern der Freundschaft keineswegs in diesem Roman allein, sondern ganz allgemein in jenem schicksalhaften Mißverständnis, unter dem sie seiner Ansicht nach von Anfang an angelegt war: Daß es zwischen dem epochalen Romancier, Kämpfer, Polemiker und Gerechtigkeitsfanatiker Zola und dem stillen, schönheitsgläubigen, nur seinem Werk lebenden Maler keine wirkliche Gemeinsamkeit geben konnte und Zolas Wollen im Grunde dem Antidreyfusard Cézanne ebenso fremd gewesen sein muß wie dessen revolutionäres Spätwerk dem in Kunstdingen zwar sehr gut bewanderten und engagierten, aber letztlich dennoch bemerkenswert begriffsstutzigen Dichter. «Weder in Médan noch in Paris hing ein einziges Werk von Paul Cézanne. Ich glaube, so, wie ich

1 Kurt Guggenheim, «Minute des Leben», in unserer Ausgabe S. 71
2 In unserer Ausgabe S. 59
3 A.a.O., S. 118
4 Am 17.Dezember 1967 heißt es im Tagebuch: «Er malt, als hätte er Jahrhunderte vor sich. Wieder und immer wieder das selbe, während Zola auf ständiger Jagd nach Neuem, Sensationellem ist. Ihr Mißverständnis geht über das Persönliche hinaus. Es ist schicksalhaft. Unüberbrückbar, auch ohne Zolas ‚Œuvre'.»

ERNEST VAUGHAN

L'AURORE

Littéraire, Artistique, Sociale

ERNEST VAUGHAN

J'Accuse...!

LETTRE AU PRÉSIDENT DE LA RÉPUBLIQUE

Par ÉMILE ZOLA

LETTRE

A M. FÉLIX FAURE

Président de la République

Zolas Artikel «J'accuse» auf der Frontseite der Zeitung «L'Aurore» vom 13. Januar 1898.

Paul kannte, dieser Tatbestand allein hätte genügt, um schließlich die Freunde einander zu entfremden»[1], stellt Montgéroult nach Zolas Tod resümierend fest.

Für Guggenheims Ich-Erzähler Montgéroult ist Zola solchen Fehlleistungen zum Trotz ein «tugendhafter Mensch» ohne Laster, und es gehört in der inneren Dramatik des Romans zu den bewegendsten Momenten, wie seine freundschaftlichen Gefühle sich von Cézanne ab- und Zola zukehren, als der letztere mit seinem Einsatz für den jüdischen Hauptmann Dreyfus der Wut des reaktionären Frankreich verfällt und Cézanne bloß die Worte findet: «Sie haben ihm einen Bären aufgebunden.»[2]

Der mutige Einsatz gegen den französischen Antisemitismus ist nicht das einzige, was Zola Guggenheim in jenen Jahren, in denen er den latenten schweizerischen Antisemitismus ganz besonders schmerzhaft spüren zu müssen glaubte[3], lieb und teuer macht. Auch Zolas Werdegang, der dadurch gekennzeichnet war, daß er sich als «Kind eines in Frankreich geborenen Ausländers»[4], als der «verlachte ‚Gorgonzola' im Collège Bourbon»[5] durch eine herausragende Leistung in seinem Land zu integrieren vermochte und sein italienischer Name zu einem der großen Namen Frankreichs wurde, wird von Guggenheim nicht zuletzt deshalb so aufmerksam und teilnahmsvoll nachgestaltet, weil er darin seine eigene literarische Karriere als jüdischer Autor in der Schweiz gespiegelt sehen konnte. Wie denn überhaupt Zolas phänomenale Leistung mit den über 9000 Seiten umfassenden «Rougon-Macquart» als literarische Spiegelung einer ganzen Epoche Guggenheim an sein jahrzehntelang geplantes und 1952–1954 schließlich mit eiserner Disziplin niedergeschriebenes schweizerisch-bescheideneres «Werk» «Alles in Allem» mit seinen immerhin 1200 Seiten erinnern mußte. Nicht zuletzt dürften auch jene Sätze, die Zola und Cézanne einander zuschreien, als sie den von Zola verteidigten und von Cézanne abgelehnten bürgerlichen

1 Kurt Guggenheim, «Minute des Leben», in unserer Ausgabe S. 175

2 In unserer Ausgabe S. 160

3 «Jude sein, deutsch schreiben zu müssen, die Schweiz als Vaterland zu haben – welch eine Tragik!» (Tagebuch, 18. Juli 1966) – «Ich denke es immer wieder: dies war oder dies ist mein Schicksal, mein Besonderes...: als Schweizer einer alteingesessenen jüdischen Familie geboren worden zu sein. Ich habe den vornehm-grausamen, den brutalen, den immerdauernden Antisemitismus miterlebt, die Renaissance des jüdischen Staates – und ich hatte von mir aus keine andere Wahl als die deutsche Sprache. Sie war mein Schicksal, aber meine Geburt, mein Name waren mein lebenslängliches Handicap. ... Materie einer echten, wenn auch stillen, unsensationellen Tragödie. Zerrissen zwischen der Solidarität und dem Mitleid zu den Juden – und der echten Liebe zur Schweiz.» (Tagebuch, 9. 12. 1970)

4 Kurt Guggenheim, «Minute des Leben», in unserer Ausgabe S. 37

5 In unserer Ausgabe S. 151

Charakter eines Schriftstellerlebens auf den Punkt bringen, Guggenheim selbst aus der Seele (und aus langjähriger Erfahrung heraus) gesprochen sein: «Das Talent allein genügt nicht zum Erfolg. Wir müssen die Arbeit organisieren. Wir müssen uns entschlossen auf unsere Karriere einstellen. Die Bohème? Ein Vorwand zu verludern! Der Künstler braucht Sicherheit, bürgerliches Gleichgewicht... Wir ertragen keine Geldsorgen, wir müssen auf Frauengeschichten verzichten, wir brauchen einen regelmäßigen Lebenslauf ... Monogamie. Gute Verdauung. Wachsendes Einkommen. Kein Laut. Kein Lüftchen. Ein Stundenplan wie ein Lehrer. Pflege der Beziehungen. Ruhm. Ehre. Gelassenheit. Geduld. Arbeit ... Das sind die Bedingungen für das große Werk. Auf Jahrzehnte hinaus geplant. Eine einfache Idee... Fleiß, Fleiß, Fleiß...»[1]

Paul Cézanne und die «andere» Wirklichkeit

Mit seiner Darstellung Cézannes hat Kurt Guggenheim nicht einfach einen Maler porträtiert, sondern anhand eines besonders berührenden Beispiels die Kunst als solche in ihrer existentiellen, überzeitlichen Dimension erzählerisch Gestalt annehmen lassen.

Guggenheim, der von seinem Vater wider Willen zum ungeliebten Kaufmannsberuf gezwungen worden war und nach dessen Tod 15 Jahre lang als Schlemihl und Versager gehandelt wurde, ehe er mit 42 Jahren, mit «Riedland», seinen literarischen Durchbruch erzielte, findet aus eigener leidvoller Erfahrung einfühlsame, anschauliche Worte und Bilder für die Nöte des Malers, der gegen seinen Vater für seine Berufung kämpft und dafür die Verachtung und Geringschätzung seiner Umwelt auf sich nimmt. Da z. B., wo er den nunmehr 43jährigen erfolglosen Künstler, dessen Malerei für die Bewohner von Aix «nur Vorwand für seine Faulenzerei und Liederlichkeit» ist, den Generationsgenossen gegenüberstellt, die Professoren, Fabrikanten und Rechtsanwälte geworden sind, «Familien hatten und Geld verdienten»[2], während er als einziger jene Träume zu verwirklichen sucht, die ihnen allen in der Jugend einmal gemeinsam waren. Auch Cézannes Verkanntsein und jene Einsamkeit, die ebenso das Signum seiner «verschwiegenen Vision» wie die bewußt gegebene Antwort auf die öffentliche Geringschätzung ist, kommt auf bewegende Weise zur Darstellung. Guggenheim, bzw. sein Ich-Erzähler Montgéroult, geht davon aus, daß es noch eine «andere Welt als jene» gibt, «auf der wir leben. Sie ist immer da. Wenige ahnen etwas von ihr. Einige nehmen sie wahr. Zwei, drei Malern viel-

1 Kurt Guggenheim, «Minute des Leben», in unserer Ausgabe S. 76/77
2 In unserer Ausgabe S. 117

leicht gelingt es hin und wieder, sie zu bannen, sie einzufangen.»[1] Cézanne gehört zu ihnen, und Guggenheim schlägt zwei verschiedene Wege ein, um an seinem Beispiel möglichst viel von jener geheimnisvollen anderen Welt faßbar zu machen. Zum einen umschreibt und umzirkelt er die spezifische Weise, wie Cézanne denkt und arbeitet, indem er sie dem so ganz anderen Denken und Arbeiten Emile Zolas gegenüberstellt: «Zola wollte alles, was er wußte, aussprechen, er wollte alles enthüllen. Diese Welt war ihm die einzige wirkliche Welt, man konnte sie beobachten, abzeichnen und messen. Dann hatte man die Wirklichkeit, die Wahrheit. Pauls Wirklichkeit aber lag lautlos, bewegungslos zwischen den vier Leisten der Rahmen. Durch dieses Fenster blickte man ins Freie oder hinein in einen Raum. Man fand sich bestätigt. Ja, das stimmt, so ist es ja, genau so, wie gut er das getroffen hat! Sehr schön! Und dann, in dem Augenblick, da man den Kopf wenden, wegblicken, weitergehen wollte, vollzog es sich. Es hielt uns gefangen. So einfach ist das denn doch nicht! Der Schein trügt. Das ist ja der Schein nur, das ist nur die Haut, die oberste Haut, die durchsichtige Haut, darunter erst fängt das Beständige, das Größere, das Umfassendere an, die Welt, die durchschimmert, allgegenwärtig, die Wirklichkeit, welche die Natur als Kleidung benützt. Gefasel, natürlich. Es läßt sich mit zwei Worten sagen. Zola anerkennt kein Geheimnis, Zola will kein Geheimnis, Zola hat kein Geheimnis, Zola ist ohne Geheimnis. Paul Cézanne ist mißtrauisch, ängstlich, scheu. Überall ahnt er Geheimnisse, in jedem Stein, in jedem Zweig, im leichtesten Wölkchen – die Welt ist ein Geheimnis.»[2]

Zum andern aber bringt er uns jener anderen, künstlerischen Welt näher, indem er Montgéroult tun läßt, was dieser selbst immer wieder für unmöglich erklärt: Bilder mit Worten zu beschreiben. Von der klar umrissenen provenzalischen Landschaft her – «In dieser Landschaft verstehe ich Paul Cézanne»[3] – nähert sich Montgéroult dem Werk des Freundes nicht als Kunstsachverständiger oder als Kritiker, sondern mit dem nüchternen Instrumentarium und Wortschatz des Arztes, der eine Diagnose stellt. Ein frühes Selbstporträt, das «Déjeuner sur l'herbe», das Cézanne dem skandalumwitterten gleichnamigen Gemälde von Edouard Manet gegenüberstellt, die «Badenden Frauen» und andere Bilder finden so wundervolle, einsichtige Interpretationen. Nirgends aber ist Guggenheim eine derart verblüffende, gleichsam aus der Perspektive des Bildes selbst herauswachsende Beschreibung gelungen wie im Falle jenes Stillebens mit der blauen Vase, das

1 Kurt Guggenheim, «Minute des Leben», in unserer Ausgabe S. 129
2 In unserer Ausgabe S. 142/143
3 A.a.O., S. 123

Paul Cézanne im Jahre 1904 vor dem noch unvollendeten Gemälde «Die Badenden».

er Cézanne als Indiz für die Erkrankung seiner Augen zu Montgéroult in die Praxis mitbringen läßt und woran er den Arzt dann mit letzter Sicherheit Cézannes Genius erkennen läßt. «Paul», ruft Montgéroult dem um seine Augen besorgten Künstler nach Betrachtung des Bildes zu, «Paul, hör doch mit dem Blödsinn wegen deiner Augen auf! Begnadete Augen hast du, gottbegnadete Augen! Ach, frag doch nicht nach Wahrheit, Wirklichkeit! Du weißt es zu gut, deine Sensation ist wahrer als unsere ganze Geometrie!»[1]

Die Entwicklung des Motivs «Minute des Lebens»

A propos Augen, Wahrheit, Wirklichkeit: Wie glanzvoll Guggenheim das Generalthema seines ganzen Schaffens, das «Einmal nur», das Festhalten des Augenblicks in der Vision des Künstlers oder Schriftstellers[2], in das Buch hineingearbeitet hat, zeigt sich anschaulich, wenn wir das schon im Titel zum Ausdruck kommende Motiv von der (durch den Künstler festzuhaltenden) Minute des Lebens dem Text entlang in seiner Entwicklung verfolgen.

Für Montgéroult ist es zunächst «während langer Jahre sibyllinisch», was Pissarro in einem Gespräch mit ihm und Cézanne mit den Worten gemeint hat: «Die Sinneswahrnehmung. Ein Mensch, so kurze Zeit nur lebend, versucht eine Nachricht, eine Botschaft zu hinterlassen von dem, was er zwischen zwei ewigen Nächten gesehen hat. Nicht mehr, nicht weniger. Keine Lehre. Keine Religion. Nichts als die Wahrheit seines Eindrucks, seiner Empfindung...»[3] Jahre später aber, als Montgéroult Arzt in Aix geworden ist, fällt ihm bei einem Vergleich zwischen Zola und dem wesenhaft provenzalischen Cézanne der Satz zu: «Aber die Maler! Hundert Sitzungen verbringen sie damit, einen Augenblick zu bannen. Was sie darstellen, steht, steht still, bewegungslos – und manche Bilder haben trotz dem kläglichen Material, aus dem sie hergestellt sind, Jahrhunderte, unzählige Dynastien überdauert.»[4] Wieder einige Jahre danach, als Montgéroult sich an die einzige Begegnung Cézannes mit van Gogh erinnert, bringt er das Bild von den zu ewiger Erblindung bestimmten Augen ins Spiel: «Von allen Berufen, von allen Künsten bewegt mich bei dieser Frage der Stand des Malers am tiefsten. Ich verstehe seine Hast, das Bild seiner zu ewiger Erblindung verurteilten Augen den nach ihm sich öff-

1 Kurt Guggenheim, «Minute des Leben», in unserer Ausgabe S. 142
2 Guggenheim stellte 1980 die Edition der Tagebücher unter den von Rilke entlehnten Titel «Einmal nur», verwies aber zeitlebens immer wieder auf die Möglichkeit, mit dem Wort dem «Nevermore», dem «Niemals mehr» zu trotzen, das zu jedem erlebten Moment gehört. In den letzten Abschnitten von «Salz des Meeres, Salz der Tränen» z. B.
3 Kurt Guggenheim, «Minute des Leben», in unserer Ausgabe S. 95
4 In unserer Ausgabe S. 109

nenden Augen weiterzugeben.»[1] Im Anschluß an jene Konsultation, als er Cézanne am Beispiel des Stillebens mit der blauen Vase eine vermeintliche Augenkrankheit ausreden mußte, bringt Montgéroult dann unter erstmaliger Verwendung des Wortes «Minute» das Motiv vom Festhalten des vergänglichen Augenblicks mit jener geheimnisvollen anderen Welt in Beziehung, der Maler wie Cézanne verpflichet sind: «Er malt nicht, um die Geheimnisse unter der Oberfläche des Alltags zu lüften; er malt, um auszusprechen, was er anders nicht sagen kann: daß dieses Sein scheinbar ist, nicht wirklich, daß dahinter das Geheimnis schlummert, das übernatürliche, nie zu lüftende Geheimnis des Lebens, das Geheimnis des Sterbens – die Minute unseres Bewußtseins.»[2]

Je weiter Cézanne in seiner Entwicklung fortschreitet, desto näher kommt er dem eigentlichen Sinn seines Schaffens und Tuns. Bis Montgéroult unter Verwendung eines Cézanne-Zitats konstatieren kann: «Es war mir, als wäre es Cézanne gelungen, die Zeit zu malen. ‚Il y a une minute du monde qui passe. La peindre dans sa réalité. Et tout oublier pour cela!‘ Eine Minute des Daseins, die vergeht. Sie malen in ihrer Wirklichkeit. Und alles vergessen ihretwillen. Zweimal hörte ich ihn genau dieselben Sätze sprechen.»[3]

Was diese Minute eigentlich ist, das dämmert Montgéroult wiederum sehr viel später, nach der Dreyfus-Affäre erst, auf, als Guggenheim Cézanne seine Mutter auf dem Totenbett malen läßt.[4] Da heißt es: «Die Art, wie Zola die Wahrheit, Cézanne die Schönheit in gefühlloser Weise darstellen, herausschälen wollten, hatte etwas Unheimliches.» Und: «...Pauls ‚kleine Sensation‘, hinter der er ein Leben lang her war, um sie festzuhalten, diese Weltminute, welche in die Ewigkeit hinabstürzte: das war die ‚Schönheit‘.»

Noch einmal schlägt Montgéroult das Thema der kurzen Lebenszeit zwischen zwei ewigen Todesnächten an, als er die Pariser Weltausstellung von 1900 besucht und dabei Emile Zola zum letztenmal sieht: «Ich fühlte eine ungewisse Trauerstimmung in mir, so etwa, wie wenn man Abschied nimmt. ... Aber wirklich: es ging zu rasch. Zu schnell war diese Minute der Helligkeit vorüber. Wir hatten ja kaum Zeit gehabt, uns richtig kennenzulernen.»[5] Erst fast am Schluß des

1 Kurt Guggenheim, «Minute des Leben», in unserer Ausgabe S. 124
2 In unserer Ausgabe S. 143
3 A.a.O., S. 155
4 A.a.O., S. 159. Diese Szene ist ein gutes Beispiel dafür, wie frei der Erzähler Guggenheim letztlich mit dem vorgefundenen biographischen Material umgegangen ist und zu was für einem beträchtlichen Teil die beiden Protagonisten nicht wissenschaftliche Objekte, sondern eben doch Romanfiguren sind. In Wirklichkeit hat Cézanne nämlich keineswegs seine Mutter auf dem Totenbett gemalt, sondern einen Freund damit beauftragt.
5 A.a.O., S. 167

Buches, als Montgéroult in die Provence zurückreist, kommt schließlich, unter Wiederaufnahme des Cézanne-Zitats, der Titel ein einziges Mal (fast) wörtlich vor: «Langsam wandelte sich der atlantische Himmel in den mediterranen; aus der Landschaft der Impressionisten glitten wir in die Landschaft Pauls hinein. Wer hat gesagt, der Maler Gegenstand sei der Raum? ‚Il y a une minute du monde qui passe. La peindre dans sa réalité…' Die Zeit ist es! Die Minute des Lebens.»[1]

Am Ende von Montgéroults allmählichem Erkenntnisprozeß, als ihm bewußt wird, daß nicht der Raum, sondern die Zeit das Entscheidende ist, bündeln sich so wie in einer abschließenden Coda nochmals die Themen und Motive, die dem Buch in dichter, kunstvoller Verschlüsselung seine Substanz vermitteln und es als dichterisch geschaute Vision weit über den Bereich des bloß Biographisch-Kulturhistorischen hinausheben: das Verlorensein an eine Landschaft, ihre Formen, ihre Farben, der Blick des Malers auf die Welt, die Suche nach der anderen, eigentlichen Wahrheit, das Festhalten des schnell vergehenden Augenblicks im künstlerischen Werk.

Mit «Minute des Lebens» thematisch verknüpft: die Erzählung «Der heilige Komödiant»

Obwohl in einem ganz anderen, sachlich-chronikartigen Ton und direkt aus der Optik des Verfassers erzählt, verbindet die unmittelbar danach entstandene, aber erst drei Jahre später, 1973, veröffentlichte Erzählung «Der heilige Komödiant» nicht wenig mit «Minute des Lebens». Auch «Der heilige Komödiant» ist eine Frucht von Kurt Guggenheims Beschäftigung mit Frankreich, seiner Kultur und seiner Geschichte, dreht das Rad der Zeit allerdings nochmals um gut zweihundert Jahre zurück und hat seinen Handlungsschwerpunkt in der Mitte des 17. Jahrhunderts, des «Grand Siècle Frankreichs», wie der mit jener Epoche intim vertraute Schriftsteller es achtungsvoll nennt. Mit «Minute des Lebens», aber auch mit «Sandkorn für Sandkorn» und mit dem Gottfried-Keller-Buch «Das Ende von Seldwyla» hat «Der heilige Komödiant» jene Art Umgang mit Lebensläufen und Schicksalen gemeinsam, die für Guggenheim weniger ein Nachgestalten von exakten Fakten denn ein freies, von eigenen Gefühlen und Erfahrungen mit inspiriertes Interpretieren, ein «Lesen von Partituren» ist. «Einige Male im Lauf meiner schriftstellerischen Tätigkeit hatte ich versucht, Lebensläufe als Partituren zu lesen»[2], erinnert sich der Ich-Erzähler von «Der heilige Komödiant» auf der Reise nach

1 Kurt Guggenheim, «Minute des Leben», in unserer Ausgabe S. 169
2 Kurt Guggenheim, «Der heilige Komödiant», in unserer Ausgabe S. 227

Dreux, zum Geburts- und Sterbeort Jean Rotrous. Eine Feststellung, die am 7.September 1970, während der Arbeit am 4. Kapitel der Erstfassung, auch in Guggenheims Tagebuch erscheint und da wie folgt genauer ausgeführt ist: «Heute dachte ich: Ich fand Partituren vor und versuchte sie zu spielen: Fabre, Gottfried Keller, Cézanne und nun Rotrou. Alle Leben kann man lesen wie Partituren, es sind Partituren.»

Was Guggenheim an der «Partitur Rotrou» interessiert, ist zwar etwas ganz anderes als bei Cézanne und dessen Gegenpol Zola, aber es setzt seine literarische Recherche über den Sinn des künstlerischen Tuns auf einer höheren, quasi eschatologischen Ebene fort. Nicht das künstlerische Bild, sondern das Wort des Dichters steht diesmal zur Debatte, und die Frage ist nicht, ob es dem Schreibenden gelingen kann, eine Vision, ein Stück gelebte Wirklichkeit, eine Minute des Lebens damit festzuhalten, sondern ob dieses Wort gleich wie das Bild, das Jahrhunderte und Dynastien überdauert, seine Botschaft, seine Kraft, seine Virulenz auf Generationen hinaus zu behalten und weiterzuvermitteln vermag – oder ob es eine bloße Leerhülse ist, die zu Staub zerfällt, wenn man sie auftut.

«Worum es mir geht: die Magie des Wortes»

Wie bei einer altertümlichen Dissertation gibt Guggenheim, nachdem er angedeutet hat, auf welch rätselhafte, ihm selbst nicht begreifliche Weise es sich ihm aufgedrängt hat, das Thema bekannt, für das er dann im weiteren Verlauf der Erzählung den Beweis erbringen will: «Ein Thema war angerührt, das mich zeitlebens bezaubert hatte: Das Wort – ein Gefäß, das Wort – ein Behälter. Das Wort enthält, das Wort behält eine Botschaft. Durch das Wort wird sie weitergereicht, über Jahrhunderte hinweg, durch Jahrhunderte hindurch. Von dem, der das Wort ausspricht, und von dem, der es hört, wird nicht gefordert, daß sie es begreifen. Es wird nur von ihnen erwartet, daß sie es weitergeben, unversehrt.»[1]

Die Nähe zum biblischen «Am Anfang war das Wort» ist unverkennbar, aber Guggenheim, dem Schriftsteller, der lebenslang dem Wort seine Visionen anvertraut hat, geht es mitten in einer Epoche, die durch die Entwertung und Infragestellung des Mediums Sprache gekennzeichnet ist, nicht um die durch das Wort vermittelte Botschaft, sondern um das Wort als solches und um seine Tragfähigkeit. Glaubenszeugen, die das biblische Wort weitergeben, ja mit ihrem Leben dafür einstehen, belegen aber, so Guggenheims Überlegung, nicht die Kraft des Wortes als Gefäß, sondern die Faszination der von

1 Kurt Guggenheim, «Der heilige Komödiant», in unserer Ausgabe S. 194

ihm vermittelten Botschaft. Nur wenn es auch dann noch wirksam wird, wenn es nicht als bewußt wahrgenommener Teil einer Heilslehre, sondern z. B. bloß im Spaß, weitergegeben wird, beweist das Wort die ihm innewohnende, schon durch seine bloße Artikulation aktivierbare Kraft, ja Magie.

Das ist der Grund, warum Guggenheim in den Mittelpunkt seines Buches nicht einfach einen heiligen Märtyrer, sondern einen heiligen Komödianten stellt: den römischen Schauspieler Genesius oder Genestus, der um 285 nach Christus vor Kaiser Diokletian auf der Bühne das Martyrium des Glaubenszeugen Hadrian nachspielte und sich dabei so sehr in seine Rolle hineinlebte bzw. von den zu artikulierenden Worten so nachhaltig überzeugt wurde, daß er aus dem Schauspiel Ernst machte und selbst den Märtyrertod auf sich nahm. Die wunderbare Bekehrung des Genesius ist bereits eine Verdoppelung, ist doch zwanzig Jahre zuvor auch jener römische Offizier Hadrian, dessen spektakuläres Ende Genesius auf der Bühne zu spielen hat, durch die Kraft des Wortes zum Märtyrertum bekehrt worden, als er in Nikomedeia die Bekenntnisse von 23 ihm zur Hinrichtung übergebenen Christen hörte. Aber damit nicht genug. Guggenheim sucht noch einen weiteren, näher in die Gegenwart und aus dem Zeitalter der Autoritätsgläubigkeit in das Zeitalter Pascals und Descartes‘ hineinreichenden Beweis für die Kraft und Magie des Worts, und er findet ihn in jenem Jean Rotrou, der aus den beiden ersten Fällen 1647 eine Tragödie gemacht hat.

Nachdem er dessen Schauspiel «Le véritable Saint Genest» minutiös genau nacherzählt und herzitiert hat, um quasi den Moment dingfest zu machen, in dem das vorgetragene Wort den Komödianten Genesius übermannt und das Spiel zur Wirklichkeit wird, fügt er nach Recherchen in Dreux den Fällen Hadrian und Genesius als dritten Fall das «Mysterium Rotrou» hinzu. Durch die Arbeit an seinem «Saint Genest» selbst innerlich verändert, nahm der lebenslustige Pariser Komödiendichter überraschend einen Posten in seiner Heimatstadt Dreux an und starb dort, statt sich rechtzeitig in Sicherheit zu bringen, während einer Pestepidemie den Tod eines Märtyrers für seine Stadt und seine Aufgabe. Wie der Genesius seines Stücks verstand, so Guggenheims These, auch Rotrou das Aus-der-Rolle-Fallen als einen Akt der Revolte gegen die Mächtigen seiner Zeit: «Es ging um das Sich-selbst-sein-Dürfen, um die Persönlichkeit, um die Individualität. Es ging um die Befreiung Gottes im menschlichen Wort. Genesius – das war die Revolte.»[1]

Keine dreifache Märtyrer-Legende also, sondern der Versuch eines Schriftstellers, anhand von drei gleichnishaften Beispielen zu zeigen,

1 Kurt Guggenheim, «Der heilige Komödiant», in unserer Ausgabe S. 235

Der Dramatiker Jean Rotrou auf dem Frontispiz der 1820 bei Desoer in Paris erschienenen Werkausgabe.

daß dem Wort eine so große Kraft innewohnen kann, daß es nicht nur die Zeit, sondern auch das Diktat der Mächtigen und nicht zuletzt sogar den eigenen Willen zu überwinden in der Lage ist. Oder wie Guggenheim am 8. Dezember 1969 seinem Tagebuch anvertraut: «Worum es mir geht: die Magie des Wortes. Einmal ausgesprochen, selbst in einer gelernten Bühnenrolle, wird es Wirklichkeit, wirkt es. Es löst etwas aus. Es erlöst. ... Die eigentlich interessante Person bleibt Jean de Rotrou mit seinem heroischen Ende, das eine Entsprechung zu seinem literarischen Werk St.Genest war. Auch hier hat das Wort gewirkt.»

Die Erzählung «Der heilige Komödiant» ist ebensowenig reine Biographie wie es «Minute des Lebens» oder «Sandkorn für Sandkorn» waren, und noch viel weniger ist sie ein exakt wissenschaftliches Werk. In seiner Leidenschaft, Beweise für die Magie des Worts zu finden, konnte Guggenheim es sich, auf literarische Weise Lebens-Partituren spielend und nicht Forschung betreibend, sehr wohl erlauben, von anderen, mindestens so wichtigen Bearbeitern des Genesius-Stoffes abzusehen, wenn sich bei ihnen jener geheimnisvolle Konnex zwischen Werk und Leben nicht herstellen ließ. Auch wenn Lope de Vega den Stoff in seiner Tragödie «Lo Fingido verdadero» von 1622 sehr viel subtiler und brillanter behandelt hat und kaum bezweifelbar ist, daß Rotrous «Saint Genest» gleich wie zehn seiner weiteren Stücke eine Adaption der spanischen Vorlage ist[1]: sein Gewährsmann und Fackelträger in Sachen Genesius blieb Jean Rotrou, dessen heroisches Ende sich der Beweiskette für die ungebrochene Virulenz und Wirkungskraft des Wortes als abschließendes Glied hinzufügen ließ.

«St.Genest»: eines der frühesten Motive in Kurt Guggenheims literarischem Werk

Obwohl sie im Erstdruck von 1973 nur knapp 110 Seiten umfassen sollte, hat die Erzählung «Der heilige Komödiant» eine längere Entstehungsgeschichte als alle anderen Werke von Kurt Guggenheim. In der Vorbereitungs- und Planungsphase erwies sich das komplexe Thema als unerhört schwierig, und als endlich ein erstes druckreifes Typoskript vorlag, wurde es zum Gegenstand einer Auseinandersetzung zwischen Autor und Verleger, die letztendlich dazu führte, daß

1 Kurt Weibel, der 1955 in Bad Hersfeld Dramaturg bei einer Inszenierung von Lope de Vegas Stück war, stellt die Zusammenhänge in seinem brillanten Artikel «Guggenheim, Rotrou – und Lope de Vega» (TV-Radio-Zeitung, Zofingen, 24.Juni 1972, S. 77) dar. Die Abhängigkeit Rotrous von Lope de Vega hat u. a. Gerda Schüler in ihrer Kölner Dissertation von 1966, «Lope de Vega und Jean Rotrou», nachgewiesen.

Guggenheim nach über dreißig Jahren seine Verlagsheimat verlor und in eine schwere berufliche Krise geriet.

Schon am 11.August 1918, nach dem bitteren Ende der Romanze mit Eva Hug, steht dem 22jährigen das Motiv vom Komödianten, der unbewußt ein religiöses Bekenntnis weitervermittelt, ganz klar und differenziert vor Augen. «Der Wille zum Guten ist zuerst nur Komödie», heißt es in der Tagebuchnotiz, die Guggenheim 1962 in «Die frühen Jahre» übernommen hat, «aber alles Ausgesprochene ist durchaus richtig. Der Komödiant glaubt immer noch, vor sich selbst Komödie zu spielen, wenn er Gutes verkündet, tut. Schließlich folgt die Entdeckung, daß er gar nicht anders kann, daß der Wille zum Guten, den er, wie er meint, simuliert, etwas a priori in ihm ist und nur durch die kitschige Art der vermeintlichen Komödie zum Vorschein kommen kann, weil in diesem Charakter die Scham des schlichten ethischen oder religiösen Bekenntnisses stark ausgebildet ist.»[1]

Ob Guggenheim dann, wie in den «Frühen Jahren» weiter ausgeführt, «fast zwanzig Jahre später», also 1937/38 in einer Enzyklopädie erstmals auf den Namen Rotrou und auf dessen «Saint Genest» stieß, oder ob er, wie im «Heiligen Komödianten» geschildert, bei seiner Sainte-Beuve-Lektüre als Zürcher Antiquar in den frühen dreißiger Jahren[2] bzw. anläßlich der Genfer Aufführung von Rotrous «Saint Genest» im Jahre 1943[3] auf den römischen Schauspieler und seine seltsame Geschichte aufmerksam wurde, tut letztlich nichts zur Sache. Sicher ist jedenfalls, daß er seit Beginn der vierziger Jahre das Motiv des unbewußt die Wahrheit verkündenden Komödianten mit der Figur des Genesius zu verbinden begann und daß er das Thema damals in jenen Katalog der Sujets aufnahm, wo er sich noch zu bearbeitende Themen notierte. Fast beiläufig kam Guggenheim dann sowohl im Tagebuch als auch in seinem schriftstellerischen Werk immer wieder auf Genesius oder Genestus zu sprechen: im bereits erwähnten Fall von «Die frühen Jahre», aber auch in «Sandkorn für Sandkorn» von 1959, wo er sich selbst als jugendlichen, noch nicht zu seiner Bestimmung gelangten, aber quasi «Schriftsteller spielenden» Autor mit dem römischen Schauspieler verglich: «Man mimt nicht unberührt, nicht ungestraft eine Gestalt, einen Lebensstil. Wie Genestus, der römische Schauspieler, der vor Diocletian einen Christen zu spielen hatte und sich dann, mitten in der Vorstellung, als einen echten Christen und zum Märtyrertod bereiterklären mußte, so gab es in mir, wie in allen Menschen, eine Bereitschaft, wenn auch nicht zu einer erlösenden

1 Kurt Guggenheim: «Die frühen Jahre». In: Werke I, Reprinted by Huber Nr. 4, Huber-Verlag, Frauenfeld 1989/1999, S. 5–160, S. 123

2 Kurt Guggenheim, «Der heilige Komödiant», in unserer Ausgabe S. 193

3 In unserer Ausgabe S. 231

Tat, so doch jene, einen Anruf zu hören und zu vernehmen, und damit auch eine echte Einsicht, wie es mit mir bestellt sei.»[1] Der Plan, das Thema in einem eigenen Buch zu bearbeiten, scheint sich aber erst 1963 konkretisiert zu haben. Laut Tagebucheintrag vom 20.August jenes Jahres brachte während eines Aufenthalts im Tessiner Ferienort Curio eine Radiopredigt von Pater Suso Braun Guggenheim dazu, das Motiv sozusagen aus dem Katalog der Sujets herauszunehmen und – übrigens zusammen mit «Emile et Paul» – unter die «zwei, drei Werke, die ich noch tun möchte», einzureihen. Und je länger er sich nun damit befaßte, desto klarer wurde ihm, daß es sich bei dem Thema um eine existentielle Frage seiner Schriftstellerexistenz handelte. «Daß ich überhaupt noch Arbeiten hatte beginnen und beenden können, ehe diese eine getan war!» wird er 1970 auf der vierten Manuskriptseite der ersten Fassung des nun endlich in Angriff genommenen Werks ausrufen.[3]

März 1969 – November 1970: Die Erstfassung von «Der heilige Komödiant» entsteht

Am 14.März 1969, nach Beendigung von «Minute des Lebens», ist es dann soweit. «St.Genest, Sujet, das mich beschäftigt», heißt es an diesem Tag im Tagebuch. Zunächst plant Guggenheim aber offenbar, wie das erste Kapitel der fertigen Erzählung noch immer intendiert, ein Buch über mehrere Themen aus seinem Katalog der Sujets, läßt sich jedoch bei der Lektüre von Sainte-Beuve immer mehr für die Figur des Genesius begeistern: «...es ist für mich unendlich erregend und ergreifend...» Bereits am 28.April 1969 ist auch die Idee mit der mehrfachen Wiederholung der ungewollten religiösen Erweckung geboren: «Näher studieren: Tod Rotrous und Dreux. Die nie abbrechende Kette der Märtyrer-Bewegung.»

Doch dann, im Sommer 1969, scheint das Projekt zunächst durch andere, für den Verlag attraktivere verdrängt zu werden. Am 2. Juni 1969 sagt Guggenheim dem Artemis-Verleger Bruno Mariacher zu, bis zum 1.November 600 Seiten seiner Tagebücher 1942–1969 druckreif redigiert zur Veröffentlichung abzuliefern. Und seit dem 6. Juli 1969 konkurriert das Genesius-Projekt auch der Plan eines in Guggenheims Ferienort Curio spielenden Tessiner Romans mit dem Titel «Piccolo mondo». Anfangs Dezember 1969 aber sitzt Guggenheim in Zürich wieder hinter seinem «Genesius». «Piccolo mondo» ist aus

1 Kurt Guggenheim: «Sandkorn für Sandkorn», a. a. O. S. 145/46

2 Die Handschrift der ersten Fassung, noch «Die Reise nach Dreux» genannt, befindet sich, verteilt auf zwei Hefte, in Schachtel 50 des Guggenheim-Nachlasses in der Zentralbibliothek Zürich.

LE VERITABLE S^T GENEST, TRAGEDIE,

DE M^R DE ROTROV

BIBLIOTHÈQUE ROYALE
I

A PARIS,
Chez TOVSSAINCT QVINET, au Palais, dans la petite Salle, ſous la montée de la Cour des Aydes.

M. DC. XXXXVII.
Auec Priuilege du Roy.

Abschied und Traktanden gefallen, weil es den Titel, wie Guggenheim von Charlotte Peter erfahren hat, bereits gibt, und am 27.August 1969 hat er Bruno Mariacher mitgeteilt, nach reiflicher Überlegung auf die Publikation der Tagebücher verzichten zu wollen.[1]

Das Genesius-Motiv hat nun alle anderen Katalog-Themen verdrängt. «Es ist die schönste Geschichte von allen, die ich kenne», notiert sich Guggenheim an jenem 2.Dezember, und voller Enthusiasmus ist er «entschlossen, ihr im deutschen Sprachraum die größtmögliche Verbreitung zu geben zu versuchen.» Laut Eintrag vom 18. Januar 1970 verlagert sich der Schwerpunkt des Projekts nun allerdings immer mehr auf die Gestalt von Rotrou, der, so entdeckt Guggenheim jetzt, mit seinem tapferen Tod als dritter im Bund die Kette des durch das Wort bewirkten Martyriums abschließen könnte: «Es geht eine gerade Linie auf den Helden seines Dramas, und von dem eine weitere auf den Anfang des Christentums. Rotrou hat sein Künstlertum ernst genommen und es ins Humane umgesetzt. Sein Menschentum überwog. Er war kein Monster, er war kein Genie, aber mit dem Tode zeigte er, daß er ein großer Mensch gewesen war.»

Am 24. Februar 1970 findet Guggenheims Recherchier-Reise nach Dreux statt, und fast wäre das Projekt daran gescheitert, denn der Konservator des dortigen Museums erklärt Guggenheim, daß jener Brief, der Rotrous Opferbereitschaft erkennen ließ und auf den er seine These vom Märtyrertum aufgebaut hatte, gefälscht sei. Aber Guggenheim trotzt mit der von ihm geschauten, durch und durch literarischen Figur den Historikern und Dokumentaristen! «Die Zeit der vermeintlichen Option ist vorbei», notiert er sich am 25.Februar 1970 noch in Dreux. «Selbst daß der Brief an Pierre nicht verbürgt ist, ändert an der Konzeption von seiner Opferbereitschaft nichts. Er war zur Zeit der Epidemie in Paris und kehrte nach Dreux zurück. Schon diese eine Tatsache genügt. Sie macht selbst Brief und Heroisierung überflüssig.» Und zwei Wochen später, am 11. März 1970, doppelt er nochmals nach: «Auch wenn man auf das ‚schöne' Ende Rotrous verzichten muß, wenigstens auf den rhetorischen Teil: der Tatbestand seiner mit Lebensgefahr verbundenen Pflichterfüllung als Magistrat von Dreux bleibt.»

1 Am 24.August 1969 hat Kurt Guggenheim das Problem seiner Tagebücher, die zu veröffentlichen er sich weigerte, solange er sich selbst kritisch genug gegenüberstand, ein für allemal auf den Punkt gebracht: «Die Durchsicht und die Verwerfung der Tagebücher hat auch die Verwendung der Taschennotizbücher grundlegend geändert und geklärt. Sinken auf den Platz zurück, auf den sie hingehören: Arbeitsinstrumente, behelfsmäßige Niederschriften, Psychotherapeutik, Notizbücher vor allem. Entmythologisiert, entmystifiziert. Nichts ist mehr zu banal. Den Gedanken an Publikation aufgeben, nicht den Vorsatz, sie weiterzuführen. Ihre Funktion: mein Arbeitsbehelf. Diese Lektion hat mir eine echte Erleichterung verschafft.»

Die Stadt Dreux, Departement Eure-et-Loir, auf einem Gemälde des 17. Jahrhunderts.

Dennoch entwickeln sich die Dinge nur schleppend. «Noch immer Unentschlossenheit über den Genesius», heißt es am 16. März 1970, und am 27. März hat Guggenheim zwar «eine Seite Text» geschrieben, fährt aber, wie es nun erstmals bei einem Werk der Fall ist, auch während der Niederschrift mit dem Brainstorming im Tagebuch fort.

Im Sommer 1970 tritt wieder eine Pause ein, hat der Verlag Guggenheim doch laut Eintrag vom 25. Juni erneut dazu bewegen können, bis Januar 1971 «sechs Ordner Tagebücher zu lesen im Hinblick auf eine Auswahl bis Anfang Januar 1971, meinem 75. Geburtstag» – ein Editionsplan, der ebenso wie der frühere daran scheitert, daß Guggenheim die Texte schließlich doch nicht zur Verfügung stellt. Jedenfalls wendet er sich schon im August 1970, während einem seiner regelmäßigen Aufenthalte bei Peter Dubs in Wespersbühl, wieder dem Genesius-Projekt zu.

Am 23. August 1970 ist er «noch immer ohne Klarheit, wie das Ganze aussehen soll», am 26.August aber notiert er: «Heute zum dritten Mal mit der ‚Reise nach Dreux'» – wie das Projekt von nun an heißt – «begonnen.» Am 1.September meldet er das zweite Kapitel als beendet, am 3. September das dritte. «Jetzt folgt die erzählerische Darstellung der Tragödie, und dann erst beginne ich mich dem eigentlichen Thema zu nähern (Das Wort als Gefäß). Das eigentümliche Gefühl des Schwebens und Gehobenseins…» Am 17. September ist er bereits beim achten Kapitel und nähert sich dem «kritischen Punkt», der Biographie Rotrous. Obwohl er am 5. Oktober beim 11. Kapitel angelangt ist, heißt es in einer in Eygalières niedergeschriebenen Notiz: «Viel über Dreux meditiert, weil mich die Lösungen nicht befriedigen. Es geht schließlich um Gott, um Tod und Leben.» Tags darauf glaubt er «für Dreux die richtige Fortsetzung gefunden» zu haben, «die natürliche: den Fluß der Biographie (Rotrous) nicht unterbrechen bis zu seinem Opfertod. Dann meine Reise nach Dreux. So symmetrisch zu Kapitel I.» Als Guggenheim am 12. Oktober mit seiner Frau nach Zürich zurückfährt, hat er das zwölfte und letzte Kapitel «im Kopf»: die Beschreibung seiner Reise nach Dreux. Am 27. Oktober aber – Guggenheim hat unterdessen einen neuen Wagen gekauft und viel Zeit für das Einfahren gebraucht – ist er noch immer nicht fertig und weitet das Kapitel um die Geschichte der Äbtissin von Port-Royal und um die Bekehrung des heiligen Augustinus aus.

Am 5. November beendet er das Manuskript, sieht jedoch der Korrektur der Maschinenabschrift, die seine Frau zu erstellen hat, mit «einer gewissen Bänglichkeit entgegen». Überhaupt scheint er mit der Arbeit nicht restlos zufrieden zu sein, denn am 19. November notiert er sich: «Eine richtige Seelenqual beginnt, wenn das Manuskript ‚fertig' ist. Im Überdenken, nachts, stellt sich ein euphorischer Zustand ein, alles scheint mir perfekt, und dann, wenn ich die Sache durchlese, läuft mir buchstäblich der Schweiß den Rücken herab, der Wiederholungen, Abschweifungen und Banalitäten wegen, die ich geschrieben habe. Das Streichen erleichtert, aber es tut auch weh, weil es den Umfang der Arbeit verkleinert. Manchmal ist alles in Frage gestellt.» Am 27. November 1970 aber ist es soweit: Guggenheim schickt je ein bereinigtes Typoskript von «Die Reise nach Dreux» an Bruno Mariacher vom Artemis-Verlag und an dessen Vorgänger, den im Ruhestand lebenden Verlagsgründer Friedrich Witz.

15. Dezember 1970: Der Verlag weist das Typoskript zurück

Es dauert 18 bange Tage, bis Guggenheim, zunächst telefonisch, Bescheid bekommt. Witz drückt sich «gewunden» aus, und Mariachers Urteil lautet, wie am 15.Dezember 1970 im Tagebuch rapportiert ist, wie folgt: «Stoff und Thematik großartig, aber unbefriedigende Form, zu kurz, zu wenig ‚wattiert', zu wenig mein Stil.»

Guggenheim reagiert erstaunlich konziliant: «So unangenehm solche Meldungen sind – ignorieren kann ich sie nicht und will ich sie nicht, da es ja auch nicht an der Zeit mangelt, einen neuen Versuch zu wagen.» Am 18. Dezember einigt er sich mit dem Verleger: «Gespräch mit Bruno Mariacher über ‚Dreux'. Meine neue Konzeption: zwölf Briefe an einen Freund. Er wollte, ich solle mit Kapitel XII beginnen.»

So gefaßt und kooperativ er sich zeigt: Die Absage macht Guggenheim ganz schön zu schaffen, und die düstere Stimmung verstärkt sich noch dadurch, daß ihm auf den gleichen Zeitpunkt hin auch seine langjährige Mitarbeit als Texter bei der «Schweizerischen Winterhilfe» gekündigt worden ist. «Zwei gedankliche Beschwernisse: ‚Dreux' und mein Abschied von der Winterhilfe morgen», heißt es am 20. Dezember im Tagebuch. «Letzteres ein Trauma. Ersteres eine bittere Pille, weil ich noch ohne Entschluß bin. Aber schreiben werde ich, coute que coute.» Auch am 21. Dezember diagnostiziert er noch : «Depressive Stimmung wegen ‚Dreux'», aber schon am 23. Dezember nimmt er ganz nüchtern und nicht ohne Selbstbewußtsein Bestand auf und ermannt sich zu einem neuen, locker-unverkrampften Anfang: «Ich dachte: das kann doch einfach nicht sein, daß meine ganze Arbeit, meine echte Begeisterung für den Genestin, mit einer derartigen Vernütigung enden soll, wie sie mir Friedel (Witz), Bruno Mariacher und sein dreißigjähriger Lektor beibringen wollen. So kann ich mich nicht verhauen haben. Aber die Tatsache bleibt, daß diese drei verlegerischen Fachmänner einfach nicht verstanden haben, worum es mir geht, und das ist also mit Sicherheit mein Fehler. Infolgedessen muß ich nach einer Darstellung Umschau halten, die das, was ich meine und was mich bewegt, zum Ausdruck bringt. Diese große Arbeit kann nicht für nichts geleistet worden sein. Das Thema steht fest – also muß ich mich an es halten und nochmals beginnen. Diese Haltung gefällt mir besser als die paar verflossenen Tage der Mutlosigkeit und des Sinnens.... Wichtig: ich muß mein Manuskript, meine Dokumentation vergessen. Ich muß aus freiem Handgelenk, unbekümmert um alles, was ich sammelte, schreiben.»

In einem zunächst offenbar als erstes Kapitel der Neufassung gedachten, dann jedoch verworfenen Text geht Guggenheim auf den auf die Erstfassung folgenden Seiten in seinem ersten Manuskriptheft zu «Die Reise nach Dreux» nochmals detailliert auf die Umstände der Ablehnung ein und qualifiziert die Erstfassung nun auch selbst gnadenlos selbstkritisch: «Kummervoll blätterte ich in meiner Schrift. Jeder einzelne Satz schien mir verfehlt, fahl, banal, langweilig, verstaubt. Ich hätte stöhnen mögen ob des Hauchs unsagbarer Nüchternheit und Schwerfälligkeit, die von meinem Geschriebenen ausging. Alles war ja noch viel schlimmer, als ich es mir nach den beiden Unterredungen vorgestellt hatte. Und wirklich, sie hatten recht; auch ich verstand nichts mehr. Der Schweiß lief mir über den Hals hinab. Immer wieder die Frage: wie war das nur möglich? Euphorie – ein psychopathischer Zustand! Das mußte die Antwort sein.»[1]

Die neue, definitive Fassung: ein Glücksfall

Die neue, definitive Fassung der Erzählung, die Guggenheim zwischen dem 26.Dezember 1970 und dem 22.Februar 1971 in die beiden Hefte mit der Überschrift «Die Reise nach Dreux» hineinschreibt, unterscheidet sich von der Erstfassung nur wenig in der Anlage, dafür aber sehr stark in der Schreibweise, in Auswahl der Themen und in ihrer Verzahnung. Statt der ursprünglichen 12 sind es nur noch 9 Kapitel, die Abfolge ist fast die gleiche, aber die Themen sind viel lockerer miteinander verknüpft. So kommt Guggenheim jetzt nicht mehr, wie in der Erstfassung, über eine eingehende Schilderung seines gescheiterten «Lausanne»-Projekts auf Sainte-Beuve und dessen Notiz zu Saint Genest zu sprechen, sondern über eine Reminiszenz aus seiner Zeit als Antiquar an der Zürcher Kirchgasse. Das Rotrou-Stück ist viel weniger umständlich nacherzählt, und dadurch, daß er die Geschichte von den gefälschten Rotrou-Briefen in einem eigenen, siebten Kapitel nachfolgen läßt, statt, wie in der ersten Fassung, mit dem kriminellen Tatbestand zu beginnen, bringt er eine gewisse Spannung, ja Überraschung in die Erzählung hinein. Außer der «Lausanne»-Geschichte hat er auch eine ganze Reihe weiterer Seitenthemen und Ab-

1 Zentralbibliothek Zürich. Nachlaß Kurt Guggenheim. Schachtel 50. Heft «Die Reise nach Dreux» I, S. 74

schweifungen wie diejenigen über Corneilles «Polyeucte», über des Augustinus' Bekehrung und über die Äbtissin Angélique von Port-Royal weggelassen und konzentriert sich sehr viel stärker auf Genesius, Rotrou und seine Reise nach Dreux. Die wichtigste Veränderung aber ist der sehr viel elegantere, flüssigere, um vielerlei unnötige Wendungen und Wiederholungen entschlackte Schreibstil, der nun von Anfang bis Schluß die Tonlage eines chronikalisch-sachlichen und doch mit Herzblut geschriebenen Berichts beibehält: so als wolle jemand der Nachwelt um jeden Preis ein wichtiges, eine geheime Botschaft enthaltendes Vermächtnis hinterlassen.

Am 7.Februar 1971 hat Kurt Guggenheim in seinem Tagebuch 21 mögliche neue Titel für «Die Reise nach Dreux» aufgelistet. Und der zuletzt angeführte, «Der heilige Komödiant», steht dann auf dem Titelblatt, als er die Neufassung am 25.Februar dem Verlag übergibt. «Umfang 100 Seiten, ein Büchlein, aber welch eine Anstrengung, so viel Auseinanderliegendes endlich zusammenzubringen. Niemand würde mir das glauben. Und vielleicht war es nutzlos.»

Erwin Jaeckle als Retter in der Not

Die im letzten Satz anklingende dumpfe Ahnung trügt nicht, denn drei Wochen später, am 16. März 1971, erhält Guggenheim von Bruno Mariacher den Bescheid, daß er auch die zweite Fassung nicht verlegen werde. «Eine richtige Enttäuschung», heißt es an diesem Tag im Tagebuch. «Form des Schreibens, als müsse mich der Verleger vor mir selbst (in den Augen der Leser) schützen. Zwei Jahre Arbeit ohne Resultat und Lohn.... Ich bin überzeugt, Mariacher hat mein Manuskript nicht gelesen (vollständig) und gar nicht verstanden, worum es geht.» Gleichsam, um noch eine definitive Bestätigung seines Scheiterns zu bekommen, gibt Guggenheim das Manuskript am 25. März 1971 auch noch Erwin Jaeckle zu lesen, der 1969 «Minute des Lebens» in der «Tat» vorabgedruckt hat. Wirkliche Hoffnungen aber macht er sich keine mehr. «Ich muß mich vom St.Genest befreien, lossagen», notiert er sich am 30. März ins Tagebuch. «Es fällt mir schwer. Ich kann es noch immer nicht glauben, daß es ein Fehlschlag ist, daß mir das Werk mißlungen ist. Aber diese sterile Grübelei muß ein Ende nehmen. Ich muß mich entschlossen einem neuen Werk zuwenden.» Am 31. März ist von «offensichtlichen Minderwertigkeitsgedanken» die Rede, und am 1.April 1971 meldet er: «Heute habe ich innerlich den ‚St.Genest' aufgegeben und das ganze Material, mitsamt den Manuskripten beider Fassungen, in ein Paket verschnürt und darüber ‚Requiescat in pace' geschrieben. Eine Niederlage...»

Schon am folgenden Tag aber manifestiert sich erneut Guggenheims wundervolle Fähigkeit, sich selbst wieder aufzurichten. «Nicht im Triumph, in der Niederlage zeigt sich der Mann», redet er sich ein, und: «Seit ich mich zu der Haltung der Aufgabe des ‚Genest' durchgerungen habe, herrscht in mir Ruhe – Serenität, würde ich sagen, schämte ich mich großer Worte nicht.» So weit hat er sich selbst schon wieder aufgerichtet, daß er Mitleid mit dem überaus erfolgreichen, weltberühmten Friedrich Dürrenmatt empfinden kann, weil dessen «Porträt eines Planeten» in der «TV-Radio-Zeitung» «verrissen worden» ist: «Gefühl der Teilnahme für Dürrenmatt. Ich hatte Lust, ihm zu schreiben, tat es natürlich nicht. Er tat mir leid.»

Obwohl es nach wie vor auch dunkle Momente der Verzweiflung gibt – «Habe authentische Anfälle von Misanthropie. Haßgefühle sozusagen vor jedem Gesicht», konstatiert er z. B. am 7. April 1970 –, befaßt sich Guggenheim bereits mit neuen Projekten wie der Fortsetzung des «Goldenen Würfels» unter dem Titel «Das zweite Leben» bzw. einmal mehr mit der Abschrift der Tagebücher, als in Sachen «Heiliger Komödiant» unerwartet eine Wende eintritt.

«Heute, am Ostermontag, 12. April 1971, telephonischer Anruf von Erwin Jaeckle», heißt es wie in einer amtlichen Verlautbarung im Tagebuch. «Hat über Ostern den ‚St.Genest' gelesen, findet ihn ein Meisterwerk, das beste aller meiner Bücher in jeder Hinsicht. Publikation in der grünen ‚Tat' in einigen Wochen. Glückwünsche. Kaum zu glauben nach dem, was ich in den letzten Wochen nach Mariachers Brief durchmachte.»

Die Wende ist so bedeutsam, daß Guggenheim, wie er am 13.April vermerkt, «geradezu eine Atempause einschalten» muß, «um die Umstellung auf Dr. Jaeckles Nachricht zu bewerkstelligen». Die Aufmunterung des feinsinnigen Homme de lettre, der von seiner Vorstellung einer durch Zeiten und Länder hindurch virulenten «Osterkirche» und von seiner europäisch ausgerichteten Denkweise her einen ganz persönlichen Zugang zur Thematik von «Der heilige Komödiant» gefunden haben muß, gibt Guggenheim das Vertrauen in sein schriftstellerisches Können zurück und läßt ihn erkennen, daß die Zurückweisung seines Manuskripts durch den Artemis-Verlag weit weniger mit dessen Qualität als vielmehr mit der im Gange befindlichen Umstrukturierung des Unternehmens zu tun haben muß, das die Belletristik zu Gunsten des Sachbuchs zurückzustellen beginnt und sich Schritt für Schritt von seinen Schweizer Autoren trennt. Wie ein Abschiedsessen kommt ihm jetzt im Rückblick der Verlagsempfang vom 14. Januar 1971 anläßlich seines 75.Geburtstags vor, bei welchem seine Frau und er sich «wie arme Verwandte» vorgekommen waren. Trotz Jaeckles unerwartetem Sukkurs aber avancieren in den kommenden Wochen und Monaten, bis die Ablösung von Artemis Tatsache geworden und der Wechsel zu Peter Keckeis und zum Benziger-Verlag vollzogen ist, wo «Der heilige Komödiant» dann schließlich im

Kurt Guggenheim beim Signieren von Büchern im Jahre 1973.

Sommer 1972 herauskommt, «Einsamkeit» und «Vereinsamung» zu den meistverwendeten Wörtern von Guggenheims Tagebuch. Und in der grenzenlosen Isolation, in die sich der über 75jährige gestoßen fühlt, findet nicht nur die Liebe zu dem wenigen, was ihm noch Freude macht – das Aquarellieren, die Lektüre Goethes, der alten Franzosen, der Tagebücher Léautauds –, sondern auch der Haß ungefilterten Ausdruck. Der Haß gegen den treulosen Verleger, dem er Falschheit, Hinterhältigkeit, Charakterlosigkeit, Käuflichkeit und lakaienhafte Abhängigkeit von seinem Geldgeber Bührle vorwirft, aber auch der Haß gegen jene vorwiegend jüngeren Autoren, die es offenbar nicht im geringsten so schwer wie er selbst haben und die in aller Munde sind, obwohl sie doch jener Schweiz, der er sich existentiell verpflichtet fühlt, den Kampf angesagt haben. Am 11. August 1971, dem Tag der Vertragsunterzeichnung mit Benziger, analysiert Guggenheim selbst hellsichtig und selbstkritisch die geistige und psychische Lage, in die der Bruch mit Artemis und die ungelöste Verlagssituation ihn gebracht haben: «Das lähmt mich, nimmt mir Freude, Elan und Inspiration und macht mich zudem noch aufmerksam auf physische Unvollkommenheiten. Es nimmt mir auch die Ruhe und die Sicherheit und läßt mich mich zu sehr mit jenen beschäftigen, denen es ‚besser' geht. Absolut unwürdig. Ohne Mut, ja feige.»

Kein Wunder denn, daß Guggenheim in dieser Seelenlage nun auch wieder auf das Projekt mit der Veröffentlichung der Tagebücher zurückkommt[1] und jenes Werk bis zur Spruchreife vorantreibt, das er bis dahin immer zu Gunsten von weniger heiklen Projekten vor sich hergeschoben hat: «Gerufen und nicht gerufen», den Roman, der jene pessimistische Einschätzung, die Gottfried Keller in «Martin Salan-

1 Am 9. April 1971, drei Tage vor Erwin Jaeckles befreiender Nachricht zu «Der heilige Komödiant», nimmt sich Guggenheim vor: «Ich sollte mich nun doch allmählich um die Tagebücher bekümmern. Ein Manuskript herstellen lassen. Geld riskieren dafür.» Von Anfang an daran interessiert, wird der neue Verleger Peter Keckeis 1980–1983 Guggenheims Tagebücher in drei Bänden unter dem Titel «Einmal nur. Tagebuchblätter» in einer höchst problematischen, um die vielfach strukturierenden französischen Teile, nicht aber um das Diskreditierende des Nur-privat-Gemeinten gekürzten Druckfassung herausbringen. Je isolierter er sich fühlt und je schwächer seine schriftstellerische Kreativität wird, desto geneigter zeigt sich Guggenheim zwischen 1971 und 1980 diesem Editionsprojekt. Am 3. November 1973 bezeichnet er sein Tagebuch als «ungenialisches Dokument der Mittelmäßigkeit», und am 1. Januar 1980, in einem nicht abgeschickten, aber ins Journal übernommenen Brief an Peter Keckeis, definiert er die Aufzeichnungen, die er zu diesem Zeitpunkt unter dem Titel «Tagebuch ohne Retusche» ungekürzt publizieren will, vielsagend wie folgt: «Das Tagebuch ist – und soll es sein, will es seinen Sinn als Lebens- und Zeitdarstellung erfüllen – eine Bloßstellung, eine Preisgabe, es ist kein Ruhm zu holen, und wenig Lohn. ... Mir hat das Schicksal gleich am Anfang meiner Schriftstellerlaufbahn alle materiellen Illusionen genommen, und ich war damit einverstanden, muß ich sagen, endgültig. Gerade das ist ja der Hintergrund dieses Tagebuchs. Daß ich nie nach dem ‚Erfolg' geschielt habe, bleibt meine einzige Genugtuung.»

der» von der Schweiz gibt und die Guggenheim für seine eigene Gegenwart spiegelgetreu nachempfindet, auf die Zeit nach 1945 übertragen soll. «Die Martin-Salander-Situation ist der heutige Zustand der Schweiz, aber auch die meine, persönliche (die letzte Auseinandersetzung)», heißt es am 1. Juli 1971, als «Gerufen und nicht gerufen» als nächstes Werk nach dem «Heiligen Komödianten» in Angriff genommen wird, in Guggenheims Tagebuch.

«...hörte ich damit auf, so hätte schon mein Sterben begonnen.»

«Wenige wohl von denen, die den ‚Heiligen Komödianten' lesen, werden eine Ahnung davon haben, welche Mühe und Arbeit in dem unscheinbaren Werklein steckt», notierte sich Guggenheim am 22.Februar 1971, als er die zweite Fassung der Erzählung fertig hatte. Wer die Tagebücher jenes Zeitraums studiert, gehört zu diesen wenigen, und er wird mit Verwunderung feststellen, welcher frustrierenden Lebens- und Berufssituation, welcher intellektuellen Verlorenheit und Vereinsamung nicht nur diese Erzählung, sondern auch der Roman «Minute des Lebens» abgerungen ist. Und mit noch größerem Erstaunen wird er konstatieren, wie wenig die desolaten Bedingungen ihrer Entstehung auf die fertigen Werke übergegriffen haben und wie souverän es Kurt Guggenheim verstanden hat, sich darin ohne jede Bitterkeit schreibend über all das zu erheben, was ihn niederzuziehen und in seinem schriftstellerischen Vermögen zu lähmen drohte – sowohl mit der bewegenden Darstellung, wie Cézanne auf seinen Bildern Minuten gelebten Lebens unsterblich zu machen wußte, als auch mit der Parabel von Hadrian, Genesius und Rotrou, die er, jeden für sich, für die Magie und Dauerhaftigkeit des dichterischen Wortes zeugen läßt.

Kurt Guggenheim, der bis in seine letzten bewußt erlebten Lebensstunden hinein mit Werkplänen befaßt war[1], wußte sehr wohl, daß er sein erstaunliches Spätwerk, das nach dem Höhepunkt von «Alles in Allem» zwischen 1955 und 1978 insgesamt nochmals 13 Bücher umfaßte, je länger je offensichtlicher nicht nur den Beschwernissen des Alters, sondern förmlich dem Tode abrang. Fast bei jedem der späten Projekte findet sich im Tagebuch einmal ein Stoßgebet wie dasjenige vom 17. Dezember 1967 zu «Minute des Lebens»: «Nur dieses Werk noch beenden!», und am 8. Februar 1970, wenige Tage vor seiner Reise nach Dreux, notiert sich der 74jährige die folgenden, für seinen

1 Das letzte Projekt, zu dem sich Guggenheim, noch im Sommer 1983, als Patient des Zürcher Neumünsterspitals, Notizen und Pläne machte, sollte unter dem Titel «Die Maler» die entsagungsvolle Existenz der Schweizer Maler seiner Generation darstellen.

bewunderungswürdigen Kampf gegen Alter und Hinfälligkeit geradezu programmatischen Sätze:

«Manchmal wundere ich mich darüber, weshalb ich alles so in Ordnung zu halten versuche, Notizen, Pläne mache, so als hätte ich noch viel Zeit vor mir, Dinge zu verwirklichen, mich sauber halte, turne sogar, und es nie dazu bringe, mich einfach genießerisch leben zu lassen. Ich finde keine Antwort als diese dafür: Dies eben ist mein Leben; hörte ich damit auf, so hätte schon mein Sterben begonnen.»

Und das Bleibende, die Botschaft, das Geheimnis – die der Einsamkeit, der Verkanntheit, dem Alter und dem Tod abgerungene Vision?

Wer den Roman «Minute des Lebens» und die Erzählung «Der heilige Komödiant» dreißig Jahre nach ihrer Entstehung unvoreingenommen liest, wird erstaunt sein, wieviel von jener Kraft Kurt Guggenheim seinen Schöpfungen mitzugeben vermochte, die einen, wie Cézannes Bilder oder die geheimnisvollen Worte einer alten Überlieferung, erfüllen und verzaubern, ohne daß man weiß warum.

Bildnachweis und Dank

Das Bild S. 239 (Kurt Guggenheim um 1971/72 in Saint-Rémy) sowie die Bilder S. 243, S. 247, S. 249 und S. 285 stammen aus dem Bildarchiv des Herausgebers. Die Aufnahmen S. 253 und S. 257 sind dem Band Paul Cézanne, «Briefe», entnommen, der 1962 bei Diogenes in Zürich erschien. Das Bild S. 259 ist eine Aufnahme des Fotografen Dornac und entstammt wie die Bilder S. 261 und 263 dem Band «Zola» aus der Reihe «Génies et Réalités», Verlag Hachette, Paris 1969. Die Aufnahme von S. 267 fand sich in dem von Götz Adriani herausgegebenen Band «Paul Cézanne. Aquarelle», Du Mont-Verlag, Köln 1982. Das Bild S. 273 ist das Fontispiz von Band I der Rotrou-Werkausgabe, 1967 bei Slatkine in Genf als Reprint erschienen. Das Titelblatt S. 277 ist in der 1972 von E. T. Dubois bei Droz in Genf edierten Neuausgabe von «Saint Genest» enthalten. S. 279 basiert auf einer Postkarte, die Kurt Guggenheim von seiner Reise nach Dreux heimbrachte.

Die Herausgabe und der Druck dieses Buches wurden finanziell unterstützt durch die Kurt und Gertrud Guggenheim-Stiftung, Zürich. Für unbürokratischen Sukkurs ist der Herausgeber insbesondere der Zentralbibliothek Zürich und Frau Dr. Marlis Stähli dankbar. Als Korrektorin und Assistentin in vielerlei Belangen wirkte wiederum meine Frau, Andrea Linsmayer, Zürich, mit.